A HONRA
das Terras Altas

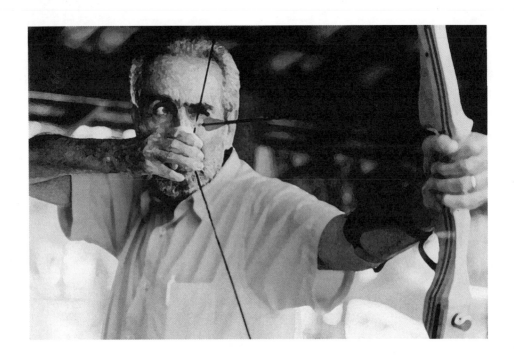

O Arqueiro

GERALDO JORDÃO PEREIRA (1938-2008) começou sua carreira aos 17 anos, quando foi trabalhar com seu pai, o célebre editor José Olympio, publicando obras marcantes como *O menino do dedo verde*, de Maurice Druon, e *Minha vida*, de Charles Chaplin.

Em 1976, fundou a Editora Salamandra com o propósito de formar uma nova geração de leitores e acabou criando um dos catálogos infantis mais premiados do Brasil. Em 1992, fugindo de sua linha editorial, lançou *Muitas vidas, muitos mestres*, de Brian Weiss, livro que deu origem à Editora Sextante.

Fã de histórias de suspense, Geraldo descobriu *O Código Da Vinci* antes mesmo de ele ser lançado nos Estados Unidos. A aposta em ficção, que não era o foco da Sextante, foi certeira: o título se transformou em um dos maiores fenômenos editoriais de todos os tempos.

Mas não foi só aos livros que se dedicou. Com seu desejo de ajudar o próximo, Geraldo desenvolveu diversos projetos sociais que se tornaram sua grande paixão.

Com a missão de publicar histórias empolgantes, tornar os livros cada vez mais acessíveis e despertar o amor pela leitura, a Editora Arqueiro é uma homenagem a esta figura extraordinária, capaz de enxergar mais além, mirar nas coisas verdadeiramente importantes e não perder o idealismo e a esperança diante dos desafios e contratempos da vida.

HANNAH HOWELL

OS MURRAYS • 2

A HONRA
das Terras Altas

Título original: *Highland Honor*

Copyright © 1999 por Hannah Howell
Copyright da tradução © 2020 por Editora Arqueiro Ltda.
Publicado em acordo com a Bookcase Literary Agency e Kensington Publishing

Todos os direitos reservados. Nenhuma parte deste livro pode ser utilizada ou reproduzida sob quaisquer meios existentes sem autorização por escrito dos editores. Os direitos morais da autora estão assegurados.

tradução: Livia de Almeida

preparo de originais: Rafaella Lemos

revisão: Suelen Lopes e Tereza da Rocha

diagramação: Valéria Teixeira

capa: Renata Vidal

imagens de capa: © Terrence Drysdale/ Trevillion Images

impressão e acabamento: Cromosete Gráfica e Editora Ltda.

CIP-BRASIL. CATALOGAÇÃO NA PUBLICAÇÃO
SINDICATO NACIONAL DOS EDITORES DE LIVROS, RJ

H845h	Howell, Hannah
	A honra das terras altas/ Hannah Howell; tradução de Livia de Almeida. São Paulo: Arqueiro, 2020.
	272 p.; 16 x 23 cm. (Os Murrays; 2)
	Tradução de: Highland honor
	ISBN 978-85-306-0134-8
	1. Ficção americana. I. Almeida, Livia de. II. Título. III. Série.
19-62017	CDD: 813
	CDU: 82-3(73)

Todos os direitos reservados, no Brasil, por
Editora Arqueiro Ltda.
Rua Funchal, 538 – conjuntos 52 e 54 – Vila Olímpia
04551-060 – São Paulo – SP
Tel.: (11) 3868-4492 – Fax: (11) 3862-5818
E-mail: atendimento@editoraarqueiro.com.br
www.editoraarqueiro.com.br

CAPÍTULO UM

França, primavera de 1437

Nigel Murray soltou um grunhido enquanto se sentava de modo desajeitado. Levou as mãos à cabeça, estremecendo ao encontrar a grossa camada de sujeira que cobria seu cabelo castanho, e olhou em volta, franzindo os olhos dolorosamente para a luz pálida do alvorecer. Levou um momento para reconhecer o lugar onde se encontrava. Então fez uma careta de desgosto. Não tinha sequer alcançado sua pequena tenda: adormecera na lama, bem diante da entrada.

– Por sorte não me afoguei no lodo – resmungou enquanto se levantava cambaleando, o latejar na cabeça dificultando ainda mais o equilíbrio.

Aos poucos, se deu conta de um cheiro repugnante. E a repulsa se multiplicou por dez quando percebeu que o cheiro desagradável vinha de si mesmo. Nigel praguejou e seguiu na direção do riacho próximo ao lugar onde as tropas haviam acampado. Precisava se livrar daquele fedor e clarear os pensamentos. A água gelada serviria para as duas coisas.

A situação estava completamente fora de controle, concluiu enquanto avançava por entre as árvores. Quando um homem acorda esparramado na lama, sem saber ao certo onde está nem como chegou lá, ele precisa reavaliar seriamente a própria condição. Era o que Nigel havia pensado sobre vários de seus compatriotas durante os sete longos anos em que vinha lutando ao lado dos franceses. Agora, precisava seguir o próprio conselho. Sabia que havia chegado ao ponto em que ou mudava ou morria.

Chegando ao rio, encontrou uma parte rasa, arrancou as botas, soltou a espada e a bainha e entrou. Depois de mergulhar a cabeça por um instante na frieza quase excessiva da água, ele se deitou, a cabeça apoiada na suave inclinação da margem coberta de grama. Ficou esparramado ali, de olhos fechados, deixando que a água gelada afastasse de sua mente a nebulosidade do vinho e que a correnteza levasse embora o fedor das roupas e do corpo.

5

Desde que chegara à França, vinha afundando cada vez mais na bebida e nos braços de uma multidão de mulheres sem rosto e sem nome. As batalhas ocasionais contra os inimigos ingleses ou franceses do senhor que estivesse pagando por sua espada na ocasião eram a única coisa que o fazia interromper aquele ciclo contínuo de libertinagem. Nigel sabia que tinha sorte de ainda estar vivo após sete anos de tamanha estupidez. Na noite anterior, poderia ter caído de cara na lama e, de tão bêbado, acabar se afogando no lodo. Poderia ter ido parar no acampamento do inimigo, onde o matariam antes mesmo que percebesse seu erro. Poderia ter sido degolado e roubado por alguma das muitas figuras sombrias que espreitavam a área das tropas ou mesmo por um de seus companheiros. Tinha se deixado levar por uma estranha loucura que poderia facilmente ter lhe custado a vida.

E por quê? Era essa a pergunta que precisava fazer a si mesmo. No início, o vinho e as mulheres haviam sido um alívio para o anseio em seu coração, uma tentativa de aliviar a dor que o fizera deixar seu lar, a Escócia e Donncoill. Agora, suspeitava que isso houvesse se tornado um hábito. O vinho oferecia um entorpecimento tentador, uma bem-vinda incapacidade de pensar, e as mulheres proporcionavam a seu corpo um alívio temporário. Não, não valia a pena pôr sua vida em risco por isso, concluiu ele, com convicção. Quando deixara a Escócia, havia garantido aos irmãos que não estava indo para a França para tentar morrer em batalha. Tampouco queria morrer num estupor alcoólico.

Algumas vozes alcançaram seus ouvidos, arrancando-o dos pensamentos soturnos e da desagradável autoanálise. Nigel se arrastou para se sentar e prestou atenção. Assim que soube de onde vinha o ruído, agarrou as botas e a espada e se aproximou sorrateiramente. A curiosidade o conduzia – assim como a tentação de desviar o olhar da situação degradante a que havia chegado depois de sete anos.

Por pouco não deu de cara com as duas pessoas. Estavam mais perto do que ele percebera, numa clareira que não se via muito bem até ser alcançada. Nigel se escondeu depressa atrás de um arbusto baixo de frutas silvestres. Era um esconderijo ruim, mas os dois ali na clareira estavam tão absortos em seus assuntos que ele teve certeza de que não o veriam se não fizesse barulho.

Nigel reconheceu o rapaz, só precisou de um momento para lembrar o nome. Mas foi a menor da dupla que atraiu seu interesse. Por que

Guy Lucette conversava tão atentamente com uma minúscula mulher de cabelos pretos, vestida em roupas masculinas que lhe caíam muito mal? Uma rápida olhada no monte de espessas madeixas muito escuras espalhadas pelo chão informou a Nigel que os cachos curtos da mulher eram algo muito recente. Sentiu um estranho pesar ao ver os fios descartados e se perguntou por quê. Concluiu que qualquer homem ficaria pesaroso ao ver um cabelo tão longo e belo ser tosquiado e jogado fora. Uma cabeleira daquelas era a glória de uma mulher. Por que aquela pequena dama teria tomado uma decisão tão drástica? Obrigou-se a parar de pensar e a ouvir a conversa, tentando acompanhar o ritmo rápido do francês que falavam.

– Isso é loucura, Gisele – murmurou Guy enquanto a ajudava a amarrar a calça justa, muito manchada, feita em pele de cervo, e um gibão acolchoado já gasto. – Em breve vamos enfrentar os ingleses, e o campo de batalha não é lugar para uma mulher.

– As terras dos DeVeau também não são lugar para uma mulher. Muito menos para esta – retrucou a jovem, tocando os agora curtíssimos cachos com dedos longos que pareciam vacilantes. – Eu poderia matar o homem só por isso.

– O homem já está morto.

– O que não me impede de querer matá-lo.

– Por quê? Ele não cortou seu cabelo nem pediu que o fizesse.

– O desgraçado me obrigou a isso. Ou melhor, a maldita família dele me obrigou. Eu não tinha ideia de que os DeVeau eram reprodutores tão prolíficos. Parece que há um deles em cada esquina, embaixo de cada arbusto.

– E é provável que haja alguns DeVeau no exército reunido nessas paragens – disse Guy, em voz baixa. – Você não levou isso em consideração quando concebeu esse plano louco?

– Levei, sim – respondeu ela, puxando o gibão e o alisando com as mãos pequenas para ter certeza de que os seios não marcavam a frente da vestimenta. – Também levei em consideração o fato de que muitos DeVeau sabem ou poderiam descobrir facilmente que você é meu primo. Mas nada disso importa. Ninguém vai pensar em me procurar entre tantos pajens correndo pelo acampamento.

– Pode ser, mas mesmo assim quero que permaneça perto de mim. Melhor: quero que permaneça dentro da minha tenda tanto quanto possível, sem atrair suspeitas. – Guy observou o cabelo espalhado pelo chão e então assentiu com satisfação silenciosa. – Se for vista pelo seu inimigo, se for descoberta aqui por eles, pode facilmente ser morta. Os DeVeau ofereceram uma recompensa polpuda por sua bela cabecinha, e muitos homens estarão ansiosos para encher o bolso.

Distraidamente, Nigel se perguntou quanto os DeVeau estariam dispostos a pagar pela dama. Mas não importava. Estava intrigado, e a curiosidade devolvia uma centelha de vida às suas veias. Desde que fugira da Escócia, era a primeira vez que se interessava por algo além da própria infelicidade, da própria batalha, e isso era maravilhoso. Inúmeras perguntas inundavam sua mente, mas ele não se importava em saber as respostas. Queria apenas ouvi-las.

Guy e a jovem esguia que ele havia chamado de Gisele enterraram as roupas femininas e o cabelo cortado em uma cova rasa e partiram. Nigel parou de segui-los apenas por tempo suficiente para resgatar o que haviam tentado ocultar. Transformou um xale em uma pequena trouxa e guardou dentro dela o cabelo e as outras peças de roupa. Depois, foi deixar a trouxa em sua tenda antes de se dirigir à de Guy.

Foi muito fácil se aproximar sem ser visto. O jovem cavaleiro perdera dois de seus compatriotas no último conflito com os ingleses e ainda não os substituíra. Nitidamente, Guy e Gisele não estavam fazendo um bom trabalho em se proteger. Qualquer um que estivesse à caça da jovem e descobrisse onde se encontrava não precisaria fazer o menor esforço para capturá-la.

Ao fitar a entrada da tenda de Guy, Nigel se perguntou o que fazer a seguir. Também pensou por que deveria se importar se aqueles tolos fossem liquidados, então concluiu que qualquer coisa que o desviasse da trilha de autodestruição que vinha percorrendo já valia a pena. E não sabia ainda se a dupla tinha feito algo que realmente merecesse a sentença de morte. Tudo podia não passar de um mal-entendido. Sua família sabia muito bem o preço de erros assim, tendo se envolvido numa longa e sangrenta disputa por causa de um erro. Vários homens bons haviam morrido antes que toda a verdade fosse revelada. Mas Nigel percebeu que poderia estar sendo movido por mais do que mera curiosidade quando pensou que algo de ruim poderia acontecer a Gisele e sentiu o sangue gelar. A intensidade daquele sentimento de consternação não podia ser explicada apenas dizendo a si mesmo que qualquer homem com sangue nas veias odiaria que algo de ruim acontecesse a uma mocinha tão bela, ainda mais se fosse fruto de um mal-entendido.

– Pare com essa indecisão, Nigel – repreendeu a si mesmo enquanto andava a passos lentos de um lado para o outro diante da tenda de Guy.

Não lhe vinha à mente nenhuma forma astuciosa de abordar a dupla. Nigel praguejou. Ou não havia mesmo um jeito simples de fazer aquilo ou sua mente ainda estava entorpecida demais pelo vinho para engendrar o mais simples dos planos. A abordagem direta seria a melhor, decidiu. Depois de bradar uma saudação, entrou.

Os olhares espantados e desconcertados dos primos foram tão divertidos que Nigel teve que sorrir. A reação de Guy foi lenta demais para salvá-los caso o recém-chegado fosse um inimigo, mas o jovem finalmente entrou em ação. Nigel abriu um sorriso ainda maior quando Guy sacou a espada e escondeu Gisele atrás de si. O rapaz claramente não percebia que sua atitude protetora denunciava que a prima era mulher – e muito mais rápido que um olhar atento.

– Não há necessidade disso – falou Nigel.

Ele rezou para que os dois compreendessem inglês, pois sua pronúncia fazia com que poucos o entendessem quando ele arriscava o francês.

Nigel afastou um pouco as mãos do corpo, para demonstrar que não tinha intenção de sacar a arma.

– Não? Então por que apareceu assim de supetão, se não pretende nos fazer mal? – indagou Guy.

Afastando uma breve pontada de inveja diante da prova de que Guy sabia falar inglês bem melhor do que ele falava francês, Nigel olhou para Gisele, que o observava com atenção por trás das costas largas do primo. Tinha olhos grandes e belos, de um verde intenso que ele só vira uma vez.

– É de estranhar que seu pajem não saque a espada nem fique ao seu lado – disse Nigel, arrastando as palavras e rindo baixinho quando os olhos escuros de Guy se arregalaram por um instante e o jovem praguejou baixinho. – Até pode fazer a mocinha parecer um rapazola, pelo menos para quem olhar de relance, mas é muito difícil se lembrar de tratá-la como um homem.

Gisele sentiu um calafrio de medo, mas depois ficou confusa. A primeira coisa que lhe passara pela cabeça era que o lindo escocês havia sido contratado pelos DeVeau, mas não via ameaça naquele sorriso encantador nem em sua postura descontraída. Embora tivesse levado um momento para enxergar além da beleza naqueles olhos cor de mel, o que via neles era apenas curiosidade e divertimento. E aquele olhar logo começou a irritá-la, pois não conseguia entender que graça havia em sua situação lamentável – que tampouco era algo que deveria receber a interferência de um cavaleiro entediado, interessado apenas em aliviar seu enfado. Sua vida estava por um fio.

Apesar da raiva crescente que sentia e do aspecto desalinhado do escocês, Gisele foi incapaz de ignorar sua bela aparência. Ele era alto e esguio, dono de uma força elegante evidenciada pelas roupas úmidas coladas ao corpo musculoso. O cabelo também estava molhado, caindo em cachos até abaixo da linha dos ombros, mas algumas mechas estavam secas o suficiente para mostrar que o tom dourado dos olhos também se fazia presente nos fios. Nigel manteve o olhar em Gisele por muito tempo enquanto ela o observava. Parecia exausto, com uma barba de muitos dias, mas mesmo assim era um dos homens mais belos que ela já vira. Tinha as maças do rosto altas, um nariz longo e reto – que, de algum modo, escapara dos golpes que a maioria dos cavaleiros costumava levar –, um queixo marcante e uma boca tentadora que com certeza já seduzira muitas mulheres a experimentar seu calor suave. Gisele ficou surpresa com a tristeza que sentiu ao notar os primeiros sinais de uma vida de libertinagem, as rugas desenhadas pelo excesso de vinho e, muito provavelmente, pela entrega exagerada aos prazeres da carne. Ela vira aquelas mesmas marcas no rosto do marido. Que preocupações poderia ter aquele belo e forte escocês para se entregar à bebida e às mulheres?

Quando os olhares dos dois se encontraram, Gisele corou. Vinha fitando o homem com intensidade demais, por tempo demais, e ele, por fim, percebera. Ela desviou o olhar depressa, constrangida. Precisou de um momento para se recompor e reavivar a raiva que sentira por aquele ar divertido tão inconveniente. Quando voltou a olhá-lo, ele exibia um sorrisinho malicioso. Gisele precisou lutar para conter a irritação.

– Acabei de assumir este disfarce. Poderia me dizer como o descobriu? – indagou ela, com firmeza.

– Eu estava no rio.

– *Merde* – balbuciou ela, e lhe lançou um olhar furioso quando ele riu. – Então é um espião.

– Não. Só um homem que gosta de estar limpo de vez em quando.

Ela decidiu ignorar aquela frivolidade e saiu de trás de Guy.

– Se não está me caçando, que interesse tem na maneira como me visto ou tento me portar?

– A curiosidade é uma força e tanto.

– E o senhor é um cavaleiro grande e forte. Lute contra ela.

– Gisele – repreendeu Guy, cutucando a prima com o cotovelo –, precisamos descobrir o que ele quer antes de afiarmos a língua no couro dele – disse ele em francês.

– Eu falo francês – murmurou Nigel em francês, e sorriu ao receber um olhar de ódio dos dois.

– Ao que parece, fala terrivelmente – disse Gisele, que praguejou ao receber outra cotovelada de Guy.

– Conheço o senhor, não? – perguntou Guy, franzindo a testa.

– Só de vista. – Nigel se curvou ligeiramente. – Sir Nigel Murray.

– Sir Guy Lucette. Minha prima, Gisele DeVeau. Pretende expor nossa farsa? Ou procura recompensa para guardar nosso segredo?

– Por quem me tomam? – Mas Nigel não se sentia ofendido, pois compreendia que seus atos levantavam suspeitas. – Juro pela honra do meu clã que minha intromissão foi motivada apenas por curiosidade.

– Uma obediência tão cega à curiosidade poderia facilmente levá-lo à morte – provocou Guy, guardando a espada. – Temo que não será saciada desta vez.

– Não?

– Não – confirmou Gisele. – Este assunto não é da sua conta.

– E não avaliam que será necessária alguma ajuda? Mais uma espada para protegê-los?

Nigel reparou que Guy franziu a testa, obviamente levando suas palavras em consideração, mas Gisele não demonstrou qualquer hesitação.

– É um assunto de família, senhor – disse ela. – Não precisamos de ajuda.

– Não? Sua farsa mal começou e já foi descoberta.

– O senhor descobriu somente porque estava nos espionando.

– Posso não ter sido o único – disse ele em voz baixa, tentando fazer a jovem compreender o que sua descoberta e sua presença implicavam.

Guy empalideceu. Nigel assentiu, feliz por ver que ele entendia. Gisele parecia estar tomada por um intrigante misto de nervosismo e raiva. O bom senso deveria lhes dizer que precisavam desesperadamente de ajuda, mas Nigel sabia que muitas coisas podem interferir na voz do bom senso. Eles não o conheciam, não realmente, portanto não tinham motivo para confiar nele. Havia também a questão do orgulho, sentimento que Nigel suspeitava que os primos possuíssem em larga medida. Só restava a Nigel torcer para que a cautela e o orgulho não os dominassem por muito tempo.

– Acredito que teríamos reparado se o bosque à nossa volta estivesse tomado por espiões – resmungou Gisele, fazendo uma careta quando Guy lhe deu mais uma leve cutucada de repreensão.

– Sir Murray, compreendo o que está tentando nos dizer – interveio Guy, lançando um olhar raivoso para calar Gisele quando ela tentou se manifestar. – É certo que precisamos ser mais cuidadosos e atentos em relação aos locais por onde andamos.

– Mas recusam minha ajuda.

– É preciso. Este não é um problema seu. Seria descortês arrastá-lo para nossas dificuldades.

– Mesmo se eu estiver disposto a ser arrastado?

– Mesmo assim.

Nigel deu de ombros.

– Como quiser.

– Nós agradecemos sinceramente sua bondosa preocupação.

– Nós? – retrucou Gisele.

Mas Nigel apenas sorriu e Guy ignorou a interrupção.

– Apesar de sua cortês recusa – disse Nigel –, esteja certo de que ainda podem contar com minha ajuda. Sabe onde me encontrar se mudarem de ideia.

Nigel se curvou numa breve saudação e partiu. A poucos metros da tenda de Guy, parou e olhou para trás. Chegou a considerar a ideia de voltar e espreitá-los para ouvir o que diziam, mas não. Os dois certamente teriam ficado mais cautelosos, baixando o tom de voz e medindo as palavras, tornando impossível ouvi-las. Só podia esperar e rezar que buscassem sua ajuda antes que a ameaça que tanto temiam os alcançasse.

– Isso pode ter sido um erro – disse Guy em voz baixa, fechando as abas da tenda.

– Não precisamos da ajuda do escocês – disse Gisele enquanto se sentava em um pequeno baú coberto com uma colcha.

– Confia demais na minha capacidade de protegê-la.

Guy se sentou perto do pequeno buraco cercado de pedras no chão de terra batida e começou a acender o fogo

– Você tem grande habilidade e é um cavaleiro muito honrado.

– Agradeço os elogios, mas minha reputação, modesta como é, foi conquistada na batalha, no combate honroso. Isto é diferente. Sou tudo o que há entre você e uma verdadeira horda de DeVeau vingativos e seus comparsas; e nenhum deles é conhecido por agir de maneira honrada. Uma espada a mais poderia ser útil.

– Não sabemos se ele pretende usar aquela espada para nos ajudar ou para nos conduzir às mãos de nossos inimigos. O escocês pode muito bem ser um assecla de DeVeau.

– Não acredito nisso.

– Você nem conhece esse sujeito.

– Verdade, mas nunca ouvi nada de ruim sobre ele. É melhor não o descartarmos completamente.

Gisele praguejou em silêncio e passou as mãos no cabelo recém-cortado. Não conseguia acreditar que sir Murray tivesse más intenções, mas temia estar sendo influenciada pela impressão causada por aquele rosto bonito e aqueles belos olhos. O fato de Guy admitir sentir a mesma confiança no homem diminuiu só um pouco seu mal-estar. Ela vivia se escondendo e fugindo há tanto tempo que não se permitia confiar facilmente nem nas próprias opiniões. Se até alguns familiares seus acreditavam nas acusações que pesavam contra ela e haviam lhe virado as costas, por que um desconhecido, vindo de uma terra desconhecida, ofereceria ajuda? E será que ele manteria a oferta depois que descobrisse o motivo de os DeVeau a estarem perseguindo e a quantia que ofereciam por sua captura?

– Então não vamos descartá-lo por completo – cedeu ela, por fim –, mas também não vamos aceitá-lo cegamente como aliado.

– Às vezes a cautela pode ser excessiva, prima.

– Verdade, mas não esqueça por que estou me escondendo. Sir Murray talvez não continue tão amistoso ou tão disposto a nos ajudar quando souber o motivo de nossa cautela e desse disfarce. – Ela abriu um sorriso triste. – Um homem dificilmente perdoaria uma mulher que matou seu marido.

– Mas você não o matou.

– Os DeVeau acreditam que matei, assim como alguns de nossa família. Por que um desconhecido acreditaria em mim?

Guy fez uma careta e praguejou baixinho. Gisele assentiu.

– Vamos aguardar e tomar nossa decisão em relação ao escocês com calma.

– Concordo. Só rezo para que os DeVeau não nos encontrem primeiro.

CAPÍTULO DOIS

– Os pajens não costumam usar amuletos tão bonitos.

Gisele praguejou, colocou o medalhão incrustado de granada por dentro do gibão e lançou um olhar furioso para o escocês sorridente enquanto botava o saco de madeira no ombro. Fez o melhor que pôde para ignorar o belo sorriso enquanto caminhava pelo bosque até a tenda de Guy. Já se passara uma semana desde que sir Murray se intrometera em seu segredo. O homem acompanhava todos os seus movimentos e ela esbarrava nele com frequência, vendo aquele sorriso sedutor em todo canto. Gisele não sabia se o que a incomodava mais era a persistência dele ou a atração inabalável que sentia por aquele patife.

– Quer ajuda com essa lenha? – ofereceu Nigel, colocando-se ao lado dela.

– *Non* – retrucou Gisele, irritada por não conseguir andar mais rápido que ele. – Já pensou que toda essa atenção pode levantar suspeitas?

– Sim, mas não acho que as suspeitas seriam quanto ao seu sexo.

– O que pensariam, então?

– Que eu me cansei das mulheres.

Ela franziu a testa, arquejou e corou ao compreender o que ele queria dizer.

– Isso é inconcebível.

Nigel deu de ombros.

– Estamos na França.

– Cuidado com o que diz, meu bom cavaleiro. Sou francesa.

– É, e é a coisa mais bonita em que pousei os olhos nesses sete longos anos em que venho vagando por esta terra.

O elogio efusivo fez com que o coração de Gisele batesse um pouco mais depressa. Ela silenciosamente amaldiçoou aquele homem.

– Não tem nada mais importante para ocupar seu tempo e seus pensamentos do que meus problemas insignificantes?

– No momento, não.

Nas margens do bosque, enquanto ainda estavam abrigados pelas árvores e pelas sombras que lançavam, Gisele se virou para ele. Por que o sujeito tinha que ser tão bonito? E por que ela tinha que sentir algo por ele?

Havia se convencido de que seu cruel marido liquidara todo o seu interesse pelos homens, mas reconhecia os sinais de uma atração perigosa, embora já houvesse bem mais de um ano que não sentia algo assim. Por onde andava aquele belo cavaleiro nos tempos em que ela poderia ter apreciado um flerte, quando sentia seu sangue correr quente nas veias e o pensamento ficar enevoado, sem ter medo? *Estava se esbaldando com mulheres e vinho*, pensou ela de repente, e fez uma careta.

– Não há necessidade de o senhor se ocupar desse problema – disse ela.

– Concordo, mas escolhi me meter. – Ele deu um sorriso breve e se apoiou numa árvore, cruzando os braços diante do peito largo. – Por que os DeVeau a estão perseguindo?

– *Merde*, o senhor é como um cachorro faminto que cravou os dentes num pedaço de osso.

– Meus irmãos sempre me disseram que eu podia ser muito teimoso. Moça, sei que está sendo perseguida e sei quem a está perseguindo. Seu disfarce nunca foi segredo para mim. Também sei que há uma recompensa por sua linda cabeça. A única coisa que não sei é o motivo de tudo isso. – O olhar dele encontrou o dela e permaneceu firme. – Por que os DeVeau querem vê-la morta? Acho que é porque acreditam que matou um deles. Se for verdade, então quem seria o homem e por que pensariam que uma mocinha tão pequena e bonita mataria alguém?

Ele estava perto da verdade, pensou ela, cativada pelo calor daqueles olhos cor de mel. Perto demais. Uma grande parte dela desejava desesperadamente confiar nele. E outra desejava desesperadamente que ele acreditasse em sua inocência – o que era ainda mais alarmante.

Gisele se obrigou a desviar o olhar, temendo deixar escapar a verdade.

Confiar nele seria colocar em perigo a própria vida, talvez a vida de Guy também. Simplesmente não podia correr esse risco. Para seu desgosto, também temia que ele não acreditasse em sua versão dos fatos, que lhe virasse as costas como tantos outros. E sabia que aquilo a magoaria profundamente.

– Como venho tentando lhe dizer... – começou Gisele, mas então percebeu que ele não estava mais ouvindo. Havia se empertigado e olhava com atenção para o acampamento. – O que houve?

– Os Sassanachs – sussurrou Nigel.

– Quem?

– Os ingleses. – Ele a puxou enquanto saía correndo na direção do acampamento. – Volte para a tenda de Guy e permaneça lá.

– Mas não estou vendo nada. Nenhum alarme soou. Como o senhor pode saber que os ingleses estão por perto? – Ela cambaleou e foi amparada por ele, que continuava empurrando-a. – *Merde*, o senhor sente o cheiro deles ou é apenas maluco?

– Ah, sim, eu sinto o cheiro dos desgraçados.

Antes que Gisele pudesse pedir mais explicações, um grito ressoou no acampamento. Os homens correram para pegar as armas. Ela olhou para Nigel, assombrada, no momento em que ele a empurrou para dentro da tenda de Guy e se foi. Os primeiros sons de espada contra espada a despertaram da estupefação. Gisele largou o saco com a lenha num canto, pegou uma das adagas de Guy e se sentou no chão de terra batida, diante da abertura da tenda. Se a batalha a alcançasse, ela estaria pronta.

Enquanto permanecia ali, tensa e alerta, se pegou pensando no escocês, algo que vinha acontecendo com frequência demais para seu gosto. Não era um bom momento para se preocupar com ninguém, muito menos com um homem. Uma distração desse tipo poderia facilmente lhe custar a vida. Toda a sua atenção precisava estar em apenas uma coisa, uma única coisa: escapar dos DeVeau. Seu coração e sua mente, porém, pareciam não querer encarar aquela verdade. Por mais que tentasse tirar da cabeça o escocês de olhos cor de mel, seus pensamentos insistiam em trazê-lo de volta.

Nigel Murray era um homem de beleza excepcional, e muitas mulheres seriam incapazes de resistir a pensar nele. Admitir isso não ajudou muito a aliviar a preocupação e a irritação de Gisele. Ela deveria ser melhor do que isso. Tinha visto o lado sombrio dos homens, o coração terrível que um belo rosto podia ocultar. O escocês não parecia carregar aquela mácula, mas Gisele não conseguia mais confiar no próprio julgamento. Embora tivesse se recusado de forma resoluta – ainda que inútil – a se casar com DeVeau, por acreditar em todas as histórias a respeito do homem, nem mesmo ela havia se dado conta da profundidade de sua natureza amoral e cruel.

Soltou um xingamento ao perceber que pensar no falecido marido lhe trazia à mente lembranças sombrias do tempo em que vivera com ele. Havia se passado quase um ano desde que encontrara seu corpo mutilado e fugira, por saber que seria apontada como culpada. Ficaram seis meses casados, mas ela sabia que as coisas que DeVeau lhe fizera a deixariam marcada pelo resto da vida. Também ficaria marcada pelo que considerava uma traição de sua família. Não haviam feito nada para ajudá-la antes ou depois do casamento, e muitos de seus parentes acreditavam nas acusações de assassinato feitas pelos DeVeau. Aquilo estava começando a mudar, mas ela sabia que demoraria a perdoar e a esquecer.

Um grito trouxe sua atenção de volta à precariedade de sua situação. Era o som aterrorizante de um homem morrendo, mas o que mais a alarmou foi a proximidade. A batalha estava perigosamente perto da tenda. Gisele se levantou devagar enquanto o choque das espadas prosseguia a uma distância que parecia ser de poucos metros de seu esconderijo. Permanecer no interior da tenda não lhe parecia mais seguro. Começava a lhe dar a sensação de ser uma armadilha.

Segurando a adaga bem firme, Gisele se aproximou lentamente da abertura da tenda e parou. O medo e o horror a deixaram paralisada. Guy lutava ferozmente pela própria vida, enfrentando dois homens cujos escudos exibiam as cores da casa DeVeau. Ela havia sido encontrada, e um dos poucos membros de sua família que acreditava nela estava prestes a morrer, da mesma forma que acontecera a Charles, amigo de Guy. Gisele estremeceu ao desviar o olhar do jovem cavaleiro.

– Fuja! – berrou Guy enquanto escapava com agilidade de um golpe letal.

No exato momento em que Gisele percebeu que, se Guy sabia que ela estava ali, os DeVeau também deviam saber, um terceiro homem apareceu e se aproximou devagar, espada na mão. Gisele ergueu a adaga, ciente de que o enorme cavaleiro tinha todo o direito de abrir aquele sorriso arrogante. Ela e sua minúscula arma não representavam ameaça alguma.

– Solte a adaga, assassina maldita – ordenou ele, com uma voz tão grave que mais parecia um rosnado áspero.

– E tornar esta injustiça mais fácil de ser cometida? *Non*, acho que não.

– Injustiça? *Non*, isto é justiça. Matou seu marido, decepou sua virilidade e a enfiou goela abaixo. Merece tudo que os DeVeau desejam lhe infligir.

De repente ocorreu a Gisele que o tipo de mutilação sofrida pelo marido tornaria muito difícil encontrar um aliado entre os homens que a caçavam. O cavaleiro falara do assunto de tal modo que parecia ver mais gravidade naquilo do que no assassinato em si. Ela se pegou pensando se sir Nigel ficaria igualmente chocado e desistiria de apoiá-la, se até se juntaria aos DeVeau. Então se obrigou a prestar atenção a algo bem mais importante: sua sobrevivência.

– Não voltarei para o covil dos DeVeau! – exclamou ela, tomando o cuidado de se manter fora do alcance do cavaleiro e tentando contorná-lo para encontrar uma rota de fuga desimpedida.

– Ah, *oui*, voltará. Viva ou morta.

– Morta? Acredito que a matilha dos DeVeau me deseje viva, para poder me mostrar mais de sua brutalidade.

– Essa perseguição está demorando tanto que acredito que não façam mais questão.

– Ah, mas eu faço – disse uma voz arrastada, num inglês carregado de sotaque. – Prefiro que a mocinha continue viva.

Gisele arregalou os olhos quando viu sir Nigel bem atrás do cavaleiro que a encurralara, mas sua surpresa não se comparava à do outro homem. Afinal, não compartilhava do medo que ele obviamente demonstrava. Gisele deu um passo para trás enquanto o cavaleiro se virava para encarar sir Nigel. Mas o sujeito foi lento demais. E, embora ele tenha tido uma morte bem mais misericordiosa do que a que planejara para ela, Gisele ainda se sentiu mal quando Nigel o abateu. Em silêncio, apontou para Guy, em dificuldade com os dois homens.

Gisele então se voltou para olhar a batalha, mesmo com medo e não querendo ver mais mortes – muito menos a de Guy ou a de Nigel. O resultado determinaria qual seria seu passo seguinte, e essa decisão talvez tivesse que ser tomada imediatamente. Ela também rezou, com fervor, para que sir Nigel e Guy não tivessem que pagar caro demais pela proteção que lhe prestavam.

Quando Nigel derrubou seu oponente, Gisele sentiu tanto alívio por um breve momento que quase bateu palmas. Então o adversário de seu primo desferiu um golpe habilidoso e Guy não conseguiu desviar. Ela e Guy gritaram ao mesmo tempo quando a espada cortou o ombro esquerdo dele. Apenas seu rápido movimento para a direita havia impedido que a lâmina atingisse seu coração. Enquanto Gisele corria para ajudá-lo, Nigel impediu que o homem dos DeVeau desse o golpe fatal, desviando sua atenção: em vez de se concentrar em tirar uma vida, agora ele precisava lutar desesperadamente para salvar a própria. A batalha foi curta, sir Nigel logo o liquidou. Gisele tinha acabado de se ajoelhar ao lado de Guy quando sir Nigel limpou a espada no gibão do morto, embainhou-a e foi ajudá-la.

– Perdão, prima – balbuciou Guy, cerrando os dentes de dor enquanto Gisele tentava abrir suas vestes empapadas de sangue.

– Perdão pelo quê? – perguntou ela, lutando para ignorar o sangue e a dor que ela causara.

– Minha primeira tentativa de protegê-la foi lastimável.

– *Non*, seu tolo. Foi muito valente.

– Charles está morto?

– Temo que sim.

– Malditos sejam os DeVeau e todos os seus descendentes. Charles era um homem bom, o melhor dos companheiros.

– Providenciarei para que o corpo dele seja tratado com cuidado e honra – disse Nigel.

– Agradeço muito. – Guy deu um sorriso fraco para Nigel. – De onde você veio?

– Quando escutei aquela conversa perto do rio, ouvi o nome DeVeau. Então tratei de descobrir o que podia sobre a família. Agora, no calor da batalha, vi você e seu amigo correrem para cá. Espiei os homens DeVeau e achei que vocês poderiam precisar de ajuda.

– E ele precisa de mais ajuda agora – disse Gisele. – Tudo de que preciso para cuidar do ferimento se encontra na tenda.

Nigel levantou Guy e o carregou, acompanhado por Gisele. Ela indicou um leito de pele de ovelha com um cobertor e Nigel pousou Guy ali, com delicadeza. Enquanto Gisele limpava e suturava a ferida do primo, Nigel encontrou um odre de vinho, sentou-se num baú e se serviu de um generoso gole.

Quando percebera que Gisele estava em perigo, Nigel fora tomado de uma urgência que não sentia havia muito tempo. Ao vê-la enfrentar um cavaleiro grande, de espada em punho, munida apenas de coragem e de uma pequena adaga, sentiu sua admiração crescer, assim como o desejo de abater prontamente o homem que a ameaçava. Achou aquilo curioso e perturbador ao mesmo tempo. Havia muito não experimentava emoções parecidas.

Nigel observou Gisele enquanto ela tratava o ferimento do primo, pálida de preocupação. Era minúscula de altura e de porte. As roupas que usava davam poucas indicações de que se tratava de uma mulher, porém o corpo dele não tinha dificuldade em reagir a ela como tal, depressa e com regularidade. Gisele era indiscutivelmente bela, com o rosto pequeno, nariz reto, queixo ligeiramente arrebitado e grandes olhos de um verde vibrante. As sobrancelhas escuras eram delicadamente arqueadas, acentuando o tamanho dos olhos, e os cílios eram longos e espessos. Fazia anos que ele não via olhos tão belos. Nada disso, porém, explicava os sentimentos que ela despertava nele. Por mais adorável que fosse, não era uma beleza estonteante, daquelas que inspiram os homens a arriscar tudo para ouvir algumas palavras bondosas de seus lábios carnudos. Mas ela o atraía como se fosse.

Envolver-se nos problemas dela não seria uma atitude sábia. Pelo que ele havia descoberto, os DeVeau eram numerosos, ricos, poderosos e cruéis. Um homem com juízo faria o possível para se distanciar dos inimigos de uma família como essa e teria muito cuidado para nunca deixar um DeVeau marcá-lo como inimigo também. Em vez disso, porém, ele havia entrado correndo na briga, espada em riste, e matado três cavaleiros DeVeau. Ainda poderia se salvar, pois as testemunhas ou estavam mortas ou jamais contariam algo aos inimigos, mas ele sabia que não podia mais recuar. Sentia-se compelido a ajudar, quisesse ela ou não.

– Decidiu não retornar à batalha? – perguntou Gisele.

Ela terminara de lavar as mãos e começava a acender o fogo.

– A briga já estava quase no fim quando decidi vir para cá e salvar sua linda pele.

Gisele fez uma careta, observando-o com atenção enquanto ele tomava um bom e longo gole de vinho.

– Guy e eu estávamos nos saindo muito bem, embora eu deva lhe agradecer por sua bondosa ajuda.

Ela praguejou em voz baixa quando ele deu um sorriso enviesado, revelando não acreditar naquelas palavras. A ajuda de Nigel fora fundamental, e, de certo modo, ela se ressentia disso.

– Acha muito difícil admitir que está com a lama na altura do pescoço e afundando depressa, não é? – perguntou ele, ainda sorrindo.

– É uma descrição exagerada da situação – murmurou ela. – Cuidei de mim mesma por quase um ano sem contar com mais do que a ajuda ocasional de minha família. Acho que consigo sobreviver.

– Seja lá do que está fugindo, moça, seu perseguidor está começando a chegar perto. É, está tão perto que custou a vida de um amigo e quase levou seu parente. Isso já aconteceu antes?

Gisele se sentou diante do fogo que começava a arder, tomou o odre da mão dele e deu um grande gole.

– *Non*, nunca aconteceu. Sinto muito por Charles, muito mesmo, pois era um jovem honrado, um amigo de infância de Guy. O ferimento deixou Guy muito fraco, mas não será fatal se ele for bem-cuidado.

– Verdade, mas acho que vai ser uma tarefa difícil.

– Posso afirmar que sou hábil no trato de ferimentos.

– Estou certo disso. Tanto quanto é hábil em fugir e se esconder dos inimigos. Mas acha que será hábil em fazer tudo isso ao mesmo tempo? – Ele abriu um sorriso compassivo quando ela empalideceu e começou a retorcer os longos e delicados dedos no colo. – Não pode mais ficar aqui, moça.

– O senhor matou os homens que me encontraram.

– Mas será que eram os únicos enviados pelos DeVeau? Eles podem ter mandado alguma mensagem avisando que encontraram sua presa. Mais homens virão. E a senhora deve saber que não é possível fugir e se esconder muito bem quando se está arrastando um homem ferido. Isso a colocaria em perigo e, de fato, poderia tornar o ferimento do rapaz fatal.

Gisele fechou os olhos e tentou se acalmar. Quando falara com Guy, seu plano lhe parecera muito astucioso. Quem pensaria em procurar uma dama delicada e bem-educada no meio de um exército? Quem imaginaria que ela se arriscaria à desonra vestindo-se como um rapaz? Não podia acreditar que os DeVeau tinham adivinhado seus planos. Provavelmente, eles haviam procurado Guy na esperança de encontrá-la por meio dele, ou pelo menos de descobrir seu paradeiro.

Sir Nigel tinha razão. Em breve os DeVeau saberiam onde ela se encontrava e, pior, saberiam também que Guy a ajudara. Não podia permanecer ali, mas também não podia abandonar o primo. Ele precisava de seus cuidados e, agora, também precisaria fugir da vingança que a família DeVeau desejava com tanta avidez. Devagar, Gisele abriu os olhos e contemplou o homem que havia se lançado no meio de seus problemas, como se tivesse algum direito de estar ali.

– E o que acha que devo fazer? – perguntou.

Nigel se inclinou para a frente e olhou no fundo dos olhos dela.

– Fugir.

– Não posso abandonar Guy ferido e à mercê de seus inimigos.

– Sei disso. Primeiro, leve-o até um lugar seguro. Deve haver alguém que o abrigue, mesmo que não possa oferecer esconderijo para a senhora também.

– Nossa prima Maigrat. Ela mora a apenas um dia de viagem daqui.

– Então vamos levá-lo para lá.

– *Vamos?*

– É... vamos. Estou oferecendo minha proteção, pequena Gisele.

– Por quê?

Ela franziu o cenho quando ele gargalhou e deu de ombros – aqueles ombros tão largos...

– Não tenho uma boa resposta. Posso lhe oferecer a proteção de que precisa e talvez um abrigo seguro. Antes de esbarrar em seus problemas, eu estava pensando em voltar para casa. A senhora pode vir comigo.

– Para a Escócia? – sussurrou ela, chocada pela sugestão e ao mesmo tempo percebendo que poderia ser um bom plano.

– Para a Escócia, meu lar. Mesmo que os DeVeau descubram que a senhora está comigo e para onde foi, ainda estará mais segura lá do que nesta terra. Na Escócia, os DeVeau serão forasteiros, incapazes de se esconder.

Gisele queria aceitar a oferta, mas hesitava. Estaria colocando a vida nas mãos de um homem que mal conhecia. Era loucura, mas talvez não tivesse muitas opções.

– A senhora precisa avaliar minha proposta, eu compreendo – disse ele, levantando-se. – Cuidarei do corpo do jovem Charles, como prometi a seu primo, e conversaremos quando eu voltar.

– Qualquer cavaleiro francês poderá lhe dizer para onde deve enviá-lo. Acredito que sua família gostaria de enterrá-lo em suas terras.

Nigel parou na entrada da tenda e voltou a encará-la.

– Preciso lhe pedir uma coisa em troca da minha ajuda, moça, uma única coisa.

– E o que seria?

– A verdade.

Quando ele se foi, Gisele praguejou e afundou o rosto nas mãos. A verdade. Esse era o preço para sua tão necessária ajuda. Infelizmente, porém, a verdade poderia fazer com que ele retirasse a oferta bem depressa. Ele poderia não acreditar na sua inocência, como tantos outros.

E havia ainda a dúvida acerca de seus motivos. Por que se oferecia para arriscar a vida por ela? Ele não lhe dera uma resposta, e muitas das razões que lhe ocorriam não eram inofensivas. Se estava apenas entediado, até quando ela conseguiria manter seu interesse? Não correria o risco de se ver abandonada em uma terra desconhecida? Ele alegava querer apenas a verdade em pagamento por seu auxílio, mas ficariam sozinhos por semanas, talvez meses. Talvez esperasse receber um pagamento mais alto. E se ele trabalhasse para os DeVeau? Talvez fosse apenas uma armadilha mais sutil, alguém que a atrairia até os inimigos depois de ganhar sua confiança. Poderia, também, ser um plano arquitetado por ele mesmo, depois de ouvir falar da recompensa oferecida. Talvez não tivesse matado seus inimigos para salvá-la, mas para ficar com tudo para si.

Gisele descobriu que detestava sequer pensar em tais coisas sobre o lindo escocês. No entanto, tinha que levar tudo em consideração. Ele poderia ser exatamente o que parecia, um homem bom e honrado que oferecia ajuda por razões que não conseguia articular. Mas, assim como ela não tinha provas de que ele era um inimigo, não tinha provas de que era o amigo e aliado que garantia ser.

– Simplesmente não sei o que fazer – disse ela, pensando alto, a voz marcada pelo desespero.

– Vá com ele – disse uma voz fraca, trêmula, atrás dela.

– Guy. – Ela correu até o primo e o ajudou a beber um gole de vinho. – Achei que estivesse dormindo.

23

– *Non*. Foi apenas um breve desmaio por causa da dor.

– Sinto muito. Tentei ser delicada.

– Não estava reclamando de sua habilidade admirável, prima. Você tem um toque delicado, mas mesmo suas mãos não são capazes de cuidar de uma ferida sem provocar dor. É da natureza do ferimento.

– Não foi um ferimento fatal, graças a Deus. Lamento tanto por Charles...

– Não precisa lamentar. Você não o matou.

– Mas conduzi os assassinos para cá.

– Pare de se recriminar, prima. Nada disso é culpa sua. Se sua família tivesse lhe dado ouvidos desde o início, você não teria sequer se casado com aquele desgraçado. Você é inocente em tudo isso. Qualquer cavaleiro digno de seu nome se sentiria obrigado a ajudá-la.

– Acha que é isso que sir Nigel Murray está fazendo?

Ela umedeceu um pano e limpou o suor do rosto dele.

– Acredito que sim. Já lhe disse que nunca ouvi falar mal dele. É um mercenário, vende sua espada para senhores franceses e assim tem feito há vários anos, mas existem muitos escoceses em nossas fileiras que fazem o mesmo. Dizem que ele escolhe com mais cuidado que a maioria. Dizem também que gosta de mulheres e de vinho, porém o observei de perto na última semana e não vi nada disso. Se é verdade, ele sabe a hora de deixar de lado a frivolidade e permanecer fiel a seu dever, com sobriedade e firmeza.

Gisele suspirou. Ainda estava hesitante, mas começava a aceitar que não tinha mesmo muita escolha.

– Então acredita que devo fazer o que ele diz? Deixá-lo com Maigrat e ir com ele?

– Acredito. Tudo o que ele pede em troca é a verdade.

– Ele pode mudar de ideia a qualquer momento.

– Talvez, mas acho que vai acreditar em você. Sinto muito, prima, mas acho que agora não tem escolha. Se ele não for quem diz ser, se estiver planejando algum truque traiçoeiro, confio que você será capaz de sentir o cheiro muito antes de isso lhe custar caro demais.

Antes que Gisele pudesse expressar que tinha suas dúvidas quanto a isso, sir Nigel voltou. Parecia forte, um bom homem para se ter ao lado, mas ela simplesmente não conseguia ter certeza de sua decisão. Sentia raiva por ter sido encurralada de tal forma que só lhe restava arriscar-se, confiando na honra de um desconhecido.

– Charles será levado para sua família – anunciou Nigel, observando os primos com atenção.

– Obrigado, sir Murray – disse Guy. – Rezo para que seja a bênção que aparenta ser, pois agora minha prima e eu aceitaremos sua oferta de proteção e ajuda.

– Ainda não concordei... – balbuciou Gisele, mas tornou a praguejar baixinho quando encontrou o olhar de Guy. – Mas concordo agora.

Nigel conteve um sorriso.

– E meu pedido será atendido? Contará a verdade? Sinto que mereço, pois claramente minha vida estará em risco.

– *Oui*, merece, sim – concordou Gisele. – E a terá assim que deixarmos Guy em segurança na casa de Maigrat.

– Gisele... – começou Guy.

– *Non*, é assim que deve ser. – Em seguida, dirigiu-se a Nigel: – Devo adverti-lo de que é uma história muito feia, sir Murray. Talvez perca a disposição para me ajudar. Por isso preciso garantir que Guy esteja em segurança antes de arriscar.

– Parece justo. Vou pegar minhas coisas e avisar a nossos oficiais que estamos deixando este exército. – Antes de ir, ele acrescentou: – Sairemos à primeira luz do dia.

Um silêncio pesado se abateu sobre os primos. Guy foi quem o quebrou:

– Tenho certeza de que é a coisa certa a fazer. Mas gostaria que você parecesse mais confiante.

– E eu desejaria imensamente me sentir mais confiante – respondeu Gisele, soltando um suspiro e obrigando-se a sorrir para ele. – Vai dar tudo certo.

– Você não acredita nessas palavras.

– *Non*, mas sinto que deveria ter mais fé nelas.

– Está me confundindo.

– Eu mesma me confundo. Não tenho motivos para desconfiar de sir Nigel, nenhum mesmo, mas ainda assim tenho medo. Desde o momento em que fugi das mãos de meu marido, tenho tentado cuidar de mim mesma. Até aqui, depois de procurar sua proteção, ainda me sentia como se estivesse abrindo o caminho, como se tivesse algum controle sobre meus passos. No momento em que concordei em aceitar a proteção de sir Murray, senti de repente que havia perdido o controle.

Guy franziu a testa e acariciou a mão dela, numa tentativa débil de reconfortá-la.

– Acho que está imaginando coisas. Acredito verdadeiramente que ele é uma boa pessoa.

– Lá no fundo do meu coração maltratado, sinto o mesmo, só que isso não diminui meu medo.

– Então talvez nós…

– *Non*, não existe mais um *nós*. Você precisa se recuperar e eu preciso fugir de novo. As duas coisas não são compatíveis. Devo deixar de lado minhas preocupações, que parecem vir apenas do meu tímido coração, e agradecer a Deus por haver alguém disposto a me ajudar. – Ela fez uma careta. – É o que terei em mente, e talvez assim passe essa sensação de que acabei de me atirar do alto de um penhasco.

CAPÍTULO TRÊS

*G*isele caminhava de um lado a outro da cozinha de sua prima Maigrat. Tinham feito a viagem até a pequena propriedade em pouco tempo, mas Guy sofrera no caminho. Quando chegaram aos portões, ele estava pálido e encharcado de suor. Só lhes permitiram a passagem para o interior das muralhas por causa de sua péssima aparência, Gisele tinha certeza, e considerava esse fato uma verdade difícil de engolir. Não havia como ignorar que tinham sido rapidamente conduzidos até os fundos, que lhes mandaram esconder o rosto enquanto passavam e que foram deixados na cozinha somente depois que Maigrat fez sair todos os criados. Tampouco poderia ignorar que não lhe ofereceram bebida ou alimento. Maigrat sempre se orgulhara de sua cortesia. Gisele suspeitava que a prima tinha esperanças de que partissem assim que pusessem Guy numa das camas, mas permanecia no mesmo lugar, insistentemente. Não partiria enquanto não tivesse certeza de que Guy receberia todos os cuidados.

Olhou de relance para Nigel, que estava esparramado numa cadeira junto a uma mesa com o tampo muito limpo, tamborilando os longos dedos na superfície lisa. Sentiu vergonha da prima Maigrat. Embora não soubesse nada a respeito dos costumes na Escócia, tinha certeza de que ele percebia como estavam sendo maltratados. Pelo menos assim ele acreditaria nela quando dissesse que não podia contar muito com a ajuda da família. Só rezava para que ele acreditasse no que ainda contaria. Não estava ansiosa para narrar toda a história sórdida, mas o momento se aproximava.

– Acredito que sua prima vai cuidar de Guy – disse Nigel, observando Gisele com atenção e lamentando a dor que a família dela obviamente lhe causava.

– Também acredito – respondeu Gisele, em voz baixa.

– Mas não da senhora.

– *Non*, ela não quer saber de mim. – Gisele deu um sorriso sem graça, desejando ser capaz de esconder a dor mas sabendo que o olhar penetrante do escocês já a havia percebido. – Penso que Maigrat espera que eu vá embora antes de seu retorno, mas ela será obrigada a me olhar mais uma vez. Preciso ouvi-la jurar que vai cuidar de Guy.

– Concordo. Se conseguir engolir seu orgulho, talvez também possa pedir a ela alguns mantimentos.

– É mesmo necessário?

– Ela tem motivos para lhe recusar uma ajuda mínima?

– Nenhum.

– Então peça, e faça com que tenha vergonha de negar. Precisamos de tudo que pudermos conseguir, pois talvez não haja muitas oportunidades de obter suprimentos com nossas mãos ou com moedas.

– Acredita que vamos passar por tantas dificuldades assim?

Ele deu de ombros.

– Não posso dizer ao certo, mas é sensato nos prepararmos para uma viagem difícil.

Ela concordou. Quando Maigrat entrou na cozinha, Gisele sentiu o corpo ficar rígido. Os lábios tensos no rosto redondo da prima mais velha deixaram claro, mais do que quaisquer palavras poderiam expressar, seu desprazer em descobrir que ela ainda não se fora. Gisele não queria pedir nada à mulher, mas obrigou-se a engolir o orgulho e fazer o que Nigel havia pedido.

– Você cuidará de Guy e o manterá em segurança? – perguntou. – Jura que vai fazê-lo, Maigrat?

– Claro. Criamos o garoto por muitos anos. Ele é como um filho para mim. Você não deveria tê-lo arrastado para seus problemas.

– Agora ele está livre dos meus problemas.

Maigrat assentiu.

– Assim como o pobre Charles. Você desenvolveu um verdadeiro talento para deixar homens mortos em seu rastro. E agora afunda ainda mais na vergonha. Veja como está. Nenhuma mulher com o mínimo de honra se vestiria de um modo tão escandaloso.

Com o canto do olho, Gisele viu Nigel se levantar, o belo rosto tomado pela raiva, e ela rapidamente fez sinal para que ele permanecesse em silêncio. Não poderia protegê-la de tudo – nem ela lhe pedia isso. Aquilo era um assunto de família, e, por mais doloroso que fosse, não merecia que ele se enredasse na situação.

– Talvez, prima, eu tenha decidido que minha vida vale mais que minha honra – disse Gisele, em voz baixa. – Preciso de alguns suprimentos e em seguida partirei.

– Já estou correndo risco por abrigar Guy e por permitir que você ponha os pés nas minhas terras. E ainda ousa me pedir mais?

– Ouso. Qual o problema em me dar alguns restos de comida e um pouco de vinho? Se os DeVeau descobrirem que estive aqui, vão achar que fez isso de qualquer maneira.

Gisele aguardou em silêncio enquanto Maigrat, praguejando baixinho, enchia uma saca de farinha com comida. Maigrat lhe empurrou o fardo. Em seguida, deu dois odres cheios de vinho para Nigel. Gisele teve que conter o desejo de jogar tudo em cima da prima e sair dali. O que dissera a Maigrat era verdade. Considerava a vida mais importante que a honra. E, com toda a certeza, era muito mais importante que o orgulho.

– Esse aí é o novo tolo que você ludibriou para ajudá-la a fugir da justiça? – perguntou Maigrat.

– Deixe estar, Nigel – murmurou Gisele quando ele deu um passo em direção a Maigrat. – Não vale seu esforço. – Ela olhou para a prima. – Algumas pessoas realmente param para ouvir minha história e não me julgam baseadas apenas no que os DeVeau dizem. É tristíssimo que poucas dessas pessoas possam ser encontradas no seio de minha própria família. Diga a Guy que mandarei notícias quando estiver em segurança – acrescentou ela enquanto saía da cozinha.

Gisele não disse nada enquanto voltavam para seus cavalos, os rostos cobertos pelos capuzes de suas capas, e partiam da propriedade da prima.

Estava com um nó na garganta provocado pela mágoa e por seu orgulho ferido, e não era capaz de dizer uma palavra. Era quase noite quando ela se libertou daquele atoleiro emocional e conseguiu olhar à sua volta. Logo depois, Nigel fez um sinal para que ela parasse.

– Vamos passar a noite aqui – disse ele, ao desmontar. – É um bom local para nos escondermos, mas não tão fechado a ponto de se transformar numa armadilha. E há água por perto.

Gisele assentiu e desmontou. O silêncio reinou enquanto cuidavam dos cavalos e acendiam a fogueira. Só depois de terem enchido a barriga com pão e queijo de Maigrat foi que Gisele sentiu que Nigel já estava cansado de todo aquele silêncio. Ela ergueu os olhos do fogo e observou-o se aproximar, com um leve sorriso, oferecendo-lhe um odre de vinho.

– Acho que está na hora de contar a verdade – disse Nigel baixinho enquanto ela bebia.

– Que verdade? A minha ou aquela em que tantos escolheram acreditar?

Ela fez uma careta e tomou outro gole de vinho ao perceber a amargura em sua voz.

– Diga apenas o que considera ser a verdade. Acredito que tenho capacidade de julgar sozinho.

– Casei-me com lorde DeVeau há quase um ano e meio. Ah, protestei muito e tentei evitar o casamento de todas as formas que podia, mas ninguém me deu ouvidos nem quis me ajudar. Ele pertencia a uma família importante, uma família poderosa e de grande fortuna. Um cavaleiro tão honrado não poderia ser tão perverso quanto diziam os boatos.

– Mas a senhora acreditava nos boatos.

– Havia boatos demais, histórias demais sobre sua maldade, para que fosse tudo mentira.

– Então foi obrigada a subir no altar.

Mal havia começado a contar sua história e ele já podia perceber a dor que aquilo lhe causava. Nigel ficou tentado a lhe dizer que não importava, que não precisava prosseguir, mas se conteve. Tinha que saber em que havia se envolvido. Já parecia bastante difícil mantê-la em segurança até chegarem à Escócia. Seria ainda mais se ele não soubesse as razões de sua fuga e de quem fugia.

– Sim, fui obrigada. Na minha noite de núpcias percebi que os boatos eram verdadeiros. – Ela soltou uma risada triste e vacilante. – Os boatos nem chegavam perto de revelar o tipo de animal que era meu marido. Mais uma vez, procurei minha família, mas eles descartaram minhas súplicas e minhas histórias, considerando-as meros caprichos de uma mulher recém-casada. Minha única salvação veio do fato de que meu marido logo se cansou de mim. Ah, ele ainda insistia em se deitar com a esposa, em me tornar o tipo de consorte que ele achava que precisava, mas a frequência com que me procurava diminuiu bem depressa. Eu estava destinada a ser a procriadora de seus herdeiros. Fora esses momentos, se eu me mantivesse calada e longe de seus olhos, ele prestava pouca atenção em mim. Havia outras mulheres com quem podia se divertir.

Nigel percebeu que queria que DeVeau ainda estivesse vivo para poder matá-lo. Gisele não fazia nenhuma acusação direta e falava com sutileza sobre o modo terrível como havia sido tratada, mas ele sabia muito bem quanta brutalidade ela devia ter suportado. O terror ainda estava presente em sua voz baixa e trêmula. Ele pôs um braço em volta de seus ombros e sentiu que Gisele ficou tensa, mas, como a jovem não se afastou, continuou a abraçá-la.

– Meu casamento caiu na rotina. Ele me batia, me levava para a cama e então me deixava em paz por algum tempo, desde que eu não me intrometesse em sua vida. Era difícil para mim me transformar em uma sombra.

– É, posso imaginar. Não é o tipo de mulher que deseja ser tão mansa.

– Ele me fez querer ser assim. Continuei tentando obter ajuda da minha família, acreditando que começavam a me dar ouvidos. Temo que não ajudei muito ao manifestar ocasionalmente como desejava a morte do sujeito ou dizendo que se alguém não me libertasse daquele tormento, eu mesma me libertaria.

Gisele sentiu o braço de Nigel apertando seus ombros e reprimiu o medo que crescia dentro de si, o medo que descobrira nas mãos de DeVeau. Nigel oferecia apenas conforto inocente. À espreita, bem ao lado do medo, havia uma sensação de segurança, de conforto, e ela lutou para se agarrar a isso e mandar para longe aquele medo cego. Era bom sentir-se delicadamente envolvida pelo braço de um homem forte e belo. Ela se recusava a deixar que DeVeau roubasse sua capacidade de desfrutar aquilo.

– Ninguém procurou provas do que a senhora dizia? Não lhes mostrou suas feridas?

– Eu tinha vergonha demais de mostrar os hematomas como prova.

– Não tinha do que se envergonhar.

– Talvez. Eu não fui uma criança dócil e tinha me transformado numa mulher que praguejava depressa, muitas vezes com uma língua ferina. Acho que pensaram que eu finalmente estava recebendo a disciplina que ninguém havia me dado. Houve insultos e abusos sobre os quais nunca consegui falar. Abusos muito íntimos – acrescentou ela num sussurro. – No sexto mês de meu casamento, eu estava me preparando para contar tudo à minha família. Percebo agora que a única coisa que me manteve em silêncio foi o medo de que nem todos esses insultos e brutalidades bastassem para que me oferecessem seu apoio. Foi então que alguém tirou a decisão das minhas mãos.

– Seu marido foi morto.

– *Oui*, assassinado. Ele achava que todas as mulheres eram suas por direito. Tomou uma jovem donzela, a filha de um lavrador local. Ele foi tão brutal que deixou a menina à beira da morte. O lavrador não conseguiu obter justiça para tal crime e, por isso, ele e a família fizeram justiça com as próprias mãos. Encontraram meu marido caído na cama num estupor provocado pelo álcool. Cortaram-lhe a garganta e depois o mutilaram.

– Mutilaram?

Gisele corou e fitou o fogo.

– Cortaram fora sua virilidade e fizeram com que ele a engolisse até engasgar. Na verdade, acho que isso foi o que fizeram primeiro, depois lhe cortaram a garganta. Encontrei o corpo, e a expressão em seu rosto me dizia que ele não morrera rápido. Para o crime que cometeu, acho que era a punição que lhe cabia.

– É uma forma terrível de morrer, mas você tem razão, é justa para o crime. E os DeVeau e sua própria família acham que a senhora fez isso?

– Bem, temo que eu tenha ameaçado fazer coisas horríveis como essa de tempos em tempos. Já haviam começado a me observar de perto. No momento em que vi DeVeau caído, eu sabia que me culpariam. Pode não ter sido uma atitude muito sensata, mas fugi o mais depressa possível. Tenho certeza que alguns dos criados sofreram por minha fuga, pois os DeVeau devem ter achado que me viram partir e não fizeram nada para impedir. Fui direto procurar minha família.

– Só para descobrir que seus parentes não a ajudariam.

Gisele lutou para conter as lágrimas. Aquela tinha sido a maior de todas as mágoas, e ela ainda sentia sua força tantos meses depois.

– Não ajudaram. Temiam o escândalo, me questionaram, chegaram a falar em me prender para me levar aos DeVeau. Não esperei para ver se seriam capazes de me entregar àquela família mais uma vez. Fugi e tem sido assim que levo minha vida há quase um ano.

Embora desejasse se recompor o suficiente para secar as lágrimas, Gisele ergueu os olhos e fitou Nigel.

– Juro por tudo que me é caro, pela vida de Guy, se quiser, que não matei o homem. Sou inocente do crime, mas como pouquíssimos de minha família acreditam em mim, está demorando muito para eu poder provar.

Nigel olhou para o rosto dela, as linhas delicadas acentuadas pela suave luz do fogo. Sabia que era possível que estivesse sendo influenciado por sua beleza ou pela forma como ela o afetava, mas não podia acreditar que tivesse matado o marido. E enquanto secava uma lágrima de seu rosto, pensou que, mesmo que tivesse matado, ela teria razão em fazê-lo. Estava convencido de que Gisele não havia revelado a ele a real intensidade do mal infligido por DeVeau. Talvez nunca revelasse.

– Nenhum homem tem o direito de tratar uma mulher do jeito que ele a tratou – disse Nigel, em voz baixa.

– Então o senhor acredita que sou inocente.

– Acredito que DeVeau recebeu exatamente o que merecia.

Gisele olhou-o com atenção, cativada pelo calor de seus olhos cor de mel. Parecia perigosamente bom ficar tão próxima daquele calor. Ele a ajudaria. Parte de seu medo diminuiu. Quando ele beijou com suavidade a marca deixada pela lágrima em seu rosto, Gisele estremeceu. Sabia que deveria se afastar, mas não conseguia encontrar forças para abandonar o abrigo de seus braços. Franziu a testa, perguntando a si mesma se sua avaliação havia sido correta ou se Nigel achava que ganharia mais do que a verdade em troca da sua ajuda.

– Contei-lhe a verdade, como pediu – disse ela.

– É, contou.

Lentamente, ele contornou o rosto dela com beijos, desfrutando a sensação de sua pele macia sob seus lábios, mas atento a qualquer sinal de medo ou de rejeição.

– E isso foi tudo o que me pediu em troca de sua ajuda.

– Foi.

– Então por que começo a suspeitar que deseja mais de mim?

– Porque é uma moça esperta.

Ela ficou ligeiramente tensa quando os lábios dele encontraram os dela. Eram macios, quentes e muito convidativos. O medo crescia dentro de Gisele, assim como a curiosidade. Desde que pusera os olhos nele, imaginava como seria ser beijada por Nigel e pensava se conseguiria fazer isso sem sentir medo. Não era um pensamento sensato, pois com toda a clareza ele tentava seduzi-la, talvez até achasse que ela concordaria em dividir a cama com ele como retribuição à proteção. Entretanto, não conseguiu se afastar dele imediatamente.

– Preciso de ajuda e de uma espada habilidosa, mas não vou bancar a meretriz para ganhar tais coisas.

– Não pedi nada disso.

– Está tentando me beijar.

– Ah, é, estou mesmo. Não fiz segredo do fato de achá-la uma moça bonita. Mas busco apenas uma prova dos lábios que desejei por uma semana.

– E talvez bem mais do que isso?

– Suas suspeitas são infundadas, bela Gisele. Não mentirei dizendo que vou tratá-la como uma freira, mas pode ficar tranquila que não tomarei nada que não deseje me dar. Bem… além desse beijo.

– Não tenho certeza de que esteja roubando este beijo – sussurrou ela.

Nigel apertou-a com mais força, mas com delicadeza, profundamente excitado por aquelas palavras suaves, mas suspeitando que seria melhor esconder esse fato. Encostou os lábios nos dela, saboreando a doçura de sua boca trêmula. Sem dúvida, seria desonroso sequer pensar em seduzir uma mulher que se voltara a ele em busca de proteção, em especial alguém que havia sofrido tanto quanto Gisele, mas Nigel sabia que era exatamente isso que queria. Enquanto se entregava ao beijo, ele jurou que não faria nada que aumentasse a dor dela. Em vez disso, faria tudo a seu alcance para demonstrar que nem todos os homens eram iguais a seu cruel marido.

Gisele agarrou-se a Nigel, abrindo a boca com timidez quando a língua dele tocou os lábios dela. Uma guerra a consumia por dentro. A paixão batalhava para dominar o medo. Cada toque da língua dele, a sensação de seu corpo contra o dela, tudo aquilo despertava a paixão. Era gostoso. Gisele queria desesperadamente se agarrar a isso, queria começar a aprender sobre o que cantavam os menestréis. Mas o medo continuava a crescer.

De repente, com uma rapidez que quase a cegou, o medo tomou conta e liquidou a paixão. Gisele ficou fria, o corpo rijo de pânico. No mesmo instante em que resolveu se afastar, Nigel interrompeu o beijo. Ela fechou os olhos enquanto ele a abraçava com suavidade pelos ombros, mantendo certa distância. Depois de respirar devagar, profundamente, Gisele começou a recuperar o controle e, com cautela, abriu os olhos para vê-lo. Foi tomada de surpresa ao constatar que o calor do desejo permanecia no olhar dele, um calor marcado por uma pontada de tristeza – não pela raiva, que era o sentimento que ela aprendera a esperar.

– Não precisa ter medo de mim, Gisele – disse ele, baixinho.

– Não acredito que precise. – Ela abriu um pequeno sorriso quando ele a soltou e entregou-lhe o odre de vinho. – Sei que aquele medo não foi provocado pelo senhor.

– Suspeitei disso. Contou-me a verdade, tanto quanto preciso saber, mas acho que não me disse tudo. Todavia, aquele beijo me mostrou mais do que o simples fato de que desejo beijá-la de novo. Mostrou que DeVeau criou um terror dentro da senhora, um terror tão profundo e tão forte que poderia matar a paixão que senti, embora infelizmente tão breve. Apenas isso já seria motivo para que um homem merecesse a morte.

Gisele ficou parada e o encarou enquanto ele estendia as cobertas.

– Acha que eu o matei.

– Bem, sim e não.

– Não pode acreditar ao mesmo tempo na minha inocência e na minha culpa. Só posso ser uma coisa ou outra.

– É inocente e não merece morrer. Apenas não decidi se matou ou não o sujeito. Ele merecia morrer, Gisele. Se lhe serve de conforto, não a considero uma assassina perversa. Se matou, foi levada a isso por crimes que nem quero saber quais foram. – Ele estendeu sua coberta e deu batidinhas na outra, ao lado dele. – Venha para a cama, moça. Vai precisar descansar. Há um caminho longo e difícil diante de nós e pode ser que muito em breve o tempo para descansar se torne bem raro.

Gisele estava aturdida e dirigiu-se à cama sem conseguir falar. Queria que Nigel acreditasse na sua inocência, mas ele aceitava apenas que ela tinha justificativas para matar o homem. Enquanto se encolhia na coberta, ficou tentando entender por que não estava furiosa nem se sentia insultada. Supôs que fosse porque ele dava mais crédito à sua história do que muitos de sua família. Apesar disso, percebeu que queria desesperadamente que ele acreditasse que ela não havia matado o homem. Embora fosse bom saber que ele confiava em suas razões, que ela estaria simplesmente se defendendo, Gisele queria que ele soubesse que ela era mais forte do que isso.

– Demonstra mais bondade e compreensão do que minha família – disse ela, virando-se para olhá-lo. – Eu deveria me satisfazer com isso.

– Mas não se satisfaz.

– Temo que não. Sou mais forte do que pensa. Eu teria encontrado outra forma de me libertar. Até chegarmos à Escócia, prometo que farei com que acredite na minha completa inocência.

– É justo. Eu também farei uma promessa.

– Será que realmente vou gostar de ouvi-la?

Ela viu o sorrisinho no rosto dele e quis praguejar.

– Não, é provável que não, mas acho que é justo lhe contar. Considere uma advertência, se quiser. Até chegarmos à Escócia, tenho a intenção de provar à senhora que nem todos os homens são como seu marido. Pretendo ressuscitar a paixão que ele aniquilou dentro da senhora.

Gisele se virou depressa para o outro lado. Sentiu uma estranha mistura de entusiasmo e terror. Parte dela desejava desesperadamente que ele conseguisse cumprir aquela promessa, parte dela estava apavorada pelo mesmo motivo. Ao fechar os olhos, rezou para ter forças para lhe permitir cumprir sua promessa.

CAPÍTULO QUATRO

A sensação da água fria do riacho tocando a pele era gostosa, e Gisele ansiava por mergulhar nela. Porém, não havia tempo. Nigel estava dando água para os cavalos a poucos metros e tinha deixado claro que aquela seria uma parada breve na viagem. Durante dois longos dias eles haviam cavalgado do nascer do sol até o crepúsculo, com apenas algumas pausas. Seu corpo inteiro doía. Por sorte, sentia-se tão exausta ao anoitecer que mesmo o extremo desconforto não era o bastante para roubar-lhe o sono. Não conseguia se lembrar de ter se esforçado tanto para evitar seus inimigos.

Olhou para Nigel, que se encontrava junto aos cavalos, parecendo tão ágil e repousado quanto se tivesse acabado de sair de uma cama macia e confortável depois de uma longa noite de sono tranquilo. Aquilo a irritava, embora soubesse que não deveria se sentir assim. Nigel era um cavaleiro, provavelmente já montava antes mesmo de aprender a andar. Era natural que parecesse completamente sadio, inalterado por alguns dias montando um cavalo. Gisele sabia que tinha inveja da força dele, assim como ficava desconcertada com a própria fraqueza.

Ao se erguer no lugar onde estava ajoelhada na margem, Gisele soltou um gemido e esfregou um ponto que doía na região lombar. Agradeceu a Deus por ainda usar a roupa de pajem, o que com toda a certeza protegia sua pele macia bem mais do que qualquer vestido. Só queria encontrar algo que protegesse também seus ossos doloridos e os músculos cansados.

– Se for rápida, pode se banhar – disse Nigel ao lado dela.

Gisele levou um susto, surpresa pela súbita aparição dele, tão próximo. Fez uma careta ao olhar para os pés de Nigel, perguntando-se se as botas macias de couro de cervo que ele usava ajudavam a tornar seus movimentos tão silenciosos. Era uma habilidade que invejara desde o primeiro momento em que ele a revelara. Por mais que tentasse, não conseguia imitá-lo.

– Acho que preciso pendurar um sino no seu pescoço – resmungou ela, erguendo os olhos.

Nigel deu apenas um sorriso maroto.

– Quer tomar um banho rápido ou não, moça?

– O senhor queria continuar viagem.

– É, eu disse isso. Ainda quero. Por isso falei para ser rápida.

Ela mordeu o lábio e olhou em volta.

– Não há nenhum lugar onde eu possa ter privacidade.

– Eu me virarei de costas. – Ele deu de ombros quando ela fez outra careta. – É tudo que posso lhe oferecer, moça. Precisa escolher entre sua privacidade e sua segurança. – Nigel apoiou a mão sobre o coração e acrescentou: – Juro que vou manter meus olhos no horizonte, procurando apenas nossos inimigos.

Como confiara sua segurança e a própria vida a Nigel, Gisele decidiu que estava sendo tola ao hesitar em confiar a ele seu pudor.

– Certo.

– Estou falando sério. Seja rápida, não esqueça – disse ele, virando-se e voltando para os cavalos.

Depois de conferir se ele estava mesmo de costas, Gisele começou a desamarrar o gibão. Então amaldiçoou a própria estupidez. Não poderia tornar a vestir aquelas roupas imundas depois de ter se banhado.

– Sir Nigel! – chamou. – Preciso da minha bolsa.

Ele a lançou com uma facilidade e uma precisão que chegaram a assustá-la. O homem demonstrava ter uma vasta gama de habilidades, pensou ela enquanto desembalava apressadamente a única muda de roupas de pajem que trazia, junto de um pano para se enxugar. Livrando-se das roupas e segurando com força um fino pedaço de sabão que preservara com muito cuidado em suas viagens, Gisele entrou no riacho. Soltou um arquejo de susto ao sentir o frio cortante da água, mas depois reuniu coragem para suportá-lo. Poderia muito bem ser sua única chance de tomar um banho por um bom tempo.

Nigel quase se virou ao ouvir a exclamação. Depois sorriu, percebendo que não era um grito de alarme, apenas o som que a maioria das pessoas emite quando a pele quente encontra a água fria. Em parte, sentia-se fortemente tentado a aproveitar aquele ruído como um pretexto para se virar, mas usou toda a sua força de vontade para conter aquele ímpeto. Tinha prometido não olhar, e sua intuição lhe dizia que ganharia bem mais cumprindo aquela promessa do que se tentasse espiar furtivamente, como um adolescente febril e incontido.

A confiança era importante para Gisele, ele tinha certeza, e ela já sofrera traições demais. Seria preciso muito esforço para que ela passasse a confiar nele, mas Nigel estava determinado a tentar. Dizer-lhe de modo tão direto que pretendia se tornar seu amante talvez não tivesse sido a melhor forma de começar, mas pelo menos ele havia sido totalmente honesto. Até então, houvera pouco tempo para começar a sedução, mas ela já estava avisada. Nigel também sabia que, à medida que tentasse libertar sua paixão dos medos que a mantinham cativa, teria que convencê-la de que nem todos os homens eram porcos brutais que se achavam no direito de tratar uma mulher com crueldade.

Ele suspirou e esfregou a nuca. Alguns diriam que era cruel seduzir uma mulher quando não se tinha certeza do desejo de torná-la sua esposa. Nigel tentava não encarar as coisas daquela forma. Gisele era viúva, portanto ele não estaria roubando sua inocência. E se ela *tivesse* assassinado o marido, com certeza era forte e determinada o bastante para aceitar ou recusar um amante. Por mais que pensasse no assunto, porém, ele não conseguia se livrar do sentimento incômodo de que talvez estivesse permitindo que o grande desejo que sentia por ela atrapalhasse seu juízo. Podia aumentar a dor daquela mulher, em vez de curá-la.

E quanto daquele desejo poderia ser atribuído ao desafio que ela apresentava, à oportunidade de transformar uma mulher apavorada, que a traição e a brutalidade tornaram fria, em uma amante ardente? Logo afastou aquele pensamento. Estava certo de que sua vaidade tinha pouca relação com o desejo despertado por Gisele, embora fosse provavelmente sua única certeza. Gisele era um enigma, e a atração que exercia sobre ele era um enigma maior ainda.

– Pode se virar – avisou Gisele, arrancando-o daqueles pensamentos indesejáveis.

No momento em que ele a olhou, ela parou de enxugar o cabelo com o pano. Nigel precisou conter um sorriso maroto. O cabelo curto tinha se tornado um emaranhado de cachos, alguns deles despencando de modo sedutor por sua testa. Nenhum homem poderia olhá-la naquele momento e pensar que se tratava de um rapaz, apesar das roupas. Ele pôs a mão dentro de uma sacola e tirou um gorro.

– Acho melhor usar isso – aconselhou.

Gisele franziu a testa ao pegar o gorro marrom, feioso, feito de um tecido caseiro áspero.

– Não está frio.

– Verdade, mas acho que vai ajudar a disfarçá-la. Confie em mim, moça. Seu cabelo deixa bem claro que é uma mulher.

– Ah. – Ela ergueu a mão e tocou no cabelo umedecido, sentindo os cachos espessos e desalinhados. Fez uma careta ao enfiar o gorro. – Eu deveria ter me lembrado de como ele cresce depois de cortado. Precisei raspar tudo certa vez, quando era criança, por causa de uma maldita febre que me consumia, e cresceu assim. Fica quase impossível de cuidar até ganhar algum comprimento e volume. Então esses cachos estúpidos se transformam em ondas. Talvez eu devesse cortar de novo.

– Não. Em breve não vai importar se todo mundo perceber que é uma moça. O gorro não é muito bonito, mas vai servir por ora. Em seguida, vou pedir-lhe que me permita um ou dois minutinhos de privacidade.

Ele retirou roupas limpas de dentro da sacola.

– Ah. Quer se banhar?

– Nós, escoceses, fazemos isso de vez em quando.

– E por tudo o que ouvi falar de sua terra, deve estar acostumado com água fria.

– É, pode ser bem mais frio na Escócia. O clima não nos mima tanto quanto a vocês, franceses. Agora é melhor eu cuidar do meu banho. Vire de costas, moça – ordenou ele enquanto se afastava. Então olhou para trás, antes que ela se virasse completamente. – Claro que se quiser dar uma espiadinha, não vou condená-la – acrescentou, dando uma piscadela.

Gisele decidiu não brindar aquela impertinência com uma resposta e ficou completamente de costas para ele. Apesar de todo seu esforço, um sorriso maroto surgiu em seu rosto. Logo desapareceu quando ela percebeu que estava tentada a olhá-lo – fortemente tentada. Foi isso que fez com que hesitasse em dar uma "espiadinha". Poderia ser o suficiente para acentuar perigosamente uma atração que já crescia. O rosto dele, com certeza, agradava a seus olhos. Sabia que poderia ser arriscado descobrir que seu corpo também.

No entanto, seria um bom teste para saber quão profundos e intensos eram seus medos, pensou enquanto acariciava o focinho do cavalo. O marido usara sua virilidade como uma arma, ferindo-a e degradando-a. Gisele sabia que as coisas cruéis que ele fizera a levaram a ter medo do abraço de um homem. Se o mesmo medo fosse despertado pela simples visão de um homem nu, estaria provado que o trauma fora maior do que gostaria de imaginar. Quando percebeu que não conseguia lembrar-se de ter visto um homem despido desde a morte do marido, apesar de tantas viagens difíceis, Gisele se perguntou se não vinha evitando tal visão de propósito. O fato de não ter sequer visto algo de relance durante o tempo em que ficou com o exército – nem mesmo o corpo de Guy, apesar de dividirem uma tenda – parecia confirmar seu pensamento. Não gostava da ideia de ter sido transformada por DeVeau numa pessoa tão covarde.

Embora uma vozinha interior lhe dissesse que estava apenas inventando desculpas para olhar um homem que a intrigava, Gisele mudou de posição e ficou diante de seu cavalo. Assim estaria de lado para Nigel, não de costas, e seria mais fácil dar uma espiada sem ser flagrada. A curiosidade também a levava a correr o risco, decidiu, fazendo uma careta, pois sempre tinha sido um de seus defeitos. Queria apenas saber o que sentiria se visse de relance as formas do corpo de Nigel parcialmente ou totalmente despido.

Avançou de modo que o focinho do cavalo ficasse entre ela e Nigel, rezando para ser o suficiente para esconder sua indiscrição. Respirou fundo e sentiu-se mais firme, então ergueu os olhos na direção do rio. Gisele havia passado tanto tempo decidindo o que fazer que ele já tinha terminado o banho. Estava de pé na margem, secando-se com um grande pano. O corpo alto e magro reluzia, dourado, ao sol. As costas largas estavam na direção dela, e Gisele se pegou pensando em como seria a sensação daquela pele lisa sob suas mãos. Olhou depressa para baixo, admirando a cintura fina, o traseiro esguio e bem-feito e as pernas longas, perfeitas, musculosas. Quando se pegou pensando que ele podia se virar, respirou fundo com tanta intensidade que engasgou e começou a tossir.

– A senhora está bem? – perguntou Nigel, franzindo a testa e se vestindo às pressas enquanto Gisele tinha um acesso de tosse.

– *Oui* – respondeu ela, ainda meio engasgada, cambaleando até a margem do rio e bebendo água nas mãos em concha.

Como a tosse havia parado, Nigel demorou-se amarrando a camisa, vestindo o gibão e calçando as botas.

– Não está sofrendo de alguma moléstia, não é?

– *Non.* – Ela jogou um pouco de água fresca no rosto, rezando para não parecer tão corada nem tão agitada quanto se sentia. – Engoli um inseto, eu acho.

Ele abriu um sorriso maroto para ela enquanto amarrava as botas.

– Se está assim tão faminta por carne, moça, posso sair para caçar quando pararmos à noite.

– Que pessoa divertida é o senhor, sir Murray. – Gisele lavou as roupas sujas de viagem depressa e depois as torceu. – Presumo que fazia seus companheiros de copo morrerem de rir.

Ela amarrou uma tira de couro cru em volta das roupas e pendurou-as na sacola, esperando que secassem e não ficassem simplesmente imundas de novo.

Nigel fez o mesmo com as roupas dele e depois a observou com atenção enquanto subiam nas montarias.

– Então ouviu algumas histórias sobre mim, não foi? – perguntou ele enquanto se afastavam do riacho.

Gisele ficou em dúvida se deveria ser educada e negar, mas acabou resolvendo que seria melhor ser sincera.

– Guy me disse que o senhor gostava de vinho e de mulheres. Também me disse que não tinha visto nada disso nos dias em que o observou.

– Ele me observou, é?

– O senhor conhecia os nossos segredos. Ele seria um tolo se não tivesse feito isso.

– É bem verdade. – Nigel mexeu nas rédeas. Ela não pedira nenhuma explicação, mas ele sentiu necessidade de dizer algo. – Eu não saí da Escócia apenas porque estava doido para matar ingleses. – Ele piscou. – Se bem que, de onde eu venho, diriam que já seria motivo suficiente.

– De onde eu venho, diriam a mesma coisa. Na verdade, às vezes eu me espanto com o número de homens que ainda existe, pois a guerra se estende há muitos anos.

– Ah, é verdade, e acredito que ainda continuará por muito tempo, depois que nós dois tivermos nos transformado em cinzas. Pois bem, embora seja parecido com o que há na minha terra, não foi isso que me trouxe até aqui.

– Não me deve nenhuma explicação, sir Murray – disse ela em voz baixa, pois sentia o desconforto e a relutância dele.

– Alguma coisa deve ser dita. Colocou sua vida nas minhas mãos, assim como Guy. É justo que saiba que foi uma decisão sensata. É verdade, eu bebia muito quando não havia uma batalha pela frente. E é verdade, eu procurava a companhia de mulheres com mais frequência do que seria aconselhável e, às vezes, com um apetite que era uma espécie de loucura. A luta, a bebida e, me envergonho de dizer, as mulheres eram usadas com um propósito apenas.

– Para esquecer?

Era algo que Gisele achava bem fácil de entender. Nigel suspirou e assentiu.

– É a triste verdade. Passei sete longos anos da minha vida... melhor dizendo... desperdicei sete anos tentando esquecer. Minha única salvação é que nunca desonrei meu clã em batalha. Posso não ter lutado pelos motivos corretos, mas sempre lutei com honra, com justiça, e escolhi bem minhas batalhas.

– Não é pouca coisa, sir Murray. – Gisele queria desesperadamente perguntar o que ele vinha tentando esquecer com tanto empenho, mas não achava que tinha o direito de insistir se ele não lhe oferecia a verdade de bom grado. – E esqueceu? – Foi tudo que ela ousou perguntar. – Se considera doloroso ou perigoso voltar para casa, poderíamos encontrar outro lugar seguro.

– Não, não existe segurança para a senhora nesta terra e só conheço este lugar e a Escócia. Antes de encontrar a senhora e Guy pela primeira vez, perto do rio, eu tinha decidido que estava na hora de voltar. Acordei caído na lama, sem conseguir me lembrar como havia chegado lá, e então, como podemos dizer, percebi a loucura da minha vida. Está na hora de deixar esta terra em guerra e voltar para os meus. – Os olhos dos dois se encontraram e ele abriu um sorriso triste. – Não precisa temer. Não estão me perseguindo. Não a levarei para longe de seus inimigos apenas para obrigá-la a enfrentar os meus.

Gisele devolveu o sorriso, mas ficou um pouco decepcionada quando ele voltou a atenção para uma trilha pouco usada que eles seguiam. Pelo menos por ora ele não lhe contaria a razão de ter deixado seu lar nem por que havia enterrado o coração e a mente em batalhas, bebidas e mulheres. Por um instante, Gisele ficou zangada. Ele havia insistido para que ela lhe contasse todos os seus segredos, no entanto não estava disposto a agir da mesma forma. Ela disse a si mesma para não ser tão tola. Nigel precisava saber de tudo sobre suas dificuldades para avaliar os perigos que teriam que enfrentar. E, para ela, não havia nenhuma necessidade de saber os segredos dele. Não eram relevantes para a segurança dos dois.

Mesmo assim, não conseguia parar de se questionar. O que poderia fazer com que um homem deixasse o lar que tanto amava? Sabia que ele adorava sua casa e sua família. Dava para perceber o pesar em sua voz sempre que falava delas. Gisele também acreditou em suas palavras, quando ele lhe disse que não estava sendo perseguido, que não fugira de inimigos nem estava ajudando-a a escapar de um perigo apenas para lançá-la em outros. Não sobravam muitas opções, e a única que lhe ocorreu a deixou apreensiva. Havia apenas uma coisa que podia fazer com que o mais forte e corajoso dos cavaleiros batesse em retirada como o mais desprezível dos covardes. Apenas uma coisa que podia fazer com que um homem se voltasse para o

42

álcool e para as mulheres, que podia transformar alguém sóbrio e virtuoso num libertino embriagado. Uma mulher. Nigel estava na França para esquecer uma mulher.

Depois de passar vários momentos praguejando em silêncio, Gisele se perguntou por que deveria se incomodar tanto com aquilo. Sem dúvida, Nigel era um dos homens mais belos que já vira e ela sentia alguma atração por ele. Mas não deveria se preocupar se seu coração tinha dona ou se estava partido. Na verdade, pensou com raiva, a única questão que deveria ocupar sua mente era saber se os homens tinham mesmo coração, no final das contas.

Não importava, garantiu ela a si mesma com firmeza. Se havia fugido da Escócia por causa de uma mulher, era óbvio que não poderia tê-la. Se ainda a amasse, era problema dele, não de Gisele. Não tinha tempo nem inclinação para conquistar o coração de um homem. Sabia que sua única preocupação deveria ser permanecer viva até conseguir provar sua inocência.

Ela suspirou e tentou se concentrar em seguir Nigel. Esperava conseguir acreditar em tudo aquilo, mas uma pequena parte de si lhe dizia que era inútil. Nigel lhe mostrara que o desejo ainda estava à espreita dentro de seu coração, embora o medo o mantivesse cativo. Também mostrara que poderia ser ele a libertá-la de novo. Havia pensado muito naquele beijo, nos sentimentos que ele provocara dentro dela antes de o terror criado por DeVeau liquidá-los. Gisele queria descobrir como era a paixão, como era sentir um desejo intenso e audacioso, e a intuição lhe dizia que sir Nigel Murray seria capaz de lhe mostrar. O que temia era querer mais. Queria ser não apenas sua amante, mas seu amor. Se estivesse certa sobre os motivos que o levaram a deixar seu lar, o amor dele não estava disponível. Seu coração pertencia a outra mulher. Se ela lhe entregasse o coração junto com seu corpo, talvez seus sentimentos não tivessem utilidade e ele nem fosse capaz de retribuí-los. Poderia ser maravilhoso descobrir a alegria da paixão, mas Gisele não tinha certeza de que queria conhecer a tristeza de um coração partido.

– Sei que a jornada é difícil, moça – disse Nigel, vendo sua testa franzida e seu ar tristonho.

Um pouco preocupada por seus pensamentos serem tão fáceis de ler, Gisele obrigou-se a dar um breve sorriso em resposta.

– Eu apenas lamento a infelicidade de minha vida, sir Murray. Não tema, pois não permitirei que minhas visitas ocasionais à autopiedade interfiram em nossa jornada.

Nigel riu baixinho e balançou a cabeça.

– A senhora fez por merecer alguns momentos de melancolia. Mais do que muitos.

Gisele deu de ombros.

– Posso ter conquistado o direito, mas é inútil. Não diminui a dor do passado nem me ajuda a superar as dificuldades do presente. Na verdade, acho mais agradável ficar zangada.

– Especialmente com os homens.

– Ah, *oui*, especialmente com os homens. Não se preocupe, meu bom cavaleiro, não vou cortar sua garganta na calada da noite apenas por ser homem e eu ter sido tomada pela fúria.

Ele começou a rir, depois olhou-a com atenção, desfrutando o leve sorriso malicioso que apareceu naquela boca carnuda. Mas também ficou um pouco desconfortável pelo fato de que ela conseguia fazer um chiste sobre o modo como o marido tinha sido morto.

– E o que poderia lhe dar vontade de se esgueirar por aí e cortar minha garganta enquanto durmo? – perguntou ele.

– Saberá quando chegar a hora.

– Ah, claro, quando estiver engasgando com meu próprio sangue.

No instante em que abria a boca para dar uma resposta bem-humorada, Gisele percebeu o que estava dizendo. Em sua mente viu a imagem do corpo do marido empapado em sangue. Não podia acreditar que tinha agido de uma forma tão cruel e idiota a ponto de fazer um chiste sobre um assassinato brutal, especialmente um assassinato brutal cuja autoria atribuíam a ela. A lembrança do que havia encontrado naquele dia demorou a se dissipar, e ela sentiu uma onda de náusea, convencida de que ainda conseguia sentir o cheiro do sangue.

– Está se sentindo mal? – perguntou Nigel, estendendo o braço para tocá-la e lutando para não se sentir ofendido quando ela se afastou bruscamente.

– Estou bem. Apenas engoli um inseto.

– Outro? Melhor ser mais cuidadosa, moça, ou vai ficar sem apetite para comer quando montarmos acampamento.

Ele cavalgou alguns metros à sua frente e depois sorriu de alívio quando ouviu que ela o amaldiçoava baixinho. Parecera tão pálida e tão abalada que ele sentira um súbito desejo de envolvê-la em seus braços e protegê-la das lembranças terríveis. Gisele tinha, obviamente, percebido que estava fazendo troça do modo como o marido fora assassinado. Nigel tinha certeza de que ela ficara horrorizada, mas sabia que seu desejo por ela era tão intenso que podia estar prejudicando seu julgamento. Havia, afinal de contas, a possibilidade de que aquela expressão que ele vira não fosse de horror ou de autorreprovação, mas de medo, medo de ter acabado de revelar a própria culpa. Nigel decidiu que teria que se esforçar mais para convencê-la de que de fato não se importava se ela tinha matado o homem, independentemente de acreditar ou não na sua inocência. Até conseguir que Gisele compreendesse aquilo, ela sempre se sentiria constrangida, incapaz de ser sincera ou de confiar nele. E ele precisava da sinceridade e da confiança dela se quisessem chegar vivos à Escócia.

CAPÍTULO CINCO

Era um uivo baixo, distante, mas Gisele sentiu o sangue gelar. Aproximou-se um pouco mais do fogo. Nigel escolhera uma bela clareira na floresta para passarem a noite, ou pelo menos parecia bela até ele a deixar sozinha para ir caçar, algo que estava demorando bem mais do que ela achava necessário. Por mais que dissesse a si mesma que ele não estava demorando tanto assim, começou a se preocupar. Os uivos dos lobos, embora distantes, só aumentavam sua inquietação. Seria mais provável Nigel ter encontrado inimigos do que ter sido devorado por lobos, porém, por mais tolo que fosse, ela sentia mais medo dos lobos.

Os cavalos mudaram de posição, relinchando suavemente, e Gisele ficou tensa. Havia algum animal ou alguém por ali. Ela enfiou a mão por dentro do gibão e já ia retirar a adaga da bainha que tinha costurado no forro quando Nigel emergiu do bosque, orgulhoso, trazendo dois coelhos prontos para o espeto. Gisele ficou trêmula de alívio e, ao mesmo tempo, tentada a bater nele. Então olhou mais uma vez para os coelhos e percebeu quão faminta estava. Decidiu perdoar o homem pela longa ausência e pelos alarmantes movimentos furtivos.

– Não falei, no início deste belo dia, que eu arranjaria carne? – disse ele, sorrindo, enquanto se sentava do outro lado do fogo e colocava os coelhos num espeto rapidamente.

– Sim, disse – respondeu ela, decidindo não comentar como era arrogante que ele tivesse preparado os espetos antes mesmo de sair para caçar. – Não havia percebido como queria comer carne até vê-lo sair do bosque com suas presas.

– Ficou incomodada com minha chegada silenciosa, foi?

Ele tomou um gole de vinho e lhe estendeu o odre. Gisele deu de ombros e se serviu.

– Pode ser assustador, principalmente no escuro.

– Vou lhe ensinar o truque. Se desenvolver essa habilidade, não vai mais achá-la tão perturbadora.

– Seria ótimo – disse ela, incapaz de disfarçar toda a sua empolgação. – Quando caminhamos juntos, sinto como se eu fizesse mais barulho do que os cavalos. E, diante do perigo do qual não consigo me libertar, seria uma habilidade extremamente útil.

– É verdade, mas em breve a senhora estará livre da ameaça que há tanto tempo a persegue.

– Se Deus quiser – murmurou ela, e então abriu um leve sorriso. – Seja mais cuidadoso ao se gabar, sir Murray. Há quem diga que Deus não gosta de nos ouvir contar vantagem, e acho que Sua graça poderia ser muito útil neste momento, concorda?

Nigel sorriu.

– Ah, sim, mas não estou me gabando nem contando vantagem. É uma promessa. Seus dias de fuga em breve terminarão. A senhora tem sofrido injustiças demais nas mãos dos DeVeau, já passou da hora de se livrar disso.

Ela queria realmente acreditar nele, queria aceitar sua promessa e se sentir em paz, mas o medo a acompanhava havia tempo demais. Nigel talvez acreditasse em tudo o que dizia, mas Gisele precisava de bem mais do que palavras corajosas. No último ano, alguns amigos e parentes haviam jurado pôr fim em suas desventuras – entre eles, Guy –, mas ela continuava fugindo, continuava se escondendo. Não estava nem mesmo certa de que a Escócia seria o refúgio que Nigel achava que seria, só pensava que tinha que ser melhor do que a França. O que a confundia era como ele conseguia fazer tal promessa mesmo sem estar convencido de que ela era inocente do assassinato do marido.

– A senhora não acredita em mim. Vejo isso em seus belos olhos – afirmou ele, virando os coelhos no espeto para que cozinhassem de modo uniforme. – Sou um homem de palavra.

– Estou certa de que é, sir Murray. Não foi por isso que franzi a testa. Apenas me perguntei como pode ter tanta convicção da promessa de me proteger quando permanece inseguro em relação à minha inocência.

– Já lhe disse, moça, que não importa se foi a senhora ou outro quem usou a faca. Aquele desgraçado merecia morrer e a senhora não merece sofrer por uma morte justificada. Os homens do seu clã deveriam ter cuidado disso, deveriam ter feito DeVeau pagar caro na primeira vez que ele ergueu a mão para agredi-la. Se foi obrigada a fazer o que cabia a eles, a culpa não é sua. Sim, e aqueles seus parentes deveriam estar aqui neste momento – acrescentou, com uma voz dura e zangada. – Deveriam estar à sua volta, com as espadas erguidas, para protegê-la da carniça que os DeVeau lançam em seu encalço. Mas, como são covardes demais para isso, estou mais do que disposto a defender sua causa.

Gisele fitou o fogo, lutando para dominar uma súbita vontade de chorar – a defesa feita por Nigel a comovera profundamente –, mas não queria que ele percebesse sua emoção. Enquanto tentava manter a compostura, rezava para não estar prestes a sofrer mais uma decepção – ou, pior, outra traição. Rezava para que Nigel Murray fosse tudo o que aparentava ser, um cavaleiro honrado que acreditava que ela era digna de sua proteção. Lembrar que ele não acreditava completamente em sua inocência ajudou a reduzir a emoção do encanto: por maior que fosse a gratidão que sentia por sua ajuda, aquilo a irritava.

– Minha família acreditava que a união com DeVeau era excelente, conquistando mais poder e riqueza para todos – disse ela, em voz baixa. – Devo crer que tais coisas também tenham importância nos arranjos matrimoniais da Escócia.

– É – admitiu ele com relutância.

– Com frequência, é difícil fazer com que as pessoas acreditem que há algo de muito errado naquilo que achavam que seria tão perfeito. E para ser justa, minha família compartilha a crença de que um homem tem o direito de impor disciplina à sua esposa. Suspeito que nem todos os homens ou mulheres da Escócia pensem como o senhor.

– Não, mas o que DeVeau fez não foi disciplina. Foi tortura.

– Mas minha família só tinha a minha palavra contra a dele. O coelho já está pronto?

Nigel sorriu.

– A senhora termina uma discussão com pouca sutileza, moça.

Ela devolveu o sorriso e deu de ombros.

– Acho muito desconfortável falar sobre a traição e a falta de confiança da minha família.

– Pois bem, encha o estômago com esta boa carne. Dizem que uma barriga cheia pode curar muitos males.

– Parecem ser palavras muito sábias. – Ela riu baixinho enquanto ele tirava um dos espetos do fogo e o balançava para esfriar a carne. – Se deixar cair no chão, um de nós vai dormir com fome hoje.

Ele riu e entregou-lhe o coelho, pegando o segundo. Gisele não se lembrava de ter provado algo tão bom nem comido com tamanha ausência de bons modos antes. Achava triste e curioso pensar que se sentar num bosque com um homem praticamente desconhecido, atacando um coelho assado como uma selvagem, pudesse fazer com que ela se sentisse tão viva. Começou a achar que talvez estivesse fugindo sozinha havia muito tempo. Aquilo tinha finalmente abalado sua mente.

Farta demais para comer tudo, Gisele dirigiu-se até o lugar onde estavam as bolsas e embalou com cuidado o que sobrara da carne, enfiando o embrulho junto do resto da comida. Lavou as mãos e o rosto com um pouco de água e voltou a se sentar junto ao fogo. De repente, se sentiu muito cansada e ergueu a mão apressadamente para tentar conter um enorme bocejo.

– Sinto o mesmo, moça – disse Nigel enquanto limpava o rosto e as mãos com um pedaço de pano umedecido. – É melhor procurarmos nossas camas agora. Ficarei de vigia se quiser ir para as sombras por um momento.

Gisele torceu para que a escuridão ocultasse seus rubores enquanto assentia e se dirigia para um canto escuro. Estava achando a falta de privacidade muito difícil de suportar, embora não entendesse bem por quê. A privacidade havia se tornado um privilégio raro desde que fugira das terras do marido. Achava que já tinha se acostumado. Mas, de algum modo, estar junto de Nigel fazia com que ela tornasse a se sentir dolorosamente ciente daquela falta.

Quando voltou para junto do fogo, foi a vez de Nigel se afastar, e Gisele voltou a repreender a si mesma por sua tolice. Ele tampouco tinha privacidade e devia ser difícil para ele também, embora suspeitasse que os homens se incomodassem menos com tais coisas. Estava na hora, decidiu ela, de parar de pensar tanto em si mesma e tentar ter um pouco mais de consideração com Nigel. Ele oferecera sua proteção sem cobrar nada em troca, mas ela duvidava que tivesse calculado todas as complicações que poderiam surgir enquanto atravessava a França com uma mulher. Jurou que tentaria parar de pensar nas próprias dificuldades e ajudaria a tornar as coisas mais fáceis para ele.

Quando voltou, Nigel pegou as cobertas onde se deitavam. Gisele logo pegou a sua e a estendeu. Ignorou o sorriso dele quando Nigel percebeu que ela havia feito sua cama do outro lado do fogo, afastada dele. Se escolhesse pensar que Gisele estava simplesmente reforçando a distância entre eles, estava tudo bem. Em breve, perceberia que ela pretendia fazer sua parte do trabalho, que não ia apenas ficar sentada, esperando ser servida.

Nigel cobriu a fogueira com terra, tirou as botas e se desfez da espada. Deixou as armas perto do seu leito rústico, caso houvesse necessidade de usá-las durante a noite. Esparramou-se sobre a colcha, enrolou-se num cobertor fino e deitou de lado, para observar Gisele do outro lado da fogueira. Ela, por sua vez, não conseguiu esconder completamente a dor que sentiu ao se sentar. Nigel chegou a fazer menção de se levantar para ajudá-la, mas logo se deteve. Não havia nada que pudesse fazer por ela. Teria apenas que suportar até ficar mais resistente.

– Não vinha fazendo muitas viagens longas e difíceis a cavalo, não é, moça?

– *Non*. – Ela se virou para olhá-lo, do outro lado da fogueira quase apagada. – Se eu me cansava de montar, descansava. Não havia lugar para ir, então minha preocupação era apenas ficar escondida.

– Boa estratégia.

– Foi? Ainda estou sendo perseguida.

– É, mas ainda está viva.

Ela deu um leve sorriso diante daquela verdade tão simples e então suspirou.

– Não é mais o suficiente.

– Não – concordou Nigel. – Existem muitos cães farejadores no seu rastro. Talvez seus inimigos tenham achado que seria fácil encontrá-la, que uma moça não conseguiria escapar deles por muito tempo. Agora sabem que não é uma presa fácil e que precisam caçá-la. É por isso que tenho sido tão duro. É preciso fugir, fugir depressa e para longe.

– Sim, o senhor já disse. Acredita de fato que a perseguição é tão intensa e incansável neste momento?

– Acredito, sim. Não precisa despistar apenas a família de seu marido. À medida que se espalha a notícia da recompensa, muitos homens com apetite por moedas também passarão a procurá-la.

– Uma ideia inquietante.

Nigel assentiu.

– É mesmo, e embora eu não queira aumentar seus temores, esse é o medo que a senhora deve trazer sempre junto de si. Vai deixá-la alerta diante de tudo o que podemos encontrar e ajudará a mantê-la viva.

Gisele murmurou algumas palavras, concordando. Era um conselho ao qual deveria dar ouvidos. Vivera com medo durante o último ano, porém, com o passar do tempo, como não havia sido capturada nem ferida, o sentimento tinha perdido a intensidade. Ter a seu lado um escocês alto, experiente no campo de batalha, também aumentava sua sensação de segurança. Não podia esperar que Nigel a protegesse de tudo. Ele era apenas um homem com uma espada. Não merecia enfrentar o perigo só porque ela estava feliz na ignorância das ameaças que os dois sofriam.

Até que os DeVeau aceitassem sua inocência, sua vida estaria em perigo, e ela seria uma tola se deixasse esse fato ficar em segundo plano em seus pensamentos. Apesar das dificuldades da viagem para alcançar a Escócia o mais rápido possível, Gisele sabia que havia se distraído de tempos em tempos. Precisava parar. A única coisa a permanecer em sua cabeça o tempo inteiro era como ela e Nigel poderiam chegar à Escócia da forma mais rápida e furtiva possível.

Quando já ia fechando os olhos, Gisele deu uma última olhada em Nigel e decidiu que poderia ser perdoada pelos momentos de distração. Ele era um homem capaz de distrair a mais resoluta das mulheres. Era bom pensar de novo em um homem sem sentir medo ou ódio, mas ela sabia que deveria esperar para se permitir tal frivolidade. Podia não ter certeza sobre seus sentimentos por Nigel, sobre a sinceridade, a profundidade deles ou se ele os merecia, mas estava segura de que não queria ser a causa de qualquer mal que viessem a sofrer.

Nigel observou-a adormecer e quis rir de si mesmo. Tudo o que dissera sobre os motivos que o levaram a ser seu protetor era verdade, mas havia outras razões que ele não tinha intenção de lhe revelar. Havia algo que o fazia ficar ali, olhando fixamente seu pequeno rosto como um garoto apaixonado. Era a mesma coisa que o deixava tão ávido por ela que chegava a ser difícil dormir. Era também o que lhe deixava ansioso para curar todas as feridas do coração dela. Se o marido ainda estivesse vivo, Nigel sabia que caçaria o homem e o mataria com as próprias mãos.

Pela primeira vez em sete anos, sentia-se vivo, com emoções à flor da pele. Bastou fitar brevemente aqueles olhos de um verde intenso para Gisele conseguir arrancá-lo da profunda melancolia. Queria apenas ter certeza do lugar para onde estava sendo arrastado, da emoção em que deveria confiar. Ela se parecia muito com a mulher de quem fugira, e embora quisesse acreditar que tinha mais bom senso do que isso, ele devia se perguntar se era por isso que se sentia tão atraído por Gisele. No mínimo, seria justo tentar descobrir se ele verdadeiramente gostava dela ou se estava apenas tentando alcançar o fantasma de Maldie, a esposa do irmão.

Era algo que ele tinha que resolver até chegarem à Escócia, pensou Nigel com uma careta, ao deitar-se se barriga para cima e fitar as estrelas. Gisele perceberia a semelhança com Maldie no momento em que pusesse os olhos na mulher. Se até lá ele e Gisele tivessem se tornado amantes, ele precisaria entender muito bem o que se passava em seu coração e em sua mente, pois com certeza precisaria se explicar. E sabia que Gisele não seria fácil de convencer depois de tantas amargas traições.

Fechou os olhos e se preparou para dormir. Rezou para que quando chegasse a hora e Gisele o aceitasse como amante, ele tivesse no mínimo a certeza de que realmente queria Gisele DeVeau e não estava simplesmente usando-a e se enganando. Usá-la para saciar sua fome por outra mulher seria um insulto que ele não poderia lhe infligir. A causa do desejo que sentia deveria ser mais simples de discernir do que a causa dos sentimentos que o agitavam, fazendo suas entranhas revirarem. Para entender melhor seus sentimentos, pensou Nigel enquanto sentia o peso do sono sobre seu corpo, ele precisaria de tempo, de muito tempo. A Escócia, de repente, não parecia mais tão distante.

Gisele acordou suando frio. Tensa, com a mão firme em volta do punho da adaga, ela ouvia com atenção os sons da floresta. Uivos distantes viajavam com o vento e ela descobriu por que, de repente, estava tão desperta e apavorada.

– Odeio lobos – sussurrou, um pouco reconfortada pela ligeira agitação dos cavalos, feliz em saber que não era a única inquieta por causa dos lobos.

Durante algum tempo, permaneceu deitada, com os olhos bem fechados, tentando ignorar o som. Uma olhada em Nigel, que dormia tranquilamente, lhe disse que ele não estava preocupado, portanto ela também não deveria ficar. Sua determinação em demonstrar coragem vacilou quase de imediato, pois mais uivos perturbaram o silêncio da noite. Seria necessário bem mais do que pensamentos de valentia e força de vontade para curar seu pavor de lobos. Aquele era um medo antigo e bem estabelecido. Sabia que não conseguiria dormir procurando ignorá-los, assim como sabia que necessitava desesperadamente de descanso. Se ficasse esgotada demais, teriam que diminuir o ritmo.

Sentou-se com cuidado e olhou para Nigel. Ele não apenas parecia seguro e forte como ao seu lado encontrava-se a espada. Gisele mordiscou delicadamente o lábio inferior enquanto tentava se decidir. Não queria parecer uma completa covarde. Também não desejava que Nigel pensasse que ela procurava algo além de um alívio para seus medos. Um calafrio atravessou seu corpo quando os lobos continuaram a fazer sua música sinistra e ela recolheu sua colcha. Só se preocuparia em dar explicações se Nigel despertasse.

No maior silêncio possível, ela foi devagar até o lado dele. Estava acanhada por sua covardia, mas isso não era suficiente para impedi-la. Se não lhe bastava saber que os lobos estavam distantes e que o fogo os manteria sob controle, a mera vergonha com certeza não a deteria. Com o corpo retesado, temendo acordar Nigel e ser obrigada a confessar seu medo, ela fez a cama cuidadosamente ao lado dele.

Acabava de se acomodar e de se enrolar no cobertor quando percebeu que ele estava acordado. Não ficou surpresa quando se virou e descobriu que Nigel a fitava, mas por dentro ela amaldiçoou sua falta de sorte.

– Está com frio? – indagou Nigel, se perguntando por que ela parecia tão culpada e contendo depressa uma onda de esperança de que ela tivesse se aproximado pela paixão. Ainda era cedo demais.

– *Oui* – concordou ela, apressada, depois deu um pulo e se aproximou mais um pouco quando os lobos voltaram a uivar.

– Tem medo de lobos?

– *Oui*, medo de lobos – resmungou.

– Não estão perto o suficiente para causar problemas – disse ele.

– Eu sei.

– O fogo, por menor que seja, ajuda a mantê-los a distância.

– Também sei disso – retrucou ela, lançando um olhar furioso quando ele riu. – Não tem graça.

– Não, seu medo não é motivo de risada – concordou ele. – Porém sua raiva por causa dele é bem divertida.

Gisele fechou a cara e passou os dedos pelos pequenos cachos na cabeça.

– É uma fraqueza.

– Não é tão preocupante, moça. Muita gente tem medo de lobos. Também não acho os uivos muito reconfortantes.

Ela abriu um breve sorriso.

– O medo que sinto deles me dá raiva porque não é fundamentado na razão. Aqueles lobos não são uma ameaça. Sei disso. No entanto, ainda me assusto cada vez que uivam. É algo insensato e eu odeio isso.

– Medos assim são de fato os mais difíceis de tolerar. Todo mundo enfrenta algo parecido.

– Não precisa mentir para me reconfortar. Acho difícil acreditar que sofra de tamanha fraqueza.

– Confesso que ainda não a enfrentei. – Ele transferiu a espada para o outro lado, para que não houvesse nenhuma possibilidade de Gisele rolar sobre ela durante a noite. – Pode estar oculta pelo orgulho ou pela vaidade, ou talvez eu apenas não tenha feito ou visto o que é necessário para trazê-la à tona. No entanto, acredito de verdade que cada um de nós possui um medo assim, um medo que não dá ouvidos à razão ou aos fatos.

– Se não dá ouvidos à razão ou aos fatos, como pode ser superado?

– Não pode. – Ele deu um sorriso maroto quando ela praguejou, depois ficou sério. – Não se martirize tanto. Se é preciso ter um medo cego, então os lobos são uma sábia escolha. A fraqueza não é o medo, moça, mas a forma como se age quando é preciso enfrentá-lo.

– Então falhei nesse teste, pois aqui estou, escondida atrás do senhor.

– Não, está ao meu lado. E ainda não o enfrentou de verdade. Só está ouvindo os lobos ao longe, então não é um verdadeiro crime deixar que seu medo a domine. O verdadeiro teste de coragem vem quando é preciso confrontá-lo, e sua decisão determina se a senhora ou alguma outra pessoa deve morrer.

– Rezo para que esse dia nunca chegue – sussurrou ela, trêmula só de pensar.

– Durma, moça. As feras não nos perturbarão esta noite.

Gisele assentiu e fechou os olhos. Os lobos não ficaram em silêncio, mas ela sabia que não teria problemas para dormir. Não sabia se o que a acalmava mais eram as palavras de Nigel ou a presença dele ao seu lado, mas de alguma forma ainda se sentia muito decepcionada com sua fraqueza. Depois de ficar sozinha e de cuidar de si mesma durante quase um ano, achava que fosse forte e capaz o suficiente para resistir, para sobreviver a qualquer coisa sem a ajuda de ninguém. Sentia-se incomodada ao descobrir que podia estar errada ou simplesmente ter sido tola, pois ainda havia uma longa luta à frente e talvez Nigel nem sempre estivesse ao seu lado. À medida que o sono tomava conta do seu corpo, ela decidiu se preocupar com o assunto mais tarde.

Nigel ouviu a respiração de Gisele ficar mais lenta e suave e praguejou baixinho. Aquela poderia ser uma noite muito longa. Ele conseguia compreender o medo dela. Também não gostava de ouvir os lobos. Aquele som significava que podia ter se enganado ao achar que a floresta era mais segura do que a estrada. Então balançou a cabeça, abruptamente descartando aquela preocupação. O risco de ter que enfrentar um animal capaz de feri-los era muito pequeno, mas era grande a chance de encontrar um DeVeau ou alguém que ansiava pela recompensa se não permanecessem escondidos pelo tempo que fosse possível. Ainda era um bom plano evitar ao máximo as incursões em áreas mais habitadas.

Quando ela murmurou algo durante o sono e se aproximou, o corpo esguio tocando o dele, Nigel fechou os olhos e lutou para refrear seus desejos errantes. Ela não o estava convidando a tomá-la nos braços. Apenas procurava cegamente o calor de seu corpo. Ficou um pouco alarmado e um tanto surpreso com a rapidez e a intensidade com que sua paixão se manifestou em resposta a um contato tão inocente. Aquilo também fez com que Nigel ficasse ainda mais ávido por fazer amor com ela. Se Gisele conseguia mexer com ele daquela forma quando estava adormecida e o ignorava, ele só imaginava como ela o faria se sentir se estivesse desperta e disposta. Riu em silêncio. Se continuasse a pensar assim, aquela seria de fato uma noite muito longa.

CAPÍTULO SEIS

Um calor envolvia Gisele. Ela se aninhou para ficar mais próxima daquela sensação. Sentia-se confortável e segura, como no tempo em que era uma menininha e subia na cama da avó, que sempre estava pronta para ouvir suas palavras, para tranquilizar seus medos e acreditar nela. Era tão bom ter sua avó de volta.

À medida que ficava mais desperta, mais alerta ao que havia à sua volta, Gisele percebeu algo errado em seu sonho agradável. O corpo junto ao qual se aconchegava era firme, não macio. Os braços em volta dela eram grandes e fortes, nada parecidos com os de uma senhora de idade. Não havia perfume de rosas, seu favorito. E a avó nunca passara as mãos pequenas e frágeis pelas suas costas daquela maneira.

No momento em que ficou ciente de que se encontrava nos braços de Nigel, Gisele relutou em abrir os olhos. A sensação era tão boa. O calor de seus lábios, quando ele a beijava de leve no rosto e no pescoço, aquecia seu sangue. As mãos fortes se moviam devagar, passando pelo seu corpo de uma forma que a deixava tentada a se aproximar ainda mais dele. Se abrisse os olhos, teria que admitir que estava acordada, que estava permitindo que ele se esfregasse em seu corpo de um jeito que não deixava dúvidas sobre o que ele queria dela. Era bom fingir que ainda sonhava. Quando a boca dele encontrou a dela, Gisele acolheu seu beijo, perguntando a si mesma por quanto tempo conseguiria saboreá-lo antes de o medo voltar.

Nigel tentava encontrar forças para ir devagar. Gisele estava quente, disposta e – ele tinha certeza – bem acordada. Não queria fazer nada que despertasse o terror que vislumbrara em seus olhos da última vez que se beijaram. Aquele temor que ela sentira fora provocado pela brutalidade. Nigel torcia para que a delicadeza o mantivesse no controle da paixão.

Quando ouviu o som pela primeira vez, ele o ignorou. Gisele era tão doce, e era tão gostoso tê-la em seus braços, que ele não queria permitir que nada desviasse sua atenção. Seus instintos, porém, aguçados por anos no campo de batalha, recusaram-se a permitir que ele agisse como um tolo. A vida dos dois dependia dele, precisava estar sempre alerta e preparado para agir. Teve que reunir toda sua força de vontade, mas afastou Gisele e se sentou.

Ela foi largada de modo tão abrupto que ficou paralisada, perdida. Ainda não havia sentido medo, portanto sabia que o súbito final daquele encontro não tinha sido provocado por ela. Não havia resistido nem o afastara. Era muito confuso ser beijada de modo apaixonado por um homem e no momento seguinte vê-lo afivelar a espada na cintura. Se era assim que Nigel pretendia seduzi-la, duvidava que viessem a se tornar amantes.

– Levante-se, moça – ordenou Nigel, enrolando-se em sua colcha.

Sem hesitar, Gisele fez o que ele mandava. O tom de sua voz exigia obediência. A intuição também lhe dizia que não era hora de se ofender com aquele tom de voz. Ela só queria saber o que os havia obrigado a levantar acampamento tão rápido.

Assim que prendeu a bolsa no cavalo, Gisele compreendeu o motivo de tanta pressa. O som inconfundível de cavaleiros se aproximando pelo bosque. Ao montar no cavalo, ela fitou Nigel com uma mistura de admiração e assombro. Como detectara a presença dos homens e percebera que se tratava de uma ameaça tão antes dela? Na verdade, ainda não tinha sequer certeza de que os cavaleiros que se aproximavam *eram* realmente uma ameaça. Abriu a boca para fazer uma pergunta, mas Nigel apenas sorriu e deu um tapa no lombo da montaria de Gisele, fazendo com que o animal saísse da clareira num trote veloz.

Gisele arriscou uma rápida olhada para trás enquanto se afastavam. Os cavaleiros que ouvira acabavam de aparecer em seu campo de visão, e as cores da família DeVeau eram inconfundíveis. Ela não conseguia acreditar que tinha sido encontrada. Talvez não houvesse como escapar daquela perseguição – talvez também não houvesse como escapar da morte.

O sol estava a pino quando Nigel permitiu uma parada perto de um pequeno riacho. Enquanto ele dava água para os animais, Gisele conseguiu ter um momento de privacidade para realizar uma rápida *toilette*. Não se lembrava de ter considerado a fuga tão exaustiva assim, e começou a achar que Nigel tinha razão. Por muito tempo os DeVeau não acreditavam que ela pudesse escapar. Por isso não haviam se empenhado tanto naquela perseguição. Mas agora a caçada começara de verdade. Gisele não tinha certeza de que iria sobreviver e chegar à Escócia.

– Não se preocupe tanto, moça – disse Nigel enquanto Gisele se ajoelhava na margem do riacho e reabastecia os cantis. – Vamos tirar esses cães do nosso encalço antes do fim do dia.

– Parece muito seguro disso – disse ela, pendurando o cantil na sela. – Acho que terei que fugir até morrer.

– Não, moça, a senhora é muito mais forte do que isso.

– Sou? E antes de partirmos de novo, poderia me dizer como sabia que estavam próximos?

Nigel deu de ombros.

– Senti o cheiro?

– Começo a achar que o senhor tem um faro mais apurado do que o melhor dos cães de caça de meu pai.

Ele subiu na sela rindo baixinho e esperou que ela fizesse o mesmo.

– Não sei bem como sabia. Às vezes, apenas sei que o perigo está próximo. Quando me perguntam, temo não ter como dar uma explicação sensata.

– O senhor tem visões? – perguntou ela, cutucando seu cavalo para que seguisse o dele.

– Não, não tenho esse dom. É como se alguma mão invisível me desse uma sacudidela, como se vozes cochichassem no meu ouvido para eu prestar atenção. Hoje de manhã eu não estava ouvindo nem vendo nada além da senhora – disse ele, sorrindo quando ela corou. – No entanto, de repente fiquei ciente de que o perigo vinha em nossa direção. Diria que ouvi o som, pois sinceramente achei que ouvi. No entanto, os cavaleiros estavam distantes demais para serem ouvidos. Sei disso agora.

– Alguém cuida do senhor.

– Assim parece, embora eu fique impressionado com a lealdade desse aliado invisível. Faz muitos anos que não sou digno de ser salvo.

Gisele se compadeceu, mas logo disse a si mesma que não deveria ser tão tola. Nigel era um homem crescido. Havia escolhido seu caminho. Admitia que ele merecia elogios por ter finalmente percebido quanto havia se afundado na lama. Apesar de talvez não concordar com tudo o que ele fizera, não tinha dificuldade em sentir compaixão por um coração partido.

– Pode ser que esse aliado invisível tenha finalmente conseguido arrancá-lo do pântano em que havia afundado – sugeriu ela.

– É, pode ser. E quem sabe ele me salvou para que eu pudesse salvar seu belo pescoço?

Ela riu e balançou a cabeça.

– Não posso acreditar que seu anjo trabalhe para salvar a sua vida só para que possa ajudar a salvar minha pele tão indigna.

– Ah, muito bem, como somos os dois muito pouco dignos, talvez seja um anjo que faça milagres por pena.

– Que tristeza – murmurou Gisele. Então soltou uma gargalhada. – Seja lá o que faz com que o senhor seja tão rápido em perceber o perigo, rezo para que seja sempre assim. Tem razão. Os DeVeau ficaram mais dedicados à perseguição. Se algo não o tivesse alertado sobre a chegada daqueles homens, teríamos nos tornado presas fáceis.

Nigel apenas assentiu, demonstrando concordar com aquela verdade sombria. Ela não o recriminara por não ter sido mais vigilante. Nem precisava. Ele mesmo se recriminava, intensamente. Tinha sido tolo e irresponsável ao se deixar ficar tão distraído. Perguntava a si mesmo se já não dependia demais daquele estranho dom, algo que poderia abandoná-lo tão depressa quanto chegara no dia em que havia se tornado um cavaleiro. De tempos em tempos, o dom enfraquecia ou mesmo falhava, como se reprovasse sua imprudência e sua arrogância. Graças à sua inteligência e às suas habilidades, ele conseguira escapar do perigo nessas ocasiões, mas dessa vez não era apenas a sua vida que estava em jogo. Tinha jurado, em nome de sua honra, proteger Gisele e precisava fazer um trabalho melhor.

– Acha que conseguimos despistá-los? – perguntou ela, interrompendo sua severa autorreprimenda.

– Não, apenas nos afastamos um pouco – respondeu. – Se conseguirmos manter essa distância, usarei um pouco desse precioso tempo para tentar esconder nosso rastro.

– Rezemos para que nenhum deles seja abençoado com o mesmo dom de farejar inimigos – disse ela, em voz baixa, dando uma rápida olhada para trás antes de seguir Nigel, fazendo a montaria trotar numa velocidade maior.

Gisele ficou em silêncio. Todos os seus pensamentos e forças estavam concentrados em uma única missão: escapar dos DeVeau. Enquanto Nigel aproveitava para disfarçar o rastro deles, ela permaneceu nervosamente vigilante. Embora tivesse conseguido fugir durante quase um ano, a perseguição se tornava tão feroz que agora começava a se sentir indefesa. O fato de realmente precisar de Nigel para se manter viva e em liberdade também a deixava indefesa, pois já não tinha nenhuma escolha. A cada passo que davam, a cada vez que ele salvava sua vida e a mantinha longe das mãos dos inimigos, ela se tornava mais dependente daquele homem, e, para Gisele, aquilo era um tanto alarmante. O que aconteceria se perdesse Nigel, por morte ou ferimento, ou se descobrisse alguma prova de que ele a traía, como tantos fizeram?

A única forma de apaziguar seus temores, decidiu ela, era aprender tudo o que podia enquanto estivesse com Nigel. Em vez de simplesmente deixar que ele assumisse o comando, ela observaria com atenção tudo que ele fizesse. Não tinha esperanças de ser subitamente abençoada com aquele estranho dom de sentir o perigo antes de qualquer outra pessoa, mas poderia aprender todas as suas habilidades. Se o destino fosse cruel e a deixasse sozinha de novo, seria necessário saber como seguir uma trilha, como escolher o melhor esconderijo e esconder seu rastro dos perseguidores. Aquilo ao menos lhe daria uma chance de escapar de seus inimigos.

Durante a tarde inteira, eles fizeram um perigoso jogo de esconde-esconde com os DeVeau. Passaram tanto tempo ocultando os rastros que Gisele estava surpresa de os inimigos já não estarem diante deles. Uma única vez eles se aproximaram o bastante para que ela os visse. No entanto, Nigel agia como se os DeVeau pudessem saltar de trás de um arbusto a qualquer momento e matá-los.

Houve uma ocasião apenas durante a tarde em que se permitiram algo parecido com um momento de descanso. Fizeram uma pausa para que

Nigel mais uma vez pudesse esconder sua passagem e preparar uma trilha falsa. Gisele se esforçou muito para prestar atenção, pensando que era bom aprender aquele truque, mas precisou se apoiar na sua montaria, rendendo-se à exaustão. Nigel apareceu de repente e, sem uma palavra, arrastou-a até um grupo de rochas na base de uma colina. Ali ele prendeu os cavalos e então fez com que ela subisse a colina até alcançarem um grupo menor de pedras.

– Eles estão aqui? – perguntou Gisele quando Nigel a levou para o meio das pedras e fez com que se abaixasse. Ele se agachou atrás de uma das pedras maiores.

– Não, ainda não – respondeu ele num sussurro tenso, sem tirar o olhar da trilha que haviam acabado de abandonar.

– Então por que estamos nos escondendo? – perguntou ela, numa voz igualmente baixa. – Por que simplesmente não vamos embora?

– Preciso ver se podem ser enganados com facilidade.

Ela achou que isso seria útil e começou a se levantar o bastante para espiar sobre o rochedo, mas desistiu. Enquanto se apoiava na pedra e fechava os olhos, ela resolveu que Nigel teria mais discernimento para essas coisas. Ainda restavam várias horas de luz, várias longas e exaustivas horas para fugir e se esconder. Para sobreviver, ela sentia que um pouco de descanso seria bem mais importante do que ver com os próprios olhos se os DeVeau poderiam ser enganados e levados a seguir pistas falsas.

Parecia que havia acabado de fechar os olhos quando sentiu que Nigel a sacudia para despertá-la.

– Pode parar, já estou acordada – resmungou, esfregando os olhos. – Eles já foram?

– Já – respondeu ele enquanto a ajudava a se levantar e descer a colina. – Por um momento, temi que um sujeito de olhar aguçado tivesse visto nossos cavalos. Mas não viu. Eles simplesmente seguiram pela trilha que preparei para eles.

– Então estamos em segurança.

Ela mal conseguiu disfarçar a careta ao subir na sela com o corpo dolorido e fazer seu cavalo seguir o de Nigel.

– É, por enquanto. Vai levar um tempinho para que eles vejam que a trilha dá em lugar nenhum. Espero recuperar o tempo e o percurso que perdemos para criá-la.

– Achei que estivesse tentando despistá-los.

– Estava. Estou. Mas não se deve confiar que um truque desses funcione tão bem assim. Eles acompanharam nosso rastro por todo esse tempo. Isso significa que pelo menos um deles tem alguma habilidade.

Gisele não achou a notícia muito reconfortante. Queria garantias. Queria ouvir que os inimigos tinham sumido, perdidos para sempre na floresta, e que nunca mais voltariam a assombrá-los. Enquanto lutava para seguir Nigel em silêncio, se perguntava se ele estava ficando tão cansado daquele jogo quanto ela.

Quando Nigel por fim escolheu um lugar para montarem acampamento para a noite, ela quase comemorou em voz alta. Sentia o cansaço dominar seu corpo até os ossos e não estava certa de onde se encontravam depois de tantas voltas que Nigel os fizera dar para despistar os DeVeau. Depois de passarem o dia inteiro, do amanhecer ao crepúsculo, fugindo para salvar a própria vida, ela também se perguntava como e quando Nigel decidira que já seria seguro parar e passar a noite.

Gisele cuidou do cavalo e se esgueirou até o abrigo da mata das cercanias para ter um momento de privacidade. Ao preparar sua cama, olhou para a fogueira feita por Nigel e franziu a testa. Era pequena e bem abrigada por um círculo de pedras, mas, mesmo assim, uma luz daquelas poderia ser facilmente vista a distância durante a noite. Quando ele voltou, depois de ter seu próprio momento de privacidade, Gisele se sentou na colcha e o olhou. Ignorou completamente seu olhar breve mas expressivo na direção de sua cama, colocada no mesmo lado do fogo que a dele.

– Tem certeza de que devemos acender uma fogueira? – perguntou ela. – Por mais bem-vinda que seja, não seria um verdadeiro farol para os nossos inimigos?

– Estão distantes demais para ver essa luz minúscula – respondeu ele.

Gisele piscou devagar e fitou Nigel por um longo momento.

– E quando exatamente o senhor concluiu que eles se encontravam a uma distância segura?

– Não muito depois de seguirem nossa trilha falsa.

Ele a observou com atenção enquanto retirava da sacola as sobras de coelho, o resto do pão e um pequeno pedaço de queijo. Suspeitava que Gisele estivesse zangada, mas não entendia bem o motivo.

– Então por que nos fez cavalgar tanto e tão depressa por tantas horas?

Gisele pegou sua parte da comida e lutou contra o forte desejo de bater nele.

– Achei que era melhor colocar um bom número de quilômetros entre nós.

Enquanto mastigava o pão dormido, ela lutou para controlar a raiva. Ele tinha razão. *Era* sábio se afastar o máximo possível daqueles que estavam ávidos por matá-la. Sentia-se exausta e queria muito botar a culpa em alguém. Nigel, porém, não era esse alguém. Quem merecia sua fúria estava bem além de seu alcance. Precisava tentar aceitar sua sorte com mais elegância e paciência.

– Devo pedir-lhe desculpas, sir Murray – disse baixo, enquanto aceitava o odre que ele ofereceu e dava um pequeno gole, um pouco desanimada ao constatar que estava quase vazio. – Estou cansada e de péssimo humor.

– É fácil de entender, moça.

– Pode ser, mas o senhor não merece a minha língua ferina. Não é culpa sua que meu corpo inteiro esteja dolorido, que seja necessário suportar uma viagem terrível atravessando a França. Apenas busco alguém para pagar por este desconforto injusto que estou sofrendo, mas não há ninguém. O homem que me colocou neste maldito caos está morto e muito além do alcance das minhas maldições.

Ele bateu de leve no ombro dela num breve gesto de compaixão.

– Se a justiça foi feita, moça, seu marido está sofrendo muito, suportando bem mais tormentos e torturas do que a senhora poderia lhe causar.

– Não tenha tanta certeza. Posso causar muita coisa.

Ela abriu um débil sorriso.

– Logo tudo isso terá acabado.

– Terá acabado ou simplesmente me encontrarei mais longe do que estive até agora? – Ela suspirou e ergueu a mão para interromper o que ele ia falar. – Não se dê o trabalho de tentar aliviar meu mau humor. É apenas isto: mau humor provocado pelo cansaço e por não poder ter o que quero.

– E o que quer, Gisele? – perguntou Nigel, baixinho.

– Quero ir para casa. – Sua expressão ficou séria. – *Merde*, pareço uma criança dizendo isso, mas é a verdade. Quero ir para casa. Quero dormir na minha cama macia e quentinha, tomar banho sempre que der vontade, comer o que quiser, quando quiser. Quero não ter mais motivos para sentir pena de mim mesma. E, apesar de todas as minhas queixas, eu lembro que o senhor também está sofrendo. Quero que isso acabe também. O senhor tampouco merece isso.

– Já estou acostumado com tais desconfortos. A senhora não. Devo me esforçar mais para me lembrar disso.

– *Non*, não mude o que está fazendo e o que deve continuar a fazer para nos manter vivos – disse ela com firmeza. – Porque agora somos *dois*, não estou mais sozinha. Os DeVeau estão me perseguindo, mas o matariam sem hesitar por se colocar no caminho deles ou por ter me ajudado. Não posso jurar que não voltarei a lamentar minhas dores ou que não voltarei a sentir pena de mim mesma, mas não deve prestar atenção em nada disso. É bastante exaustivo viver fugindo, tentando salvar a própria vida, e com frequência não me comporto bem nem ajo com juízo quando sinto tanto cansaço.

– Poucos são capazes de se sair melhor nessas circunstâncias, moça. Pode descansar esta noite, pois despistamos aqueles cães.

– Como pode ter tanta certeza? Eles nos encontraram, e nunca acreditei que isso seria possível.

Nigel deu de ombros.

– Não tenho uma boa resposta para isso. Tiveram sorte e nós tivemos azar. Pode não ser mais do que isso. Não ocultei nossa trilha tão bem assim. Prestei mais atenção na distância do que na discrição. Daqui por diante, vou me concentrar na discrição. – Ele sorriu quando ela cobriu apressadamente um enorme bocejo com a mão. – Descanse, pequena Gisele. Foi um dia longo.

Ela se estendeu na colcha e se enrolou com dificuldade no cobertor fino.

– E ainda temos muitos dias pela frente, não é, sir Murray?

– Alguns – respondeu ele, acomodando-se. – A parte mais difícil vai ser entrar e sair do porto.

Gisele praguejou baixinho.

– Claro. Os DeVeau vão estar vigiando tudo bom de perto.

– Bem de perto.

– Perdão?

– Não se diz bom de perto. É "bem de perto".

– Ah, não é uma língua muito fácil.

– A senhora fala muito bem, bem melhor do que eu falo a sua língua. Quem lhe ensinou?

– Minha *grand-mère*. Era de Gales.

Gisele tocou no amuleto que usava.

– Isso explica essa maneira meio cantada de falar as palavras. Tem um toque de francês no seu sotaque, mas eu estava tentando entender outra coisa que eu ouvia. – Ele olhou para o medalhão enfeitado que ela acariciava, distraída. – Ela lhe deu de presente?

– *Oui*. Disse que os círculos de prata entrelaçados foram feitos pelo pai de seu pai ou mesmo antes disso. Não tinha certeza. As sete granadas representam os sete filhos com que foi abençoado. *Grand-mère* me disse que me traria boa sorte.

– Acho que trouxe. A senhora sobreviveu durante um ano, apesar de ser perseguida por um clã muito rico e poderoso. É uma sorte que muitos invejariam.

– Então rezo para que essa sorte continue a nos abençoar – murmurou ela e fechou os olhos, incapaz de mantê-los abertos por mais um momento. – Se tiver mais perguntas para mim, sir Murray, temo que devam esperar até amanhã.

Nigel riu baixinho quando ela adormeceu quase de imediato, depois ficou sério e passou a mão de leve pelo rosto dela para tirar um pouco de poeira da estrada de sua face macia. Era uma mulher forte, que estava aguentando muita coisa, mas ele não sabia quanto ainda conseguiria suportar. Havia poucas opções, no entanto. Ele odiava vê-la tão cansada, com o corpo tão dolorido, mas também não queria ver sua morte, e esse era o destino que a aguardava se fossem encontrados pelos DeVeau. Ao fechar os olhos e acolher o sono tão necessário, ele jurou que daria todo o conforto a ela assim que chegassem à Escócia. Também jurou que faria o que sua família parecia não poder ou não querer fazer – ele a libertaria da sede de vingança cega e infinita dos DeVeau.

CAPÍTULO SETE

– *T*em certeza de que é uma boa ideia? – perguntou Gisele.

Parados numa encosta, ela e Nigel olhavam um vilarejo lá embaixo.

Gisele ainda estava com o corpo muito dolorido por causa daquele dia de fuga dos DeVeau. Uma única noite de descanso não bastara para restaurar completamente suas energias. O medo também a continha. Seus inimigos haviam se aproximado muito no dia anterior. Não queria dar a eles outra oportunidade de pegá-la, e entrar num vilarejo movimentado parecia prometer justamente isso. No entanto, Gisele não sabia se teriam outra opção.

– Precisamos de suprimentos, moça – disse Nigel. – É a época errada do ano para colher da terra tudo o que precisamos.

– Eu sei, e nos últimos anos não tem sobrado muita coisa para se tirar da terra. Os soldados tomam tudo.

Nigel suspirou e assentiu enquanto desciam.

– O exército pode ser muito ganancioso. Já vi homens tirarem tudo o que a terra tinha para oferecer, sem deixar nada para as pobres almas que viviam dela. É uma das consequências mais tristes da guerra.

– E este país tem sido marcado pela guerra muitas e muitas vezes. Nunca acaba. – Ela balançou a cabeça. – Não compreendo por que é assim, embora os homens sempre tenham uma resposta na ponta da língua, falando pomposamente de honra, coragem, reis virtuosos, blá-blá-blá. Minha avó me disse certa vez que os homens se ofendem mais facilmente do que uma freira velha e rabugenta num dia de mau humor.

Por um longo momento, Nigel se esforçou para olhá-la com severidade. Uma mulher não deveria falar dos homens de modo tão insultante. Poderia lhe causar muitos problemas. Os homens nem sempre aceitavam bem serem tratados de forma tão ridícula. Então ele soltou uma gargalhada, quase conseguindo ouvir a voz esganiçada da velha.

– É, moça – disse Nigel, compartilhando um sorriso com ela –, às vezes parece ser bem assim. – Ele ficou sério ao puxar as rédeas e parar diante dos estábulos nas cercanias da aldeia. – É uma vergonha que os homens tenham tendência a matar pessoas quando estão de mau humor. Na minha terra, isso se torna uma rixa transmitida de pai para filho e acaba gerando uma herança sangrenta.

– Sua família sofreu uma tragédia assim?

– Quase, mas a verdade foi revelada e o derramamento de sangue acabou.

Antes que ela pudesse fazer mais perguntas, ele saltou do cavalo e foi falar com o responsável pelo estábulo. Gisele ficou inquieta, mas, quando Nigel lhe fez um sinal para que desmontasse, ela desceu na mesma hora, sem fazer perguntas. Tinha que confiar em alguém em algum momento. Nigel parecia uma boa opção para começar. Porém, estava nervosa por deixar os cavalos nas mãos de um desconhecido. Aquilo podia dificultar uma fuga rápida.

– Não fique tão assustada, moça – disse Nigel em voz baixa enquanto pegava seu braço e a levava para o vilarejo. – Não posso prometer que estamos em completa segurança, mas não tenho nenhuma sensação de que há perigo à espreita na próxima esquina.

– Não sente o cheiro dos inimigos?

Ela tentou caminhar como um garoto, mas alguns olhares que recebeu lhe disseram que não fora muito bem-sucedida.

– Não, não sinto cheiro nenhum. Moça, os cavalos precisam de novas ferraduras. Eles podem aguentar um dia ou todo o caminho até Donncoill, a fortaleza da minha família na Escócia, mas poderíamos acabar com uma montaria manca a um quilômetro da aldeia.

– Estão tão gastas assim?

– Estão.

– Então precisamos cuidar disso. Permanecer aqui pode ser perigoso, mas tentar fugir dos DeVeau num cavalo manco seria muito pior. – Ela olhou em volta. – Parece ser uma aldeia próspera, ainda sem as marcas desta guerra recente. Deve ser possível encontrar o que precisamos. – Ela franziu a testa enquanto ele se dirigia para uma minúscula padaria. – Quer que eu fale com os comerciantes?

– Sei falar a língua.

– Eu sei, mas confessou que sente dificuldade em falar de um jeito que todos entendam e que, com frequência, acha difícil entender todas as palavras quando falamos depressa.

– Tudo isso é verdade, mas me sentiria melhor se eu fizesse isso. Pode parecer um rapaz, quando se olha de relance, mas não acho que passaria por um em uma avaliação mais minuciosa. – Ele sorriu de leve. – Já nós, os escoceses de fala enrolada, não causamos tanto estranhamento. Espere aqui, moça, e não fale com ninguém.

Gisele praguejou baixinho, mas seguiu as ordens. Mesmo com o gorro na cabeça, ela percebia que o disfarce não era tão bom quanto imaginara. Espreitar em silêncio, nas sombras, era provavelmente a opção mais segura. Começava a pensar que não havia como se esconder. Quando viajava como mulher, era facilmente vista e lembrada. Não vinha tendo mais sorte como rapaz. Não parecia haver muitas opções, porém, a não ser ficar escondida nas profundezas de uma caverna até que alguém provasse sua inocência ou que os DeVeau se esquecessem dela e encontrassem outra pessoa para atormentar. Gisele não acreditava em nenhuma das duas possibilidades. Não poderia sobreviver numa caverna sem alguma ajuda e os DeVeau eram famosos por terem muito boa memória.

Um rapaz que saía de uma estalagem do outro lado da rua esburacada interrompeu suas divagações abruptamente. Gisele ficou paralisada, dividida entre a esperança e o medo. Não havia como confundir seu primo David, esguio, quase belo. O que não sabia ao certo era se deveria ou não se aproximar. Ele não se apressara em defendê-la quando suas dificuldades tiveram início, mas Gisele não podia acreditar que a entregaria para os DeVeau. Quando ele começou a se afastar, ela não resistiu ao impulso e saiu correndo, alcançando-o na entrada de um pequeno beco escuro.

– Ei, menino, o que está aprontando? – perguntou David energicamente quando Gisele o empurrou para o beco.

– David, sou eu. Sua prima Gisele. – Ela arrancou o gorro e ajeitou os cachos. – Não se lembra de mim, primo?

Ela permaneceu rígida enquanto ele a fitava. De repente, ele abriu a boca e agarrou seus ombros. Depois de um longo momento de silêncio, Gisele mudou de posição e se libertou.

– Está completamente louca? – disse ele, com a voz rouca e baixa por causa do choque.

– Estava começando a temer que você estivesse louco. Ficou olhando para mim fixamente, como se eu fosse algum tipo de visão desagradável – resmungou Gisele enquanto colocava o gorro de volta na cabeça.

– O que fez com seu cabelo? Por que está vestida desse jeito?

– Nunca pensei que lhe faltasse inteligência, primo. Estou tentando parecer um garoto. – Ela lhe lançou um olhar furioso quando notou um ar de pura zombaria tomar conta de seu belo rosto. – As roupas pertencem ao pajem de Guy.

– Não me surpreendo que aquele tolo do Guy esteja por trás dessa loucura. – Ele andou para a frente e para trás por um momento, antes de voltar a encará-la. – Guy quase morreu por sua causa.

– Ah, então andou falando com nossa doce prima Maigrat.

David abriu um breve sorriso e depois franziu a testa, passando os longos dedos pelo cabelo preto e espesso.

– Ela não tem muito amor por você, é verdade. Não gosta de pessoas que falam o que pensam de forma tão incisiva quanto ela, principalmente se o que dizem contraria suas verdades.

– Posso ter discordado dela uma ou duas vezes – retrucou Gisele, ignorando o som de galhofa emitido pelo primo –, mas isso não é motivo para me declarar uma assassina ou acreditar que eu faria qualquer coisa para ferir Guy.

David pôs os braços em volta dos ombros de Gisele e lhe deu um rápido abraço.

– Achei difícil acreditar que você faria mal a Guy, e ele foi muito firme ao defendê-la.

– Ele está bem?

– Quase o suficiente para deixar a propriedade de Maigrat, como ameaça fazer quase todos os dias.

Gisele riu e observou David com cuidado ao dizer:

– Guy foi um dos poucos que acreditaram na minha inocência.

Ele corou e deu um passo para trás.

– Gostaria de ter condições de negar, mas temo que essa seja a dura verdade. A única defesa que temos, e é bem fraca, é que você tinha deixado evidente para todos que a ouvissem quanto odiava aquele homem e costumava ameaçá-lo com castigos hediondos. Não há perdão para o que fizemos. Você nunca deveria ter sido entregue a ele. Ficamos cegos pelo poder e pela riqueza, acho. Ninguém de posição tão elevada havia se unido à nossa família até então, e nós ansiávamos por aquilo.

– Você fica falando em "nós" o tempo todo. Fala em nome dos outros.

– A maioria deles. Alguns, como Maigrat, têm as próprias razões para se recusarem a mudar de ideia, e temo que isso tenha mais relação com uma implicância com você do que com a verdade. – David observou-a com cautela quando acrescentou: – Você sabe ser rude, Gisele, e foi amaldiçoada com uma língua ferina que pode provocar a ira e a antipatia de algumas pessoas.

– São desprovidas de senso de humor e não preciso delas. Então minha família está disposta a me ajudar agora?

Ela aguardou a resposta muito tensa, sabendo que tinha deixado que suas esperanças se renovassem. Temia que voltassem a ser destruídas.

– Já começamos a tentar descobrir a verdade – respondeu ele, antes de corresponder ao abraço impulsivo que ela lhe deu. – Também temos tentado encontrá-la. Precisa vir comigo agora. Não pode mais ficar fugindo pela França sozinha e desprotegida.

– Sozinha? – Gisele franziu a testa e se afastou dele. – Guy disse que eu estava sozinha?

– Disse algo sobre um escocês, um cavaleiro que sobrevivia vendendo sua espada. É óbvio que ele a abandonou. É tudo o que se pode esperar de um homem de sua laia.

– Não, Nigel não me abandonaria. – Gisele ficou surpresa com sua defesa incisiva de Nigel enquanto David a encarava. – Ele está providenciando suprimentos e cuidando de nossos cavalos.

– Ainda está com o homem? Não pode ser, prima. Não pode viajar sozinha com um homem, ainda mais alguém que ninguém conhece. Pagarei a ele o dinheiro devido e o mandarei embora.

Gisele voltou a encarar o primo, louca para lhe dizer que era um completo idiota, mas sabendo que aquele não era o momento para discussão. Não havia previsto esse problema. Os homens estavam sempre prontos a defender suas mulheres dos pensamentos pecaminosos e das inclinações de outros homens, e como ele não fizera nada para protegê-la do marido brutal, a culpa poderia facilmente tornar David alguém muito difícil de se desvencilhar. Nigel logo estaria procurando por ela, e Gisele tinha certeza de que o primo não o saudaria com cordialidade quando o encontro acontecesse. Gisele mordeu de leve o lábio inferior e pensou em como poderia livrar Nigel do confronto para o qual o arrastara de modo inconsequente.

Nigel saiu do calor excessivo da padaria, respirou fundo o ar fresco e percebeu na mesma hora que algo estava errado. Sentiu as primeiras pontadas de pânico quando não conseguiu ver Gisele no lugar onde a deixara. Com a mão na espada, começou a fazer uma busca pelo pequeno vilarejo. Então parou e ficou observando quando a descobriu no interior de um beco estreito e sombrio, não muito longe da estalagem.

O jovem com quem ela falava não representava ameaça imediata. No entanto, de saída Nigel já não gostou dele. Com pesar, teve que admitir que a antipatia era, em parte, originada pelo ciúme. O jovem era alto, esguio, de cabelos e olhos escuros, e até Nigel podia perceber sua beleza. Nada disso, contudo, diminuía o perigo que Gisele podia estar correndo. Sua segurança dependia em grande medida de se manter escondida. Quando Nigel ouviu o jovem dizer que lhe faria um pagamento e o dispensaria, descartando-o como se fosse o mais baixo dos mercenários, ele avançou.

– Mantenha sua bolsinha de moedas presa ao cinto, rapaz – disse Nigel, colocando-se ao lado de Gisele. – Não peço dinheiro para proteger a jovem.

Gisele olhou para Nigel e David e quis soltar um xingamento. Os dois homens estavam tensos, com expressões de intensa raiva, e as mãos pousadas nas espadas. Uma palavra errada, um passo em falso, e ela teria que assistir a um combate entre seu protetor e seu primo. Os homens, concluiu ela, eram criaturas muito estranhas. E mesmo esses dois precisavam saber que ninguém sairia ganhando de um confronto daqueles e que ela, a mulher que os dois alegavam querer proteger, seria a mais prejudicada.

– Nigel – ela pousou a mão em seu braço –, este é meu primo, sir David Lucette. David, este é sir Nigel Murray, o homem que corajosamente se ofereceu para me proteger dos meus inimigos.

– É, para fazer o que a família dela não ousou – disse Nigel, grunhindo baixo depois de levar uma cotovelada de Gisele.

– A família pode cuidar dela agora – disse David num inglês hesitante, relaxando um pouco a postura tensa ao ver o olhar de desaprovação que Gisele lhe dirigia.

– Ignoraram os riscos que ela corria por quase um ano – respondeu Nigel com frieza. – Deixaram-na sozinha para enfrentar seus inimigos e provar sua inocência. E agora quer que eu abra mão do meu compromisso e a deixe em suas mãos despreparadas. Não, acho que não.

– É uma mulher de berço, dona de um nome honrado. Não pode viajar sozinha pelo país com um homem com quem não tem laços de sangue.

Antes que Nigel pudesse responder, Gisele soltou uma série de impropérios e se colocou firmemente entre David e Nigel.

– Precisam mesmo se comportar como dois pirralhos desmamados brigando por um brinquedo?

– Ah, moça – disse Nigel colocando a mão sobre o coração –, assim a senhora me magoa. Deveria ter mais cuidado com o orgulho de um homem.

Gisele ignorou aquelas tolices. Não tinha levado muito tempo para perceber que Nigel podia agir de um modo quase absurdo nos momentos mais estranhos. A cara de seu primo lhe dizia que ele estava completamente confuso. Gisele se perguntou por que Nigel fazia aquilo. Provavelmente um inimigo confuso era mais fácil de derrotar.

– Primo – disse ela num tom de voz que ela esperava ser calmo mas firme –, sir Murray jurou por sua honra ser meu protetor.

– Gisele, compreendo que falhamos com você – disse David em francês, tomando a mão dela. – Nós a insultamos com nossas suspeitas e nossa descrença. Está tudo diferente agora. Deixe-nos cuidar de você.

Nigel ficou tenso. Tinha dificuldade para acompanhar o rápido francês do jovem, mas compreendia o bastante para saber que David tentava, por meio de uma persuasão delicada, tomar Gisele. Não havia muito o que fazer se ela decidisse voltar para a família e aceitar a tardia oferta de ajuda. Ele tampouco poderia garantir que seus protestos teriam origem na crença sincera de que ela ficaria mais segura em sua companhia – ou se apenas temia perdê-la.

Era difícil, mas Gisele fitou os olhos belos e suplicantes do primo sabendo que recusaria. Queria apenas entender o que a fazia voltar as costas para a oportunidade de se reunir à sua família. Eles a magoaram com sua traição, mas havia uma chance de curar aquelas feridas e ela estava prestes a recusá-la. Gisele tinha a perturbadora sensação de que, misturada a todos os ótimos motivos que tinha para ficar com Nigel, havia simplesmente uma forte relutância em deixá-lo. Rezou para que não estivesse a ponto de cometer um sério equívoco por causa de um rosto bonito e de beijos doces.

– *Non*, David. Ficarei com sir Murray – respondeu ela, em inglês, para não excluir Nigel da conversa, sabendo que era exatamente isso que primo tinha tentado fazer. – Escolhi este caminho e seguirei nele.

– Juro que não será tratada da mesma forma vergonhosa que foi no passado – respondeu David em inglês, com sua voz grave deixando clara a relutância em usar o idioma.

– Acredito em você. Mas não importa.

– Tem certeza de que não está permitindo que seus ressentimentos guiem seus passos?

Ela sorriu de leve e deu de ombros.

– Não vou negar que esses sentimentos existem, mas eles não me conduzem. É a melhor opção, acredite em mim. – Gisele percebeu pelo ar sombrio de David que ele acreditava que ela e Nigel eram amantes e que não sabia muito bem a quem atribuir a culpa disso. Afinal de contas, ela não era mais uma virgem inocente. – Temos um bom plano. Não precisa se preocupar comigo.

– Não me preocupar? Quantas vezes devo dizer? Está viajando vestida de rapaz com um homem que nenhum de nós conhece. Não pensou quanto pode manchar seu nome?

Gisele soltou uma gargalhada, um som curto e amargo.

– Manchar o meu nome? Faz um ano que até meus parentes mais próximos me tomam por uma assassina, uma mulher que não apenas matou o marido, mas também o mutilou. Duvido que o que eu fizer agora possa sujar meu precioso nome mais do que isso. – Ela respirou fundo para recuperar a firmeza. – Sir Nigel está me levando a um lugar seguro. É disso que preciso agora.

– Poderíamos encontrar um lugar seguro, prima – insistiu David, mas a voz dele tinha uma pontada de insegurança.

– *Non*, nós sabemos que não é verdade. Os DeVeau observam todos os membros de nossa família bem de perto. O que aconteceu com o pobre Guy é uma prova disso. Não existe lugar entre vocês onde eu realmente possa me esconder. Colocarei em perigo qualquer um que me ofereça abrigo. Deseja mesmo arrastar toda a nossa família para uma guerra com os DeVeau? Uma guerra que poderia facilmente colocar a família contra o próprio rei? Acho que não – murmurou ela quando ele franziu a testa.

– Mas agora que percebemos nosso erro, não podemos fazer nada além de ajudá-la, caso contrário nos arriscamos a perder nossa honra.

– Então me ajudem. Descubram quem realmente matou meu marido. É o momento perfeito para isso. Os olhos dos DeVeau estão voltados para mim, e toda sua força e todo seu interesse estão dirigidos para mim. Isso deve dar a alguém uma oportunidade muito boa de descobrir exatamente o que aconteceu com meu marido.

– Não será uma tarefa fácil – balbuciou David, esfregando o queixo.

– Não, não será. Se fosse fácil, eu já teria descoberto a verdade sozinha a esta altura. Tive poucas oportunidades para tentar descobrir o assassino e, agora que os DeVeau ofereceram uma recompensa vultosa por minha cabeça infeliz, não terei tempo algum. Não tenho tempo para nada além de fugir e me esconder.

– Isso não é vida para uma mulher.

– *Non*, não é, então descubra quem realmente degolou o verme do meu marido e me liberte desta vida.

Ela aguardou com alguma apreensão enquanto David refletia sobre suas palavras. Ele poderia causar muitos problemas caso se recusasse a aceitar sua decisão, e ela sentiu que já tinha que lidar com coisas demais. Embora ainda não estivesse totalmente convencida de que podia confiar em Nigel, ela sabia que não poderia deixá-lo. Sua intuição lhe dizia que deveria se manter no caminho que vinha trilhando, mas Gisele não queria afastar a família que finalmente se dispunha a ajudá-la.

– Não gosto disso – resmungou David, dando uma olhada rápida e severa em Nigel, antes de dar um abraço apertado na prima. – Honrarei seus desejos. Fique com este homem e sua família deverá usar a cabeça e o coração para inocentá-la.

– Tomou uma sábia decisão – disse Nigel, puxando Gisele para o seu lado.

– Não acredito que tivesse outra opção – respondeu David, os olhos fixos em Gisele, depois de lançar outro olhar zangado para Nigel. – Espero que não venha a se arrepender, prima.

David se curvou e se afastou.

Gisele suspirou, subitamente insegura, mas reprimiu a vontade de chamar o primo de volta. Não podia fraquejar apenas pela saudade que sentia de sua família. Embora estivesse pronta para perdoá-los, não conseguia ignorar o fato de que Nigel havia demonstrado mais lealdade do que eles. David assegurara que todos defendiam sua causa do momento, mas a mágoa duradoura e as lembranças muito nítidas daquela traição a impediam de acreditar totalmente nele. Lutava para sobreviver. Não podia se dar ao luxo de apostar em nada nem em ninguém.

Ergueu os olhos e encarou Nigel, que a observava com atenção, e concluiu que havia se entregado a todos os riscos ao depositar sua confiança nele. Era uma tolice a queixa de David relativa aos estragos à sua reputação por viajar com Nigel, mas num aspecto ele tinha razão. Ninguém conhecia Nigel Murray de verdade. Era um escocês que vendia sua espada aos franceses e, entre seus companheiros soldados, poucos falavam mal dele. Isso não era o suficiente para alguém lhe confiar a própria vida.

– Está arrependida de sua decisão, moça? – perguntou Nigel, lutando para esconder a inquietação. O olhar de Gisele era firme, cheio de ponderações, e ele temia que estivesse prestes a mudar de ideia. – Poderíamos facilmente chamar seu primo de volta – disse ele, esperando que ela nunca percebesse como havia sido difícil fazer com que tais palavras saíssem de sua garganta.

– *Non*. – Ela franziu a testa, depois balançou a cabeça. – É o melhor. Mas vacilei por um momento.

– Não é uma escolha fácil.

– *Non*, não é. Sinto falta de minha família. Como já disse, quero muito voltar para casa. Mas ainda não. E não na companhia dele.

– Acha que ele fala a verdade?

– Ah, ele fala o que considera a verdade. Não é dele que duvido. Não desejo duvidar dos outros, mas não consigo evitar.

Com delicadeza, ele enfiou um cacho solto do cabelo dela para dentro do gorro.

– Eles viraram as costas quando a senhora mais precisava. É uma traição terrível, e não é possível deixá-la de lado apenas porque se desculparam.

Ela sorriu para ele, comovida com a compreensão que ele demonstrava.

– *Non*, não é. Fiquei dividida. Queria acreditar nele, confiar de novo da minha família, e aí me senti a mais baixa das traidoras porque não consegui, não consegui confiar de todo o coração.

– Não precisa se castigar, Gisele. Podem ser seus parentes, mas a traíram. Precisam demonstrar que merecem sua confiança.

– E agora, enquanto estou fugindo pela minha vida, não é hora para esse jogo.

Ela olhou na direção que David havia seguido e lutou contra uma súbita vontade de chorar. Conseguia ver sua casa, as paredes de pedra coberta pelo musgo, as torres altas. Quase conseguia sentir o cheiro das rosas que sua avó cultivara com tanto cuidado, das quais ela passara a cuidar depois da sua morte. O desejo de voltar para casa e se aninhar na cama macia era tão grande que chegava a doer, mas ela precisava combatê-lo. Em casa não haveria segurança, e ela poderia facilmente pôr em perigo todos aqueles que amava.

Gisele alisou a manga da camisa de Nigel e então cruzou os braços na altura do peito para não se agarrar a ele, para não procurar nele a força que lhe faltava. Havia recusado a oferta de David – em parte porque colocaria sua família em perigo. No entanto, havia escolhido fazer Nigel correr esse mesmo risco. Não fazia sentido, e ela se sentiu subitamente envergonhada. Ele se dispusera a ser seu protetor e a levá-la em segurança para a Escócia, mas não sabia de verdade quantos problemas teria pela frente. Como havia acabado de ter a chance de fazer uma escolha, já havia passado da hora de oferecer uma a Nigel também. Respirou fundo e olhou para ele.

– Estava pensando...

– Por que estou com a sensação de que não vou gostar disso?

Ela apenas franziu a testa e continuou:

– Falei que não queria pôr minha família em perigo, que penso também na segurança deles ao recusar-me a reencontrá-los. Penso também em sua segurança, sir Nigel.

– Agora eu tenho *certeza* de que não vou gostar disso.

– Pode me permitir terminar? – Quando ele fingiu fazer uma reverência, ela disse: – Acabei de ser abençoada por uma escolha e acredito que já passou da hora de eu lhe proporcionar uma também. Quando me ofereceu sua ajuda, talvez não tivesse percebido o tamanho e a profundidade do lamaçal onde se enfiava. No momento, tem uma ideia melhor dos problemas que eu causo. Compreenderei se desejar me deixar.

– Pode compreender, mas não acho que outros compreenderiam – murmurou ele, sorrindo de leve, pois a postura tensa de Gisele demonstrava sua dificuldade em lhe oferecer uma chance de abandonar o papel de protetor.

– Eu lhe dei minha palavra de honra, moça.

– O senhor não perderá sua honra se eu disser que está livre do seu compromisso.

– Muitos poderiam pensar assim, mas não eu. Ficarei. Disse que a levaria para a Escócia, onde poderá ficar em segurança para limpar seu nome, e é o que pretendo fazer.

Gisele ficou trêmula de alívio, mas lutou para não demonstrar.

– É um homem muito teimoso, sir Murray.

– É verdade. – Ele tomou-lhe pelo braço e a levou para fora do beco. – Também sou atencioso, bom e generoso.

– E vaidoso.

– Prefiro achar que conheço meus pontos fortes.

Gisele riu e balançou a cabeça.

– Uma explicação interessante e despreocupada, mas o que provocou essa bravata?

– Planejei uma surpresinha para você, moça, e posso ser vaidoso, mas acho que vai gostar.

CAPÍTULO OITO

Gisele quase gemeu de prazer ao afundar o corpo na água quente. Nigel a levara até a estalagem, conversara com o estalajadeiro e dera a ela um quarto com uma cama macia e uma banheira que logo transbordava com água quente perfumada de rosas. Ela sabia que a surpresa tinha sido concebida no momento em que se afastaram do beco, mas não estava disposta a discutir isso.

Enquanto a esposa e as filhas do dono da estalagem enchiam a banheira com água quente, Gisele estava tão ansiosa por entrar que mal esperou que Nigel saísse pela porta antes de começar a tirar a roupa. Por apenas um segundo temeu que, ao mostrar que não era um pajem, estivesse revelando um grande segredo. A falta de surpresa no rosto das mulheres demonstrou que já imaginavam seu sexo.

– Preciso muito descobrir o que estou fazendo de errado – murmurou enquanto começava a lavar o cabelo. – Seria decepcionante imaginar que tosei o cabelo à toa.

Gisele derramou água no cabelo para tirar o sabão e procurou a toalha que as mulheres tinham deixado numa banqueta perto da banheira. Depois de secar o rosto, secou o cabelo e olhou em volta. Aquilo devia estar custando a Nigel muitas das suas suadas moedas. Era caro ter um quarto individual, e a maioria das estalagens tinha apenas um ou dois. Uma banheira cheia de água quente perfumada de rosas era outro luxo com que poucos podiam arcar. *Ou sabonete com perfume de rosas*, ela pensou enquanto cheirava a barra, antes de começar a se lavar.

Quanto mais pensava no assunto, mais se preocupava. Percebeu que não tinha pensado em como iriam pagar pelas coisas. Gisele duvidava que Guy tivesse dado algum dinheiro a Nigel, pois estava ferido e praticamente desacordado quando partiram. Ela também não havia dado dinheiro nenhum a ele. Não tinha o que dar. Isso queria dizer que Nigel não apenas arriscava a vida para protegê-la, mas também estava pagando para ter esse privilégio.

Olhou para o amuleto que havia pousado cuidadosamente na banqueta. Provavelmente conseguiria algum dinheiro por ele. Depois balançou a cabeça. Não conseguiria vendê-lo. Sentia um calafrio só de pensar. Era tudo o que tinha da avó, da mulher que fora uma mãe para ela, mais do que a própria mãe. Teria que encontrar outro meio de recompensar Nigel. Como sua família parecia ter aceitado que voltasse para junto dos seus, não seria tão difícil conseguir um pouco de dinheiro.

Ao afundar na água para desfrutar do restinho daquele calor, ela sorriu da própria tolice. Sua relutância não se devia apenas ao fato de o amuleto ser uma relíquia de família. A avó dissera que ele trazia boa sorte e, com pesar, Gisele admitia que tinha começado a acreditar naquilo. Tinha a impressão de que a avó daria boas gargalhadas de suas convicções.

Ao fechar os olhos, pensou inutilmente no que a avó teria achado de Nigel e depois riu baixinho. Tinha certeza de que a avó e Nigel teriam se tornado amigos bem depressa. Ela provavelmente adoraria o estranho senso de humor do escocês.

Uma pontada de preocupação perturbou o bem-estar de Gisele. Tinham acabado de escapar, depois de passar todo o dia anterior trabalhando para despistar os DeVeau. Não parecia uma boa ideia parar tão depressa para desfrutar de luxos como uma cama macia e uma banheira de água quente. Ela praguejou e tentou afastar esses pensamentos. Nigel tinha cumprido bem seu papel até então. Confiaria nele para saber o que era seguro e o que não era. Queria apenas não precisar de se lembrar disso o tempo todo. Parecia desleal questionar todos os seus movimentos. Até se curar da desconfiança aprendida naquele ano de fuga, ela devia se assegurar de que Nigel nunca percebesse essas dúvidas. Voltou a desfrutar do banho completamente, dizendo a si mesma com firmeza que não deveria se preocupar, que ele estaria alerta ao menor sinal de problema.

Nigel praguejou e se enxugou depressa. Por apenas um breve momento ressentiu-se do fato de estar se banhando num riacho frio enquanto Gisele se refestelava numa banheira de água quente. Ela merecia aquele conforto mais do que ele. Fora uma decisão apressada parar na estalagem, uma decisão cara, mas não estava arrependido. Havia tamanha tristeza nos olhos dela depois que o primo partiu que ele se sentiu compelido a fazer algo para melhorar seu ânimo.

Balançou a cabeça enquanto vestia roupas limpas. A incerteza ainda o afligia. Num momento, sentia que era melhor que Gisele ficasse em sua companhia, que era melhor para todos, depois questionava seus motivos. Nigel suspeitava que isso o deixaria intrigado por muito tempo.

Ajoelhou-se perto do riacho e esfregou as roupas sujas, rezando para que secassem da noite para o dia. Quando terminava de torcê-las, ficou tenso. Tarde demais ouviu sons de passos atrás dele. Ao levantar-se devagar, pensou que seu dom para antecipar o perigo finalmente o havia abandonado. Ao se virar e encontrar David, praguejou ainda mais e ao mesmo tempo se sentiu aliviado. Não sentira o perigo porque não havia perigo. David podia não confiar nele, mas Nigel tinha certeza de que não tinha a intenção de feri-lo.

– Achei que tivesse ido para casa – disse ele enquanto se sentava para amarrar as botas.

– Só parto amanhã. Meu cavalo precisa trocar as ferraduras – respondeu David.

– Ah, então é por sua causa que Gisele e eu devemos esperar o mesmo para nossas montarias. Ficou com vontade de dar um pequeno passeio na beira da água?

David lançou-lhe um olhar furioso.

– Faz parecer que não me considera uma séria ameaça.

– Verdade? – Nigel observou-o com atenção e se levantou. – É uma ameaça, sir Lucette?

– Deveria ser… uma ameaça mortal. Não acredito que seja um porto seguro, como pensa minha prima. Ela pode ser muito ingênua de vez em quando.

– Ela é viúva, não uma virgem sem conhecimento dos homens.

– E por isso acredita que ela está à sua mercê?

– Quando finalmente decide se preocupar com o bem-estar da moça, você fica bem irritado, não é?

David praguejou e andou para um lado e para o outro antes de encarar Nigel de novo.

78

– Só aceito tais insultos porque tenho a inteligência de saber que eu os mereço, mas cuide-se, sir Nigel, não sou conhecido por minha paciência. Posso merecer minha porção de vergonha, mas não suportarei isso por tempo demais. *Oui*, falhei com a prima, assim como o resto da família. É algo que deve ser acertado entre nós, e que não lhe diz respeito. Também não significa que minha preocupação em relação ao senhor não seja sincera.

– Não há necessidade de se preocupar comigo.

– *Non?* Vai me dizer que não sente desejo pela moça?

Nigel sorriu.

– Não vou dizer isso. Não sou tão mentiroso assim.

Ele quase riu quando David voltou a praguejar. Era fácil atormentar o rapaz, e Nigel sabia que deveria parar. Poderia chegar a hora em que precisaria da boa vontade de um parente de Gisele. Por outro lado, sentia que David e os outros tinham virado as costas para ela e que não mereciam muita consideração. Ele não se achava capaz de perdoar com tanta rapidez quanto Gisele, embora não soubesse muito bem por que sentia tanta raiva.

– A sinceridade deve ser louvada, suponho. Se é um homem tão sincero, talvez possa me contar exatamente qual é seu plano para a minha priminha.

– Não creio que seja da sua conta, mas planejo levá-la em segurança para minha fortaleza na Escócia. Lá ela poderá residir até que a injustiça que a aflige chegue ao fim. – Nigel voltou um olhar incisivo para David e perguntou: – Acha que consegue limpar seu nome e afastar essas aves de rapina DeVeau das costas dela?

– Eu disse que o faria.

– Eu ouvi. Só fiquei pensando por que motivo acha que pode fazer isso agora, se ninguém conseguiu realizar tal missão no último ano. – Ele franziu a testa quando David corou. – Ninguém tentou, não é? Decidiram se era culpada ou inocente e não fizeram mais nada. Qual é o problema dessa mocinha para que pensem que faria algo assim a um homem sem ter motivo algum?

David arregalou os olhos.

– O senhor acha que ela fez aquilo!

– Não sei em que acredito. Sei apenas o que me contaram e, desde que ouvi a história pela primeira vez, não tive tempo de buscar toda a verdade por mim mesmo.

– Mas por que se esforçaria tanto para proteger uma mulher que acha que matou o marido?

– Porque o desgraçado merecia tudo o que recebeu e muito mais – respondeu Nigel com frieza.

– Pois bem, ele não era uma boa pessoa. Isso nós descobrimos.

Nigel soltou uma gargalhada sarcástica.

– Não era uma boa pessoa? Não descobriram nada.

Da forma mais sucinta possível, ele reproduziu ao jovem o relato de Gisele. Também contou a David o que concluíra apenas por reparar no modo como ela agia certas vezes. Agradou-lhe ver o rapaz ficar pálido de horror e de fúria. David afundou na grama e cobriu o rosto com as mãos. Nigel sentou-se silenciosamente diante dele, esperando com paciência que o rapaz recuperasse o controle.

– Deveríamos ter percebido – disse David, num sussurro.

– Alguém deveria ter notado o que estava acontecendo – concordou Nigel. – Gisele talvez não tenha sido muito clara nas explicações nem muito precisa em suas queixas, mas as cicatrizes estão lá para quem se der o trabalho de olhar. Eu as vi e nem conheço a jovem do jeito que a família deveria conhecer.

– *Non*, não como a família deveria conhecer. Ela não falou comigo. – David fez uma careta. – E agora só procuro uma desculpa para minha própria cegueira. Não sei se teria lhe dado ouvidos ou visto as coisas com mais clareza do que as pessoas às quais ela pediu ajuda. Nem sei se o modo como foi tratada teria feito muita diferença, se soubéssemos de tudo. *Oui*, alguns teriam se manifestado, e ela e o marido talvez fossem observados com mais atenção, mas não sei se alguém teria tentado levá-la de volta para casa. Por mais que fosse um desgraçado, era o marido dela. São laços que não se rompem com facilidade. Na verdade, a morte dele seria uma das poucas formas de livrá-la, e você vê todos os problemas que isso trouxe.

– Melhor do que a vida que ela vinha suportando.

– Pode ser. Se toda a crueldade de DeVeau fosse de conhecimento geral, com certeza não teríamos acreditado na inocência dela mais do que acreditamos, talvez até menos.

– Temo que nunca conseguirei entender como tantos de vocês podem acreditar nisso. Sim, a moça tem uma língua afiada e fala o que pensa mais do que alguns considerariam razoável numa mulher, mas assassina? Não, eu nunca pensaria isso dela. Só duvido agora porque sei os tormentos que suportou. Ou melhor, sei parte do que ela suportou. Talvez ela nunca conte a ninguém a história completa. Quando um homem trata uma mulher desse jeito, ou ela enfraquece, fica aterrorizada e se deixa aprisionar ou vence o medo e foge. E, se não tem para onde fugir, acredito que seja capaz de matar. Não posso recriminá-la por isso.

– *Non*, também não posso recriminá-la. Porém, será mais fácil impedir que os DeVeau tentem matá-la se ela for realmente inocente. – As palavras de David se arrastaram, então ele sorriu levemente e voltou a ficar sério. – Não são homens capazes de aceitar as justificativas de Gisele para matar aquele animal. Eles não acharão que ele agiu mal. São todos da mesma laia. Apenas não demos ouvidos, nem acreditamos na perversidade deles. Será melhor se conseguirmos encontrar outra pessoa que seja apontada como autora do assassinato.

– Não sei bem se outra pessoa deveria sofrer por isso, mas melhor que seja outro do que Gisele, se ela for verdadeiramente inocente. Ela não deixaria alguém ir para o cadafalso em seu lugar, a não ser que merecesse. – Nigel deu um leve sorriso, levantou-se e estendeu a mão. – Então é melhor botar a cabeça para funcionar. Não se apresse em encontrar alguma solução tola. A moça está a salvo em minha companhia.

– Está realmente? Mesmo se eu ignorar o fato de que provavelmente tentará seduzi-la?

– Provavelmente? – murmurou Nigel.

David o ignorou e prosseguiu:

– Há pouquíssimos lugares para ela se esconder dos DeVeau e daqueles que buscam a vultosa recompensa que estão oferecendo por sua cabeça. Acho que até alguns de seus conterrâneos podem ficar tentados. E acho que seu plano de levá-la para a Escócia poderá ser descoberto. Já se sabe que ela viaja com um escocês.

– Verdade?

A notícia não era boa. Nigel tinha esperanças de que o segredo ainda não fosse conhecido.

– Verdade. Assim, se não puderem encontrá-la na França, vão procurar em outros lugares. Vão segui-lo ou mandar outros atrás de você. A quantia oferecida pela cabeça de Gisele só fará com que a caçada fique mais feroz a cada dia.

– É um valor tão tentador assim?

– *Oui*, e pode continuar crescendo. Os DeVeau possuem mais moedas do que o rei.

– Então é melhor pôr mãos a obra, rapaz, e provar a inocência dela. Estou voltando para a estalagem. Não é boa ideia deixá-la sozinha por muito tempo.

– Pretende dividir o quarto com ela?

Nigel sorriu diante da indignação de David.

– Sim.

– Um cavalheiro dormiria em outra parte.

– Não, não dormiria, a menos que não tivesse escolha. E, sir Lucette, será muito difícil protegê-la como devo se eu e minha espada não estivermos por perto. – Ele deu um tapinha no ombro do jovem e voltou-se para a aldeia. – Não preciso lhe dizer que Gisele tem inteligência e força suficientes para me dizer "não" se ela escolher. Durma bem.

Gisele mal teve forças para abrir um dos olhos quando Nigel entrou no quarto. Tinha esperado por ele, mas logo depois do banho se sentira cansada demais e fora para a cama. Uma refeição leve foi servida pouco antes de ela adormecer. Ainda conseguiu se levantar para comer alguma coisa, mas logo correu de volta para o leito macio e quente.

– Ficou fora muito tempo – murmurou ela, observando-o estender as roupas úmidas para secar e depois sentar-se na beirada da cama e se servir de um pouco de comida.

– Senti necessidade de me banhar e acabei encontrando seu primo de novo.

– Não brigaram, não é?

– Não, embora eu tenha a impressão de que o rapaz quis bater em mim uma ou duas vezes.

– Provocou-o.

– Um pouquinho. Ele confessou que merecia. Deveriam ter ficado do seu lado desde o início, moça.

Ela suspirou.

– Eu sei. O fato de terem me abandonado me magoou profundamente, mas também posso entender por que não me ampararam. Os DeVeau são quase tão poderosos quanto o rei, pelo menos nesta província. São temidos por todos. Ficar do meu lado era o mesmo que ficar contra eles, e poucos teriam a coragem ou a força necessárias para isso. Não se deve esquecer de que os DeVeau são muito próximos ao rei. Quem os enfrentar também pode ser considerado um inimigo do rei. É uma posição muito perigosa.

Nigel assentiu, pôs de lado a bandeja de comida e começou a tirar as botas. Não tinha combinado com Gisele como dormiriam, e a observou com atenção enquanto se preparava para deitar. Quando ela não o questionou de imediato e apenas fechou os olhos, ele decidiu que estava tudo bem. Em deferência ao pudor da jovem, não tirou as calças. Quando entrou na cama ao lado dela, sentiu-a ficar ligeiramente tensa e lamentou por isso. Não ia ganhar todas as vezes.

– Não vou machucá-la, moça – sussurrou ele, lutando contra a vontade de puxá-la para seus braços.

– Eu sei. Não é o senhor quem me faz ficar rígida de medo. Apenas um homem dividiu a cama comigo, e ele não era bem-vindo. Faz muito tempo desde que ele me tocou, mas começo a temer que o medo que ele instilou em mim viverá por mais tempo do que eu.

– Não. É apenas algo que ainda não pôde combater.

Ela olhou para ele e franziu a testa. Nigel tinha razão, mas ela não podia deixar de pensar nos motivos que o levavam a se preocupar tanto com seus medos, sua origem ou sua força. Ela esperava que ele não tentasse seduzi-la alegando que poderia curá-la. Sua intuição dizia que ele talvez conseguisse, mas ela percebeu que queria que ele a desejasse por si mesma, não porque alimentaria sua vaidade consertar aquilo que outro havia tentado tanto destruir.

– Moça, precisa parar de pensar mal de mim assim tão depressa – murmurou ele. – Está ferindo minha vaidade seriamente.

Embora ela sorrisse ao ouvir aquela bobagem, também ficou um tanto desconfortável ao perceber que ele conseguia adivinhar seus pensamentos com tanta facilidade.

– Estava esperando apenas que não tentasse dizer que pode me curar.

– Ah, ficaria decepcionada se eu tentasse seduzi-la com essa história, não é?

– Acho que sim. Demonstraria não ser tão inteligente quanto acredito que seja.

Nigel abriu um sorriso torto.

– Ah, sim. Sou inteligente. Consegui arranjar-lhe um quarto e uma cama macia, não foi?

– E agora tenta me deixar desconfiada. Pode ser estranho, mas presumi desde o início que pretendia dividir esta cama. Vai custar caro, tenho certeza, e achei que seria justo e razoável que desejasse compartilhar o conforto. E isso me faz lembrar de um assunto que desejo conversar com o senhor.

– Está prestes a dizer algo que vai me aborrecer.

– É um cavaleiro grande e forte. Suspeito que consegue suportar esse fardo. – Ela encontrou o olhar desconfiado dele e deu um sorriso breve e doce demais. – Está pagando do seu próprio bolso para me resgatar, não é?

– Não sou um homem pobre.

– Não me importaria se fosse. Simplesmente não acho certo que arrisque sua vida e esvazie o bolso. Também não sou pobre. Infelizmente, não tenho como pôr as mãos na minha fortuna. Devolverei o dinheiro assim que possível.

– Não é necessário.

– É, sim – disse ela com firmeza. – Talvez seja apenas orgulho. Na verdade, acredito que seja exatamente isso. Causa-me certa dor entender que sou incapaz de resolver esse assunto sozinha, ter que depender da força de outros para me manter viva.

Com alguma hesitação ele estendeu o braço e passou a mão pelo ombro dela.

– É apenas uma jovem. Só é possível fazer um tanto sozinha. Tem feito muito até agora. Não há vergonha em reconhecer que chegou a hora de alguém ajudá-la.

Ela assentiu.

– Eu compreendo, mas o orgulho às vezes se recusa a dar ouvidos à razão. Permita-me esse pequeno bálsamo. Devolverei o que lhe for necessário despender para me levar até a Escócia.

– Como preferir.

Nigel resolveu que não era a ocasião para discutir o assunto. Também compreendia como ela se sentia. Devia ser difícil estar tão completamente à mercê da boa vontade de alguém, em especial depois de ter sobrevivido tanto tempo por conta própria. Provavelmente tinha o mesmo gosto amargo de uma derrota.

– Por que tenho a sensação de que não concorda realmente? – murmurou Gisele, fechando os olhos.

– Preocupa-se com muita coisa, querida. – Ele mexeu de leve em alguns cachos soltos em sua testa. – Descanse. É o que precisa. Aproveite esse momento de paz e de conforto e pare de procurar problemas e conflitos.

– Não preciso me esforçar muito nem ir muito longe.

– Se continuar a manter pensamentos tão sombrios, não vai conseguir o sono de que necessita.

– E deseja que eu pare de falar para que possa dormir.

– É, é isso mesmo.

Ele deu um sorriso torto quando ela riu baixinho.

– Durma bem e em segurança, sir Murray.

Ele decidiu que era um bom desejo e retribuiu. Seria bom dormir bem, em segurança, para variar, sem ter que manter um olho aberto. Nigel percebeu que estava extremamente cansado da guerra, de lutar para se manter vivo. Ia ser bom voltar para Donncoill, voltar para o lugar onde havia tantos homens dispostos a cuidar dele e a permitir que ele descansasse em segurança.

Também seria bom para Gisele, devaneou ele enquanto delicadamente passava um braço em volta dela. Guy tinha razão. Ela não estaria tão segura quanto ele esperara. Mas pelo menos seria capaz de dormir bem. Pensou apenas por um momento se seria errado levar tal problema para seu clã. Mas eles certamente estariam mais do que dispostos a ajudar uma mulher que passava por tantas dificuldades.

Porém, mais uma vez, ele evitara a oportunidade de falar de casa, de advertir Gisele de algum modo sobre o que deixara para trás. Estava cortejando encrenca. Sabia que deveria dar a ela alguma pista dos motivos que o fizeram deixar sua casa, mas era um covarde. O orgulho o impedia. Era constrangedor o fato de que havia fugido de sua terra e das pessoas que amava porque queria a esposa do irmão e não confiava na própria capacidade de se comportar de modo honrado quando estava perto dela. Com toda a certeza também não era o tipo de confissão que faria Gisele simpatizar com ele.

Havia outro motivo para se manter em silêncio: se contasse toda a verdade, não seria capaz de responder às perguntas que Gisele certamente faria – pelo menos não tinha nenhuma resposta capaz de tranquilizar as suspeitas dela. Quando Gisele descobrisse que ele havia partido da Escócia por estar apaixonado pela esposa do irmão, e que a mulher era muito parecida com ela, Nigel gostaria de ser capaz de olhar firme nos olhos dela e jurar com toda a sinceridade que não era por isso que a queria. Ainda não conseguia fazer isso. Temia não ser capaz de fazer isso até se encontrar diante dos portões de Donncoill e olhar para uma e para a outra. Ainda temia o momento da verdade, temia nunca poder dizer essas coisas para Gisele.

Ela murmurou no sono e se voltou para ele, aconchegando-se em busca de seu calor. Nigel suspirou e envolveu-a em seus braços. Ela permitia aqueles pequenos abraços quando estava adormecida. Talvez fosse um bom sinal.

A forma como o corpo dele se retesou, ávido, ao se aproximar dela parecia real e suficientemente sincera – era Gisele que ele via e era o nome dela que estava em seus lábios –, mas o veneno da incerteza ainda permanecia em seu coração. Nunca havia amado outra mulher do jeito que amara Maldie, e não tinha certeza de que um homem seria capaz de se recuperar de algo assim.

Até encontrar essa resposta, Nigel deveria deixar Gisele em paz, mas sabia que também não faria isso. Gostava de senti-la em seus braços, gostava do seu gosto, do seu cheiro. Queria ser seu amante, saborear seu calor, e não teria forças para afastá-la só porque não entendia muito bem o próprio coração.

Havia uma solução para seu problema, pensou ele, sombrio, sentindo uma pontada de vergonha só de imaginá-la, mas incapaz de descartar aquela ideia. Se ainda não tivesse explicado tudo para Gisele quando chegassem a Donncoill, se ainda não tivesse uma ideia clara de quem guardava seu coração em suas mãos pequenas, quando ela visse Maldie e se voltasse para ele pedindo explicações, ele mentiria. Olharia bem nos seus olhos e lhe diria tudo que ela precisava ouvir. Aquilo o perturbava e estava longe de ser honroso, mas seria o gesto mais bondoso a fazer. No fim das contas, seria uma escolha entre manter sua honra e magoar Gisele brutalmente. Diante dessas opções, Nigel sabia o rumo que tomaria. Ela merecia um pouco de gentileza. E se ele se tornasse amante dela sem saber realmente se a amava, mereceria pagar por isso.

CAPÍTULO NOVE

O sonho dela era tão bom, tão doce e excitante que Gisele não queria despertar. Nigel a tocava, passando as mãos grandes e fortes lentamente sobre seu corpo, e não havia medo, apenas paixão. Sabia que era assim que deveria ser e não queria que lembranças sombrias estragassem o momento. Lábios suaves tocaram os dela e ela se agarrou com força ao homem que a tinha em seus braços. Queria provar apenas uma vez aquilo sobre o que os menestréis cantavam.

– Gisele – sussurrou Nigel contra a pele delicada de seu pescoço –, olhe para mim.

– *Non*.

Ela estremeceu quando ele tocou de leve seu seio.

– Vamos, moça, olhe para mim. Quero que saiba quem a está tocando.

Ela fechou os olhos com força e balançou a cabeça.

– Não pode me deixar no sonho?

– Não, porque é uma mentira.

– É uma bela mentira.

O calor da respiração dele a acariciou quando ele riu contra o ombro dela.

Devagar, Gisele abriu os olhos. Sentia-se um pouco desconfortável ao olhar para o homem enquanto ele a tocava de um modo tão íntimo e queria entender por que ele insistia naquilo. Estava permitindo que ele fizesse o que queria. Parecia mais sábio deixar que as coisas acontecessem, sem perturbar aquele momento.

– Eu sabia que era o senhor – disse ela, surpresa com o tom suave e rouco da própria voz.

– Neste momento. Antes, com os olhos fechados, seus pensamentos seguiam seu próprio caminho, escapulindo para o passado e ressuscitando todos os seus medos.

– Abrir os olhos poderia ressuscitar meu pudor.

– Pelo menos estaria recusando a mim, não a um de seus fantasmas.

Gisele gemeu baixinho quando ele deslizou as mãos pelas suas costas e a trouxe mais para perto. Não se sentia realmente inclinada a rejeitá-lo, embora soubesse que a honra e o pudor exigiam exatamente isso. O que ele disse estranhamente fazia sentido, mas ela sabia que teria que se esforçar para manter os olhos abertos. A cada nova sensação que lhe atravessava o corpo, ela se sentia impelida a fechar os olhos, como se desse modo pudesse saborear aqueles momentos com mais intensidade.

Surpreendia-se, ao mexer o corpo contra o dele, que estivesse pedindo silenciosamente algo que ela achava que nunca mais desejaria suportar. Tomada pela timidez, passou as mãos pelas costas dele, desfrutando da sensação dos músculos rijos e da pele lisa. Nigel, porém, não tirou as calças. Não fez nenhum movimento para tentar aplacar aquela febre.

Ele deslizou a mão entre as coxas de Gisele e ela soltou um gritinho, numa mistura de surpresa e prazer. Ele se aproveitou dos seus lábios abertos e a beijou. Algo dizia a Gisele que deveria se sentir indignada com aquele homem que a tocava de um modo tão íntimo, mas ela ignorou esse pensamento, abrindo-se para ele enquanto retribuía, faminta, aquele beijo. Não compreendia o que ele estava fazendo, mas estava gostoso demais para recuar.

Ele beijou o bico intumescido de seu seio e chupou com delicadeza, por cima do fino tecido da camisa que ela ainda usava. Durante todo o tempo, ele continuou a acariciá-la. Gisele tentava enroscar seu corpo no dele, mas Nigel não fazia nenhuma tentativa de se unir a ela. Continuava a beijá-la e acariciá-la. Ela estava quase pronta para falar, arriscando-se a arruinar o momento ao romper o silêncio, quando, de súbito, foi roubada da própria inteligência e da capacidade de dizer qualquer coisa.

Sensações inebriantes atravessaram seu corpo, e ela gritou o nome de Nigel. Ele respondeu com um beijo faminto, apertando-a com força enquanto seu corpo estremecia. Levou algum tempo até Gisele recuperar os sentidos, e então ela começou a se sentir ao mesmo tempo confusa e envergonhada. Nigel ainda a acariciava de leve. Ela pensou por um momento em se afastar dele, mas percebeu que seu toque a acalmava, neutralizando aquela sensação de humilhação que ameaçava surgir.

– O que acabou de fazer? – sussurrou ela, escondendo o rosto no ombro dele ao falar. – Na verdade, não fez nada. *Non,* quer dizer, você não...

Nigel deu um leve sorriso.

– Isso foi para você.

Gisele não compreendia e odiava isso mais do que se sentir envergonhada. Tinham lhe dito que era dona de uma fome de conhecimento indesejável numa mulher, querendo saber de coisas que os homens achavam que não tinha direito nem necessidade de saber. A recusa em permanecer na ignorância só havia piorado com o casamento. Acreditava sinceramente que, se soubesse mais sobre o que podia acontecer entre um homem e uma mulher, se soubesse o que era certo e o que era errado, ela teria se poupado de muitas dores. Teria pelo menos sido capaz de articular melhor seus problemas com o homem a quem havia sido entregue por sua família.

Ela olhou devagar para Nigel, mordendo de leve o lábio inferior, enquanto buscava as palavras. Sua hesitação em fazer as perguntas que martelavam sua cabeça a surpreendeu. Percebia que temia ouvir a desaprovação de Nigel em relação à sua intensa curiosidade e ficou irritada consigo mesma.

O rosto dele estava tenso, um leve rubor acentuando as linhas altas de suas maçãs do rosto. Gisele reconheceu os sinais de um homem possuído por intenso desejo. Era algo que aprendera ao observar o marido, para escapulir e se esconder antes que pudesse procurá-la. Porém ficou feliz ao perceber que a aparência de Nigel não a assustava. Notou que a expressão dele estava isenta daquele toque de perversidade que sempre maculava o rosto do marido. Estava tomada de curiosidade para entender as razões que levavam Nigel a não saciar os próprios desejos.

– Não compreendo – disse ela.

– E isso a incomoda, não é?

Ele não conseguiu evitar o sorriso diante do ar de irritação que apareceu no rosto dela, ainda corado.

– *Oui*. Disse que me seduziria e acabou de fazê-lo, no entanto, não concluiu o ato. Acredito que não houve confusão quanto à minha disposição, porém se conteve. Isso me confunde. É algum tipo de jogo?

– Que mente desconfiada. – Ele beijou a ponta do seu nariz. – Não é jogo nenhum. A senhora já se deitou alguma vez com um homem que não a machucou enquanto tomava aquilo de que precisava?

– Só me deitei com um homem em toda a minha vida, meu marido, e a resposta é negativa. O senhor percebeu isso. Viu meu medo. Está claro que estou livre desses medos agora.

Ele deu de ombros.

– Pode ser. Só pensei que poderia ajudar se, uma vez, antes de nos tornarmos amantes de verdade, a senhora descobrisse o que pode sentir.

É, estava disposta, mas essa vontade poderia desaparecer rapidamente assim que eu acomodasse meu corpo sobre o seu, não é? Não era nesse momento que as piores dores eram infligidas?

Ela corou, mas, antes de conseguir responder, alguém bateu com força à porta. Nigel praguejou e se levantou rapidamente. Agarrou a espada e foi para a porta. Gisele vestiu-se depressa.

– Quem está aí? – perguntou Nigel.

– É David – respondeu o homem do outro lado da porta espessa. – Deixe-me entrar.

– Escolheu um momento ruim para bater à porta. Volte mais tarde.

– Se eu voltar depois, talvez seja apenas para enterrá-los.

Nigel abriu a porta apressadamente, fazendo uma careta para David quando o rapaz entrou.

– O que quer dizer?

– Os DeVeau em breve vão colocar esta porta abaixo.

– Estão aqui? – perguntou Nigel enquanto começava a se vestir.

– Nas imediações da aldeia. Algum idiota na estalagem deve ter percebido quem eram e ido procurá-los. Era o que eu temia. A ambição dos homens pode se tornar seu inimigo mais mortal. – David olhou para Gisele enquanto Nigel praguejava e terminava de se vestir. – Está bem, prima?

Gisele sabia o que causava preocupação a David. A maneira com que ele olhava feio para Nigel lhe dizia que estava pronto para culpá-lo se ela alegasse qualquer tipo de injúria. A preocupação vinha um pouco tarde demais, pensou ela um tanto zangada. Sua inocência fora arrancada havia muito tempo, e ninguém tinha ouvido seus gritos.

– Estou bem – respondeu, um tanto seca, incapaz de esconder toda a sua raiva.

– Só pensei…

– Pois pode parar de pensar. Nada disso é da sua conta. Acho que o fato de meus inimigos terem me farejado de novo tem mais importância.

David corou de leve e assentiu.

– Suas montarias estão seladas e prontas.

– Bom rapaz – murmurou Nigel enquanto jogava as bolsas por cima do ombro. – Acho que também deveria deixar este lugar.

– É o que pretendo fazer. Meu cavalo também está pronto. Não quero ser encontrado pelos DeVeau. – Ele deu um beijo no rosto de Gisele. – Cuide-se, prima. Juro pelo que me resta de honra que descobrirei aqueles que mataram seu marido e a livrarei deste horror.

Ela mal teve tempo de agradecer antes que Nigel a fizesse sair correndo do quarto. O sol apenas começava a se erguer, e a luz fraca fazia a estrada esburacada diante deles parecer um tanto traiçoeira. Gisele tropeçou várias vezes, mas Nigel a apoiou depressa e a puxou, quase correndo para o estábulo.

– David não nos seguiu – disse ela enquanto Nigel a jogava na sela e prendia um alforje diante dela.

– Rapaz esperto – respondeu Nigel prendendo sua sacola, montando e saindo do estábulo.

– Como pode ser esperto? Ele não deveria estar fugindo da aldeia tão rápido quanto nós?

– Sim, mas não na mesma hora nem na mesma direção.

Nigel deu um grito e bateu no lombo do cavalo, fazendo o animal se assustar e começar a galopar. Um segundo depois, ela ouviu outro grito à direita e soube que tinham sido vistos. Assim que Nigel tomou a dianteira, Gisele concentrou-se ao máximo em segui-lo o mais perto possível. Não precisava olhar para trás para saber que os inimigos estavam bem próximos. Podia ouvi-los em seus calcanhares.

Poderiam ter sido encurralados na estalagem se David não os tivesse avisado. A cada vez que escapavam, era como se os homens voltassem mais ferozes, chegando mais e mais perto dela. Gisele estava apavorada, temendo que sua sorte tivesse chegado ao fim. Estava claro que a capacidade de Nigel para sentir o perigo podia falhar às vezes.

Já era quase meio-dia quando tiveram uma chance de parar o suficiente para desmontar e dar água aos cavalos. Gisele umedeceu um pedaço de pano e limpou o rosto, depois segurou o trapo junto ao pescoço enquanto tentava se refrescar. O verão se aproximava e estava ficando quente demais para passar tanto tempo galopando daquele jeito. Esperava que os homens que a perseguiam estivessem tão desconfortáveis quanto ela. Seria uma pequena e bem-vinda justiça.

– Vamos despistá-los em breve, moça – garantiu Nigel.

– Vamos? Os DeVeau e aqueles que buscam ganhar a recompensa parecem estar à nossa espera em cada esquina. – Ela suspirou. – Vamos precisar de um exército para chegar ao porto.

– Não, vamos precisar apenas de astúcia.

Gisele olhou-o, pensando se o calor começava a afetar sua inteligência.

– Sei que com frequência a astúcia pode ser afiada, mas não acho que ajude a abrir caminho pelas fileiras inimigas.

Nigel riu baixinho e entregou a ela um pedaço de pão.

– Mastigue isso, moça. Vai amenizar um pouco a sua fome e talvez o veneno da sua língua. Nós dois sabemos que não somos fortes o bastante para encará-los e lutar. Há muitos homens revirando tudo em busca da senhora. Então precisamos usar toda a nossa perspicácia para despistá-los.

Nigel apoiou-se numa árvore à direita de Gisele e tomou um grande gole de vinho, entregando o odre a ela em seguida.

– Sei que nossa única escolha é fugir... – disse ela, antes de tomar um longo e satisfatório gole de vinho. – É que às vezes isso me cheira a covardia.

– A senhora ouviu histórias demais sobre valentia, aquelas em que o cavaleiro enfrenta um adversário três vezes superior em número e morre em vez de dar meia-volta e fugir para a segurança das colinas.

Ela não precisava perguntar o que Nigel pensava desse tipo de história. O desdém que revestia sua voz grave deixava bem claro.

– Não considera que tais atos revelam grande valentia?

– Apenas quando o homem não tem alternativa. Se está encurralado, sem ter aonde ir, então, sim, é um ato de coragem ficar firme, com a espada na mão, e fazer com que aqueles que vão tomar sua vida paguem caro por isso. Bem melhor do que se encolher e implorar pela própria vida. Mas se há uma opção, uma forma de escapar da morte, então ele é um tolo se não se agarrar a ela para poder viver e lutar mais um dia. – Ele sorriu e deu de ombros. – Que propósito isso tem? Você está morto e seus inimigos podem seguir em frente perpetrando as crueldades que quiserem enquanto sua família e seus amigos contam com um guerreiro a menos para protegê-los. É apenas mais uma fonte de inspiração para os menestréis escreverem novas canções.

Depois de fitá-lo por um momento, Gisele riu.

– Tem um verdadeiro talento para distinguir o que não passa de conversa fiada.

– Nem sempre, querida. Costumava ouvir essas histórias e achar tudo muito glorioso. Então enfrentei uma escolha como essa e pensei: não, isso é loucura. Na verdade, é bem parecido com o suicídio. Eu me dirigi a um lugar onde pudesse enfrentar meus inimigos com mais igualdade e fiz com que travassem uma luta de verdade, não apenas uma distração de momento. É o que estamos fazendo agora.

– E é o mais razoável. Só que eu fico exausta e sinto a necessidade de lamentar meu destino.

– É fácil de entender. Sinto muito, mas precisamos seguir.

– Permita-me apenas um momento de privacidade – disse ela, feliz por perceber que não corava mais ao pedir tal privilégio.

– Seja rápida, moça. Não gosto de ficar muito tempo num lugar quando nossos inimigos estão tão perto.

Gisele assentiu e correu para as árvores. Não precisava que Nigel lhe dissesse para se apressar. A fuga da aldeia ao amanhecer e a intensa perseguição durante a manhã inteira a deixavam muito consciente do que enfrentava. Apesar da conversa corajosa sobre resistir ao perigo e lutar, não queria encarar os DeVeau, muito menos sem contar com Nigel ao seu lado. Apesar de falar em coragem e valentia, pensou Gisele fazendo uma careta de desgosto, não tinha estômago para honrar as próprias palavras.

Quando endireitava as roupas e se preparava para voltar para Nigel, Gisele ficou subitamente tensa. Teve certeza de haver ouvido alguma coisa, mas não via nada. O coração batia tão depressa, com tanta força, que chegava a doer. Ela se virou e se viu diante de um homem muito grande, cabeludo, com cores que proclamavam que se tratava de um aliado dos DeVeau. Ao dar meia-volta para correr, ela sabia que era tarde demais para se salvar. Gritou de dor e medo quando o homem a agarrou e a jogou no chão. Gisele olhou para cima, rezando para que ele estivesse sozinho e ainda houvesse uma chance de se salvar.

Nigel ficou tenso, depois praguejou. Algo estava errado. Todos os seus instintos lhe diziam isso. Como não havia nenhum sinal da aproximação do inimigo, não via nem ouvia nada, decidiu que era Gisele quem tinha despertado aquela súbita preocupação. Hesitou, sem querer agir de forma precipitada. Depois de horas de perseguição ele podia simplesmente estar imaginando um perigo em cada esquina, e tudo o que conseguiria ao ir atrás dela seria invadir seu momento de privacidade. Mas logo depois ele ouviu um grito abafado e correu para o bosque, esforçando-se para ser o mais veloz e silencioso possível.

Quando viu Gisele jogada no chão e o homem com a espada na mão, Nigel lutou contra a vontade de atacar na mesma hora para ajudá-la. Aquele homem poderia matar Gisele antes que ele interviesse. O que o deixava confuso era de onde vinha aquele sujeito. Não havia visto outros DeVeau. Devia ser um batedor, ou então seus inimigos haviam se espalhado na esperança de aumentar as chances de capturar Gisele. Havia também a possibilidade de que o homem estivesse agindo sozinho, esperando ganhar toda a recompensa para si. Enquanto se aproximava, Nigel decidiu que ele merecia pagar caro por sua ganância.

– Quer me matar ou me levar a outros que cuidarão da tarefa por você? – perguntou Gisele, tensa, preparada para aproveitar a menor chance de fugir.

– Vai ser mais fácil lidar com a senhora se estiver morta – respondeu o homem, com um leve sorriso.

– Que homem corajoso você é, liquidando uma pobre mulher desarmada.

– É uma cadela assassina. Não acha melhor morrer pela espada do que enforcada, agonizando lenta e dolorosamente enquanto o ar lhe é roubado?

– Prefiro não morrer de jeito nenhum. – O sujeito pintara um quadro aterrorizante, mas Gisele se recusava a permitir que visse seu medo. – Fico espantada quando constato quantas pessoas acreditam na palavra dos DeVeau. São ricos e poderosos, mas há muito são famosos pela falta de honra. A verdade raramente mancha a língua deles.

– O que tenho a ver com isso? Essa briga é entre a senhora e eles. E eles têm moedas.

– Eu também tenho moedas – disse ela, pensando se poderia simplesmente comprá-lo e evitar o perigo, mas a risada rápida e áspera do homem logo liquidou essa esperança.

– Ninguém tem uma bolsa tão cheia de moedas quanto os DeVeau.

Ela recuou quando ele deu um passo à frente, a ponta da espada na direção de seu coração.

– Então é a ganância que o faz manchar as mãos com o sangue de uma mulher inocente?

– Inocente ou não, não me importo. Minhas mãos já estão bem manchadas. Mais algumas gotas não farão diferença.

Ele começou a se mover e Gisele lutou para se levantar, o coração batendo forte ao perceber como seria difícil escapar do golpe daquela espada. Então, de repente, ele parou de se mexer e um olhar horrorizado de surpresa deformou seu rosto. Enquanto caía de joelhos, devagar, Gisele finalmente percebeu que Nigel estava bem atrás dele. Levantou-se com cuidado enquanto sir Murray limpava o sangue da espada no gibão do morto.

– Estava tentando convencê-lo a não me matar – disse ela, respirando fundo algumas vezes para se acalmar.

– E havia alguma chance de conseguir? – perguntou Nigel, colocando-se ao lado dela e afagando suas costas com delicadeza, feliz ao sentir que tremia.

– Nenhuma. A ganância o deixara cego para qualquer argumento.

– Seu primo a avisou – observou Nigel enquanto tomava sua mão e começava a conduzi-la até os cavalos.

– Eu sei. Provoca minha ira admitir que ele tinha razão. – Ela trocou um breve sorriso com Nigel. – Uma parte de mim acreditava que o fato de ser mulher e ser pequena me garantiria alguma proteção. É uma tolice.

– É, sim, moça. Os seguidores dos DeVeau provavelmente não se importariam nem se você ainda fosse um bebê no colo da mãe. Seja lá quem for o parente de seu marido encarregado de comandar a caçada, ele não pediu que a senhora seja capturada com vida.

– Querem que sua justiça seja feita, não importa por quem. – Quando alcançaram os cavalos ela franziu a testa e olhou em volta ao subir na sela. – Eu diria que o homem estava sozinho.

– Aparentemente, estava – concordou Nigel ao montar e começar a cavalgar. – Ele não queria dividir a recompensa. A ganância o levou para a sepultura. O que não sei dizer com certeza é a que distância seus companheiros devem estar.

Gisele estremeceu, incapaz de reprimir o medo. Dessa vez, havia chegado assustadoramente perto de pagar com a vida por um assassinato que não havia cometido. Embora tentasse ser forte, agarrando-se a falsas esperanças, sabia que tinha encarado a morte de frente. Precisava de uma pausa longe do perigo para recuperar suas energias.

O confronto também tinha revelado que havia vários problemas com sua forma de pensar. O que ela mais temia, ao que ela realmente vinha resistindo, era ser capturada e arrastada até algum DeVeau para ser submetida a um julgamento injusto. Em seu coração, nunca havia realmente acreditado que alguém além de um DeVeau seria capaz de matar uma mulher pequena e desarmada. Tinha confiança nas regras que teoricamente regiam o comportamento de um cavaleiro, acreditando que protegeriam ou ao menos não fariam mal aos mais fracos. Era uma tolice. O tipo de homem que faria as vontades de um DeVeau não respeitava nenhum código de conduta. Tinha que tirar tais crenças da cabeça e finalmente compreender que não estava apenas tentando escapar da família do marido, mas de cada patife a serviço dos DeVeau e dos outros homens interessados apenas em ganhar a recompensa oferecida em troca de sua cabeça.

Nigel olhou-a de relance enquanto atravessavam um riacho raso e rochoso. Ele a salvara, mas tinha sido por um triz, só por um triz. Sentia o sangue gelar quando pensava em como estivera perto de perdê-la. Esperava que a experiência deixasse os dois mais cautelosos, mas também não queria que Gisele ficasse assustada demais.

– Não fique assim tão preocupada, moça – disse ele. – Não podemos ver nem ouvir um DeVeau, então nossos inimigos não devem estar perto demais.

– Também não vimos nem ouvimos a chegada daquele homem – respondeu ela.

– É bem verdade. Mas agora sabemos que podem vir sozinhos, e estaremos preparados para essa ameaça.

Ela deu um sorriso triste.

– Precisamos de mais olhos se for para fazer tanta vigilância.

– Seria bom ter algum aliado cuidando de nós, mas não sei se seria tão útil assim. É mais fácil esconder duas pessoas do que três ou mais. E como podemos saber ao certo em quem confiar? – Ele sorriu de leve quando ela praguejou. – Eu confiaria na minha família, mas eles não estão aqui.

– E eu não confio em todos os meus parentes – disse ela. – Confiei em Guy, mas ele não pode mais nos ajudar. Mas, além dele...?

Ela deu de ombros.

– Não confia no seu primo David? – Nigel reconheceu uma pontada de ciúme na pergunta.

– Quero confiar, mas não consigo, não completamente. Ele ficou ao lado daqueles que me condenaram durante quase um ano. Agora, por alegar que mudou de ideia, devo acreditar nele apenas por termos o mesmo sangue? Não mesmo. Quando meu marido foi morto e fui acusada, minha família perdeu tudo o que esperava conquistar com meu casamento com DeVeau. Como posso ter certeza de que não estão tentando reduzir parte desse prejuízo com a recompensa oferecida pela minha cabeça?

Nigel fitou-a por um momento, depois fechou o rosto e voltou a atenção à trilha que seguiam. Queria realmente poder defender a família dela, mas não podia. Não os conhecia suficientemente bem para isso. O que Gisele dizia fazia muito sentido. A família dele nunca o trairia daquele jeito, mas ele não tinha como saber o que a família de Gisele faria.

– Não pode ter certeza – admitiu ele com relutância –, mas não deve julgar seus parentes de maneira tão dura. Verdade, eles a traíram... quando se recusaram a acreditar nos seus protestos de inocência e deixaram de ajudá-la minimamente... mas daí a fazer uma aliança com seus perseguidores e tentar lucrar com sua morte? Não sei...

– Mas concorda que não posso descartar a possibilidade por completo, improvável ou não?

– Sim, mas não deixe que a traição inicial, a incapacidade de ajudá-la, envenene completamente sua mente caso haja uma oportunidade para voltar a confiar neles. São seus parentes. Podem não ser perfeitos nem fiéis, mas são do seu sangue. Nunca se deve dar as costas de uma forma definitiva a quem é sangue do seu sangue. Afinal de contas, nem toda a família a desertou, e muitos podem ter cometido apenas o pecado do silêncio.

Gisele assentiu e sorriu, ligeiramente reconfortada por aquelas palavras. Era triste não poder mais depositar toda a confiança na família, mas Nigel estava certo. Não tinha que dar as costas a todos. Muitos talvez não fossem os amigos queridos a quem poderia confiar a vida e seus segredos mais íntimos, mas também não precisava considerá-los inimigos. Enquanto cutucava a montaria para acelerar o passo, Gisele percebeu que encontrara alguma esperança. Quando a ameaça à sua vida tivesse acabado, talvez fosse capaz de voltar para casa.

CAPÍTULO DEZ

A água estava fria, mas também límpida e refrescante. Sentada na relva à margem de um pequeno lago, Gisele se lavava, aliviada por eliminar a sujeira de um longo dia na sela do cavalo. Olhou em volta do local escolhido por Nigel para montarem acampamento e sentiu-se tocada por sua beleza.

Árvores altas e exuberantes cercavam a clareira, abrigando-os do calor e ocultando-os dos inimigos. As flores silvestres do final da primavera haviam desabrochado, espalhadas em grande número, acrescentando cor e um perfume suave. Era tão belo, tão tranquilo e repleto de sons dos pássaros e de pequenos animais que Gisele sentia que até seu espírito se reconfortava. Não podia acreditar que qualquer mal pudesse lhe acontecer num lugar tão calmo, embora soubesse que seria uma tolice se deixar levar pela convicção de segurança. Suspirou ao se abaixar e usar as mãos em concha para pegar água e tirar a poeira do cabelo. Se ela e Nigel conseguiram encontrar aquela bela clareira, os DeVeau também poderiam.

Apressada, secou o cabelo, endireitou a roupa e foi acender o fogo. Se permanecesse ocupada, talvez não pensasse demais. Pensar demais só a deixava perturbada, inquieta e, às vezes, assustada.

Assim que acendeu o fogo, Gisele se sentou junto dele e olhou em volta. A luz suave e dourada do pôr do sol deixava a clareira ainda mais bela. Era um lugar que não permitia que pensamentos sinistros, preocupações e medos se intrometessem em sua paz, pensou ela. Respirou profundamente, saboreando a tranquilidade, depois quis praguejar quando os pensamentos se voltaram para Nigel. Por que sua mente não obedecia a seu desejo de paz?

Agora que não estava fugindo para salvar a própria vida, que Nigel havia despistado os DeVeau por algum tempo, era difícil não pensar no que acontecera entre eles na estalagem. Não tinha muita certeza se compreendia o que ele fizera, nem por quê. Ninguém a fizera sentir algo parecido, muito menos seu marido. Gisele suspeitava que deveria ter ficado indignada, até com um pouco de medo, mas descobriu que o que mais sentia era curiosidade.

Seria aquilo o que os menestréis cantavam? Era uma sensação gloriosa e a intuição lhe dizia que provavelmente seria melhor ainda se fosse compartilhada. Que um homem com um toque tão delicado e habilidoso fosse capaz de provocar tal coisa numa mulher também explicava por que algumas arranjavam amantes. Depois de suportar os ataques brutais do marido, Gisele pensava com frequência como seria possível que uma mulher pudesse estar disposta, de livre vontade, a ter relações com um homem, e ficara estarrecida ao perceber que algumas se relacionavam com mais de um. Naquele momento, começava a compreender.

Nigel a surpreendera de manhã. Ele a seduzira enquanto estava mais adormecida do que acordada. Gisele supôs que deveria ter ficado furiosa, horrorizada e ofendida, mas, por mais que procurasse dentro de si, não encontrava nenhum desses sentimentos. Ele a alertara sobre seus planos de seduzi-la, e ela não dissera com firmeza que não permitiria. De certo modo, aceitara o desafio. E ele não usara táticas cruéis ou desonrosas. Gisele sabia que uma parte da sua tranquilidade em relação às tentativas de sedução vinha da certeza de que Nigel Murray sempre a respeitaria se lhe dissesse "não".

Não dissera "não" naquela manhã, pensou ela fechando o cenho e sentindo um rubor de constrangimento. Tinha se mostrado bem-disposta, tão disposta que poderia ter gritado um "sim" com toda a força. *Outra fraqueza*, pensou ela, balançando a cabeça. Estava descobrindo um grande número de fraquezas em sua pessoa.

Uma coisa sabia ao certo: era preciso tomar alguma decisão em relação a Nigel. Havia paixão entre eles. Não podia mais negar ou ignorar esse fato. E depois daquela manhã, não podia apenas deixar que Nigel continuasse fazendo seu jogo, um jogo que ela estava convicta que ele jogaria com muito mais seriedade, sabendo que poderia ganhar. Antes de se deitarem àquela noite, ela precisava decidir se ia permitir que ele ganhasse ou se ia colocar um ponto final por enquanto, talvez para sempre.

Gisele soltou uma exclamação de surpresa quando Nigel apareceu subitamente ao seu lado, exibindo com orgulho uma codorna pronta para ir para o fogo. Sentia-se abalada por aquela chegada abrupta, pois vinha pensando nele, e rezou para que as sombras do entardecer tivessem ocultado seus rubores. Na esperança de que ele achasse que sua inquietação era por conta de seu hábito de aparecer de repente, Gisele devolveu o sorriso.

– Então vamos ter um banquete hoje à noite – murmurou ela enquanto ele colocava a ave num espeto e se sentava diante dela.

– A generosidade divina deve ser apreciada – disse ele. – Faz com que os tempos de vacas magras sejam um pouco mais fáceis de suportar.

– É? Teria pensado que tornaria tais tempos ainda mais difíceis de suportar por trazer facilmente a lembrança de tudo o que havia no passado.

– Que visão amarga do mundo. – Ele riu baixinho e balançou a cabeça. – É uma daquelas pessoas que se prepara para o grande dilúvio sempre que chove por muitos dias seguidos, não é?

Gisele teve que sorrir diante daquela pequena provocação. Também ria de si mesma, pois havia alguma verdade naquelas palavras. Desde o momento em que tinha idade suficiente para ter uma opinião sobre qualquer coisa, ela sempre escolhia a mais séria. Se havia mais de um destino possível, sempre apontava o mais sombrio. O casamento com DeVeau não inspirara uma mudança de atitude.

– Não há mal em estar preparada para o pior, sir Murray.

– Não, não há – concordou ele. – Contanto que a senhora não veja apenas o pior nem espere apenas desastres e a morte. Pensar assim pode despertar uma escuridão na alma.

– Minha avó costumava me dizer isso.

– Era uma mulher sábia.

– Porque concordava com você?

– É – disse ele, e abriu um sorriso quando ela soltou risinhos. Mas no momento seguinte ficou sério. – Há verdade naquilo que eu e sua avó dizemos. Se alguém dirige o olhar apenas para o que há de sombrio e perverso, em breve é só o que vê, e tudo o que espera dos outros. Não é um bom caminho a seguir.

– Eu sei. De verdade – garantiu ela. – Se fosse para me transformar numa mulher assim, acredito que o casamento teria sido suficiente.

– E não foi? – perguntou ele, observando-a com atenção enquanto esperava a resposta.

Nigel não tinha certeza de que Gisele confiava nele e procurava alguma pista que lhe dissesse se confiaria um dia.

– Não completamente – respondeu ela, e então assumiu um ar de seriedade. – Não tive muitos motivos ou tempo para ver o lado bom das pessoas nesses últimos meses, nem para ter muita esperança. Porém não perdi a capacidade de reconhecer a beleza e de desfrutá-la. Percebi isso ao ver este lugar. Tampouco perdi meu desejo de paz ou de voltar a confiar nas pessoas. Quando estiver em liberdade, acredito que deixarei de ser essa alma tão mórbida.

Nigel sorriu ao virar a ave no espeto para que tivesse um cozimento uniforme. Gisele foi buscar dois pratos de metal que Nigel carregava nas bolsas, um pouco de pão e o odre de vinho. Estava faminta para provar a comida que ele preparava e, ao sentar de novo, desejou ter a paciência necessária para esperar até que estivesse devidamente cozida.

Teve que sorrir ao perceber que estava se debruçando na direção do fogo, sentindo profundamente o delicioso aroma do assado de ave. Nos últimos dias, seu apetite parecia ter aumentado dez vezes. Gisele sabia que era por estar se esforçando tanto para se manter viva, para evitar ser capturada pelos inimigos. A avó ficaria feliz, pensou ela, e seu sorriso se alargou um pouco.

– O que a deixou com uma aparência tão feliz? – perguntou Nigel enquanto desembainhava a adaga para cortar a ave em partes iguais. Ele entregou a parte de Gisele.

– Estava pensando em como minha avó ficaria feliz ao me ver comendo deste jeito. Ela sempre botava comida na minha frente e tentava me convencer a comer mais.

Nigel riu.

– É uma insistência frequente entre os mais velhos. E você é uma mocinha minúscula. Consigo entender com facilidade por que inspiraria tantos cuidados e convencimentos.

Gisele mal conseguiu dar um sorriso em resposta. Estava ocupada demais comendo. Nos minutos seguintes foi tudo o que ela e Nigel fizeram, parando apenas para passar o odre de vinho. Gisele não ficou surpresa quando não sobrou nada para a refeição seguinte. Era uma ave pequena, e era óbvio que os dois estavam muito famintos. Talvez não tivesse sido sensato se permitir tamanha gula, mas Gisele concluiu que, com certeza, fora algo muito satisfatório.

Ela juntou os pratos e os levou até o pequeno lago. Cavou um buraco raso na terra macia e enterrou os ossos para que animais que vagavam pela noite não fossem atraídos até o acampamento. Lavou os pratos, o rosto e as mãos. Enquanto devolvia os pratos à sacola de Nigel, sentiu que ele a observava. Voltou a se sentar diante do fogo sentindo-se um pouco desconfortável com aquele olhar tão insistente.

Nigel sorriu ao perceber como Gisele estava nervosa. Pediu licença e foi ter seu momento de privacidade na mata próxima. O nervosismo era algo com que conseguiria lidar, que poderia ser tranquilizado com palavras e beijos. A indignação e a raiva, porém, teriam demonstrado que ele havia cometido um sério erro na estalagem, mas não vira nenhum sinal delas. Se julgava Gisele corretamente, ela estava apenas indecisa.

Ele ansiava pelo momento de fazer amor com ela. Tinha sido tão receptiva naquela manhã, sua paixão livre e intensa, mas ele se obrigara a não tirar vantagem da situação. Pelo pouco que ela lhe contara de seu casamento desastroso, nunca tinha feito amor. Fora estuprada repetidas vezes. Nunca conhecera o prazer, apenas a dor e a humilhação. Nigel concluiu que estava na hora de ela descobrir que o toque de um homem podia lhe dar prazer. Também estava na hora de perceber que um homem podia encher seu corpo de alegria sem tomar nada em troca. Nigel torcia para ter realizado essa tarefa tão bem quanto julgava e que os medos de Gisele estivessem mais sob controle. Sabia também que tinha que ser paciente, mas estava ficando mais difícil a cada dia, pois seu desejo só aumentava, sem ser saciado.

Ao voltar para o acampamento, viu que Gisele havia preparado os leitos para a noite. Estavam próximos, mas não exatamente juntos. Não era o convite óbvio que ele teria preferido, mas era promissor. Se tivesse decidido pôr fim à sua sedução, ela teria voltado a dormir do outro lado do fogo. Ele só precisava determinar quão indecisa ela estava.

Quando se acomodaram para dormir, Gisele descobriu que não conseguia sequer olhar para Nigel. Por dentro, ela amaldiçoava sua súbita crise de timidez. Tornaria tudo muito constrangedor, e era a última coisa que desejava. Ficou repetindo para si mesma que era uma mulher adulta, que deveria ser capaz de olhar Nigel nos olhos e dizer exatamente o que pensava, mas isso não ajudou muito.

Quando Nigel se afastou, ela finalmente tomou uma decisão. Ele mostrara a ela que a paixão podia ser agradável, e ela queria conhecer aquilo por inteiro – não apenas o que ele poderia lhe dar, mas também o que poderiam compartilhar. Quanto mais pensava no assunto, mais acreditava que ele seria capaz de afastar alguns de seus medos. Se ao menos uma vez na vida ela estivesse nos braços de um homem e encontrasse apenas delicadeza, desejo e prazer, aquilo diminuiria a força das lembranças sombrias deixadas pelo marido. Gisele queria isso, queria desesperadamente ganhar alguma liberdade de seus medos.

Uma voz em sua mente tentara fazer com que levasse em conta sua reputação, mas ela a silenciara. Mesmo se sua inocência fosse proclamada, seu bom nome já estava irremediavelmente manchado. Havia ficado sozinha por um ano e, agora, passava dias e noites com um homem com quem não tinha laços de sangue. Não era mais um segredo, e todos que ouvissem a história presumiriam que ela e Nigel eram amantes, por mais veementes e sinceras que fossem suas negativas. E se não fosse o suficiente para sujar seu nome, ela cortara o cabelo e estava atravessando a França vestida como um rapaz. Como todos já acreditariam que ela havia cometido o pecado de ter um amante, ela não via motivo para se negar o prazer de ter um amante.

Não estava muito certa de como deixar claro para Nigel que estava disposta a dar continuidade ao que haviam começado naquela manhã. Nunca tinha sido cortejada nem seduzida, e não fazia ideia de como funcionava aquele jogo. A única coisa que lhe passara pela cabeça fora colocar os leitos próximos e esperar que Nigel tomasse a iniciativa diante daquele sutil consentimento.

Respirando fundo para se acalmar, Gisele se virou para olhar Nigel. Não foi realmente uma surpresa descobrir que ele a olhava. Já havia percebido. Em silêncio, amaldiçoou o rubor que cobriu seu rosto. Desejava avançar com uma determinação calma. Se queria convencer Nigel de que sabia exatamente o que estava fazendo e não pedia dele nada além de momentos de paixão compartilhada, seria bom não parecer uma criança ruborizada. Abriu a boca para falar alguma coisa, mas logo percebeu que não sabia o que dizer e suspirou.

Nigel sorriu, estendeu o braço e tocou seu rosto com delicadeza. Apesar de tudo o que havia acontecido, Gisele ainda era muito inocente. Obviamente, nunca aprendera a arte da sedução delicada. Gisele tivera sua virgindade brutalmente roubada pelo marido, mas permanecia uma donzela de muitas formas.

– O jeito mais fácil, moça – disse ele em voz baixa –, seria aproximar sua cama um pouquinho mais.

A forma com que conseguia adivinhar seus pensamentos sem erro era muito perturbadora. No entanto, ele estava correto no que dizia. Até mesmo enquanto aproximava o leito, tinha que admitir que era com certeza o modo mais simples de dizer sim. Ainda estava corando, mas pelo menos não estava balbuciando com uma completa tola.

– Tem certeza? – perguntou ele enquanto contornava as linhas delicadas de seu rosto com beijos suaves.

– Estou aqui agora, não estou?

Ficou surpresa ao ouvir como sua voz estava rouca e vacilante, pois os beijos carinhosos tranquilizavam todas as incertezas e vergonhas, substituindo-as por um desejo cada vez mais intenso.

– Verdade, mas tem certeza do que a traz para meus braços?

– Não estou tentando pagar uma dívida nem algo tão tolo assim, se é o que está pensando.

Ele abriu um sorriso, roçando a pele de seu pescoço.

– Acalme-se, minha doce companheira. – Ele observou-a com atenção enquanto delicadamente desamarrava o gibão dela. – Devo confessar que tal pensamento passou pela minha cabeça, mas foi muito breve.

– Foi?

Ela ficou ligeiramente tensa quando ele começou a tirar sua roupa, depois relaxou quando percebeu que sua reação vinha da vergonha, não do medo.

– É orgulhosa demais, e, de qualquer forma, não achei mesmo que tal ideia lhe ocorreria.

Ela franziu a testa, sem ter certeza de que se tratava de um elogio.

– Não me falta totalmente a inteligência.

– Ah, sim, querida, tem inteligência, mais do que alguns homens considerariam atraente numa mulher. Eu prefiro assim. Não, só não pensei que pudesse ser enganadora, mesmo que todos os seus motivos fossem bons e nobres. Como eu disse, é orgulhosa demais.

Gisele percebeu de repente que, enquanto ele falava, tinha tirado toda a sua roupa, exceto a camisa. Tinha prestado muita atenção nas palavras dele e fora tapeada por suas carícias, mas ainda lhe parecia que ele havia agido com uma habilidade perturbadora. Depois pensou em como e onde teria aprendido tanta coisa. Estava prestes a tomar como amante um homem que havia, em suas próprias palavras, usado um grande número de mulheres, mulheres que ela duvidava que ele pudesse recordar o nome ou o rosto. Embora Gisele não estivesse exigindo amor e casamento em troca de seus favores, com certeza não queria que fossem tomados de forma tão superficial.

– Despe uma mulher com habilidade e velocidade admiráveis – murmurou.

– É? E você não acha isso nada admirável, não é?

Ele começou lentamente a desamarrar-lhe a camisa.

– Talvez não.

– Minha pobre e bela Gisele – murmurou ele enquanto roçava seus lábios com um beijo e deslizava a mão para dentro da camisa dela. – É verdade, fui um desgraçado, sem coração, durante sete anos. Mas não estou certo de que adquiri a habilidade em questão durante esse período. Para minha vergonha, também estive bêbado na maior parte do tempo. Acho que boa parte daquilo que considera minha habilidade vem do fato de que está usando roupas parecidas com as que usei durante a maior parte da minha juventude.

– Ah. – Gisele não estava muito certa se sua reação ofegante teria sido uma manifestação de assentimento ou de prazer, pois ele passava as mãos grandes e ligeiramente calosas sobre seus seios, roçando os bicos com o polegar até endurecerem. – Não queria ser apenas mais um corpo jogado numa pilha. Não peço laços nem promessas. Só não quero ser um nada. Já fui assim no passado, e nunca mais quero passar por isso.

– Nunca poderia ser um nada, Gisele – sussurrou ele apoiado na pele macia e sedosa do seio, saboreando o modo como ela estremecia ao receber suas carícias.

Gisele enfiou as mãos no cabelo comprido e espesso de Nigel, mantendo-o junto a si enquanto ele cobria seus seios de beijos quentes. A sensação de um toque nunca tinha sido tão boa, sobretudo um toque masculino. Duvidava que o medo voltasse a erguer sua cara feia, pois seu marido nunca a fizera se sentir daquele jeito, e seu toque nunca fora delicado. Gisele não conseguia acreditar em como podia ter sido tão cega ou tão tola a ponto de comparar Nigel ao bruto do seu marido. Um não a lembrava em nada do outro, a não ser para agradecer a Deus por estar com sir Murray.

Quando Nigel começou a chupar delicadamente um de seus seios, Gisele soltou um grito e apertou-o ainda mais. Havia algo de muito errado em deixá-lo fazer aquilo, mas ela decidiu que havia algo de muito mais certo. Ia descobrir finalmente o que tantos procuravam e cantavam e, quando Nigel voltou sua atenção apaixonada para o outro seio, Gisele concluiu que a descoberta valia o preço que precisava pagar.

Quando ele lhe arrancou a camisa, ela percebeu que a necessidade de soltá-lo por um instante foi quase dolorosa. No momento em que se desvencilhou da roupa, ela agarrou-se a ele e retribuiu seu beijo com voracidade. Enquanto estava abraçada a ele, Gisele não pensava em nada, apenas sentia e, como havia percebido, era exatamente o que queria.

Ele cobriu seu corpo com beijos e carícias delicadas, todos bem recebidos. Ela passou as mãos nas suas costas largas, adorando a sensação da pele lisa e firme sob seus dedos. Era quase tão bom tocar Nigel quanto ser tocada por ele. Gisele desejou saber mais, queria ter adquirido mais experiência para ser capaz de dar a Nigel tanto prazer quanto ele lhe dava.

Houve uma pequena interrupção naqueles devaneios de paixão quando Nigel tirou as calças. Ele apoiou o corpo inteiro contra o dela. Gisele sentiu sua virilidade intumescida pressionando sua coxa e lutou para impedir que qualquer lembrança sombria atrapalhasse seu desejo, mas era difícil. Tinha sido mais fácil aceitar lentamente, sem medo, os beijos e as carícias, pois, embora tivesse recebido poucas do marido, ele nunca as fizera com tal delicadeza. Isso, porém, era algo que ela reconhecia, algo que sempre associava a dor e vergonha. Seria um pouco mais difícil se convencer de que a mesma parte do corpo de um homem que sempre havia sido usada como uma arma contra ela pudesse ser uma fonte de prazer. Temia que toda a doçura que experimentara estivesse prestes a azedar.

Nigel sentiu a leve tensão no corpo de Gisele e lutou contra o desejo de possuí-la antes que o medo a fizesse mudar de ideia. Um gesto desses não apenas seria errado como poderia convencê-la facilmente de que todos os seus medos eram justificados. Havia até mesmo uma chance de que ele pudesse aumentá-los, pois seria bem parecido com o modo com que o marido a sujeitara. Bastou pensar nas consequências para Nigel encontrar a contenção necessária. Envolveu o rosto dela em suas mãos, sorrindo de leve ao perceber como ela mantinha os olhos bem fechados.

– Olhe para mim, Gisele – ordenou ele com suavidade antes de beijar seus lábios.

– Não sei bem se quero abrir os olhos.

– Vamos lá. Olhe para mim. Veja com os próprios olhos quem está pronto para amá-la. Se fechar esses lindos olhos, temo que as lembranças acabem vencendo os fatos.

Ela abriu os olhos devagar, afastando a timidez à medida que reconhecia a sabedoria daquele raciocínio. Seus medos voltavam à vida devagar, estimulados quando ela sentiu o toque daquilo que todos os homens possuíam. Precisava dar um rosto ao homem que a abraçava.

Dava-lhe raiva pensar que se sentia tão cega de medo diante de algo que poderia ser destruído por um golpe rápido de sua adaga, algo que, durante uma batalha, seria considerado um dos pontos fracos de um homem. Se ia sentir medo de alguma parte de um homem, faria mais sentido que fosse das mãos ou do braço que brandia a espada, partes que poderiam matá-la. Negar o medo seria uma tolice, porém, e poderia facilmente encerrar algo que ela estava apreciando muito.

– Pronto. Estou olhando para você – disse ela, ouvindo a má vontade na própria voz, apesar da rouquidão que ainda a engrossava.

Nigel ignorou a pontada de mau humor, porque conseguia ouvir o desejo naquela voz, senti-lo no leve tremor de seu corpo esguio, vê-lo no rubor das faces.

– Não precisa temer a virilidade, mocinha, apenas o homem que a possui.

Ao falar, ele se acomodou entre suas coxas finas.

– Sei disso. Na minha cabeça, sei que é verdade na maior parte do tempo.

– Então mantenha os olhos abertos, minha doce rosa francesa, para que a mente e o coração possam lembrar. Deixe-os bem abertos para não permitir que a recordação daquele desgraçado volte e destrua tudo que podemos compartilhar.

Gisele assentiu e enroscou os braços em volta do pescoço ele, mantendo o olhar fixo no seu rosto, mesmo quando ele a cobria com beijos lentos e delicados. Ficou tensa quando ele a penetrou, mas percebeu que era mais pela expectativa do que pelo medo. Um suspiro suave de prazer e surpresa saiu de seus lábios quando ele começou a fazer movimentos e logo depois a paixão lhe roubou toda a capacidade de pensar com clareza. Sabia apenas quem era aquele cujo corpo se unia ao dela, sabia que Nigel nunca a machucaria intencionalmente e sabia que queria que ele continuasse.

De repente uma sensação intensa começou a florescer dentro dela, uma sensação que era ao mesmo tempo maravilhosa e que a deixava um tanto desesperada. Agarrou-se a Nigel, envolvendo-o com braços e pernas. Ouvia que ele murmurava palavras de encorajamento e então foi tomada por uma onda, um sentimento intenso que a cegou, que varreu seu corpo, até que ela não resistiu e gritou o nome dele. Gisele estava apenas ligeiramente ciente de que o homem a quem segurava com tanta força começava a se mover com mais ferocidade, ficava tenso, estremecia e chamava seu nome. Passaram-se vários e longos minutos até ela se dar conta de que ele havia tombado em seus braços, deixando cair todo o peso sobre seu corpo.

107

– Você é um pouco pesado – sussurrou, sorrindo de leve, enquanto ele saía da intimidade daquele abraço e se deitava ao seu lado.

– Está bem, Gisele? – perguntou ele em voz baixa.

Gisele ficou um pouco perplexa por se sentir tão cansada, tão sonolenta, apenas um momento depois de se sentir tão viva.

– Estou muito bom, obrigada, sir Nigel.

Nigel soltou uma gargalhada.

– Muito *bem*. E não acha que agora pode me chamar de Nigel, somente?

– Então estou muito bem, Nigel somente.

Ele tornou a rir e balançou a cabeça quando percebeu que Gisele já dormia profundamente. Com cuidado, embora tivesse certeza de que ela não acordaria, ele se deitou de barriga para cima e a aninhou ao seu lado. Estava ansioso para fazer amor de novo, mas sabia que era melhor que Gisele dormisse um pouco.

Embora fosse bom saber que ele havia sido o homem que apaziguara seus medos e provocara sua paixão, Nigel sabia que o que mais o tocava era o fato de que ela estivera disposta a dividir tudo aquilo com ele. Não temia que fosse acometida de arrependimentos ou recriminações pela manhã. A intuição lhe dizia que Gisele não era do tipo que sofria desses males quando havia escolhido fazer algo.

Provavelmente, seria ele quem se deixaria consumir por dúvidas e incertezas. Já começava a se sentir culpado. Não se lembrava de ter outra experiência tão emocionante e tão gratificante do ato de amar. No entanto, não estava totalmente seguro em relação aos motivos. Com toda a certeza, não poderia fazer qualquer promessa a Gisele além das palavras doces da paixão e da lisonja, pelo menos até entender seus sentimentos melhor do que entendia naquele momento. Ela dissera que não pedia promessas nem palavras de amor, mas ele sentia que ela merecia bem mais do que ele estava oferecendo.

Ao fechar os olhos, Nigel decidiu que os dois permaneceriam naquela clareira por algum tempo, mais um ou dois dias. Tinha certeza de que haviam se distanciado dos cães DeVeau o bastante para uma breve pausa. Talvez, enquanto descansassem e aproveitassem o tempo para saborear a paixão que compartilhavam, ele fosse capaz de desfazer a confusão em sua mente e em seu coração. Era o mínimo que Gisele merecia depois de ter dividido tanta coisa com ele.

CAPÍTULO ONZE

A paixão arrancou Gisele do sono e lançou-a ao prazer. Ela retribuiu o beijo ávido de Nigel enquanto ele lentamente juntava os corpos dos dois. Surpreendia-se com a voracidade do que sentia por ele, mas entregou-se a ela. Era gostoso demais para ser questionado. Arqueou o corpo contra o dele, acolhendo ansiosamente cada estocada. E quando seu desejo alcançou o clímax, ela agarrou os quadris estreitos de Nigel e o puxou ainda mais fundo, saboreando a forma com que os gritos de prazer dele ecoavam os seus.

Só depois que seus corpos se separaram ela começou a sentir uma pontada de constrangimento e de insegurança. Não era assim que uma jovem de boa família deveria se comportar. Ao menos isso era o que lhe haviam ensinado. Estava infringindo tantas regras da sociedade e da igreja que sua cabeça chegava a girar. Havia uma desculpa, mesmo que um tanto tênue, para permitir o primeiro ato de amor. Sentia que poderia ser perdoada pela curiosidade e pela necessidade de se livrar dos medos que o marido instilara em seu coração. Naquele momento, porém, havia apenas uma única razão para prosseguir: estava gostando. E isso implicava o estigma desagradável de estar se comportando como uma meretriz.

– Arrependimentos? – perguntou Nigel, um pouco preocupado ao ver a testa de Gisele franzida, embora seu rosto ainda estivesse ruborizado.

Ela o olhou, por fim, e fez uma cara séria.

– Estou lutando contra alguns.

– E conseguiu derrotá-los?

– Conseguirei. Quando estava curiosa e queria conhecer a paixão sem o medo, era mais fácil encontrar desculpas para o meu comportamento. Agora estou apenas me comportando mal.

– Acho que você se comportou muito bem – murmurou ele, fazendo uma expressão exagerada de dor quando ela lhe deu um murro no braço.

– É um assunto sério para uma mulher. Precisa tratá-lo com mais respeito. – Ela teve que sorrir da forma com que o brilho risonho nos olhos dele contrariava a expressão séria. Mas voltou a ficar séria. – Não precisa temer que eu me vire contra você e alegue todo tipo de argumento injusto, tentando culpá-lo pelo que aconteceu.

– Nunca temi isso. É uma moça sensata e muito justa.

– Tenho certeza de que a maioria das mulheres também é assim.

Nigel não disse nada, apenas abriu um leve sorriso e deixou-a acreditar que ele concordava com ela. Não era o tipo de discussão em que queria entrar. Para argumentar, teria que falar das mulheres que conhecera, e era um momento péssimo para lembrá-la de seu passado nada ilustre.

– Então o que a perturba? – Ele passou um dedo na leve ruga que se formava entre seus olhos.

– Comecei a pensar em todas as regras que estou quebrando.

– Não mais do que muitas outras fizeram e farão.

– O que não torna tudo correto ou aceitável – disse ela, severa.

– Não, claro que não, mas também não a torna a maior das pecadoras.

Ele temia que ela estivesse a ponto de defender sua virtude e exigir que ele não voltasse a tocar nela. Embora não achasse que Gisele se comportaria assim, tampouco descartava essa possibilidade.

– Sei disso – disse ela, depois suspirou e balançou a cabeça. – Vou superar esse súbito ataque de culpa em relação a meu comportamento irresponsável. Vai levar algum tempo. Antes de aceitar, lembrei a mim mesma que serei acusada exatamente desse tipo de coisa por causa da forma como levei a vida este ano. Ninguém acreditará em algo diferente, por mais que eu diga ou tente, então por que não fazer? Vou apenas me lembrar disso de tempos em tempos.

– Quanta lisonja. Estou tomado de modéstia.

Ela tentou fazer uma careta, mal suprimindo a vontade de rir.

– Você é um canalha.

– É bem possível.

Gisele percebeu de repente que o sol já estava alto e franziu a testa.

– Vamos começar tarde hoje, não é?

– Não vamos a lugar nenhum por hoje – disse ele ao levantar da cama e se vestir.

– O que quer dizer?

– Estou dizendo que teremos um merecido descanso.

– Acha que os DeVeau estão descansando?

– Provavelmente não, mas não estão por perto.

Gisele começou a colocar suas roupas, usando o cobertor como um escudo para proteger seu pudor.

– Odeio perguntar, mas tem certeza disso?

– Tanta certeza quanto é possível ter sem ir atrás deles e descobrir exatamente onde se encontram. Moça, estamos bem perto do porto que procuro. Acredito que os DeVeau estejam por lá, à nossa espera. Não estão aqui. Disso tenho certeza. Também pretendo ir ao bosque montar algumas armadilhas, alguma coisa que nos alerte caso se aproximem demais de nosso pequeno santuário.

Gisele o observou desparecer no mato e se levantou lentamente para guardar os acolchoados. Seria bom passar um dia tranquilo, um dia sem cavalgar e sem olhar para trás. Não estava convencida de que seria uma opção sensata. Sentia-se um pouco mais segura pelo fato de Nigel ter saído para espalhar algumas armadilhas.

Então balançou a cabeça e repreendeu a si mesma. Nigel sabia o que estava fazendo. Talvez por ter passado tanto tempo fugindo e se escondendo, ela não soubesse mais como era parar e descansar. Seria bom para os dois apenas descansar e desfrutar de um dia de preguiça sob o sol.

Enquanto se escondia atrás das árvores para um momento de privacidade, ela teve que sorrir. Estava segura de que os planos de Nigel para os dois não incluíam necessariamente o repouso. Não tinha dúvida de sua paixão por ela, embora questionasse a profundidade e a longevidade daquele sentimento. Ficaria surpresa se o homem não tivesse feito planos para explorar mais a fundo o desejo que sentiam um pelo outro.

Uma breve pontada de culpa atingiu seu coração e sua mente, mas ela a afastou. Tinha escolhido seu caminho e permaneceria nele. Poderia ter cometido crimes piores. Pagaria por seus pecados mais tarde. Mesmo se tivesse que passar meses de joelhos, rezando o rosário, a paixão que sentia por Nigel valeria a pena.

Assim que voltou ao local onde estavam acampados, ela foi ao lago, tirou as botas e pôs os pés na água fria. Seus pensamentos se voltaram para Nigel. Ela percebeu que provavelmente não seria capaz de apenas saborear aquela paixão e partir quando seu nome estivesse limpo, e sua liberdade, garantida. Já havia em sua mente perguntas em relação ao futuro, e ela sabia que não conhecia as respostas e que talvez não houvesse nenhuma. Não com ele. Mesmo naquele momento, depois de apenas uma noite em seus braços, aquela constatação era dolorosa. Uma penitência dura e prolongada talvez fosse a menor de suas preocupações.

– Idiota – disse ela, recriminando-se e chutando sua imagem na água.

– Falando sozinha? – perguntou uma voz grave e familiar, bem atrás dela.

Gisele soltou um grito de surpresa, quase caindo no lago, e se virou para olhar, furiosa, para Nigel.

– Um dia desses, vai me assustar tanto que meu coração vai parar de bater dentro do meu peito.

Ele riu e se sentou ao lado dela.

– Por que estava se chamando de idiota?

– Porque não consigo apenas relaxar e aproveitar um dia sem ter nada para fazer.

Ela fitou a água enquanto respondia, temendo um pouco que ele lesse seus sentimentos em seu rosto.

– Já faz muito tempo que não descansa, querida.

– Talvez seja verdade, mas ando fugindo e me escondendo há tanto tempo, que isso parece errado.

– Então devemos mantê-la ocupada para que não pense demais no assunto.

– Manter-me ocupada?

Ela o olhou com uma pontada de desconfiança quando ele se levantou e estendeu a mão.

– Vamos lá, moça, precisa confiar em mim e parar de questionar minhas intenções. – Nigel jogou-a em seus braços e lhe deu um beijo rápido e intenso. – Não me pediu que a ensinasse a andar silenciosamente?

Gisele sorriu e assentiu.

– Vou confessar que talvez sinta inveja da forma com que consegue fazê-lo, e é por isso que desejo aprender essa habilidade. No entanto, também acho que é bom… – ela hesitou, e então se corrigiu: – …*bem* útil. Não há como saber quanto tempo terei que permanecer escondida, não é?

– Isso vai acabar em breve.

– Como pode ter tanta certeza?

– Sua família agora trabalha para libertá-la de tudo isso.

– Mas se matei meu marido, como você acredita, de que maneira podem me livrar dessa acusação? DeVeau era um homem rico e poderoso, tinha ligações com o próprio rei. Poucos descartariam meu crime apenas por achar que o homem merecia a morte. Poucos pensariam que seria justiça pela forma como ele me tratou.

– Calce as botas.

Gisele lançou-lhe um leve sorriso ao fazer o que ele mandava.

– Não me respondeu.

– Tenta me enganar com perguntas difíceis de responder e com hipóteses capciosas.

– Talvez.

– Se eu responder de um jeito, vai ouvir que imagino que seja culpada. Se respondo de outro jeito, então pode dizer que acho que é inocente. Como ainda estou indeciso, é melhor não responder de modo algum.

Ela praguejou baixinho ao se levantar e fez uma careta.

– *Oui*, tento fazer com que proclame minha culpa ou inocência. Estamos juntos há uma semana e antes disso nos conhecemos por mais uma semana, mas ainda não se decidiu? Acredita realmente que eu seja capaz de um gesto tão sangrento? *Oui*, matá-lo simplesmente, sim, eu poderia ter feito isso. Muitas vezes me consumi pela vontade de fazê-lo. Mas nunca profanaria seu corpo de tal modo, por mais que o odiasse. Com certeza, nunca o teria torturado, mutilando-o primeiro para matá-lo depois.

Nigel não tinha certeza dos motivos que o levavam a não acreditar que ela era inocente, em especial porque começava a achar que essa era a verdade. Resolveu que era porque precisava apenas de mais algumas provas, independentemente de seus sentimentos por Gisele. Contribuía para sua indecisão a convicção de que nenhuma mulher poderia ou deveria ser condenada por matar um homem daqueles. Era, de muitas formas, um ato de legítima defesa.

– É, acho difícil crer que pudesse mutilar um homem. Por que nunca chama seu marido pelo primeiro nome? Sempre o chama de DeVeau.

Gisele sentia como se estivesse batendo com a cabeça numa parede muito dura, mas decidiu desistir da discussão. Atormentar aquele homem para que ele proclamasse sua inocência arruinaria o que poderia ser um dia muito bom, e ela precisava disso.

– Ele se chamava Michael – disse ela, sem se surpreender ao ouvir um toque de raiva em sua voz. Levaria alguns minutos para recobrar a calma.

– Eu o chamei assim apenas uma vez, na cerimônia de casamento. Depois da noite de núpcias, eu o chamava apenas de DeVeau quando estava na minha frente e de muitas coisas cruéis quando ele não podia me ouvir. Chamei-o por alguns nomes bem feios diante dele, mas apenas algumas vezes, no princípio, porque as surras que levei logo me ensinaram a ser mais discreta.

Ele a abraçou numa breve expressão de compaixão e amaldiçoou DeVeau. Eram histórias como aquela que o faziam hesitar em acreditar completamente na alegação de inocência de Gisele. Era uma mulher orgulhosa, espirituosa, dona de um temperamento forte. Em algum momento do casamento, a humilhação e a brutalidade com que DeVeau a tratava poderia ter feito com que ela o matasse. Havia também a possibilidade de que, horrorizada por seu ato, ela tivesse bloqueado a lembrança de sua mente. Nigel queria apenas que sua indecisão não a transtornasse daquele jeito.

– Ia me ensinar a caminhar em silêncio, a deslizar pelo mato como se fosse um fantasma – ela o lembrou, ao sair dos seus braços.

Nigel sorriu e explicou com cuidado como se devia caminhar para que cada passo fosse silencioso.

– Precisa treinar a caminhada da ponta dos pés para o calcanhar, rolando o pezinho assim que começar a fazer o mesmo com o outro. O que está tentando fazer é não colocar peso demais em nenhuma parte do pé ao andar.

– Quer que eu flutue sobre o chão, como um espírito?

Ele soltou uma risada e pegou-a pela mão.

– Pode ser difícil explicar. Observe-me com atenção e faça como eu.

Gisele tentou, mais uma e outra vez. Percebia como ele se movia, mas achava difícil imitar. Quando por fim tropeçou numa raiz semienterrada por estar prestando mais atenção a seus passos do que ao destino, ela parou e se sentou na grama macia. Praguejava baixinho por causa da sua embaraçosa falta de jeito e esfregava as pernas doloridas.

– Não foi muito mal, moça – disse Nigel, sentando-se ao lado dela.

– Lisonjas vazias. Eu fui terrível e minhas pernas doem.

– É, até aprenderem o truque. Chegou perto uma ou duas vezes.

– Perto, mas me movimentava tão devagar que um homem com as duas pernas mancas teria passado na minha frente. – Ela abriu um pequeno sorriso quando ele riu. – Não é um truque que se aprenda depressa ou com facilidade.

– Não. Eu aprendi quando era um garotinho e, embora os jovens possam aprender depressa, levei muito, muito tempo até conseguir fazer direito, sem pensar.

– E por que lhe ensinaram uma habilidade dessas? É um cavaleiro, usa uma montaria.

– É, mas poderia perder meu animal, ou o cavalo poderia se tornar um problema se participo de um saque em que existe a necessidade de ser furtivo.

Ele chegou mais perto dela e começou a beijar a lateral do seu pescoço.

– Um saque? – Ela não fez nada para impedi-lo, enquanto ele delicadamente empurrou-a para a grama. – Ladrões?

– É, talvez um pouquinho disso.

O riso suave dela foi interrompido pelo beijo ávido. Quando ele começou a arrancar-lhe as roupas, ela ficou preocupada por um momento em fazer algo tão íntimo em plena luz do sol, ao ar livre, sobre a grama. Então ele começou a beijar seus seios e ela decidiu não se importar. Hesitante, começou a ajudar Nigel a se livrar das roupas também, e quando ele demonstrou aprovar aquela ajuda, ela ficou mais ousada.

Assim que os dois ficaram nus, Nigel a posicionou sobre suas roupas, a pele macia protegida do chão. Ao ser beijada e acariciada, Gisele passava as mãos por seu corpo forte com cada vez menos cerimônia. Com cuidado, deslizou a mão pela barriga dele e, depois de respirar fundo para se acalmar, tocou sua ereção. Quando ele gemeu e se contorceu diante daquele toque tão tímido, ela começou a afastar a mão, mas ele a recolocou depressa.

Embora estivesse chocada pela própria ousadia, Gisele o acariciou. Nigel havia demonstrado a ela que essa parte do homem poderia lhe dar prazer, e ela percebeu que tal conhecimento despertara sua curiosidade. A forma como a respiração de Nigel se acelerava, entrecortada, e o leve tremor que começou a atravessar seu corpo esguio diziam a ela que Nigel gostava de seu toque, e aquilo a deixou mais curiosa ainda. Então, de repente, ele arrancou a mão dela dali. Gisele temeu que tivesse agido com excesso de audácia ou que lhe tivesse causado alguma dor.

– Sinto muito – sussurrou ela, embora não soubesse bem por que estava se desculpando.

– Não, moça. – Nigel pressionou a testa contra a dela e beijou de leve a ponta de seu nariz, lutando para recuperar o controle que quase havia perdido. – Não fez nada de errado. Na verdade, fez tudo certo.

Ele começou a contornar seu pescoço longo e fino com beijos. Gisele enterrou os dedos no cabelo de Nigel e apertou-o enquanto ele cobria seus seios de beijos.

– Se fiz tudo certo, então por que quis que eu parasse? Achei que eu o tivesse machucado de algum modo.

– Existe um limite para o prazer que um homem consegue ter, moça. – Ele beijou a barriga firme e provocou sua pele macia com lambidinhas. – Se tivesse continuado sua deliciosa brincadeira, eu teria terminado, e você não ia querer isso, não tão rápido.

Antes que pudesse lhe perguntar o que queria dizer com "terminado", ela sentiu o calor da sua boca entre suas pernas e gritou, num susto. Tentou interromper aquele beijo tão íntimo, mas Nigel segurou seus quadris e impediu a retirada. Um momento depois, o susto foi substituído por um intenso prazer. Ela abriu-se para ele, acolhendo suas carícias, entregando seu corpo a ele. Chamou seu nome quando sentiu que seu desejo chegava ao auge, mas ele a ignorou. Gisele se arqueou naquele beijo enquanto gritava com a intensidade de seu gozo.

Ele logo voltou a acender sua paixão. Dessa vez, quando chamou por ele, querendo que ele compartilhasse de seu prazer, ele voltou a seus braços. Ela gemeu de prazer quando seus corpos se juntaram, depois soltou um gritinho de surpresa quando Nigel, de repente, rolou sobre as costas. Pediu a ela com delicadeza que ficasse por cima, que movimentasse seu corpo sobre o dele, mostrando em silêncio o que queria que ela fizesse. Gisele estremeceu e logo assumiu as rédeas daquele ato. No momento em que sentiu o prazer atravessar novamente seu corpo, as mãos de Nigel agarraram seus quadris com mais firmeza, apertando-a contra si. Ele estremeceu e disse o nome dela num gemido. Ela saboreou o calor do prazer enquanto se deixava cair em seus braços.

Nigel não lhe deu tempo de recuperar o fôlego, de realmente pensar no que estava fazendo. Gisele reconhecia aquele jogo e decidiu deixar que jogasse. Era divertido esquecer-se de todas as preocupações, agir como se fosse completamente livre, capaz de fazer o que quisesse sem temer as consequências. Ela riu e passou seus braços em volta do pescoço dele quando Nigel a ergueu e a levou até o lago.

– Sabe nadar, moça? – perguntou ele, com um sorriso largo, postado à beira do lago.

– *Oui*, minha avó insistiu que eu aprendesse – respondeu ela. Então arregalou os olhos quando percebeu por que ele fazia a pergunta. – *Non!* – foi tudo o que conseguiu gritar enquanto ele gargalhava e a jogava na água.

Gisele tinha acabado de voltar para a superfície, pronta para chamá-lo de todos os nomes feios que conseguisse pensar, quando ele saltou na água, junto dela. Gisele riu e nadou para longe. Por um tempo, os dois fingiram brincar de pega-pega até que Gisele permitiu que ele vencesse. O sorriso no seu rosto bonito indicava que ele sabia disso.

Fizeram amor dentro d'água e então se banharam. Em seguida se ajoelharam na beira do lago, lavaram suas roupas, espalharam-nas na grama para que secassem ao sol. Depois deitaram-se de bruços na relva, deixando que o calor do sol os aquecesse e os secasse.

Gisele começou a achar que poderia estar louca. Parecia difícil acreditar que estava nua, deitada ao lado de um homem que havia conhecido duas semanas antes. Sorriu de leve. Era difícil crer que estivesse nua diante de qualquer um. Era chocante e desavergonhado, mas não sentia o menor desejo de sair dali e se cobrir.

Quando Nigel passou a mão lentamente por suas costas, Gisele entendeu muito bem por que se comportava assim, sem nenhum pudor. Ele revelara a ela o prazer encontrado do ato de amar e ela ansiava por ele. Aquele deleite afastava todos os seus medos e todas as suas preocupações. Enquanto estava em seus braços, com seu desejo quente e selvagem, não conseguia pensar em mais nada, apenas no homem e nas sensações que ele provocava nela. Depois de um ano cercada por lembranças sombrias, medos e suspeitas, ela ansiava por aqueles momentos de paixão cega. Espantava-se diante de sua avidez por algo que temera por tanto tempo. Quando Nigel a trouxe para junto de si, ficou feliz em perceber que sua avidez era plenamente correspondida.

Nigel sorriu ao estender uma coberta sobre Gisele, que dormia. Não se mexera desde que ele saíra de seus braços e fizera a cama ao lado da fogueira apagada, nem mesmo quando ele a levantara e a colocara na cama. Ele deixou a adaga por perto, onde ela pudesse alcançá-la com facilidade, vestiu-se e entrou na floresta.

Já estava mais do que na hora de averiguar se ainda permaneciam em segurança. Tinha se permitido ficar totalmente encantado por Gisele, cativo de sua paixão. Embora fosse muito gostoso e divertido, aquilo havia sido um tanto tolo. Não pressentira nenhum perigo próximo, mas já não tinha certeza de que seu dom funcionava direito ou se teria ficado suficientemente alerta para perceber qualquer aviso.

O calor e a profundidade da paixão de Gisele haviam sido uma surpresa, uma bem-vinda surpresa. Nunca conhecera uma mulher tão livre e tão ousada em seu desejo. Gisele estava disposta a tentar de tudo, sofrendo apenas ocasionalmente de uma pontada de pudor – que felizmente durava pouco. Depois de ter superado seu medo – pelo menos o medo de todo e qualquer homem –, era como se estivesse curiosa para descobrir tudo o que havia perdido até então.

Assim que se convenceu de que não havia nenhum DeVeau nas cercanias, Nigel foi caçar. Depois de passar o dia dedicando-se vigorosamente ao amor, ele estava faminto, com vontade de comer algo mais consistente do que pão e queijo. Sorriu ao pensar que o mesmo devia acontecer com Gisele. A mulher demonstrava ter um apetite e tanto por um bocado de coisas.

Gisele despertou com o perfume delicioso de carne no espeto. Sua barriga roncou alto e ela ouviu Nigel dar uma risada. Ela praguejou. Ainda sob o cobertor, recuperou a camisa e as calças de um montinho que Nigel deixara ao seu lado. Sabia que ele se divertia enquanto ela lutava para se vestir sob a coberta. Era capaz de sentir seu sorriso maroto. Ele nunca compreenderia como, embora tivesse passado a maior parte do dia nua, na clareira, sua disposição pudesse ter mudado. Ela mesma não sabia ao certo se compreendia. Havia também o fato de precisar escapulir para a floresta a fim de cuidar de suas necessidades pessoais e não querer se afastar do acampamento completamente nua.

Mesmo no meio de árvores espessas, ela ainda podia sentir o aroma tentador da comida. Fez o que precisava fazer o mais depressa possível e voltou correndo ao acampamento, irritada por sua pressa parecer divertir Nigel. Qualquer coisa o divertia naquele momento.

– Seu excesso de bom humor está matando o meu – disse ela ao sentar-se na colcha, mas não havia raiva de verdade na sua voz.

– É apenas a fome que a deixa menos animada – disse ele enquanto dividia o coelho e entregava a parte dela no prato.

– Uma explicação tão simples – murmurou ela, sem mais dizer, pois começou a devorar a refeição com voracidade, aliviada por perceber que Nigel fazia o mesmo.

A velocidade com que terminaram aquela farta refeição fez Gisele ficar um pouco envergonhada. Limpou-se depois de comer e voltou para perto da fogueira, para dividir um pouco de vinho com Nigel. Sentada ali, cercada pela beleza, plena de comida, vinho e amor, quase podia acreditar que tudo ficaria bem.

– Foi um dia muito bom – murmurou ela.

E aí corou um pouquinho, com medo de que ele achasse que ela estava se referindo apenas ao amor. Nigel sorriu, pôs o braço em volta de seus ombros estreitos e lhe deu um beijo no rosto.

– Foi mesmo um dia ótimo. Estamos descansados, os cavalos estão descansados. É verdade, e todos nós bebemos bastante água e nos alimentamos bem.

Ela deu um suspiro.

– E amanhã temos que fugir de novo.

– Temo que seja verdade, querida. Precisamos desta pausa, mas não é sábio ficar tanto tempo em um lugar só quando tanta gente está à sua procura.

– Talvez Deus nos sorria e faça com que eles tenham tamanha dor de barriga que passem o tempo inteiro acocorados no mato, permitindo que cheguemos com facilidade ao porto.

– Seria um presente maravilhoso, mas não acho que possamos contar com isso.

– Infelizmente, *non*. Pelo menos temos roupas limpas.

– É verdade. Não se percebe quanto se aprecia roupas limpas até não poder tê-las. Também sinto falta de uma cama macia. Faz muito tempo que não durmo numa.

– *Oui*, eu também sinto muita falta desse tipo de conforto.

– Há camas macias em Donncoill – sussurrou ele junto a seu rosto.

– Estou ansiosa para chegar lá.

– E camas bem grandes também.

Gisele soltou risinhos enquanto ele a fazia se deitar.

– Não deveríamos descansar para a viagem? – perguntou ela enquanto prendia os braços em volta do pescoço dele e levantava a cabeça para acolher seus beijos.

– A noite ainda é uma criança.

– E o senhor, sir Nigel, é muito ávido.

– Sou, sim, minha doce rosa francesa, muito ávido mesmo.

Gisele sabia que não precisava lhe dizer que compartilhava daquela avidez. Havia deixado isso bem claro durante o dia. Gisele também sentia um toque de desespero na forma com que o abraçava. Tinha sido uma pausa tranquila, uma doce trégua do mundo e de toda a sua feiura. Ia lamentar que acabasse, especialmente porque não fazia ideia do que estava por vir. Aquela poderia ser a última noite nos braços fortes de Nigel e ela pretendia saborear cada momento.

CAPÍTULO DOZE

*N*igel franziu a testa e olhou em volta. Não via nada, mas ainda assim se sentia inquieto. Movimentou-se de tal forma que Gisele cavalgasse ao seu lado, não atrás dele. Por um momento, desejou que pudessem voltar para a clareira e passar mais um dia de descanso e de prazer, pois apenas um não havia sido suficiente para ele, ainda mais quando a perseguição estava prestes a recomeçar, já tão cedo. Ele apenas queria saber como e de que direção ela viria.

– Há algo errado? – perguntou Gisele, pensando no que levava Nigel a se posicionar ao seu lado, com a mão sobre a espada.

– Não sei muito bem – respondeu ele.

– Mas sente a presença do perigo, não é?

– Sinto, mas não vejo nem ouço nada.

Gisele olhou em volta, apesar de duvidar que seus olhos fossem melhores ou pudessem ver algo que Nigel não conseguia ver.

– Sua intuição não falhou até agora. Acredito que seria inteligente dar ouvidos a ela.

– É, vamos cavalgar em direção àquelas colinas a oeste. Será mais fácil escapar de uma perseguição por ali.

Mal haviam partido num galope quando seis homens saíram de trás das árvores. O grito dos perseguidores dizia a Gisele que eram homens de DeVeau, mas ela ainda sentiu necessidade de olhar para trás para ter certeza. O que viu fez seu sangue gelar. Eram os DeVeau, sem sombra de dúvida, e dessa vez vinham com arqueiros que pareciam preparados para atirar enquanto cavalgavam. Gisele estava prestes a dar essa terrível notícia a Nigel quando ouviu o zumbido de uma flecha passar perto de sua cabeça. Ela se abaixou e deu um grito de alerta.

Nigel praguejou e também se abaixou na sela. Era um perigo novo e assustador. Quando enfrentavam apenas espadachins e eram vistos, havia pouco mais do que o desconforto de uma dura cavalgada para os despistarem e se esconderem. A presença dos arqueiros representava risco de morte mesmo a distância, e eles se encontravam perto o suficiente para se tornarem alvos.

Naquele momento o mais importante era alcançar as colinas. Lá eles poderiam procurar abrigo e – Nigel olhou para o arco e um saco de flechas na sua sela – teriam uma chance de lutar. Havia seis deles e Gisele não podia lutar, mas Nigel sentia que poderia defendê-los sozinho se conseguisse uma boa posição. Se tivesse sorte, haveria até alguns covardes no grupo, homens que prontamente tentariam abater duas pessoas, mas que vacilariam e fugiriam se enfrentassem uma luta difícil.

Ele olhou para Gisele, feliz por perceber que ela não apenas se mantinha firme ao seu lado, mas tinha se tornado um alvo bem pequeno. Essa perseguição acirrada, mortal, dizia a ele que não havia mais segredos para os inimigos. Os DeVeau com certeza sabiam que Gisele não estava sozinha, sabiam com quem se encontrava, e que estava vestida como um rapaz. Sabiam também que eles se esforçavam muito para alcançar o porto. Nigel imaginara algumas dessas notícias ruins e David também o alertara, mas aquela situação deixava tudo terrivelmente claro. Os DeVeau estavam determinados a não deixar que Gisele saísse da França com vida. Os longos quilômetros até o porto teriam que ser transpostos de um modo muito cauteloso, escondendo-se a cada passo do caminho.

No entorno das colinas havia uma floresta espessa e escura que não rareava até quase tocar na base rochosa. Nigel sentiu uma pontada de alívio quando penetraram nela, bem antes de seus perseguidores. A distância que tinham conquistado não os protegeria das flechas, mas permitiria que tivessem alguns minutos para se esconder em meio às árvores. Ele fez um sinal para que Gisele cavalgasse bem atrás dele. Embora estivesse ansioso para colocar seu corpo entre ela e os inimigos, tinha que ficar no comando, pois Gisele não fazia ideia do rumo que tomavam.

121

Ela respirou fundo várias vezes para tentar se acalmar depois daquele intenso galope. Os arqueiros eram um novo horror. Não tinha ideia de como Nigel poderia protegê-la daquilo. Até aquele dia, seu maior medo era cair numa armadilha, num lugar do qual não pudessem fugir, sem poder sequer alcançar os cavalos. Ao que parecia, a partir daquele momento, só estariam em segurança se ficassem a quilômetros de distância de seus inimigos ou escondidos. Chegar à Escócia havia se tornado uma tarefa bem mais traiçoeira.

Gisele estremeceu, incapaz de esconder totalmente o medo que sentia ao ouvir o eco das vozes de seus inimigos na floresta, cercando-os. Era difícil não ter medo, embora confiasse em Nigel para mantê-la em segurança. Aqueles homens queriam os dois mortos.

O que havia feito para merecer aquilo?, pensou ela. Mas logo afastou a autopiedade e a sensação cada vez maior de estar indefesa. Nigel precisava que estivesse alerta a todos os seus movimentos, a qualquer sinal que ele fizesse. Lamentar a injustiça não os manteria vivos.

– Desmonte, moça – sussurrou Nigel, descendo da sela.

Apesar de obedecer de imediato, ela perguntou num tom muito baixo.

– Nós não conseguimos despistá-los, não é?

– Não, mas não podemos subir uma encosta como essa em silêncio.

Seus olhos se arregalaram ligeiramente quando ele a conduziu pela encosta pedregosa. A colina não parecia tão difícil nem tão íngreme a distância. De repente, Gisele se perguntou aonde Nigel a conduzira. Aquela não era a terra suave e gentil onde crescera. Quando tivessem um momento para conversar, perguntaria onde estavam e para onde seguiriam. Desde que encontrassem lugares para ficar em segurança, lugares para se esconder, ela supunha que não importava realmente, mas sua curiosidade aumentava cada vez mais. Era também um tanto irritante que um escocês conhecesse sua terra melhor do que ela.

Subitamente, Nigel agarrou suas rédeas. Ela ficou parada enquanto ele prendia os cavalos numa área abrigada. Depois tomou sua mão e a levou para cima das rochas, para um lugar onde havia árvores contorcidas pelo vento. Gisele teve que se conter para não perguntar qual era o plano dele. O fato de estar portando o arco e as flechas dizia a ela que talvez Nigel pensasse em enfrentar os DeVeau. Aquilo a deixou inquieta.

Nigel parou, apoiou-se numa grande rocha e então deixou o arco preparado com uma flecha. Enquanto ele olhava para baixo, por trás da pedra, Gisele cuidadosamente se aproximou. Seus olhos se arregalaram ligeiramente ao ver os homens que os perseguiam chegarem ao ponto em que as árvores rareavam, na base da colina.

– Acha que pode matar os seis? – perguntou em voz baixa.

Não estava com pena daqueles que desejavam matá-los, mas um pouco horrorizada com o número de vidas perdidas em sua busca da liberdade.

– Não, mas posso derrubar um ou dois antes que os outros tenham a ideia de se espalhar e de se esconder – respondeu ele, decidindo mirar os dois arqueiros que representavam maior perigo para os dois.

– E os outros?

– Estou rezando que sejam covardes e fujam ao perceberem que não somos presas fáceis.

Não era o melhor plano que ela já havia ouvido, mas decidiu que provavelmente não havia opção. Enquanto se encolhia por trás da rocha, sabia que seria difícil pensar em outro. Precisava aprender a lutar, concluiu. Sua falta de habilidade não era um problema enquanto tudo o que tinham de fazer era fugir e se esconder, mas naquele momento enfrentar seis homens dispostos a matá-los era um problema perigoso. Deveriam ser seis contra dois, não contra um. No mínimo, Nigel precisava de alguém para lhe dar cobertura. O máximo que ela podia fazer era dar um grito de alerta.

Um berro ressoou lá embaixo e ela fechou os olhos. Ouviu o som suave mas mortal de Nigel soltando a segunda flecha, ouviu outro grito e ficou enjoada com o alívio que tomou conta dela. Lembrar-se de que era uma questão de matar ou morrer suavizava apenas um pouco sua tristeza. A morte era aterrorizante de ver, e aqueles homens também estavam condenados a morrer sem confissão. Não teriam oportunidade de obter o perdão por seus numerosos pecados. Isso transformava suas mortes em algo duplamente perturbador. Gisele sabia, porém, no fundo do coração, que preferia que fossem eles, não ela ou Nigel.

– Um covarde deu meia-volta e fugiu – anunciou Nigel enquanto soltava outra flecha. – Agora há apenas dois – disse com frieza quando veio outro berro lá de baixo, seguido por gritos e muitas ameaças.

– Temo que tenha acabado de enfurecer os últimos dois – murmurou ela.

Ele sorriu ao pousar o arco e as flechas e garantir que a espada e a adaga estivessem prontas.

– Pretendo fazer bem mais do que isso.
– O que está planejando?
– Caçá-los, para variar.
– Nigel – protestou ela.
Ele lhe deu um beijo rápido e intenso.
– Fique aqui, moça, e mantenha a adaga na mão. Não acho que vá precisar dela, mas é sempre bom estar preparada.

Ela praguejou quando ele se afastou antes que pudesse fazer qualquer objeção. Sem dúvida, Nigel sabia o que estava fazendo, mas ela não gostava daquilo. Pelo menos, ao seu lado ela sabia exatamente como ele estava se saindo. Naquele momento, podia apenas esperar e ficar imaginando quem seria o vencedor. Gisele tirou a adaga da bainha e rezou para que Nigel fosse mesmo um guerreiro tão bom quanto ela pensava que ele era.

Nigel esgueirou-se por entre as pedras. Concluíra que era melhor levar a luta para longe de Gisele. Quando ouviu os inimigos avançando ruidosamente, quase sorriu. Poderia ser bem mais fácil do que pensara. A raiva fez com que avançassem. E a raiva poderia torná-los imprudentes.

Quando encontrou o primeiro, Nigel quase se sentiu culpado. Sentado numa pedra para enxugar o suor do rosto, o homem ignorava por completo o perigo à espreita atrás dele. Nigel teve que se perguntar se seu mal-estar em liquidar um homem pelas costas contribuiu para que de repente ficasse desajeitado. Escorregou ligeiramente numa pedra coberta de limo e o som mínimo que produziu foi o suficiente para alertar o homem.

Ao sacar a espada, Nigel ficou feliz por perceber que ainda tinha a vantagem da surpresa. O sujeito se moveu de modo desastrado, procurando a própria espada até desembainhá-la. A luta acabou depressa, mas, infelizmente, não ocorreu em silêncio. O choque das espadas ressoou como um trovão na tranquilidade das colinas e o homem morreu gritando. Nigel não ficou surpreso ao ouvir o chamado de seu companheiro. Nenhum deles demonstrava compreender o valor da furtividade.

Esperando tirar alguma vantagem da situação, Nigel se afastou depressa do morto. Os berros do outro homem indicavam onde ele se encontrava, bem como sua aproximação ruidosa. O que Nigel queria era encontrá-lo na metade do caminho e surpreender o tolo enquanto se movia pelas rochas na tentativa de alcançar seu companheiro.

Quando finalmente viu seu oponente, Nigel constatou que não ia ser fácil derrubar aquele ali. Ele não se movimentava com elegância, mas estava com a espada na mão e era muito vigilante. Nigel aguardou até que ele alcançasse um ponto especialmente delicado, onde a defesa seria difícil, e então o confrontou.

– Ah, o desgraçado do escocês que anda por aí com aquela loba assassina – rosnou o homem em francês, com a espada firme nas mãos, enquanto tentava encontrar um equilíbrio melhor. – Onde está aquela pequena meretriz?

– Onde nunca irá encontrá-la – respondeu Nigel em francês, tentando avaliar com cuidado os pontos fortes do seu adversário mais baixo e mais pesado.

– Seu porco, quer ficar com a recompensa inteira para você.

– Pode acreditar. Afinal de contas, que homem não ambicionaria uma bolsa com tantas moedas?

Gisele pôs a mão na boca para calar um grito de exclamação. Agachou-se atrás de uma rocha e amaldiçoou-se violentamente por não ter permanecido no lugar indicado por Nigel. No momento em que ouviu um grito masculino, ela foi incapaz de ficar parada e aguardar para descobrir o que acontecera com Nigel. Em vez de esperar em uma ignorância preocupada, ela o ouviu falar da recompensa na sua cabeça de uma forma que a fez novamente duvidar se podia mesmo confiar nele. Tentou aplacar sua mágoa dizendo a si mesma que aquilo não passava de uma provocação vazia, feita por um homem que estava se preparando para lutar até a morte, mas isso não ajudou muito. Tantas traições sofridas haviam lhe ensinado a ser cautelosa. Embora o comentário de Nigel pudesse ser apenas uma resposta sarcástica à acusação do inimigo, Gisele sabia que seria melhor se lembrar daquilo.

Ela espiou atrás da rocha bem a tempo de ver o homem dos DeVeau atacando Nigel. Uma parte dela queria desesperadamente ficar de olhos fechados e apenas rezar, mas ela se obrigou a assistir. Nigel poderia necessitar de sua ajuda, pensou ela enquanto segurava a adaga com força em sua mãozinha. A confiança que começara a ter nele podia ter sido abalada por uma frase descuidada, mas com certeza ela não queria que ele se machucasse.

125

Quando o homem foi derrotado, ela sentiu pouco mais do que alívio. Enquanto Nigel limpava a espada no gibão do morto, Gisele perguntou a si mesma se seria capaz de escapulir sem que ele a ouvisse nem a visse. Então percebeu uma movimentação atrás de Nigel e esqueceu que precisava se esconder. Levantou-se e exclamou um grito de alerta.

Nigel se virou a tempo de impedir que o agressor o apunhalasse pelas costas.

– Então o covarde retorna – disse ele, ao tentar se levantar e obter mais equilíbrio.

– Covarde nenhum, idiota, um homem sábio.

– É sábio vir até aqui para morrer?

– Não para morrer, mas para ficar com toda a recompensa para mim. Eu esperava que um desses idiotas matasse ou ferisse você, mas sempre foram fracos na batalha. Desajeitados e incapazes. Onde está a garota?

– Em um lugar onde nunca irá encontrá-la – respondeu Nigel, feliz com o fato de o homem não ter visto Gisele e rezando para que ela tivesse o bom senso de correr e se esconder.

Sabia que estava perto, pois tinha sido ela quem o alertara.

– Não acho que será muito difícil encontrar essa prostituta assassina. Ouvi quando ela deu o alerta. Deve estar por perto.

Nigel deu um golpe com a espada, esperando obrigar o homem a recuar um pouco, para que ele pudesse assumir uma posição melhor para lutar. Esse cão DeVeau, no entanto, demonstrava ser bem mais esperto do que os outros, evitando o golpe e mantendo Nigel preso em terreno irregular, com um morto no caminho. Estava encurralado e sabia disso. O inimigo também sabia.

Numa fração de segundo, Nigel examinou mentalmente todas as ações possíveis. Decidiu que só havia uma opção: atacar de repente. Pelo menos lhe daria a vantagem da surpresa e permitiria que ele saísse daquela armadilha onde se encontrava. Se permanecesse ali, os dois ficariam trocando golpes até que ele por fim perdesse o equilíbrio e ficasse vulnerável a um golpe mortal. Soltou o grito de guerra de seu clã e lançou-se sobre o inimigo esperando fazer com que o sujeito saísse do caminho pela simples força de seu ataque.

Não deu certo. Nigel praguejou enquanto o homem enfrentou o ataque sem pestanejar, firme em sua posição. Por um momento, lutaram com

126

ferocidade. O DeVeau tentava mantê-lo onde se encontrava enquanto Nigel tentava fazer com que saísse do lugar. Então aconteceu o que Nigel temia o tempo todo. Ele perdeu o equilíbrio quando um ataque difícil do adversário o fez tropeçar no corpo do homem que matara pouco antes. O inimigo aproveitou depressa a vantagem, e Nigel xingou de dor quando a espada fez um corte profundo na lateral de seu corpo. Bloqueou o golpe seguinte, mas o movimento brusco fez com que caísse, a espada voando longe. Ficou estendido sobre o morto e fitou o DeVeau que se aproximava com um grande sorriso apontando a espada na direção de seu coração. O único pensamento que passou pela cabeça de Nigel foi rezar para que Gisele não pagasse caro demais por ter falhado em protegê-la.

– Escolheu uma causa muito infeliz pela qual dar a sua vida – disse o DeVeau, arrastando a voz.

– Não, você escolheu errado – respondeu Nigel em francês, com um sotaque pesado, praguejando silenciosamente quando percebeu que nunca poderia alcançar a adaga para impedir o golpe fatal. – Talvez eu encontre a morte antes de você, mas pelo menos não partirei com a alma manchada pelo crime de perseguir e matar uma jovem inocente, só para engordar minha bolsa de dinheiro.

O homem rosnou um insulto e ergueu a espada, pronto para afundá-la no coração de Nigel, que se preparou para receber o golpe. Mas nada aconteceu. Ele olhou para cima, para o inimigo, completamente estarrecido, saindo ligeiramente do lugar enquanto a espada do sujeito escorregava de sua mão. Saindo do pescoço espesso dele via-se o punho de uma adaga que Nigel conseguia reconhecer com facilidade. O sujeito tentava freneticamente agarrar a adaga ao mesmo tempo que desabava lentamente no chão. O cão dos DeVeau morreu depressa, o sangue se esvaiu de seu corpo numa velocidade que o próprio Nigel considerou perturbadora. Segurando a ferida no lado do corpo, ele se sentou devagar e fitou uma pálida Gisele, rígida, de pé num rochedo próximo.

– Bom lançamento, moça – disse ele, aliviado ao vê-la estremecer um pouco.

Ela então voltou seus olhos claros, muito arregalados, na direção de Nigel.

– Estava mirando o braço da espada – disse ela numa voz vacilante e rouca enquanto caminhava na direção dele.

– Pobre moça, assim que tivesse terminado com esse bandido, eu pretendia repreendê-la por não ter ficado onde mandei. – Ele abriu um leve sorriso. – Acredito que vou encontrar forças em meu coração para perdoá-la por tamanha impertinência.

– Melhor um pouco de perdão em seu coração do que o aço duro e frio. É grave? – perguntou ela, ajoelhando-se ao lado dele.

Nigel afastou a mão empapada de sangue e franziu a testa para o corte.

– Não tenho certeza, mas acho que talvez seja um pouquinho mais sério do que pensei a princípio. Está sangrando muito.

Gisele obrigou-se a prestar atenção em Nigel e somente em Nigel. Estava apavorada pelo que acabara de fazer, seu sangue corria gelado nas veias, mas ela não podia se permitir perder tempo pensando naquilo. Nigel estava ferido, e tinha razão – sangrava bastante. Mantê-lo vivo e saudável era bem mais importante do que tentar entender seus sentimentos e decidir se fizera algo certo ou errado ao matar um homem.

– Não, moça – disse Nigel quando ela se preparava para rasgar um pedaço de sua camisa e fazer um curativo. – Se tiver estômago, pegue o que precisar de um daqueles homens. Não sabemos por quanto tempo teremos de nos esconder, e pode precisar dessa camisa.

Ele tinha razão, mas ela sentiu o gosto de bile no fundo da garganta quando se dirigiu ao homem morto por Nigel. Para seu profundo desgosto, teve que olhar com cuidado até encontrar uma parte da camisa dele suficientemente limpa para servir de curativo temporário para o ferimento. Assim que rasgou o pano de que precisava, voltou correndo para o lado de Nigel.

– Esse ferimento deve ser limpo e costurado – disse ela enquanto prendia o pano com força em volta da ferida, para diminuir o sangramento.

Gisele tentou parecer calma, mas suspeitava que uma parte de seu medo saía em sua voz, pois Nigel a observou com atenção. Decidiu deixar que ele pensasse que o medo tinha sido provocado pelo ato que tinha sido obrigada a fazer. Se imaginasse que estava apavorada com a ideia de que ele pudesse adoecer e morrer, aquilo poderia perturbá-lo e talvez lhe dizer mais do que ela queria sobre seus sentimentos. Até decidir o peso que deveria dar àqueles comentários sobre a recompensa, a última coisa que desejava era que ele descobrisse que ela começava a gostar dele.

– Não conseguirei cuidar direito do ferimento aqui onde estamos – disse ela –, mas não sei para onde ir. Precisamos de um lugar seguro e afastado.

– Não sobrou ninguém para avisar aos DeVeau sobre nosso paradeiro.

– Verdade – admitiu ela com relutância. – Mas esse não é nosso maior problema. Você precisa de um lugar para repousar e ficar abrigado por um tempo, até que o ferimento esteja fechado o bastante para permitir que volte a cavalgar. Se tudo correr bem, talvez sejam necessários apenas alguns dias, mas nós dois sabemos que pode facilmente ser preciso bem mais que isso.

Nigel praguejou.

– Hoje eu fiz um péssimo trabalho.

– *Non*. Havia seis homens e apenas você. Agora há seis homens mortos e você tem apenas um ferimento. Não é possível considerar isso um péssimo trabalho. Sabe de algum lugar onde possamos nos abrigar? Começo a achar que você conhece essa terra melhor do que eu.

– É bem possível. Há uma caverna nessa colina. Descansei ali assim que cheguei à França. – Ele se sentou, gemendo um pouco. – Mostrarei o caminho até lá.

Ela o ajudou a se levantar, deixando que ele passasse o braço em volta de seus ombros e apoiasse um pouco de seu peso sobre ela.

– E nossos cavalos?

– Temo que você tenha que voltar para pegá-los. Também precisarei pedir que cuide de uma tarefa muito desagradável.

– Os mortos?

Ela lutou para se manter firme enquanto o ajudava a andar e mostrar o caminho.

– É, moça. Os três corpos na encosta devem ser empurrados ou arrastados lá para baixo. Deixe que os abutres os encontrem lá, bem distante de nós. Deve tirar deles qualquer coisa que nos possa ser útil. Se alguns de seus animais ainda estiverem por aí, fique com um deles, tire tudo dos outros, tudo que possamos usar, e então liberte-os. Será bom ter um animal para a carga. Pode fazer tudo isso?

Gisele hesitou por um momento antes de assentir. Seria uma tarefa pesada, aterrorizante, mas ela reconhecia quão sábias eram as instruções de Nigel. Era impossível enterrar os seis homens de modo a afastar os animais, portanto a única opção seria garantir que os corpos não ficassem perto deles. Precisavam de suprimentos, pois poderiam acabar escondidos em algum lugar durante dias. Gisele detestava profundamente pensar em tirar coisas dos mortos, mas sabia que seria uma tola se deixasse que isso a fizesse jogar fora o que poderia ser útil para a sobrevivência dos dois.

– A caverna é logo atrás daquela pedra, moça – disse Nigel.

Ela franziu a testa ao olhá-lo. Estava pálido e molhado de suor. A caminhada até a caverna havia consumido suas forças. Deixou-o apoiado numa rocha e abriu um caminho em meio aos arbustos na entrada. Com todo o cuidado e sem a ajuda de uma tocha, ela procurou sinais da presença de animais e em seguida ajudou Nigel a entrar.

– Primeiro vou cuidar dos nossos cavalos – disse ela –, pois tudo que preciso para tratar suas feridas e deixá-lo mais confortável está com eles. Volto logo.

– Leve minha adaga com você, querida.

Ela lembrou de repente que sua própria adaga ainda se encontrava no pescoço do morto e teria que ser recuperada. Afastou apressadamente aquela ideia da cabeça. Assentindo, tomou a adaga de Nigel e correu para buscar os cavalos. Encontrou um dos animais de DeVeau por perto. Ela o prendeu, para cuidar dele depois, e levou os cavalos até a caverna. Foi preciso insistir um pouco, mas por fim conseguiu fazer com que os animais relutantes entrassem por uma passagem que era quase estreita demais. Depois de deixá-los num canto perto da entrada, ela correu e pegou tudo o que precisava nos alforjes.

Nigel estava quase inconsciente quando Gisele retirou sua camisa e seu gibão. Ela procurou cuidar da ferida o mais depressa possível. Assim que o ferimento estava lavado, costurado e coberto com trapos limpos, ela estendeu as colchas no chão. Nigel estava tão fraco que foi preciso praticamente carregá-lo para a cama. Depois ela saiu da caverna e rapidamente juntou lenha para uma pequena fogueira.

Com a fogueira acesa, ela verificou com bastante cuidado se a fumaça saía da caverna. Para seu alívio, parecia que havia muitas passagens de circulação de ar que ela não via, mas que faziam um bom trabalho com a ventilação no interior. Gisele rezou para que aquelas saídas de ar não fossem tão numerosas nem tão grandes que os dois acabassem descobrindo que, em caso de chuva, não estariam mais protegidos do que se montassem acampamento do lado de fora.

Convencida de que Nigel dormia, tomou um grande gole de vinho para ganhar coragem e foi cuidar dos corpos e recolher os suprimentos que pudesse. Quase passou mal, mas conseguiu retirar a adaga do homem que matara, antes de jogá-lo morro abaixo. Todos os cavalos permaneciam na área, e, depois de tirar as selas e as bolsas, ela soltou todos menos aquele que havia prendido antes. Foi necessário fazer duas viagens até a caverna para trazer tudo o que reunira. Trouxe até mesmo cobertores, mas deixou-os do lado de fora, duvidando de sua higiene. Nigel talvez precisasse deles para se aquecer, mas sabia que não seria de muita ajuda se estivessem imundos e infestados de vermes.

Exausta, ela se lavou, obrigou Nigel a beber água e depois se deitou ao lado dele. Ao fechar os olhos, fez uma pausa para rezar pela recuperação completa e rápida do escocês. Odiava admitir, pois fazia com que se sentisse muito indefesa, mas precisava dele saudável e forte ao seu lado. A batalha pela sobrevivência tinha se tornado maior do que ela conseguiria suportar sozinha. Naquele momento, dependia apenas dela fazer o possível para mantê-los a salvo da horda de DeVeau que revirava o país inteiro com o objetivo de capturá-los ou matá-los. Gisele sabia que ela era um escudo bem pequeno. Com Nigel ao lado, ela começara a se sentir mais segura, o que não acontecia havia muito tempo. Mas ela suspeitava que voltaria a estar completamente familiarizada com toda a dimensão do medo até Nigel se restabelecer.

CAPÍTULO TREZE

— O que está fazendo aqui?

Gisele acordou tão de repente que chegou a perder o fôlego. Olhou para Nigel e arregalou os olhos. Ele a fitava como se ela fosse um fantasma. Seus olhos estavam vidrados. Tocou-lhe o rosto e sentiu seu coração dar um pulo de medo. Ele estava muito quente.

— Você não deveria estar aqui – disse ele com a voz rouca, agarrando-a pelos ombros e sacudindo-a. – Fugi de casa, do conforto do lar, por sua causa. Não tem nada melhor a fazer além de continuar a me atormentar?

Com medo que tanta agitação reabrisse a ferida, ela se desvencilhou de seus braços. Ele caiu na cama, xingando baixinho a pessoa que sua mente febril dizia que estava ao seu lado. Quando Gisele providenciou um pouco de água para banhar seu rosto, percebeu que ele falava de uma mulher.

Ela passou algum tempo lavando o rosto dele e obrigando-o a beber água até ficar mais tranquilo. Continuou a banhar seu corpo febril até ele voltar lentamente a um sono agitado. Sentiu vontade de chorar, e saber o motivo da aflição dele não a fazia se sentir melhor.

Nigel ainda se atormentava por causa da mulher que deixara para trás, ainda tinha sentimentos por ela. Gisele percebeu que começara a alimentar alguma esperança, por menor que fosse, de que um dia ela e Nigel pudessem compartilhar mais do que doces momentos de paixão ardente. O coração dele, porém, ainda era escravo de outra. Já seria difícil o bastante lutar por ele se a rival fosse de carne e osso e estivesse próxima. Gisele duvidava que alguém fosse capaz de enfrentar aquele sonho adorado e inalcançável que ele ainda guardava.

Imediatamente decidiu que não mais fariam amor, como haviam se permitido com tanta avidez, quando ele voltasse a ficar bem. Não desejava ser usada apenas para suavizar as dores provocadas pelas lembranças. Soltou um suspiro e praguejou baixinho, reconhecendo as próprias fraquezas. Não queria desistir daqueles momentos de paixão que tanto apreciava. Havia também uma chance da qual não queria abrir mão – a minúscula possibilidade de que houvesse algo mais entre eles –, mas não ousou considerar essa hipótese por muito tempo. Tinha problemas suficientes com que lidar. A última coisa que precisava era começar a pensar sobre o que sentia ou não sentia por Nigel Murray. E também havia o fato de que ela não podia culpá-lo completamente por usá-la, consciente ou inconscientemente. Ela o usava também – para protegê-la, para lutar por ela, para lhe mostrar como a paixão deveria ser.

Sabia que teria que enfrentar os próprios sentimentos com firmeza em algum momento. Se perdesse a batalha da sobrevivência, o que sentia ou não sentia não teria qualquer importância. Planejava sobreviver, pretendia fazer tudo que fosse necessário para limpar seu nome, portanto o momento da verdade espreitava no horizonte. Fez uma careta ao se levantar para cuidar dos cavalos. Esperava ter a força necessária para encarar a verdade quando chegasse a hora.

Gisele franziu a testa e perguntou a si mesma por que estava acordada. Bastou olhar para a entrada da caverna para perceber que ainda não havia amanhecido. Depois de dois dias cuidando de Nigel, consumido pela febre, aquela era a primeira ocasião em que conseguira dormir mais do que uma ou duas horas seguidas. Irritava-se por estar acordada sem nenhum motivo aparente.

Seu coração deu um salto, pois lhe ocorreu subitamente que talvez Nigel tivesse sofrido uma mudança drástica em sua condição e por isso ela despertara. Virou-se com cautela, tocou sua testa e chegou a sentir uma fraqueza de alívio. Estava fresca e úmida. De fato, ele estava empapado de suor. A febre finalmente havia cedido.

Logo se levantou para providenciar uma camisa limpa e um pouco de água para lavá-lo. O ar fresco atingiu a parte de trás de sua camisa e ela de repente estremeceu de frio. Gisele percebeu que também estava com a roupa molhada. Obviamente, foi por isso que despertara. Trocou de camisa antes de juntar o que precisava levar para Nigel.

Quando puxou a camisa de Nigel, ele acordou e olhou para ela. Gisele ficou um pouco surpresa diante da intensidade da emoção que sentiu ao perceber que seu olhar estava límpido e cheio de vida, sem nenhum sinal da febre. As coisas obviamente estavam ficando mais complicadas do que imaginara, pensou ela com um suspiro. Talvez não houvesse tanto tempo até precisar enfrentar alguns fatos duros e frios. Seu coração clamava que ela lhe desse ouvidos. Naquele momento, porém, podia facilmente evitar a questão concentrando toda a atenção na recuperação de Nigel.

– Estive mal? – perguntou ele com a voz rouca, aceitando com avidez a água que Gisele oferecia.

– *Oui*, um pouquinho – respondeu ela, com a voz ligeiramente trêmula, enquanto começava a lavar o suor do corpo dele. – Estou achando que ficou com febre porque não cuidei de sua ferida com a rapidez necessária.

– Não poderia ter sido mais rápida, moça.

Ele cerrou os dentes de dor enquanto ela fazia um novo curativo.

– Talvez não. No entanto, a demora permitiu que humores ruins penetrassem em seu corpo. Mas você logo vai ficar bem, *oui*?

– É, mas estamos perdendo dias preciosos escondidos aqui. Quantos até agora?

– Dois. Este será o terceiro. – Ela percebeu a palidez dele enquanto o ajudava a vestir a camisa, mesmo assim ele não emitiu nenhum som. – Não vi nem ouvi ninguém se aproximar, portanto acredito que estejamos bastante seguros.

– Mesmo assim, precisamos sair daqui o mais rápido possível – balbuciou Nigel enquanto fechava os olhos, enfraquecido pela dor.

– Só depois que eu sentir que está em condições de montar sem correr o risco de arrebentar os pontos ou de ficar tão fraco que a febre possa voltar.

– Poderia levar dias.

– Então teremos que esperar esses dias. Não vai adiantar nada partir depressa se você estiver fraco e doente.

Nigel sabia que Gisele tinha razão, mas não gostava daquilo e praguejou baixinho.

– Seria fácil nos encurralarem aqui.

Ela umedeceu um pano na água fresca e molhou o rosto dele com delicadeza. Nigel precisava ficar calmo, mas ela não sabia muito bem o que poderia fazer ou dizer para conseguir isso. Muita coisa poderia dar errado caso permanecessem por tempo demais em um só lugar. Não podia discutir os fatos que provocavam tanta preocupação nele. Inquietava-se também com aquela longa permanência no mesmo lugar.

– Não é fácil encontrar nosso esconderijo. Além disso, não deixei nenhum sinal visível da nossa presença – disse ela em voz baixa com a intenção de tranquilizá-lo. – Tenho até levado a sujeira dos cavalos para bem longe daqui, arrastando tudo em um dos cobertores imundos que tomei daqueles homens. – Ela estremeceu. – Tenho jogado tudo por cima dos corpos. Na verdade, cada vez que vou ao mato jogo coisas por cima daqueles corpos. Pedras, madeiras que não prestam para o fogo, qualquer coisa que encontro e consigo jogar. Não desejo me aproximar deles nem vê-los, no entanto sinto-me um tanto compelida a tentar cobri-los.

– Não sei por quê, mas não é uma má ideia. Vai escondê-los. E jogar estrume sobre os corpos ajuda a manter longe as aves de rapina.

– Não acredito que os cavalos tenham produzido o suficiente para cobrir os corpos. Mas estou tentando dizer que deve se tranquilizar. Estamos muito bem escondidos. Se está tão preocupado em permanecer no mesmo lugar por muito tempo, então descanse e recupere as forças o mais rápido possível. Quanto antes recobrar a energia para cavalgar, mais rápido poderemos deixar este lugar.

Ele abriu os olhos e sorriu de leve.

– E vai garantir que eu cumpra esse plano, não é?

– Vou, sim, sir Murray. Pode ter certeza disso.

Ela sorriu quando ele gargalhou baixinho e depois fechou os olhos. No momento seguinte ele já tinha voltado a dormir. Gisele o observou por muito tempo, mas não viu nenhum sinal de mudanças alarmantes na respiração suave e regular nem de que a febre estava voltando. Soltou um longo suspiro de alívio. Ainda era cedo demais para ter certeza de que Nigel começava a se recuperar do ferimento, mas agora havia esperanças, algo que fizera muita falta nos dois dias anteriores.

Depois de dar um grande bocejo, Gisele foi cuidar dos cavalos. Levou o estrume para fora e juntou gravetos para acender o fogo quando retornava para a caverna. Depois de lavar o rosto e as mãos, estendeu o corpo ao lado de Nigel. Ele não teria paciência com o ritmo da recuperação, quer fosse rápida ou lenta. Gisele sabia disso. Seria muito importante que ela estivesse bem descansada, com a mente afiada, enquanto ele recobrasse as forças. Para isso, precisava dormir, e era tempo de tentar recuperar o que perdera enquanto ele sofria com a febre.

Gisele esperou pacientemente que Nigel voltasse a dormir. Fazia quase dois dias que ele se mantinha sem febre e ela sentia que podia relaxar sua vigilância. Todas as vezes que ele despertava, ela o fazia beber bastante água ou vinho, tanto quanto conseguia obrigá-lo a engolir, até ele jurar que provocaria uma inundação na encosta. Também obrigou-o a comer um pouco. A princípio, foram apenas algumas mordidas no pão dormido, mas o tamanho das refeições foi aumentando lentamente, mesmo ao longo do primeiro dia sem febre. Era bom ver que ele se alimentava, pois isso ajudaria na recuperação, mas também representava um novo problema. Em breve ficariam sem comida.

Havia apenas uma solução. Gisele passara várias horas tentando pensar em outra, qualquer outra, mas nada lhe ocorria. Precisavam de mantimentos. Não sabia caçar e não havia mais nada para colher na região. Tinha apenas moedas para sair e comprar alguma coisa. Havia um pequeno vilarejo a oeste. Ela o vira em uma das ocasiões em que saíra para catar lenha para o fogo.

Nigel ficaria furioso, pensou ela enquanto saía da caverna de fininho, arrastando consigo seu cavalo, muito relutante. Olhou rapidamente para a entrada, para garantir a si mesma que Nigel continuava dormindo, e então desceu a colina até o povoado. Seria uma manobra arriscada, pois tinha percebido que seu disfarce não enganava quase ninguém. Não havia visto sinal dos homens de DeVeau, o que não queria dizer que não estivessem por perto. Ela e Nigel tinham sido pegos de surpresa antes, e dessa vez ela não contaria com a ajuda dos olhos dele para examinar a área. Sabia que se Nigel estivesse saudável e em seu juízo perfeito, ele provavelmente a amarraria antes de permitir que fosse a algum lugar sozinha. Se despertasse antes que ela conseguisse voltar em segurança, Gisele suspeitava que ele encontraria forças para repreendê-la ruidosamente, da forma mais enfática. Esperava apenas que, ao voltar em segurança e bem-sucedida da missão de encher os alforjes de comida, ele pudesse perdoá-la. Dizem que uma barriga cheia é capaz de curar o mau humor de um homem.

Apesar de garantir a si mesma que seria capaz de ir até o vilarejo, providenciar o que precisavam e partir depressa, sem dificuldades, Gisele sentiu um aperto de medo no coração ao entrar na aldeia. De repente, perguntou a si mesma se não estava prestes a cometer um ato de loucura. Balançou a cabeça. Àquela altura, Nigel era tão fácil de identificar quanto ela. Não fazia mais diferença quem dava as caras. E ela não podia esperar que ele se recuperasse para lhe dar cobertura. Se não conseguisse algum alimento, talvez ele nunca se recuperasse. E se ela se recusasse a correr o risco, se ficasse escondida na caverna por medo, ela e Nigel poderiam facilmente morrer de fome ou – ela estremeceu diante daquele pensamento – acabar tendo que comer um dos cavalos. Ela endireitou a coluna e seguiu em frente, tentando manter um olhar sutil mas atento a tudo e a todos.

Gisele entrou numa pequena e escura padaria e suspirou quando notou que o homem observava sua aproximação com atenção.

– Preciso de três pães – disse numa voz grave e firme.

– Que jogo é esse, minha criança? – perguntou o padeiro corpulento e suado.

– Jogo nenhum. Estou aqui para comprar pão.

– Não banque a inocente. Deve achar que sou o maior dos tolos se acredita que um gorro sujo e roupas de rapaz me farão achar que se trata de um menino. Então, por que uma moça estaria vestida dessa forma?

Ela teve vontade de soltar um xingamento, mas fez o que pôde para parecer muito jovem e tristonha.

– Não estou tentando enganar ninguém, meu bondoso senhor. Sou órfã. Meu primo é a única família que me restou, e ele viaja para se juntar ao exército. Não havia local onde ele pudesse me deixar em segurança. Tento apenas me passar por seu pajem até encontrar um convento onde boas freiras aceitem uma menina pobre a seus cuidados.

Ela soltou um suspiro de alívio quando ele assentiu e abriu um sorriso simpático.

– É uma vergonha que as boas freiras não possam oferecer abrigo a todos que necessitam de cuidado e de orientação – disse ele ao lhe entregar o pão e observá-la enquanto contava o dinheiro. – Mas seu primo não deveria deixá-la vagar sozinha por aí. Ele faz um grande gesto de caridade ao colocá-la sob sua proteção, mas arrisca sua vida e sua virtude ao enviá-la sozinha e sem companhia.

– Direi isso a ele, senhor.

– Faça isso e volte para junto dele o mais depressa possível.

– Estou quase acabando.

O homem de quem comprou queijo e os outros vendedores com quem tratou não se sentiram inclinados a lhe oferecer conselhos, porém estava claro no rosto deles que sabiam perfeitamente que ela era uma moça. Com os alforjes finalmente carregados de tudo o que precisava, Gisele ficou feliz em sair depressa do vilarejo. Não chegou a se surpreender quando viu um pequeno grupo de homens armados se aproximando a cavalo. Tampouco se deu ao trabalho de conferir se eram DeVeau. A intuição lhe dizia que eram, e sua sorte não andava muito boa nos últimos tempos. Dirigiu-se ao abrigo das árvores tentando manter um ritmo constante e veloz, mas evitando parecer que estava tentando fugir, para não levantar suspeitas.

Praguejou quando virou para trás disfarçadamente e descobriu que os homens tinham diminuído o ritmo e olhavam em sua direção. Foi preciso reunir toda a sua força de vontade para se conter e não fazer o cavalo galopar e fugir o mais rápido possível. Mantinha o corpo tão ereto que chegava a ser doloroso. Entrou atrás das árvores, prestando atenção em qualquer sinal de perseguição.

Quando ficou convencida de que estava bem escondida, parou o cavalo, desmontou e se esgueirou até um lugar onde conseguia ver os homens. Ficou feliz com o modo furtivo com que se movimentou, embora ainda precisasse praticar muito para ser tão discreta quanto Nigel. Alarmou-se um pouco ao ver que haviam parado. Estavam olhando na direção que ela seguira e discutiam entre si. A tensão aumentou ao ver que um dos homens avançava devagar para o lugar onde estava. Porém logo respirou aliviada quando ele foi chamado de volta por um dos companheiros. Por fim, seguiram para o vilarejo, mas Gisele manteve a vigilância por um longo momento, para garantir a si mesma que não mudariam de ideia de novo e resolveriam ir atrás dela. A última coisa que queria era conduzi-los até a caverna, onde ela e Nigel – que estava indefeso – ficariam encurralados.

Ela seguiu muito atenta ao que se passava atrás dela e voltou para a caverna com todo o cuidado. Ao se aproximar do refúgio, desmontou e conduziu o cavalo pela encosta íngreme e rochosa. A alguns metros da entrada, parou e ficou boquiaberta, sem querer acreditar no que via.

Nigel estava postado diante da abertura, a espada na mão. Ao vê-la, ele apoiou o corpo nas pedras e, enquanto ela corria para seu lado, deslizou até se sentar no chão frio.

– Está completamente louco? – perguntou ela enquanto o ajudava a entrar, alarmada pelo modo com que seu corpo estremecia de fraqueza.

– Poderia lhe perguntar a mesma coisa – disse com a voz rouca, caindo na cama improvisada e amaldiçoando a própria fraqueza.

Ao acordar, ele percebera que ela havia saído. A princípio não se preocupara muito, achando que tinha ido buscar lenha ou coletar alimentos. Porém, quando percebeu que seu cavalo também não estava na caverna, ele começou a ficar cada vez mais preocupado. Quanto mais esperava sem que ela voltasse, mais medo sentia. Assim que se levantou, sabia que não seria capaz de ajudar muito, caso ela tivesse se metido em encrencas, mas prosseguira, teimoso. A espada pesava na sua mão e ele não seria capaz de usá-la. Quando finalmente conseguiu arrastar o corpo fraco e trêmulo até o lado de fora, ele percebeu que não podia fazer nada além de ficar ali, suando e tremendo. E aquilo o deixou furioso. Sua raiva só aumentou pelo fato de ter sido encontrado por ela naquelas condições e de ter precisado de ajuda para voltar para a cama.

– Não sou eu quem está se recuperando de uma febre e de um ferimento. – Apressou-se em verificar a ferida e ficou aliviada ao constatar que não havia aberto. – Aonde pensava que estava indo? – perguntou ela enquanto ia buscar o cavalo.

– Ia encontrá-la – gritou ele.

– Eu não precisava ser encontrada – respondeu Gisele, fazendo o animal entrar na caverna e retirando os alforjes.

– Aonde você foi?

– Precisávamos de alimentos. Não sei caçar e a comida não viria sozinha para a entrada da caverna, então tive que providenciar.

– Foi até a cidade?

Ela trouxe água e fez com que ele bebesse.

– Um pequeno vilarejo a oeste daqui.

– Podia ter sido vista pelos DeVeau.

– Fui vista, mas apenas a distância – acrescentou depressa, quando ele praguejou. – Não me reconheceram nem me seguiram.

– Tem certeza?

Ela assentiu.

– Fiquei vigiando para ter certeza de que iam para o vilarejo e que ficariam por lá.

Ele franziu a testa.

– Alguém do vilarejo pode contar a eles que você esteve por lá.

– Sim, mas mesmo assim não saberiam que me viram nem para onde fui. E eu estava sozinha. Estão procurando por nós dois. Isso provavelmente os deixará confusos.

– Precisamos sair daqui.

Ele começou a se levantar, mas ela não teve dificuldade para mantê-lo no lugar, a mão plantada com firmeza em seu tórax.

– Não podemos. Você mal consegue sair daqui. Está tentando me dizer que não está tão fraco, tão fraco, que mal conseguiu dar mais um passo? – Ela abriu um pequeno sorriso quando ele soltou uma série de impropérios.

– Precisávamos de comida.

– Não deveria ter corrido esse risco – retrucou ele.

– Ah, sim. Deveria ter ficado aqui dentro encolhida, até morrermos de fome lentamente.

– Gisele...

– Fiz o que precisava ser feito. É um azar que os DeVeau estejam por ali, mas não acredito que atacarão nosso pequeno castelo. Agora tenho comida para ajudá-lo a se curar e a ficar forte. Depois disso, partiremos. Nigel, até mesmo eu consigo detê-lo sem muito esforço. Não está em condições de lutar, nem eu. É aqui que precisamos ficar, pelo menos mais um pouco.

Nigel nada disse por um momento, detestando admitir que ela estava com a razão.

– Seu disfarce não engana ninguém.

– Estou ciente disso. – Ela lhe contou o que aconteceu com o padeiro e ficou feliz quando ele abriu um sorrisinho. – Não havia opção, Nigel. Precisa entender isso.

– Eu entendo, mas não quer dizer que devo gostar.

Ela apenas soltou uma gargalhada e foi pegar comida para ele. Depois de comer pão e queijo com um pouco de vinho, ele adormeceu. A tentativa de ir procurá-la consumira suas energias, mas ela estava certa de que ele recuperaria as forças e de que não tinha causado a si mesmo nenhum dano duradouro.

Enquanto se lavava com um pouco de água fresca, Gisele concluiu que teria que informar a Nigel tudo que fosse fazer e lhe dizer aonde ia. Ele não estava mais dormindo o dia inteiro, deixando-a livre para ir de um lado a outro. O homem poderia discordar de seus planos, mas, se soubesse o que estava fazendo, não tentaria se levantar e procurá-la outra vez, arriscando a própria saúde.

Nigel tornou a acordar ao entardecer. Gisele lavou-o, trocou o curativo e alimentou-o. A ferida já começava a fechar, mas ele estava muito contrariado com a própria fraqueza para ficar feliz com a notícia. Gisele suspirou, percebendo que tinha razão. Nigel Murray seria um paciente difícil.

No momento em que se preparava para se deitar ao lado dele, um som sinistro atravessou o silêncio da noite. Ela sentiu um calafrio eriçar os pelos de sua nuca. Lobos. Havia uma boa chance de que tivessem finalmente encontrado os corpos. As coisas que ela havia jogado por cima não os impediriam de buscar alimento. Por um instante ficou sentada como estava, paralisada de medo. Depois foi fazer uma fogueira bem próxima à entrada da caverna. Se os lobos tinham se aproximado o suficiente para sentir o cheiro dos corpos, não levaria muito tempo até que farejassem os cavalos e viessem atrás das presas. Suspeitava que, se chegassem perto da caverna, poderiam facilmente sentir o cheiro de Nigel, pois eram habilidosos em farejar os fracos e os feridos.

Utilizando um pouco da lenha extra que havia empilhado no fundo da caverna, ela fez uma grande fogueira, deixando uma boa quantidade de gravetos por perto, para alimentá-la. Pegou uma espada que havia retirado de um dos mortos e sentou-se atrás do fogo, vigiando a entrada. As chamas deveriam ser o bastante para manter os lobos a distância, mas ela queria estar pronta, caso a fome levasse um deles a tentar ultrapassar aquela barreira. Deu uma última olhada triste para a cama.

Estava quase amanhecendo quando os lobos se aproximaram o suficiente para que ela pudesse vê-los. A exaustão crescente desapareceu de súbito quando ela viu o brilho das chamas refletido nos olhos de pelo menos meia dúzia de animais. Agarrou a espada, tremendo ligeiramente ao ouvi-los rosnar.

– Gisele – chamou Nigel, da cama, em voz baixa.

– Volte a dormir – respondeu ela, num tom igualmente suave, sem tirar os olhos do inimigo diante dela.

– Estão próximos?

– Mais ou menos.

Não via motivo para preocupá-lo, pois ele não poderia fazer nada para ajudar. Talvez até atraísse os animais se tentasse se aproximar.

– O fogo deve mantê-los longe.

– Sim. Está funcionando bem.

Nigel praguejou.

– Você não deveria ter que me proteger.

– Por que não? Você está me protegendo há muito tempo. Algumas noites de sono perdido não passam de uma recompensa muito pequena. Agora volte a dormir. Não há nada que possa fazer para ajudar e acho que toda essa conversa está fazendo com que os lobos fiquem mais interessados em nós do que se ficássemos calados.

Ele relaxou, obrigando-se a aceitar a proteção dela. Lembrou-se do medo que Gisele tinha de lobos e concluiu que não deviam estar tão perto assim, pois ela falava com bastante calma. Gisele estava certa. Mesmo se os animais se aproximassem o suficiente para um ataque, ele não poderia fazer muito mais do que servir de refeição fácil. Feria seu orgulho admitir, mas tinha que enfrentar a verdade. Se tentasse se levantar e ajudá-la, apenas criaria uma distração e atrapalharia o que ela precisava fazer. No entanto, ele estendeu o braço e deixou a espada mais próxima. Estar com ela à mão faria com que se sentisse um pouco menos indefeso como um bebê, pensou enquanto a fraqueza lentamente o levou a aceitar o sono, apesar de todo o esforço para se manter acordado.

Gisele soltou um suspiro de alívio quando Nigel não tornou a falar. Era óbvio que ele não havia visto os olhos vermelhos que fitavam os dela, por isso não percebia como o perigo estava próximo. Era exatamente o que ela queria. Naquele momento, os lobos a fitavam e ela os fitava. Em breve o sol apareceria no céu e ela tinha esperanças de que então eles fossem embora. Se Nigel tivesse cambaleado para ajudá-la, poderia ter assustado os animais e provocado um ataque, com ou sem fogueira. Ele também a obrigaria a dividir sua atenção, e isso seria perigoso. Era aterrorizante ter que enfrentar os lobos sozinha, mas ela sabia que dessa vez não tinha escolha.

Quando os lobos se afastaram, o sol já apontava no horizonte e todos os músculos do corpo de Gisele estavam doloridos. Cada vez que um dos animais dava um passo à frente, ela jogava mais lenha na fogueira, mantendo-a bem acesa. Nigel permanecera em silêncio e os cavalos, apavorados, ficaram tão quietos quanto ela. Gisele sabia que tinha sido uma questão de sorte, mas estava orgulhosa. Embora ainda tivesse medo dos animais, ela aprendera que aquilo não fazia dela uma pessoa covarde.

Apagou o fogo e, exausta, foi cuidar dos cavalos. Após lavar o rosto e as mãos, ela se deitou na cama, ao lado de Nigel, mantendo a espada perto de si. Depois daquela longa noite que acabara de passar, sabia que ainda havia algo que precisava fazer – aprender a lutar. Quase adormecida, ficou pensando se Nigel estaria disposto a lhe ensinar ou se ia ser algo que teria que tentar aprender sozinha. De um modo ou de outro, jurou que nunca mais passaria um momento como aquele. Por mais que Nigel quisesse protestar, ela nunca mais enfrentaria um inimigo sabendo que não tinha nenhuma habilidade para combatê-lo caso ele resolvesse atacar.

CAPÍTULO CATORZE

— O que está fazendo?

Gisele tropeçou, desajeitada, ao levar um susto com aquela voz grave, bem atrás dela. Pensando que Nigel ainda estivesse dormindo, ela pegara a espada e praticava dar golpes no ar, tentando em vão imitar o modo como vira os homens lutando. Tinha feito aquilo durante todos os momentos de privacidade que conseguira ter desde que encarara os lobos, duas noites antes. Ao manter o fato em segredo, esperava evitar um confronto com Nigel – o que, obviamente, ia acontecer naquele momento. Ela se virou devagar para fitá-lo. Sabia que estava corando de vergonha por sua inépcia, não por estar jogando um jogo de homens, mas conseguiu olhá-lo com calma. Poderia não ser capaz de fazer com que compreendesse ou que concordasse, mas não permitiria que ele a impedisse.

– Estou tentando aprender a usar a espada – respondeu ela.

Nigel arrancou a espada de sua mão.

– Não é algo que uma mocinha deveria fazer.

Ela tomou-lhe a espada de volta e as sobrancelhas dele, arqueadas, deixaram claro que aquele gesto o surpreendera.

– Há outra coisa que esta *mocinha* aqui não quer fazer... Morrer!

Ele estendeu o braço para pegar a espada de volta, mas ela a recolocou rapidamente na bainha e Nigel decidiu não começar uma briga.

– Estou aqui para protegê-la desse destino sombrio.

– Não se ofenda, pois não tenho a intenção de lhe fazer qualquer crítica, mas você ficou doente, ferido e fraco. Passei muitos dias aqui sem outra proteção além das minhas preces pedindo que nenhum perigo se aproximasse daqui enquanto você não estivesse bem. Não pode imaginar como isso fez com que me sentisse indefesa. Haverá outras ocasiões em que precisarei enfrentar o perigo sem você a meu lado. Decidi que preciso aprender a me proteger. Sei que não sou tão grande nem tão forte para lutar tão bem quanto um homem, mas não quer dizer que devo cruzar os braços e não tentar aprender.

– E quando tomou essa grande decisão?

Ela estreitou os olhos ao perceber um leve toque de escárnio na voz de Nigel.

– Quando fui ao vilarejo e vi os DeVeau. Eles não vieram atrás de mim, mas o que teria acontecido se tivessem me perseguido? E se um deles tivesse me encurralado? E se um deles tivesse me seguido até aqui?

– Isso não aconteceu – disse ele com cautela.

Embora odiasse a ideia de ver Gisele brandindo uma espada com suas pequenas e delicadas mãos, ele começava a perceber que haveria benefícios mesmo que ela aprendesse apenas a técnica mais rudimentar.

– *Non*, não aconteceu. Deus estava olhando por nós. Talvez também estivesse cuidando de nós quando os lobos vieram farejar à nossa porta. Eu os encarei pelo que pareceram horas. Fiquei dolorosamente ciente do fato de que, embora segurasse uma espada, não tinha a mínima ideia de como usá-la com sucesso. Se tivessem decidido me atacar, eu não poderia ter feito nada além de rezar para ser capaz de dar golpes a esmo suficientemente bem e conseguir matá-los ou afugentá-los.

– Os lobos estavam tão perto assim? Você não disse nada.

Gisele teve vontade de praguejar por ter se esquecido de que não havia querido preocupá-lo naquela noite e lhe contara uma mentirinha..

– Não havia nada que você pudesse fazer – disse ela dando de ombros. – Na verdade, se resolvesse me acompanhar na vigilância, os lobos poderiam muito bem ter farejado a sua ferida. E isso os teria instigado a alcançá-lo.

Nigel praguejou e passou os dedos pelo cabelo.

– É, os lobos têm um bom faro para os fracos e feridos. É sua presa favorita. Como queira, então. Quando montarmos acampamento hoje à noite, começarei a ensiná-la a lutar.

O breve momento de júbilo logo se esvaiu quando ela pensou naquelas palavras.

– O que está dizendo? Quando montarmos acampamento hoje à noite? Já estamos acampados… aqui e agora. Por que as aulas devem esperar?

– Porque devemos viajar hoje, deixar esse lugar e seguir nosso caminho.

Ela ficou boquiaberta, indo atrás de Nigel enquanto ele se dirigia aos cavalos para colocar as selas.

– Você ainda não está bem o suficiente.

– Posso não estar tão forte quanto gostaria, mas os pontos serão retirados em breve e está claro até para o meu olhar leigo que há pouca chance de a ferida voltar a abrir.

– Verdade, mas isso não quer dizer que esteja forte para atravessar o país.

– Então vamos viajar só um pouquinho.

– Se não pretende ir tão longe, então qual é o mal de esperar mais um ou dois dias até ter condições de cavalgar mais e talvez cavalgar forte, se for necessário?

Ele virou-se para encará-la, tomou-a em seus braços rapidamente e lhe deu um beijo curto e intenso.

– Sua preocupação comigo é muito tocante, mas desnecessária. É verdade, talvez não seja capaz de ir muito longe hoje. Mas amanhã serei capaz de ir bem mais longe, e mais longe ainda no dia seguinte. Embora não avancemos tanto nem tão depressa a cada dia, ainda assim vamos nos aproximar mais um pouco do porto, da Escócia e da segurança. O que não consigo mais é ficar aqui sentado, esperando o momento em que seremos descobertos por nossos inimigos.

– Não vi nenhum sinal deles desde o dia em que fui ao vilarejo.

– E isso é bom, mas também não significa que estejamos em segurança. Talvez aqueles tolos não tenham percebido que estavam tão perto, mas podem conversar com alguém que veja com facilidade o erro que cometeram e resolvam voltar por esse caminho. Não, moça, está na hora de partir. Não é bom permanecer tempo demais no mesmo lugar, especialmente quando a maior parte da França está à sua procura.

Não ocorria a Gisele um argumento realmente bom para detê-lo. Nigel tinha razão. Ainda havia a chance de que os homens que ela vira ou alguém com quem tivessem conversado voltassem até lá para procurá-los. Bastariam apenas algumas poucas falas tranquilas com os mercadores para que um dos DeVeau soubesse que ela havia passado por aquele vilarejo. A intenção deles era escapar da França e escondê-la na Escócia. Ainda era o melhor plano que tinham. Ficar na caverna talvez fosse confortável, até seguro por algum tempo, mas poderia facilmente se tornar uma armadilha mortal e não os ajudaria a chegar mais perto da Escócia. Nigel também não daria ouvidos a suas advertências em relação a seu ferimento, à sua falta de forças ou a qualquer outra coisa que sugerisse que ainda estava fraco demais para recomeçar a viagem.

– Se eu achar que você não está com uma boa aparência ou que está cansado demais para prosseguir, vai me ouvir quando eu disser que devemos descansar? – perguntou ela. Quando ele hesitou, ela acrescentou: – Assim que deixarmos esta caverna, estaremos à vista de todos de novo, poderemos ser reconhecidos e perseguidos. Você ainda não está bem o suficiente para permanecer na sela durante um dia inteiro e aguentar um galope intenso para fugir. O descanso ainda é importante.

– Então deveremos descansar se achar necessário e quando achar necessário – concordou ele com relutância.

Gisele começou a ajudá-lo a arrumar suas coisas e a preparar os cavalos. Detestava a ideia de deixar a caverna e retomar a jornada. Embora também detestasse ver Nigel doente e ferido, tinha sido bom ficar no mesmo lugar por algum tempo. Na verdade, a caverna tinha começado a parecer um lar, algo de que ela não desfrutara por mais de um ano. Claro que era uma tolice. Uma caverna não poderia ser um lar. No momento, a própria França não poderia ser seu lar, apenas sua sepultura. Nigel tinha razão. Precisavam retomar a jornada. No entanto, ela ficaria de olho nele a cada passo do caminho.

Mantiveram um ritmo tranquilo, avançando devagar como se viajassem apenas para encontrar um parente para alguma espécie de festejo. Gisele insistiu que fizessem uma longa pausa ao meio-dia, ignorando as queixas de Nigel quando ele assentiu, de má vontade. Por gentileza, ela não chamou atenção para o fato de que ele havia precisado dormir por mais de uma hora antes de poderem reiniciar a viagem. Apesar de todo o cuidado, porém, ele estava pálido e ligeiramente vacilante no final da tarde. Gisele sabia que ele se sentia mal quando não fez qualquer objeção a pararem antes mesmo que o sol tivesse começado a se pôr.

A primeira coisa que Gisele desembalou foi a colcha. Ela o obrigou a se deitar enquanto cuidava dos cavalos e acendia o fogo. Depois cuidou da ferida e ajudou-o a lavar a poeira e o suor do corpo. Ele se recuperou um pouco após comer, e ela soltou um suspiro de alívio. Talvez precisassem viajar devagar por vários dias, mas ela começava a achar que ele aguentaria sem consequências mais sérias.

Quando se deitou ao lado de Nigel, ele a puxou para junto de si e a beijou. Ela sorriu de leve quando ele praguejou e apenas a abraçou. Estava suficientemente curado para pensar em fazer amor, mas ficara claro que ainda não conseguia pôr seus pensamentos em prática. Ela se aninhou, aproveitando seu calor, e fechou os olhos. Naquele momento, quando ele não corria mais risco de vida em consequência do ferimento, quando parecia bem encaminhado para uma recuperação completa, ela também pensava cada vez mais em como seria bom experimentar aquela paixão que compartilhavam. As noites seguintes seriam muito longas.

Na terceira noite de jornada, Gisele tirou os pontos do ferimento de Nigel. Ele insistia que já estava na hora, mas ela hesitara, sem saber ao certo qual seria o momento adequado. A última coisa que desejava era ter que tornar a costurá-lo por terem se antecipado e avaliado mal o progresso de sua cura. Depois de retirar os pontos, ela examinou a cicatriz com atenção e decidiu que estava bem fechada. A pele ainda parecia rosada e fina, mas não havia qualquer indício de que o ferimento poderia reabrir com facilidade.

Apesar de ainda não estar bem o bastante para cavalgadas longas e difíceis, era provável que Nigel já pudesse começar a lhe ensinar direito a usar a espada. Até então, ele se limitara a lhe dizer como segurar uma espada e instruí-la com cuidado sobre as diferentes formas de se mover, como golpear e como se defender. A princípio, tinha sido um pouco embaraçoso saltitar sozinha enquanto ele permanecia deitado, dando instruções, mas Gisele logo se acostumou. Àquela altura, ele já conseguia mostrar com mais clareza o que fazer, pois no fim do dia ainda tinha forças para isso, talvez até se envolvendo em algumas batalhas simuladas.

– Pois bem, então estou curado – disse Nigel, interrompendo seu planejamento silencioso ao passar a mão lentamente sobre a pele que cobria o ferimento.

– Quase – murmurou ela.

Nigel estava deitado e Gisele se postara acima dele, com a espada na mão. Ela logo percebeu quão sedutora era aquela posição. Aprender a lutar agora era a última coisa que passava pela sua cabeça.

– A ferida não precisa mais de pontos para ficar fechada e manter as suas vísceras no lugar, mas isso não quer dizer que esteja consolidada o bastante para suportar qualquer pancada. Ainda deve ter muito cuidado com o que faz.

Nigel passou as mãos pelas laterais do corpo dela e acariciou seus quadris lentamente.

– Tem algumas coisas que venho pensando em fazer desde que comecei a recuperar minhas forças.

– E quais seriam? – perguntou ela, capaz de ver exatamente o que ele pensava no calor que escurecia aqueles belos olhos cor de mel.

– Talvez não seja nada muito fácil agora que sou um pobre sujeito enfraquecido e marcado por uma cicatriz – murmurou ele ao beijar a delicada curva do pescoço dela.

Gisele sorriu sentindo a pele dele enquanto se abaixava e beijava a cicatriz no seu flanco, sentindo que ele estremecia. Naquelas últimas três noites, ela não conseguira parar de pensar em como era bom fazer amor com ele. Aquilo vinha lhe roubando o sono tão necessário. Tentara esfriar o sangue lembrando-se de que ele obviamente ainda estava apaixonado por alguma mulher na Escócia, mas tudo o que conseguia pensar era que a tal mulher não estava presente. Também tentara se prender à lembrança do que ele havia dito pouco antes de ser ferido, aquele comentário estarrecedor sobre como qualquer homem ambicionaria uma recompensa tão farta, mas a paixão crescente a fazia descartar aquilo como uma exclamação vazia, feita apenas com a intenção de perturbar o oponente.

Por dentro, ela lamentava, horrorizada por sua incapacidade de decidir qualquer coisa em relação a Nigel além de que o queria. Naquele momento, ela o queria demais. Sentia imensa falta do prazer que compartilhavam, do modo como aquilo a aquecia e ajudava a esquecer todos os seus problemas, suas dúvidas e seu medo. Enquanto dava beijos suaves e carinhosos sobre aquele abdômen firme, ouvindo a respiração dele se tornar pesada, ela se sentiu cada vez mais audaciosa.

Descobriu-se pensando em como tomar a iniciativa de fazer amor com Nigel e, embora sentisse um rubor cobrindo-lhe o rosto, não conseguiu afastar aquela ideia. Ele lhe mostrara como a paixão podia ser bela. Tinha sempre sido o primeiro a começar a sedução. Ela já não ignorava mais que havia muitas formas de se fazer amor e de provocar o desejo de um amante. Que mal haveria em empregar esses novos conhecimentos para retribuir um pouco do prazer com que ele a brindara?

Quanto mais pensava no assunto, mais ousada se sentia. Quanto mais ousada se sentia, mais aumentava seu desejo. Gisele pensou em tudo o que ele havia feito para despertar sua paixão e, de repente, sentiu vontade de fazer o mesmo. Não tinha dúvida de que ele a desejava, mas queria que ele ficasse cego de desejo, do mesmo modo que ela se sentira tantas vezes. Seria uma vingança doce e prazerosa, se ele permitisse.

Isso era, aliás, a única coisa que a fazia hesitar em realizar seus desejos. E se, ao se comportar com tamanha ousadia, ela de algum modo o ofendesse profundamente? E se ele passasse a pensar mal dela? Ela afastou aquelas súbitas preocupações. Se Nigel manifestasse o menor sinal de choque ou de desagrado, ela pararia e alegaria ignorância. E seria verdade. Ninguém, muito menos seu marido, lhe ensinara o que deveria fazer ou não com um homem.

Nigel estremeceu ao toque de seus longos dedos enquanto ela abria suas calças. Apenas a sua fraqueza o impedira de fazer amor desde que começara a se recuperar da febre. Teria sido frustrante e um tanto constrangedor se ele começasse a amá-la e os pontos se abrissem, e ele sangrasse em cima dela – ou, pior ainda, se ele descobrisse que lhe faltava a energia para completar o ato. Ocasionalmente, lhe ocorrera a ideia de tentar que ela fizesse a maior parte do trabalho, mas ele hesitara, temendo que ela ficasse chocada. Gisele era viúva, mas ele percebeu rapidamente que ela pouco aprendera da arte do amor com aquele marido miserável. Porém, naquele momento, parecia que ela ia atender seus desejos por conta própria, e ele se manteve imóvel, com medo de dizer ou de fazer algo que a deixasse tímida ou reticente.

Quando ela tirou as calças dele, cobrindo suas pernas com beijos quentes e suaves, Nigel resolveu que ficar parado seria provavelmente uma das coisas mais difíceis que ele já fizera em muito tempo. Gemeu em sinal de aprovação quando ela envolveu os dedos longos e finos em torno da sua ereção e começou a acariciá-lo.

O primeiro toque de seus lábios o fez soltar um grito de prazer. Ele praguejou baixinho quando ela começou a se afastar, o rosto pálido deixava claro que ela havia interpretado seu grito como choque e desaprovação. Murmurando palavras de incentivo, ele passou os dedos por seu cabelo e insistiu com delicadeza para que sua boca voltasse para o mesmo lugar. Era difícil pensar com clareza, mas ele lutou para continuar dizendo como estava gostoso e pedir que prosseguisse. Quando ela obedeceu a seu pedido delicado para tomá-lo em sua boca, ele estremeceu com um prazer intenso que atravessou todo o seu corpo. Sabia que não teria a força de vontade necessária para apreciar aquilo por muito mais tempo.

149

Nigel afastou Gisele subitamente e ela franziu a testa, um pouco insegura. Ele deixara claro que apreciava o que ela estava fazendo, mas talvez tivesse ido longe demais. Embora se limitasse a fazer apenas o que ele pedira, sua pronta disposição poderia por fim ter feito com que ele se desencantasse. A paixão a consumia com tanta força que ela decerto não tinha o juízo necessário para descobrir o que ele sentia. Com certeza parecia também estar possuído pelo desejo com a mesma força, mas ela temia estar vendo apenas um reflexo dos próprios sentimentos.

Devagar, ele a puxou para cima. Gisele tentou parar para unir seus corpos, mas ele continuou a puxá-la. Ela soltou uma exclamação de choque e prazer antecipado quando ele continuou a puxá-la para cima. Imaginava o que ele estava prestes a fazer, chegou a pensar em rejeitar uma intimidade tão audaciosa, mas quando os lábios dele tocaram sua pele quente, ela cedeu.

Um beijo na parte interna de cada uma das suas coxas foi o bastante para que ela se abrisse para ele, para acolher o beijo mais íntimo. Gisele perdeu toda a noção de onde estava e do que fazia. Havia apenas o prazer que atravessava seu corpo. No momento em que sentiu que ela estava prestes a chegar ao auge, ele a puxou para baixo e uniu seus corpos. Trêmula, prisioneira da força do desejo, ela montou-o numa avidez quase frenética, desabando por fim em seus braços enquanto ele a segurava com força contra si. Nigel gemeu seu nome enquanto a preenchia com o calor de seu prazer. Depois de um momento, ele interrompeu silenciosamente a intimidade daquele encontro e a abraçou, dando-lhe beijos leves, quase sonolentos, no rosto enquanto os dois recuperavam o fôlego.

Demorou muito até que Gisele conseguisse falar, mais ainda para ter certeza de que conseguiria olhar para Nigel sem corar. Havia se comportado de um modo bastante libertino. Muitos talvez dissessem que agira com modos semelhantes aos de uma prostituta. Começou a se perguntar se Nigel também questionaria sua moral depois que seu sangue esfriasse.

Virando-se de lado, ela passou a mão na cicatriz para ter certeza de que o amor não havia feito nenhum mal a ele. Então observou-o e deu um ligeiro sorriso, seus medos diminuindo. Os olhos dele estavam fechados, os traços descontraídos pelo sono que chegava e um sorrisinho despontava de seus lábios tentadores. Nigel Murray com certeza parecia um homem totalmente satisfeito.

– Nigel? – ela passou a mão preguiçosamente pelo tórax largo e suave.

– O que foi, querida?

Ele a trouxe para perto e deu um beijo descuidado na sua testa.

– Tenho um forte sentimento de que as penitências que nos aguardam estão aumentando muito.

Ele riu.

– É, somos dois sem-vergonha.

– Pois bem, não preciso me preocupar. – Ela o olhou com atenção. – Estou certa de que tais penitências vão empalidecer diante do que terei de fazer para limpar o sangue nas minhas pobres mãozinhas.

Nigel abriu um olho.

– Sabe como dar um golpe baixo, quando quer, Gisele.

Ela abriu um sorriso.

– Obrigada.

Não foi surpresa para ela que ele tivesse adivinhado seu truque, a tentativa frágil de fazer com que proclamasse sua inocência de uma forma cavalheiresca, para tranquilizar seu espírito. Era estranho, mas sua recusa em admitir abertamente sua inocência no assassinato do marido se tornava menos problemática com o passar dos dias. Gisele não sentia mais que aquilo era um profundo insulto; tornara-se apenas uma pequena irritação. Supunha que era difícil ficar zangada por ele crer que ela havia matado o marido quando ele não a culpava nem a condenava de forma alguma. E, como pensava, embora não tivesse cometido o assassinato, ela com certeza saboreara aquela ideia muitas vezes. A Igreja dizia que os pensamentos impuros são pecaminosos. Ela suspeitava que pensar em formas brutais de assassinar o marido também fosse pecado.

Ela franziu a testa ao perceber subitamente que não bastaria fazer com que os DeVeau admitissem sua inocência para limpar totalmente seu nome. A caçada poderia ser interrompida, mas o mesmo aconteceria com os rumores sobre sua culpa? Ela duvidava disso e se sentia um pouco triste. Seria bom estar livre, não ter que olhar por cima do ombro a cada minuto, mas percebia que sua vida nunca mais seria a mesma. Embora tivesse aceitado que tudo o que precisava fazer para se manter viva destruiria sua reputação e colocaria em dúvida sua castidade, ela entendia naquele momento, no fundo do coração, que ainda sofreria também a pecha de ser acusada de assassina. Não havia como voltar a ser a jovem tão feliz na sua ignorância que era antes do casamento.

– Não deve se preocupar demais com o que a Igreja desaprova – disse Nigel, interrompendo aqueles pensamentos sombrios e voltando a fechar os olhos.

– Como pode dizer isso? – Ela deu um tapa de leve em seu peito. – Não se preocupa com o estado da sua alma? Deseja ir para o inferno?

– Não. Só não acho que Deus deseje encher os salões sombrios do inferno com tantos pequenos pecadores quando existem tantos pecadores maiores, tantos homens perversos que precisam desesperadamente ir para lá. No entanto, se isso a deixa mais tranquila, assim que estiver em segurança na Escócia, pode ir machucar seus belos joelhos rezando diante de algum altar em busca de perdão.

– Nigel! Sua impertinência pode ter um preço alto. Não teme perder a chance de obter a absolvição? – perguntou ela, tentando parecer horrorizada com aquela falta de sensibilidade em relação à piedade, mas ao mesmo tempo descobrindo que concordava com tudo aquilo.

– Não. Faço tudo o que posso para seguir os mandamentos do Senhor. Eu O louvo, eu O respeito e sigo Suas leis tanto quanto minha carne fraca me permite. Da maneira como vejo as coisas, não há muito mais que um homem possa fazer.

– *Non*, suponho que não, embora acredite que muitos padres discordariam enfaticamente.

– É, mas nem sempre tenho tanta fé nos padres. Conheci muitos que eram tão fracos quanto qualquer homem, e alguns que deveriam estar queimando no inferno junto daqueles a quem mandaram para lá.

– Também deve ter conhecido alguns bons.

– Alguns. Não se preocupe tanto, amor. – Ele beijou a ruga que se formava entre seus olhos. – Não vou me tornar um pagão. Só que não consigo deixar de desconfiar de qualquer homem com o poder dos padres, um poder às vezes maior que o do rei. É, existem aqueles que são bons, que sentem de verdade o chamado de Deus, que desejam fazer o bem, salvar as almas. Há também aqueles que se aproveitam de seu posto apenas para enriquecer e para se permitir prazeres terrenos e a busca do poder.

Ela assentiu.

– Também ouvi falar de alguns que são assim. Existem muitos homens que entram nos mosteiros e na vida religiosa apenas porque são os caçulas e não têm outro meio de sobrevivência.

– Poderiam viver da espada, ganhar poder e riqueza por meio do serviço honrado a seu senhor ou a seu rei.

– Verdade – ela riu baixinho enquanto pousava a face contra o peito dele e fechava os olhos. – Rezo para que esteja certo em relação a tudo em que acredita, pois temo que eu pense de forma semelhante.

– Pois bem, moça, juntos iremos cantar com os anjos no paraíso ou queimar nas fogueiras repugnantes do inferno. E agora, se não se importa, devo terminar esta conversa tão séria e dormir.

– É uma ideia muito boa – balbuciou ela, já mais adormecida do que desperta.

Nigel beijou o topo da sua cabeça e sorriu. Percebia que aquela mulher minúscula provavelmente sabia tanto sobre o que ele pensava e sentia quanto seus irmãos. Quando ela fazia aquelas perguntas esquisitas, um tanto desconcertantes, ele não encontrava nenhum impedimento para responder de modo completo e honesto. A paixão que Gisele demonstrava não tinha limites, e ela sabia incendiar seu sangue. Os amigos e a família achariam que ele era louco por hesitar tanto, por ainda duvidar do que sentia ou queria. Eles, sem dúvida, insistiriam que ele a levasse até um padre o mais rápido possível – e uma parte dele concordava que era exatamente o que deveria fazer. No entanto, de certo modo, sentia que sua dúvida fazia justiça a Gisele. Como poderia pedir a ela que lhe entregasse o coração quando ainda não estava certo de que conseguiria fazer o mesmo?

Nigel censurou a si mesmo, sabendo que o momento de tomar uma decisão estava se aproximando rapidamente e que ele ainda relutava. Se escolhesse errado, os dois sofreriam. Tudo o que podia fazer era rezar para vislumbrar a verdade antes de magoá-la tanto que não houvesse conserto possível.

CAPÍTULO QUINZE

*P*recisa segurar a espada com mais firmeza, meu amor – disse Nigel ao pegar a arma que acabara de tirar das mãos de Gisele e devolvê-la a ela.

– Acho que você se esforça demais para me mostrar a real profundidade de minha fraqueza e minha falta de aptidão – resmungou ela, mas tentou segurar a espada com mais força ao voltar a enfrentá-lo.

– Não, na verdade me esforço muito para ajudá-la a superá-las.

Ela amaldiçoou-o quando começaram a se enfrentar de novo, o som das espadas ecoando alto na pequena clareira que haviam escolhido para montar acampamento. Três dias se passaram desde que ela removera os pontos de Nigel e, todas as noites desde então, ele dedicava algum tempo para tentar ensiná-la a usar a espada quando paravam para dormir. Gisele estava profundamente decepcionada com o tempo que levava para aprender os golpes mais simples. E de que adiantava segurar uma espada quando ela poderia ser tirada de suas mãos com tanta facilidade? Suspeitava que Nigel era muito bom, mas sua habilidade parecia estar desencorajando-a mais do que ajudando.

– Maldito seja nos sete círculos do inferno – retrucou ela quando ele lhe tirou de novo a espada.

Ela colocou os dedos ardidos na boca num esforço inútil para diminuir a dor.

– Leva tudo a sério demais – disse ele, pegando sua mão e beijando os dedos ainda úmidos antes de puxá-la para junto da fogueira que ele acendera pouco antes.

– Nossas aulas acabaram, não é? – perguntou ela ao sentar, respirando fundo para sentir o delicioso aroma de coelho assado e agradecer mais uma vez a Deus pela habilidade de Nigel como caçador.

– Quando seu braço fica cansado, não adianta continuar – respondeu Nigel, sentando-se. Ele tirou a adaga da bainha e cortou o coelho em duas partes iguais. – Precisa segurar sua arma com mais firmeza.

– Ou aprender como evitar o golpe que com certeza vai tirá-la de minha mão.

– Isso também – concordou ele com um sorriso.

Assim que terminaram de comer e limparam os restos da refeição, Gisele conseguiu convencer Nigel a enfrentá-la mais uma vez. Ele a instruiu com todo o cuidado, provavelmente pela centésima vez, sobre o jeito de segurar a espada, e até tentou explicar o golpe que deveria tentar evitar. Ela empregou bem os conhecimentos, não exatamente do jeito que ele pretendera. Depois de diversas defesas bem-sucedidas, ela atacou com audácia, soltando um grito de alegria ao tirar a espada das mãos dele. Embora suspeitasse que ele havia permitido o golpe apenas para mostrar que ela havia feito tudo corretamente, Gisele ficou feliz com o sucesso. Estendeu a espada, ameaçadora, apontando-a diretamente para o coração de Nigel. Os olhos dela se arregalaram quando, de súbito, ele deu um passo em sua direção, deixando que a ponta da espada tocasse seu peito.

– E agora deve matar o homem – disse em voz baixa, observando-a com muita atenção enquanto falava.

Os olhos de Gisele ficaram tão arregalados que ele suspeitou que logo começariam a arder. O rosto dela ficou muito pálido, a mão estremeceu de leve, fazendo com que a ponta da espada furasse o tecido do gibão. Nigel sentiu vontade de sorrir ao concluir de súbito que ela era completamente inocente. Gisele nunca havia matado um homem e talvez nunca fosse capaz de fazer isso. Mesmo com raiva, talvez até mesmo com medo de perder a vida, ela hesitaria em dar um golpe mortal. Ele podia enxergar aquela verdade no olhar dela. Era provável que não estivesse mentindo ao dizer que tinha mirado o braço que segurava a espada do homem que o atacara perto da caverna. Ele estendeu o braço e tirou a arma de sua mão.

– Talvez não seja uma ideia tão boa – murmurou ela, perguntando a si mesma como podia ter sido tão tola a ponto de se esquecer de que as lutas com espada tinham como objetivo a morte. Podia estar aprendendo a se defender, mas também estava aprendendo a matar.

– Não, você tem esse direito – disse ele, levando-a até as colchas estendidas diante do fogo. – Sua vida está em perigo e é inteligente tentar aprender como deter os assassinos.

– Não sei bem se conseguiria matar um homem – sussurrou ela –, e esse é o verdadeiro objetivo das lutas, não é?

– É, sim, sobretudo quando estão tentando matar você. Porém nem sempre é preciso matar. Às vezes, um furinho de nada ou um arranhão que sangre um pouco já são mais do que suficientes para afastar uma ameaça. E não dá para ter certeza do que você é capaz de fazer ao ter que enfrentar de verdade a escolha entre matar e morrer. Ninguém sabe.

Ela nada disse enquanto se despiam e ficavam apenas de camisa e calças antes de ir para debaixo dos cobertores. Nigel tomou-a em seus braços e ela se acomodou no seu calor. Em seguida fez um esforço enorme para abafar um bocejo. Ele deu uma risadinha e beijou suavemente o alto de sua cabeça. Havia pouco tempo que ela era sua amante, mas Nigel reconhecia esse gesto como um jeito de dizer que seria aceitável se eles apenas dormissem. A jornada estava se aproximando rapidamente do fim. Embora Gisele odiasse perder qualquer oportunidade de saborear aquela paixão, pois não tinha certeza do tempo que ainda teriam juntos, ela resolveu que ia descansar, como tanto precisava.

Enquanto permitia que o sono lentamente tomasse conta de si, Gisele considerou se sua decisão de aprender a lutar era certa ou errada. Havia mais gente do que gostaria de saber perseguindo-a por toda a França. Se não fosse morta por um dos caçadores de recompensa, seria morta depois de ser entregue ao DeVeau mais próximo. Parecia uma tolice hesitar em matar qualquer um deles. Todos os motivos para aprender a usar a espada permaneciam válidos. Ela precisava apenas ganhar coragem para aprender a habilidade e usá-la bem. No dia seguinte, começaria tudo de novo.

– Tem certeza, moça? – perguntou Nigel ao desembainhar a espada e ficar diante dela.

Ele reprimiu a vontade de sorrir ao olhá-la. Gisele estava diante dele com ar decidido, a espada pesada firme em sua mão, demonstrando uma habilidade admirável. O rosto bonito apresentava uma expressão obstinada, séria, mas aquela força aparente era suavizada pelo jeito com que mordia o lábio inferior. Nigel sabia que Gisele se zangaria e provavelmente se ofenderia muito se ele dissesse que ela estava adorável. Com certeza não parecia uma grande ameaça, e, caso conseguisse ganhar uma habilidade razoável com a espada, aquilo poderia ser uma vantagem muito desejável.

– Tenho, sim –respondeu ela, começando a acompanhá-lo.

– Não tinha tanta certeza assim na noite passada – lembrou ele enquanto os dois, cautelosos, se moviam em círculo, preparando-se para a simulação de um combate.

– Tive apenas um momento de fraqueza. Bastou um pouco de ponderação para me curar.

– Então agora é matar ou morrer?

– Foi nessa posição que os DeVeau me deixaram.

– Esperava que reconhecesse essa dura verdade. É admirável uma mocinha possuir a virtude da misericórdia, mas quando está enfrentando homens que desejam sua morte, a misericórdia se transforma numa fraqueza que eles podem aproveitar com rapidez.

– Eu sei, por isso me preparei e endureci o coração.

– Moça sensata. Lembre-se apenas de que não está lutando com eles agora – acrescentou Nigel com um sorriso e atacou em seguida.

Gisele bloqueou o movimento com facilidade e ele assentiu em aprovação. Por algum tempo, conteve-se, sem usar toda a força no combate. Estava um pouco surpreso com a rapidez com que ela desenvolvia sua habilidade com a arma. Nigel percebeu que Gisele não apenas tinha decidido manter as aulas, como tinha compreendido que lutar era só mais um meio de garantir sua sobrevivência, que a espada que poderia ser usada para matar também poderia ser usada para manter-se viva. Gisele talvez nunca tivesse a força necessária para ser uma lutadora verdadeiramente letal, com certeza não numa batalha que exigisse resistência extrema, mas ganhara ânimo e determinação para se superar.

Ele aumentou aos poucos a força de seus ataques. Cada vez que neutralizava o golpe da espada de Gisele, ele lhe dizia como havia feito e como ela poderia se livrar daquilo. Gisele já estava ficando cansada, e ele sabia que ela precisava aprender mais sutilezas em seu estilo de luta. Para Gisele, seria a habilidade, um olho atento e a esperteza que ganhariam a batalha. Tinha mais força do que muitas mulheres, mas nunca poderia resistir a um confronto prolongado e difícil com um homem adulto, não sem contar com alguns truques astuciosos na manga.

Ela praguejou quando ele arrancou a espada da sua mão.

– Talvez eu esteja errada e existam mesmo algumas coisas que uma mulher não consegue fazer.

– Não. Está indo muito bem, melhor do que eu tinha imaginado.

– Ah. Bom. Detesto estar errada. – Ela sorriu quando ele riu, aceitou a espada e guardou-a na bainha. – É gentil de sua parte me elogiar, mas ainda perco a espada toda vez que brincamos disso.

– Perde porque se cansa. Precisa ganhar um pouco de força no braço. Também precisa aprender a ter mais malícia, mais sutileza. Acho que são a astúcia e a velocidade que ganharão a batalha por você.

– Portanto devo ser cuidadosa e escolher apenas homens lentos e estúpidos para enfrentar... – disse ela com a voz arrastada.

– Não seria mau negócio.

Gisele balançou a cabeça, incapaz de reprimir totalmente um sorriso quando ele deu uma gargalhada. Doía um pouco ouvir que não era forte o bastante para enfrentar um homem de igual para igual, mas ela sabia que era a verdade. Era minúscula, mesmo em comparação com outras mulheres. Se tivesse que enfrentar um homem com a espada, suspeitava que o combate demoraria a começar, pois o adversário soltaria uma grande gargalhada antes. Havia com certeza poucas possibilidades de vencer um confronto apenas pela força. Ela seguiu Nigel enquanto ele começava a acender o fogo, imaginando o que ele queria dizer com astúcia e velocidade. Havia truques que ele ainda teria que mostrar para ela?

– A astúcia e a velocidade podem ganhar uma batalha? – perguntou enquanto tirava comida dos alforjes.

– Claro. Nem todo cavaleiro é realmente habilidoso, luta com elegância e executa com segurança todos os seus movimentos. Alguns simplesmente atacam o inimigo, encurralam-no graças à pura força física e o liquidam.

Gisele franziu a testa enquanto estendia as colchas e se sentava.

– Não parece algo muito glorioso nem honrado.

– Talvez não, mas pode funcionar. E o cavaleiro sobrevive à batalha. – Ele entregou a ela um pouco de pão e queijo e se sentou ao seu lado. – Um cavaleiro pode reconhecer muito bem que não tem tanta habilidade e que nunca terá, por isso usa sua única vantagem sobre os outros, o tamanho e a força. Agora *você* nunca vai poder depender de tamanho e de força. Por isso precisa aprender a pensar com cuidado, a observar todos os movimentos do adversário com olhar atento e a se movimentar com velocidade e agilidade para se manter longe do alcance de sua espada até encontrar uma chance de golpeá-lo depressa e de forma eficiente. E a maneira como o golpeia também é muito importante. Não pode apenas ficar tentando furar o homem. Deve aprender a acertá-lo de forma que ele não consiga continuar a luta. É assim que sobrevivemos.

– Está me dizendo que devo aprender a sobreviver até conseguir matar meu inimigo – murmurou ela, aceitando o odre de vinho e tomando um grande gole.

– Isso mesmo, moça, por mais frio que possa parecer, é exatamente o que precisa fazer. Reconhecer suas fraquezas e descobrir um jeito de contorná-las. – Nigel se apoiou nos cotovelos e sorriu. – Acho que pode aprender a saltar com tanta rapidez que o inimigo vai ficar tonto se tentar acompanhá-la. Já está muito boa em prever de onde virá o golpe e em neutralizá-lo. Só precisa ganhar força no braço que empunha a espada para não perder a arma durante a luta e ficar indefesa.

Ela fez uma careta e esfregou o braço, que doía por causa do tanto que haviam praticado nos últimos dias. Gisele não sabia ao certo se conseguiria ganhar muito mais força sem se machucar, mas estava determinada a tentar. Era capaz de concordar que não poderia ganhar uma batalha apenas pela força, que precisava de habilidade e velocidade, mas recusava-se a crer que sempre seria fraca demais para lutar.

– Então acredito que é melhor começar a me ensinar tais coisas – disse ela, sorrindo de leve quando ele a puxou para seus braços. – Rezo para nunca ser obrigada a colocar essas habilidades em prática, pois não tenho desejo de matar ou ferir um homem, mas não quero voltar a me sentir indefesa.

– Não precisa lutar com todo mundo – afirmou ele enquanto tirava a roupa dela, começando pelo cinto de onde pendia a espada. – Ainda pode fugir e se esconder.

Ele começava a temer que, ao lhe ensinar um pouco de habilidade com a espada, estivesse estimulando nela um perigoso espírito de fanfarronice.

– Sei disso e sempre será minha primeira opção. Não pense que eu vá resolver desafiar todos os meus perseguidores. Posso me sentir menos indefesa à medida que aprendo a manejar a espada, mas ter uma arma na mão não rouba minha inteligência.

Gisele sorriu quando ele começou a beijar seu pescoço e desamarrar-lhe a camisa. As menores carícias a faziam se sentir muito devassa. Eram agradáveis os elogios suaves que ele sussurrava junto à sua pele enquanto reverenciava seus seios com beijos quentes, mas completamente desnecessários. Suspeitava que ele seria capaz de provocá-la em silêncio, desde que não parasse de tocar nela. Pareceu-lhe um pouco estranho que aquelas mãos, tão treinadas no uso da espada, que podiam matar com tanta facilidade, pudessem ser também tão delicadas e provocantes.

Ele removeu o que restava da roupa dela e ficou agachado diante de Gisele por um momento, observando-a sob a luz suave da fogueira. Ela achava excitante aquele olhar caloroso, apreciativo, e sorrindo, convidativa, espreguiçou-se, lânguida. Riu baixinho quando ele, apressado, voltou a abraçá-la. O beijo faminto abafou seu riso, mas provocou sua paixão. Não se chocava mais com o modo como ele fazia amor e, por isso, ofereceu pronto acesso a todas as partes do seu corpo à medida que ele a beijava e a acariciava da cabeça aos pés, sem parar. Aceitava seu beijo íntimo com avidez, arqueando o corpo para acolhê-lo, prendendo os dedos em seu cabelo enquanto ele levava seu desejo às alturas apenas com os lábios.

Mal teve tempo de recuperar o fôlego, pois ele logo tornou a despertar seu desejo. O ar frio varreu sua pele quente quando ele se sentou para se desvencilhar das roupas. Ela estremeceu. Nigel jogou para longe a última peça, e Gisele se sentou e começou a dar a ele o mesmo prazer que ele lhe oferecera. Como agora sabia do que ele gostava, não sentia mais constrangimento nem hesitação. Saboreava a forma com que ele gemia em apreciação enquanto ela o amava com sua boca.

Soltou uma leve gargalhada quando Nigel interrompeu a brincadeira de modo abrupto. O riso se transformou num suspiro de alegria quando ele, devagar, uniu seu corpo ao dela, ainda sentados sobre a colcha, baixando-a até ela o envolver com as pernas. Com o menor estímulo dele, ela começou a se mover, lutando para controlar sua paixão avassaladora e poder estender aquele momento extraordinário de intenso desejo que vinha antes do prazer. Ele então a apoiou em seu braço e, devagar, levou a ponta endurecida do bico do seio dela até a boca. Um segundo depois, Gisele perdeu todo o controle. Tinha um vago conhecimento de que Nigel também vivia uma espécie de frenesi enquanto seguiam cegamente até o gozo.

– Se melhorarmos mais nisso, moça – disse Nigel, quando por fim desabaram na cama –, não tenho certeza de que sobreviveremos.

– Ficamos um bocado enlouquecidos – concordou ela, sonolenta, puxando o cobertor sobre os corpos dos dois, que esfriavam rapidamente.

Nigel voltou a sorrir enquanto beijava seu ombro. Deitou-se de bruços, envolveu a cintura esguia de Gisele com o braço e a trouxe para perto de si. Sentia-se totalmente exausto e adorava aquela sensação. Entretanto, sabia que só precisaria de um incentivo mínimo para querê-la mais uma vez.

– É. Enlouquecidos é uma boa palavra. – Ele deu uma olhada no acampamento. – Às vezes, acho que todo o exército do rei poderia nos cercar e nem ouviríamos.

– Está querendo me dizer que devemos começar a nos comportar para garantir nossa segurança?

Ela abriu um sorriso, sem se surpreender ao ver que ele fazia uma careta ao pensar naquilo. Podia não saber quão profundamente havia tocado seu coração. Talvez nem tivesse tocado. Mas não havia qualquer dúvida de que ele apreciava completamente aqueles momentos de paixão que compartilhavam.

– Talvez seja a atitude mais sábia – murmurou ele. – Especialmente porque seus gritos de alegria podem ser ouvidos até na Itália.

Ela não se abalou e ignorou o olhar risonho que ele lhe lançou. Respondeu com calma:

– *Non*, porque meus gritos, sem dúvida nenhuma, desaparecem sob os seus rugidos.

Ela riu e bateu nele, quando ele tentou fazer cócegas em retribuição.

– Descanse – disse ele em voz baixa, se acalmando e dando um beijo no rosto dela. – À medida que minha força aumenta, sinto necessidade de tentar compensar um pouco do tempo e do percurso que perdemos quando eu estava com febre.

– Isso quer dizer que pretende cavalgar do amanhecer até o pôr do sol.

– Temo que sim.

– Como quiser. Para onde?

– Perdão?

– Para onde nos dirigimos?

– Eu disse… para um porto, para pegar um barco para a Escócia.

Gisele praguejou bem baixinho.

– Sei disso, mas para que porto estamos indo? A França tem mais de um, acredito.

– Na verdade, não estou muito certo. No momento, me dirijo para Cherbourg. É o porto onde desembarquei há sete anos. Existem muitas cidades e vilarejos próximos onde podemos encontrar alguém que nos leve para a Escócia, se não houver ninguém em Cherbourg.

– Ou se meus inimigos já estiverem por lá em grande quantidade.

Ela franziu a testa, tentando desesperadamente se lembrar onde se localizava Cherbourg em relação às propriedades mais próximas dos DeVeau. Era algo impossível de fazer, sobretudo porque ela ignorava onde se encontrava naquele momento.

161

– Acha que haverá muitos deles por lá? A família tem terras perto de Cherbourg?

– Não sei. Estava pensando que nem sei ao certo onde estou agora. Nem imagino onde fica Cherbourg. O que me preocupou de repente foi que achei o nome parecido com um que ouvia com frequência na fortaleza de meu marido. *Non*, acho que estou errada. Acho que deve ter sido Caen.

Nigel praguejou.

– Acabamos de passar por Caen. É um milagre que não tenhamos marchado direto para as mãos de nossos inimigos. E é verdade, isso com certeza significa que Cherbourg estará tomada pelos desgraçados e pelos sanguessugas que se alimentam deles.

– Que pensamento agradável – murmurou ela, e suspirou. – Sinto muito. Fiquei tão perdida desde que deixamos Guy que não sei onde estou nem para onde nos dirigimos. Na verdade, nunca fui muito boa nessas coisas. E até agora nunca senti que havia muito a ganhar com o conhecimento de onde um DeVeau pode estar se abrigando.

– Nada disso, moça, não se desculpe pelo que não é um defeito seu. Reclamei tanto porque percebi que há mais uma complicação e já temos o bastante em nossas mãos. – Nigel deu-lhe um beijo rápido e carinhoso. – Vá dormir, querida. Vamos chegar a Cherbourg logo. Estamos próximos, mas vai levar ainda um ou dois dias inteiros de viagem.

– Apenas um ou dois dias?

– Se não tivermos problemas, é isso mesmo – disse ele baixinho, antes de bocejar.

Gisele assentiu e passou a mão nos braços dele. O corpo de Nigel foi ficando mais pesado aos poucos, a respiração compassada e suave. Gisele sabia que deveria fazer o mesmo, pois precisava muito dormir, precisava do repouso necessário para enfrentar o que estava por vir, mas não sentia vontade. Em vez disso, olhou para as estrelas com uma sensação cada vez maior de inquietação, quase medo.

A princípio, pensou que estava ficando assustada, pois sabia que andavam perto das terras dos DeVeau. Em um ou dois dias, estariam no porto, onde com certeza os inimigos procuravam por eles. No entanto, enquanto pensava sobre os perigos que logo enfrentariam, percebeu que aquela não era a causa do seu medo crescente. Aquilo a preocupava, mas não era o que estava provocando lentamente o frio em sua barriga.

162

Nigel mudou de posição ao seu lado e mexeu a mão até alcançar seu seio. Ela olhou para ele, sorriu e então ficou paralisada. Por mais que tentasse, não conseguia abalar a convicção que subitamente inundava sua mente. Era Nigel que provocava aquela agitação. Mais precisamente, era o que ela agora sabia que sentia por aquele homem.

Gisele entendeu de imediato e sem sombra de dúvida que amava o homem que dormia em seus braços. Era um momento muito ruim para uma revelação daquelas, mas não era possível ignorar a verdade. Apesar de todos os esforços para desfrutar apenas da paixão que poderiam compartilhar e para manter seu coração inacessível, em segurança, pelo tempo que permanecessem juntos, de algum modo ela perdera o controle das emoções. Tinha numerosos indícios, grandes pistas de seus sentimentos, inclusive aqueles pensamentos ocasionais, tão tolos, em relação ao futuro, mas escolhera ignorá-los. Chegara a pensar que poderia apenas deixá-los de lado, como se fosse uma tarefa simples, para cuidar deles apenas no momento oportuno. Não podia mais participar daquele jogo.

Era um desastre completo, pensou ela, afastando-se dos braços dele. Nigel amava uma mulher na Escócia. Gisele tinha oferecido seu coração a alguém que não tinha nada para lhe dar em retribuição além de momentos de paixão. Dissera a si mesma que não pedia mais do que isso, e ele não demonstrara nenhum sinal de querer mudar as regras estabelecidas. Havia também o fato de que já experimentara o matrimônio e o achara um remédio muito amargo de engolir. Embora soubesse que Nigel não era em nada parecido com seu marido, não queria pensar em se ligar de novo a qualquer homem diante da lei ou de Deus.

De repente, todos os seus pequenos sonhos de ganhar o coração de Nigel não pareciam nada além das fantasias loucas de uma criança enamorada. Tinha sido uma tola, tentando alcançar algo que pertencia a outra de um modo inabalável. Gisele se sentiu extremamente vulnerável e indefesa. Não poderia suportar aquilo por nem mais um minuto. Tampouco conseguiria voltar a encarar Nigel, aterrorizada com a ideia de que suas emoções recém-descobertas pudessem ser lidas em seu rosto ou em seus olhos. Seria impossível ficar à vontade com aquele homem. Passaria todos os momentos do dia temendo se trair por uma palavra ou um gesto.

O único pensamento claro na cabeça de Gisele era que precisava se afastar de Nigel. Não seria tola a ponto de pensar que a distância tiraria a imagem dele de seu coração ou de sua mente, ou mesmo que eliminaria seus sentimentos, mas isso a impediria de fazer papel de completa idiota. Era desconcertante a ideia de segui-lo até a Escócia, de ficar presa em uma terra desconhecida com um homem a quem amava, mas que não poderia retribuir seu amor.

Gisele vestiu-se depressa e foi colocar a sela no cavalo, vigiando Nigel enquanto se preparava para partir. Uma parte de si dizia que era pura loucura sair daquele jeito, especialmente no meio da noite, mas outra parte dizia que seria loucura ficar. Era fácil demais se lembrar da forma com que ele havia falado da mulher que amava enquanto estava tomado pela febre e, pior, da forma com que havia falado sobre a recompensa por sua cabeça. Parecia que havia apenas duas opções possíveis: sofrer a dor de amar um homem que não poderia amá-la, que jamais a amaria, ou amar um homem que a trairia, que a levaria até os DeVeau e a venderia. As duas opções prometiam uma dor tão profunda que era capaz de fazer todas as outras dores que ela sofrera parecerem fracas em comparação. Deixar Nigel partiria seu coração, mas pelo menos ela seria capaz de sofrer longe de seus olhos.

Com cuidado, levou o cavalo para longe do acampamento e só depois montou. Não tinha ideia do destino, sabia apenas que precisava se afastar. Antes de conhecer Nigel, ela havia conseguido escapar dos DeVeau durante quase um ano. Voltaria a fazê-lo. Pelo menos agora podia alimentar a esperança de que sua família em breve a libertaria daquela aflição.

Enquanto encontrava o caminho na floresta escura, que aos poucos rareava, ela tocou no cabo da espada e suspirou. Tinha deixado para trás provavelmente o único homem no mundo civilizado e cristão disposto a lhe ensinar uma habilidade só acessível aos homens. Era possível que também tivesse deixado para trás o único homem capaz de provocar a sua paixão. Gisele sentiu um desejo irresistível de voltar e de se abrigar nos braços de Nigel, mas cerrou os dentes e seguiu em frente. A cada passo que a levava para longe, a dor e a saudade se tornavam mais fortes e ela sabia que resistir seria uma batalha longa e difícil. Seguiu com dificuldade, rezando para que aqueles sentimentos se amenizassem em breve, pedindo que Nigel se tornasse não mais do que uma doce lembrança. Caso contrário, deixá-lo poderia ser facilmente a escolha mais dolorosa que ela já havia feito, uma decisão que a atormentaria pelo resto da vida.

164

CAPÍTULO DEZESSEIS

Nigel franziu a testa quando acordou e não viu nenhum sinal de Gisele. A preocupação tornou-se dez vezes maior depois que ele foi para trás das árvores cuidar de suas necessidades pessoais e, ao voltar ao acampamento, percebeu que ela não estava por perto. Depois, viu que o cavalo dela tinha desaparecido e sentiu uma pontada de medo no coração.

Ao mesmo tempo que se apressava para levantar acampamento e preparar os animais, ele procurava algum sinal do que acontecera enquanto dormia. Não podia acreditar que tivesse continuado adormecido enquanto os inimigos atacavam ou levavam Gisele, nem que os DeVeau pudessem deixá-lo vivo para ir atrás deles. Com certeza, Gisele não teria se rendido sem barulho, nem facilitaria as coisas. No entanto, não encontrou sinal de sangue, nem de luta ou nada que indicasse a visita de alguém ao acampamento.

Devagar, chegou à conclusão aterradora: Gisele havia partido sozinha, por vontade própria. Ficou perto dos cavalos, fitando o local sem entender direito o que seus olhos lhe mostravam. Todos os instintos lhe diziam que ela havia fugido, mas, quando se perguntava o motivo, não encontrava respostas.

Como ela podia fazer amor de modo tão ardente e desaparecer no minuto seguinte? Como podia partir sozinha e arriscar ser descoberta e capturada quando estavam tão próximos do objetivo, tão próximos de ir para a Escócia e experimentar a segurança pela primeira vez em um ano ou mais? Ela havia confessado ter pouco senso de direção, portanto parecia pura loucura sair sem guia. Tentou pensar em algo que pudesse ter feito ou dito para magoá-la ou ofendê-la, para deixá-la transtornada a ponto de sumir sem uma palavra de adeus. Não havia nada. Era verdade que ele fizera amor avidamente com ela sempre que pudera e nunca falara de amor, mas ela disse que não estava pedindo isso. Com toda a certeza, ele não vira nenhum sinal de infelicidade ou insatisfação.

Quanto mais tentava compreender o motivo de sua partida, menos sentido fazia. Ao mesmo tempo que temia por sua segurança, sentia crescer dentro de si uma raiva lenta e feroz. Havia jurado lutar por ela e defendê-la. Tinha feito o melhor para cumprir o juramento desde que Guy a deixara sob seus cuidados. Ela lhe devia uma explicação sobre aquela fuga.

Montou no cavalo e começou o lento trabalho de rastreá-la. Gisele não podia simplesmente ir embora, abandonar o que viviam juntos, e não tinha o direito de pôr sua vida em perigo depois de tudo o que ele havia feito para mantê-la viva. Recusava-se a crer que o amor intenso da noite anterior havia sido sua forma de se despedir ou que ela correria o risco de ser capturada por hordas cada vez maiores de gente à sua procura sem ter um bom motivo. Nigel jurou que a encontraria e receberia as respostas que procurava logo depois de botar algum juízo na cabeça dela.

Gisele puxou as rédeas no alto de uma pequena colina e fitou os campos que se estendiam lá embaixo. Seria difícil atravessar uma área tão vasta e aberta sem ser vista ou sem que a parassem e a questionassem, caso fosse avistada. Ao umedecer um trapo com um pouco de água do cantil e tirar o suor e a poeira do rosto e do pescoço, ela pensou na forma como Nigel sempre encontrara áreas protegidas para os dois viajarem. Um pouco de sombra seria muito bem recebido naquele momento, assim como um abrigo onde se esconder. Ela suspirou. Ao contrário dela, Nigel sempre soube para onde estavam indo. Com relutância, confessou a si mesma que estava apenas andando a esmo, pedindo a Deus ou a algum anjo bom que a levasse na direção certa.

Já sentia a falta de Nigel desde o momento em que deixara o acampamento, poucas horas antes. Bastou saber que ia deixá-lo para começar a sentir saudade e querer estar com ele. Foi preciso usar toda a sua força de vontade para resistir a não dar meia-volta e retornar para junto dele. Foi preciso repetir muitas e muitas vezes os motivos que tinha para partir, reafirmar a validade deles em sua mente confusa. Mas, quanto mais se afastava, menor parecia ser o peso desses motivos.

Não valia a pena sofrer um pouquinho para experimentar aquela doce paixão que compartilhavam? E havia também o modo como conversavam e como riam juntos, mesmo quando estavam em silêncio. Aproveitar uma relação de companheirismo tão rica não valia um pouco de dor?

– Minha Nossa Senhora – balbuciou ela –, estou completamente indecisa.

Depois de respirar fundo para acalmar o ritmo de seu coração e clarear sua mente, ela descobriu que podia encontrar alguma graça na própria confusão. Num momento, convencia-se de que tinha que se afastar de Nigel, de que não havia opção. No seguinte, convencia-se de que não havia mal em voltar para ele. Infelizmente, a segunda opção parecia muito mais fácil do que a primeira. Aquilo a deixava hesitante, o que era perigoso. Estava se colocando numa posição vulnerável, que lhe permitiria ser encontrada por Nigel se ele escolhesse ir atrás dela ou descoberta por seus inimigos.

Ocorreu a Gisele que ela havia perdido algumas das habilidades que a ajudaram a se manter viva por quase um ano, antes de conhecer Nigel. Tinha passado a contar com ele, dera a ele um grande poder sobre sua vida e sua liberdade. Aquilo deveria alarmá-la, sobretudo por ainda não ter provas concretas de que podia confiar nele. O fato de ser um grande amante não era exatamente uma confirmação de sua confiabilidade.

Depois de olhar para trás mais uma vez, ela começou a descer a colina. Estava razoavelmente segura de que seguia a direção certa para alcançar a prima Marie, embora soubesse que confiar no seu terrível senso de direção poderia ser um erro. A mulher a ajudara certa vez e talvez estivesse disposta a ajudá-la de novo, mesmo que pouco fizesse. A rota mais direta para chegar era atravessando os campos. Embora fosse perigosamente exposta, os demais caminhos que contornavam os campos também eram arriscados. E se escolhesse esse percurso, ficaria exposta por menos tempo.

Na metade do caminho, ela percebeu que cometera um grave erro. Havia uma dezena de homens à sua frente, e ela nem precisava ouvir seus gritos triunfantes para saber que eram aliados dos DeVeau e que tinha sido reconhecida. Deu meia-volta com o cavalo e fez com que galopasse, desesperada para encontrar algum lugar onde pudesse se esconder até o perigo passar.

Um homem a alcançou, cavalgando ao seu lado e tentando agarrar suas rédeas. Ela sacou a espada e o atingiu. Embora não tivesse ferido o homem, batendo com a lâmina da espada em vez de furá-lo com a ponta, ela o surpreendera, fazendo com que se afastasse e tivesse dificuldade para se manter na sela. Segurando bem o pescoço do cavalo, ela fez com que o animal aumentasse a velocidade e subisse a toda a pequena colina que acabara de descer. Podia ver que havia árvores a oeste, da direção de onde viera, mas não sabia ao certo se conseguiria alcançá-las a tempo para despistar os perseguidores.

Ao entrar na pequena floresta, ela ouviu um grito dos homens e percebeu que estavam perigosamente próximos. Embora fosse imprudente manter um ritmo tão veloz naquelas condições, ela diminuiu a velocidade só um pouco e continuou ziguezagueando entre as árvores. Os sons produzidos pelos perseguidores distanciaram-se ligeiramente e ela procurou um lugar para se esconder.

À direita, encontrou uma pequena elevação, um monte de terra, e dirigiu-se para lá. Mal puxara as rédeas e já saltara da sela, colocando o cavalo atrás de si. Era um esconderijo ruim, mal servia para esconder sua montaria, mas não havia muitas opções. Ela se apoiou no tronco cheio de nós de uma velha árvore e tentou recuperar o fôlego, esforçando-se para ouvir os homens que a perseguiam e descobrir onde estavam pelos sons que produziam.

Devagar, começou a se acalmar, os batimentos de seu coração e a respiração se tornaram menos acelerados e dolorosos. Ainda ouvia os homens, mas nenhum deles parecia estar indo na sua direção. Se permanecesse imóvel e silenciosa, talvez passasse despercebida, talvez seguissem em frente pensando que ela continuara a correr pela floresta.

Bem no momento em que começou a achar que havia escapado, ouviu o som de passos atrás de si. Com a espada na mão, Gisele girou, praguejou e viu o homem alto e esguio que estava ali. Para seu azar, um dos cães dos DeVeau era suficientemente habilidoso para caçar sua presa. O homem olhou para ela, depois para a espada e abriu um grande sorriso maroto. Gisele não gostou de descobrir que a maioria dos homens realmente acharia graça ao encontrar uma mulherzinha com uma espada na mão. Rezou para conseguir se sair bem o suficiente e mostrar que não era uma piada.

– Tem bancado o rapaz por tanto tempo que agora pensa que é um? – perguntou ele, ao desembainhar a espada e começar a rodeá-la.

– Posso ser pequena, mas esta espada não é pesada demais para minha mão e é bastante afiada.

– Estou tremendo de medo.

– Logo estará *morto*.

– Tomou gosto por matar homens, não é?

Ele atacou e seus olhos escuros se arregalaram ligeiramente quando ela bloqueou o golpe com habilidade.

168

– Tomei gosto por ficar viva – disse ela, mantendo a voz baixa e calma, ocultando o medo muito concreto que sentia.

– Aproximei-me de você desarmado, com a espada na bainha. Não estou planejando matá-la – disse ele em voz baixa, obviamente tentando convencê-la a se entregar.

– Talvez não tenha a intenção de fazer isso com as próprias mãos, mas pretende me entregar para aqueles que o farão.

Ela neutralizou depressa outro golpe dele.

– Assassinou um DeVeau, o mais importante deles, o conselheiro do rei. Mas pretendo levá-la para enfrentar a justiça.

– Um DeVeau não saberia o que é justiça mesmo que ela criasse pernas, o perseguisse e cuspisse na cara dele.

O homem sorriu e a atacou com fúria. Gisele lutou bem, tentando se lembrar de tudo o que Nigel lhe ensinara sobre o que deveria observar e como dar um contragolpe. Começava a achar que tinha uma chance, embora bem pequena, de ganhar, quando sentiu uma dor intensa, atordoante, na parte de trás da cabeça. Ela gritou, perdendo o equilíbrio com a força do golpe. A espada foi ao chão quando ela levou as mãos à cabeça e tombou de joelhos. Gritou de dor quando o homem que a atingira por trás segurou com força seu braço e fez com que se levantasse.

– Eu bem que estava gostando do meu pequeno combate – disse o oponente de Gisele ao pegar sua espada.

– Não pude acreditar nos meus olhos quando dei a volta na colina e vi que estava lutando com essa cadela – disse o homem baixo e atarracado que a mantinha presa.

– Estava revelando uma habilidade interessante. Alguém lhe ensinou muito bem, Louis.

– Provavelmente foi aquele escocês idiota com quem ela se amasiou. Você deveria ter apenas matado a mulher e acabado com o assunto, George.

– Mandaram-me encontrá-la, não executá-la – disse George com uma voz dura e fria. – Se DeVeau quer vê-la morta, deixe que ele mesmo suje as mãos de sangue.

– Ele não será tão bondoso quanto você. Ela mutilou o primo dele.

– Vachel odiava o primo Michael. Seu luto se deve ao fato de que, enquanto ela viver, ele não pode garantir o direito a toda a herança, como sucessor. E agora precisam de outra pessoa para ficar junto do rei.

– Deveria ser mais cuidadoso com o que fala, George. Vachel DeVeau lida com severidade com aqueles que ele acredita que estão contra ele.

– Serei agradável nas palavras e no comportamento quando encontrá-lo. Vou recolher a recompensa que me deve e partir desse lugar amaldiçoado. – Ele franziu a testa para Gisele. – Onde está o escocês?

– Ele não está mais viajando comigo – respondeu Gisele, rezando para que deixassem Nigel em paz.

– Também o matou? – resmungou Louis, começando a se afastar da colina, praticamente arrastando-a junto.

– Nunca matei ninguém – retrucou ela, sabendo que não era bem a verdade.

O homem que ela matara para salvar a vida de Nigel poderia perfeitamente ser amigo ou parente de um daqueles sujeitos. Ela resolveu que era melhor manter o segredo.

– Não é a história que os DeVeau contam.

– E cada palavra saída daqueles lábios frios é a mais pura verdade, não é? É mais tolo do que parece se acredita nisso.

Ela praguejou de dor quando ele a empurrou com força.

Com o canto do olho, percebeu que George franzia a testa, a expressão sombria revelando todas as suas dúvidas. Gisele imaginou se poderia encontrar um aliado ali, depois disse a si mesma que não deveria ser tão tola e criar falsas esperanças. O homem queria a recompensa oferecida por sua cabeça. Poderia ser por pura ganância, mas também poderia ser por alguma necessidade extrema de dinheiro – uma necessidade tão desesperadora que ele estaria disposto a sacrificar uma vida por isso. Havia também o fato de que qualquer um que a ajudasse estaria assumindo um risco. E não havia muita gente disposta a arriscar a vida por uma mulher desconhecida, uma mulher que podia ser uma assassina.

Ela examinou os outros homens, que ficaram perto dos cavalos de Louis e George. Era um grupo com semblantes endurecidos, agressivos. Cada um deles a olhava sem o menor sinal de simpatia ou desconforto. Nigel dissera que ela era bonita, mas estava claro que não era bonita o bastante para despertar brandura em nenhum daqueles homens. Dali não receberia qualquer ajuda.

– Não tente bancar a inocente comigo – rosnou Louis enquanto tirava uma corda da sela e amarrava com força as mãos de Gisele atrás das

170

costas. – Não me importo se matou o desgraçado ou não. Sir Vachel a quer, e entregá-la é o que pretendo fazer – disse, jogando-a sobre a sela e montando atrás dela.

– Sir Vachel obviamente está cercado de pequenos servos obedientes e desmiolados – murmurou ela, soltando um grito de dor quando ele desferiu um golpe na sua cabeça que a deixou com um zumbido no ouvido.

– Se deseja se defender, deixe para implorar diante dele.

– Nunca daria a um DeVeau o prazer de me ouvir implorar.

– Começo a achar que matou o marido cortando-o em pedacinhos sanguinolentos com a sua língua – balbuciou Louis. – Melhor ficar em silêncio, mulher. Vachel a quer viva, mas não disse que tinha que estar inteira e ilesa.

Gisele abriu a boca para dizer algo, mas viu George balançando a cabeça e decidiu se calar. Dizer o que pensava talvez diminuísse o medo e a raiva que a consumiam, mas não lhe faria nenhum bem chegar desacordada à propriedade de sir Vachel. Se isso acontecesse, não estaria apenas incapaz de tentar usar a astúcia para sair de suas dificuldades, mas também poderia deixar passar alguma pequena oportunidade de fuga ou estar fraca demais para aproveitá-la. Sabia que podia estar indo ao encontro da morte, mas decidiu que seria melhor enfrentar até isso com clareza. Não seria uma morte digna se fosse arrastada até o inimigo surrada e calada, fraca demais para balbuciar suas últimas palavras antes de ser executada.

Atravessaram campos, passaram por uma densa aglomeração de árvores e surgiu diante deles uma grande fortaleza, de muros espessos e altos, muito imponente. Gisele praguejou em silêncio. Parecia que estava prestes a entrar pelos portões de sir Vachel. Se sobrevivesse àquela catástrofe, ia ter que aprender a se orientar, pelo menos o suficiente para saber aonde não ir. Via que tinha sido tola em deixar que suas emoções a afastassem de Nigel e de sua proteção, que tinha sido pura insanidade partir sozinha quando possuía uma habilidade tão imensa para se perder.

– Quando a vimos cavalgando com tanta audácia pelos campos de sir Vachel, achamos que estava vindo se render – disse George.

– E roubar-lhe a chance de coletar algum dinheiro sujo de sangue? – respondeu ela, com a voz rouca pela fúria diante da própria estupidez.

171

George apenas ergueu uma das sobrancelhas e a fitou por um momento antes de falar.

– Parecia a única explicação para se aproximar tanto depois de permanecer livre e escondida durante um ano.

Havia um toque de admiração em sua voz grave, mas Gisele estava muito deprimida para se sentir lisonjeada.

– Pois bem, tenho outra explicação. Seria bom, se tirasse um pouco da glória que pode achar que conquistou depois de capturar esta assassina desesperada, mas é provável que me faça apenas parecer uma imbecil. Eu me perdi – disse ela dando de ombros.

Ele arregalou os olhos.

– Você se perdeu?

– Eu me perdi. – Ela fitou os imensos portões de ferro que estavam prestes a atravessar. – Totalmente perdida – cochichou.

Ela rezou para que Nigel não estivesse procurando por ela, que tivesse descoberto sua partida e decidisse ir embora. Tinha jurado protegê-la e era um homem que encarava suas promessas com muita seriedade, mas Gisele tinha certeza de que o havia ofendido profundamente ao fugir no meio da noite, sem dizer uma palavra. Rezava para que a indignação o obrigasse a desistir dela. Aquela fortaleza era robusta e bem guardada. Se ele tentasse tirá-la da armadilha, podia facilmente ser morto, e a última coisa que queria enfrentar ao morrer era a constatação de que sua estupidez também custara a vida de Nigel.

Nigel fitou os campos e fez uma careta. Todo aquele terreno descampado o deixava inquieto, mas estava claro que não havia mostrado a Gisele toda a extensão do perigo. Olhou para baixo, para a terra revolvida, e soltou um xingamento. Alguma coisa havia acontecido naquele lugar, e ele tinha a terrível sensação de que um desastre acometera Gisele.

Seguira seu rastro até aquele lugar, vendo facilmente as marcas bem distintas dos cascos de seu cavalo. Em algum momento chegou a pensar que deveria procurar o ferreiro que havia colocado no animal aquela ferradura marcada e lhe dar um presente. O fato de que um dos cascos da montaria de Gisele deixava no chão uma marca semelhante a um relâmpago tornava sua tarefa ridiculamente simples. Se conseguisse livrá-la dos problemas dessa vez, teria que consertar aquilo. Se ele reconhecia a marca e podia segui-la facilmente, outros fariam o mesmo.

Ele desmontou e estudou os sinais no solo com mais cuidado. Foi puxando o cavalo atrás de si enquanto caminhava pelo bosque, seguindo os rastros até o pequeno monte onde Gisele havia tentado se esconder. Ali ele enxergou sinais de luta. O breve momento de alarme diminuiu quando percebeu que não havia sangue, mas ele sabia que ela não estava em segurança. Dois homens estiveram ali. Fora levada, mas com vida. Só queria saber quando aquilo ocorrera e se continuava viva. Seria fácil descobrir seu paradeiro, pois levaram seu cavalo. Tudo o que precisava era seguir as marcas.

Só de pensar que Gisele podia estar morta, que os DeVeau podiam ter vencido, sentiu calafrios percorrerem sua espinha. Reconheceu o horror daquela ideia penetrando-lhe o coração. Não podia acreditar que Deus permitiria tamanha injustiça, e se agarrou a esse pensamento. Deus e a boa sorte haviam mantido aquela mulher viva por um ano, ainda que tanta gente a procurasse. Era preciso que a mantivessem viva um pouquinho mais, o suficiente para que ele a livrasse do perigo. Qualquer outra possibilidade era simplesmente impensável.

Depois de respirar fundo para se acalmar. Nigel voltou a ler as pistas. Quando se viu de novo no alto da pequena colina observando os campos, entendeu tudo o que se passara. Sua inquietação com aquele terreno aberto havia sido justificada, pois quando Gisele atravessava aquelas terras, desprotegida, foi vista pelos DeVeau. Ela foi perseguida e finalmente capturada no bosque onde procurara abrigo. Em seguida os DeVeau atravessaram os campos, levando o cavalo dela junto aos seus.

Os campos lá embaixo eram ainda mais perigosamente expostos do que a pequena colina. Seria mais rápido e mais fácil se ele seguisse aquela trilha, mas correria o risco de encontrar o mesmo destino que Gisele. Os DeVeau sabiam que ela estava na companhia de um escocês. Havia risco até mesmo em permanecer ali, totalmente visível, no alto da colina coberta de musgo enquanto ponderava.

Dirigiu-se depressa em direção às sebes altas que cercavam o descampado. Elas ofereciam algum abrigo. Nigel decidiu que as seguiria até voltar à trilha. Era difícil, mas ele avançava devagar, conduzindo o cavalo como se não tivesse pressa, como se fosse apenas um viajante cortês o bastante para não pegar o caminho mais curto e danificar os campos recém-plantados.

Ao começar sua busca por Gisele, Nigel se sentira dividido. Ela o deixara por conta própria, de modo furtivo, no meio da noite. Um homem sensato interpretaria aquilo como uma rejeição evidente – o que realmente devia ser –, mas Nigel começava a entender que ele não era muito sensato quando se tratava de Gisele. Tentara dizer a si mesmo que o juramento feito o impelia a caçá-la, que não passava de uma questão de honra, mas sabia que não era bem assim. Afinal de contas, ela dispensara seus serviços ao partir. Ninguém o condenaria se ele simplesmente desistisse e fosse para casa.

Nigel precisava aceitar a verdade. Correra atrás de Gisele porque a queria de volta. Também queria ter certeza de que estava em segurança, embora essa não tivesse sido sua principal preocupação no primeiro momento. Ela conseguira se manter sã e salva por um ano antes de encontrá-lo. As preocupações com sua segurança só apareceram depois que ele identificara indícios de problemas.

Nigel estava tão confuso na mente e no coração que sua cabeça chegava a doer. Colocou toda a responsabilidade por aquele desconforto sobre os belos ombros de Gisele. Ela o presenteara com a paixão mais doce e mais selvagem da sua vida e depois partira sem dizer uma palavra. Não sabia o que sentia por ela – nem mesmo se poderia confiar nos próprios sentimentos –, no entanto, assim que descobriu que ela não estava ao seu lado, entrara em pânico. Parecia que um pedaço de seu coração havia sido arrancado, e aquilo devia ter algum significado. Ele sabia muito bem.

Um sorriso se abriu em seu rosto e Nigel balançou a cabeça. Ele e Gisele precisavam de alguém bem mais sábio do que eles que os fizesse entender o que viviam. A intuição lhe dizia que ela também sofria de confusão e dúvidas. Um pouquinho vingativo, Nigel tinha esperanças de que estivesse sofrendo tanto ou mais do que ele. Se ia ficar atormentado, era bom que ela também se sentisse assim.

Ao chegar ao lado do campo oposto à pequena colina, ele encontrou os rastros que procurava. Com cautela e uma sensação ruim na boca do estômago, seguiu sua pista até uma pequena e densa mata. Os rastros contornavam as árvores, mas Nigel passou por dentro, acolhendo as sombras. No momento em que viu o que se encontrava do outro lado, ficou paralisado.

– Então foi direto para as mãos deles, não foi, meu amor? – murmurou.

Ele rogou uma praga e prendeu os cavalos no galho de uma árvore. Sentou-se no solo coberto de folhas e fitou a fortificação diante de si. Nigel sabia que ela se encontrava ali e que aquela era uma fortaleza dos DeVeau. Todos os seus instintos lhe diziam isso. Gisele o deixara e fora direto para o terreno do inimigo.

Por um breve momento, perguntou a si mesmo se aquela havia sido a sua intenção. Ela se mostrara cada vez mais preocupada com o perigo para o qual o arrastava. Sentira-se profundamente culpada quando ele se ferira. Nigel achava que a tinha curado de tudo aquilo, mas podia ter se enganado. Talvez, num gesto louco de bravura, ela tivesse chegado à conclusão de que a única forma de interromper a perseguição dos DeVeau a ele seria rendendo-se.

– Não – sussurrou. – Gisele não é tão tola.

Enquanto dizia essas palavras, ele soube que eram verdadeiras. Gisele poderia fazer algo parecido se fosse sua única opção, se algum dos DeVeau empunhasse uma espada contra seu pescoço e dissesse que precisava escolher entre a vida dele e sua rendição. Porém não havia nenhuma ameaça semelhante. Ainda existiam algumas opções. O primo David lhe dissera que a maior parte de sua família passara a acreditar em sua inocência, e ela podia ter procurado algum de seus parentes para pedir ajuda. Gisele tinha um espírito forte demais para simplesmente desistir, tinha muita vontade de viver para se entregar àqueles que queriam vê-la morta.

Nigel precisava de um plano para tirá-la dali. Quanto mais tempo fitava a fortaleza, mais se convencia de que só podia estar maluco por pensar que seria possível libertá-la. No momento em que tentasse alcançá-la, seria encontrado e morto ou posto ao seu lado no cadafalso. Era uma construção reforçada, bem armada. Parecia impenetrável.

Ele balançou a cabeça. Assim como qualquer pessoa, toda fortaleza tinha um ponto fraco. Eram construídas por gente, afinal de contas. Sempre existia alguma passagem secreta, caso quem estivesse dentro ficasse preso e quisesse sair. Às vezes, as próprias defesas eram fracas. Se os homens nos portões e nas muralhas se sentissem seguros demais, se fizesse muito tempo desde a última luta para defender a fortificação, poderiam ter se tornado desleixados na vigilância. Nigel sabia que tudo o que precisava era de um momento de desatenção. Então ele conseguiria entrar.

Foi difícil abafar completamente o gemido de frustração que emitiu lentamente. Ele pôs as mãos na cabeça. E o que faria depois de entrar? Suas vestimentas não o denunciariam, mas, se precisasse falar com qualquer um, seu forte sotaque logo revelaria que não era um dos homens de De-Veau. Havia também o problema de encontrar Gisele, livrá-la do buraco onde devia ter sido jogada e retirá-la da fortaleza.

Nigel voltou a olhar para a construção. Aquilo era uma loucura. Não havia nada que pudesse fazer, nenhum plano que não estivesse carregado de perigo para ele e Gisele. Um homem mais sensato aceitaria a derrota, choraria a perda da mulher, se arrastaria para casa com o rabo entre as pernas. Nigel suspirou, resignado, e balançou a cabeça, pois sabia que ficaria ali até apodrecer ou até que alguma ideia lhe ocorresse. Rezou para descobrir uma forma de libertar Gisele antes que ela fosse obrigada a pagar com a vida por um assassinato que não havia cometido.

CAPÍTULO DEZESSETE

*L*ouis arrastou Gisele para o grande salão enquanto George seguia os dois em silêncio. Ela praguejou quando foi empurrada na direção do homem alto e esguio sentado numa enorme cadeira na cabeceira da mesa. Louis jogou-a com tanta força que ela tropeçou e mal conseguiu se endireitar antes de cair no colo do homem. Gisele respirou fundo para se acalmar, ajeitou a roupa e o encarou.

O coração pareceu parar de bater por um segundo. Seu sangue ficou gelado. Por um momento, achou que olhava para o marido. Logo afastou aquela ideia maluca. Não havia absolutamente dúvida de que Michael estava morto. Ela vira o corpo. Aquele devia ser Vachel, mas a semelhança entre ele e o primo era tanta que a deixou apavorada. Vachel era alto, quase delicado em sua magreza, quase belo. Tinha os mesmos traços perfeitos que seu falecido marido, a mesma pele perfeita, até mesmo o cabelo longo e denso, negro como as asas de um corvo. Quando encontrou forças para olhar em seus olhos, sentiu-se mal. Vachel também tinha os mesmos olhos bonitos, escuros e frios, olhos que mostravam aquela perversidade ardilosa que ela encontrara em Michael.

– Enfim nos encontramos, prima – disse ele com uma voz arrastada, grave, suave, quase musical. – Seria muita ousadia de minha parte se lhe dissesse que sua aparência não é das melhores?

– Isso fere meu coração – respondeu ela, do mesmo jeito arrastado, antes de conseguir se abaixar a tempo de evitar mais uma pancada na cabeça desferida por Louis.

– Não toque nela – ordenou Vachel.

A própria Gisele se sentiu inclinada a dar um passo atrás ao ouvir aquela voz gélida. Ao olhar Louis de relance, percebeu que o homem havia ficado um pouco pálido. Tinha recuado dois passos e segurado as mãos às costas, numa demonstração de obediência.

Havia pelo menos uma diferença entre Vachel e seu marido, observou Gisele ao olhar o senhor do castelo. Michael teria pulado sobre o homem, dando-lhe uma surra até que ficasse desacordado. Sabia no fundo do coração que Vachel tinha a mesma natureza violenta, mas aprendera a refiná-la, a imbuir sua voz de violência sem precisar gritar ou erguer o punho. Sabia que isso tornava Vachel bem mais perigoso do que Michael jamais havia sido. Aquilo também o tornava mais perverso e assustador. A crueldade de Michael se traduzia nos acessos de fúria ou em um tipo muito evidente de loucura, executada cegamente, sem premeditação nem planejamento. Vachel conseguia permanecer calmo e agir com completo conhecimento da crueldade que estava infligindo, sabendo como torná-la o mais horripilante possível.

– Teme que ele possa me matar antes de você? – perguntou ela, determinada a não vacilar diante daquele DeVeau.

Já fizera isso uma vez e descobrira que era inútil, além de ter um gosto amargo.

– E o que a faz acreditar que vou matá-la? – perguntou Vachel, observando-a pela borda de um cálice de prata ricamente ornamentado enquanto tomava um gole da bebida.

– Fui condenada à morte desde que deixei a casa de seu primo. Minha sentença teria sido alterada enquanto estava escondida?

– Sua sentença, sua punição por dar fim à pobre e miserável vida de Michel, será a que eu decidir.

Gisele estremeceu, rezando para que o medo que sentia não ficasse evidente em seu rosto. Suspeitava que Vachel pudesse fazer a morte lenta e asfixiante por enforcamento parecer misericordiosa. Ia ser muito difícil manter aquela bravata. Vachel a aterrorizava bem mais do que fizera seu marido brutal.

– Senhor – chamou George, colocando-se ao lado de Gisele –, fui informado de que haveria uma recompensa pela cabeça desta mulher.

– Claro, devemos cuidar dos negócios antes de nos dedicarmos aos pequenos prazeres – murmurou Vachel, fazendo sinal para um homem de aparência impassível, sentado à sua direita, que deixou o salão rapidamente, sem dizer uma palavra.

Prazeres?, pensou Gisele, repetindo em silêncio aquela palavra na própria mente. Soava assustador. Descobriu quão abalada estava ao tentar se acalmar pensando que Vachel era um daqueles homens doentes que apreciariam o espetáculo do enforcamento de uma mulher. Se esse era o menor dos horrores que ele poderia lhe infligir, ela preferia não pensar no pior. Pensamentos assim poderiam facilmente consumir todo o pequeno domínio que ela ainda tinha sobre a própria coragem.

O lacaio de Vachel voltou com um pequeno saco de moedas e entregou-o para George, que teve a sabedoria de não olhar o conteúdo e correr o risco de insultar Vachel com uma demonstração de desconfiança. Quando George se preparava para sair, encontrou o olhar de Gisele. Ela viu aquele ar de dúvida em seu rosto, mas ele logo desviou os olhos e saiu depressa do grande salão. Não importava, pois mesmo que pudesse ter encontrado alguma utilidade para tal dúvida, de nada adiantaria naquele momento. George partiria em breve. Louis olhou para ele, obviamente ponderando se aguardar a dispensa de Vachel lhe custaria sua parte na recompensa.

– Melhor se apressar, Louis – provocou Vachel. – George pode se esquecer de lhe dar a quantia que merece. – Ele sorriu com frieza enquanto Louis saía do salão e em seguida olhou para seu lacaio, sentado de novo à direita.

– Quantos você acha que sobreviverão à briga pela recompensa, Ansel?

– Metade – respondeu Ansel, com uma voz que era apenas um pequeno sussurro rouco.

Vachel voltou toda a atenção para Gisele e surpreendeu-a olhando com curiosidade para o musculoso Ansel.

– As mãos de meu pai no pescoço dele deixaram sua voz assim para sempre. A lealdade de Ansel é absoluta. Ele se opôs quando meu pai tentou me surrar até a morte por ter dormido com sua terceira esposa.

A maldita curiosidade quase levou Gisele a perguntar o que fizera o pai dele parar antes de matar Ansel, mas ela logo caiu em si.

– Se está tentando me chocar com histórias de depravação, não desperdice seu fôlego. Deve lembrar-se de que fui casada com seu primo.

– Michael não passava de uma sombra do que eu sou.

– Especialmente agora – murmurou ela.

O riso suave dele a assustou.

– *Oui*, Michael não é mais o homem que costumava ser. Deve tê-lo amarrado à cama num de seus torpores alcoólicos. Mesmo Michael teria conseguido se livrar de uma mulherzinha minúscula como você.

Gisele revirou os olhos num gesto de frustração, cansada.

– Não matei Michael.

– Por tudo o que ouvi, não fazia segredo de seu ódio.

– Odiá-lo está longe de ser o mesmo que amarrá-lo, decepar seu membro e obrigá-lo a engolir para depois cortar sua garganta.

– Verdade? Sempre achei que o ódio e o assassinato são muito compatíveis. E parece um modo bastante adequado para uma esposa matar um marido.

– Pode pensar que sim.

Gisele sabia que não havia como convencer o homem, que ele pensava de uma forma perversa e malévola que ela nem poderia imaginar.

– Posso. Bem mais interessante que o veneno ou que contratar alguém para enterrar uma faca nas suas costas. – Ele olhou para Ansel e ordenou: – Leve-a a um quarto para se banhar e colocar um vestido.

– Quer que eu esteja limpa e adequadamente vestida antes de me enforcar? – perguntou ela quando Ansel se levantou, se aproximou dela e a pegou pelo braço.

– Sua aparência é muito inadequada, Gisele. Não seria desejável chocar as pobres pessoas presentes à sua execução, não é?

– Ah, claro. Tem toda a razão – balbuciou ela enquanto Ansel a arrastava para fora do salão.

Gisele não compreendia o que estava acontecendo e isso a amedrontava. Se Vachel ia simplesmente executá-la, por que se importaria com sua limpeza e com seus trajes? Desconsiderou suas frias palavras de explicação. Eram apenas um chiste perverso. Até onde ela podia perceber, havia realmente um único motivo para que ele a quisesse limpa e vestida como uma mulher. Vachel possivelmente compartilhava do gosto do primo pelo estupro.

Ansel jogou-a num grande cômodo, onde agarrou uma criada tímida pelo braço e cochichou algumas instruções antes de fechar a porta. Gisele ignorou o musculoso e silencioso Ansel, que permaneceu fazendo a guarda, e olhou em volta. Seu medo aumentou. Era o quarto de um homem e, embora ela quisesse muito estar errada, sabia que era de Vachel.

Por um breve momento, cogitou se ele lhe ofereceria a liberdade em troca de seus favores. Logo depois lembrou-se de quem era a pessoa com quem estava lidando. Encolheu-se porque tremia, mas nada afastaria aquele medo gelado. Se julgava Vachel corretamente, ele a olhara, decidira que a queria e pretendia usá-la até se cansar. Em seguida a executaria pelo assassinato do primo. Ela suspeitava que essa era uma forma muito prática de arranjar uma amante e se livrar dela quando se entediasse. Vachel apreciaria a simplicidade daquilo tudo.

Voltou a examinar o quarto, mas não encontrou um meio de escapar. Bastava olhar uma vez para Ansel para ter certeza de que nunca obteria qualquer ajuda dele. Vachel lhe afirmara que sua lealdade era absoluta. Ela acreditava. A única esperança era a fuga, pois sabia que Vachel não demonstraria misericórdia. Porém, a menos que houvesse algum milagre, ela ficaria presa naquela armadilha. Gisele lutou contra a vontade de chorar, indefesa, pois não queria que Ansel percebesse. Ele contaria a Vachel e ela tinha certeza de que o homem encontraria prazer em sua tristeza e seu medo.

Quando a banheira chegou, ela observou com atenção o movimento das criadas que a enchiam de água quente. As mulheres estavam silenciosas, a cabeça baixa, o espírito alquebrado. Nenhuma delas ofereceria qualquer ajuda. Com a banheira cheia, as criadas desapareceram. Ela se virou e olhou para Ansel.

– Poderia ao menos virar de costas – disse.

O medo lhe fazia perder a paciência. Ele também pretendia se aproveitar dela?

– *Non* – rosnou.

– Não vou me despir na sua frente.

– Vai, sim, ou eu mesmo cuidarei disso.

Gisele hesitou por um momento, e Ansel deu um passo em sua direção. Trêmula de constrangimento, ela deu as costas para ele e tirou a roupa.

No momento em que estava pronta para entrar na banheira, ele a agarrou pelo braço e a virou. Gisele ficou rígida. Ele a examinava como se ela fosse um pedaço de carne pronto para ser servido na mesa de seu senhor. A fúria que sentiu ao se sujeitar àquela indignidade consumiu seu medo por um momento. Quando ele a soltou, Gisele o amaldiçoou e entrou na banheira. Ignorou-o com facilidade depois disso, e tomou banho como se estivesse sozinha no aposento.

Assim que saiu da água e se secou com um pano macio, Ansel lhe apontou as roupas que uma das criadas deixara sobre a cama. Não queria vesti-las, pois parecia que estava aceitando seu destino. Infelizmente, haviam levado suas roupas de rapaz, e a única alternativa era permanecer nua. Depois de vestida, Ansel voltou a examiná-la, assentiu e então deixou-a sozinha. Ela tremeu ao ouvir uma pesada barra deslizando na porta pelo lado de fora.

Mal conseguindo respirar de tanto medo e desespero, Gisele se jogou na cama e se permitiu chorar intensamente por um momento. Não se sentiu melhor com isso, mas esperava ter aliviado aquela vontade. A última coisa que desejava era demonstrar sinal de fraqueza diante de Vachel ou de um de seus asseclas.

Ia enfrentar o estupro. Nada que dissesse a si mesma mudaria sua convicção de que esse era o destino que Vachel lhe reservava. Alguém que não conhecesse os DeVeau talvez pensasse que ela poderia ser perdoada ou até libertada, mas ela conhecia aqueles homens. Ansel não a examinara para ter certeza de que não estava machucada. Tinha feito aquilo para se certificar de que estava limpa e que não macularia seu mestre quando ele se forçasse sobre ela.

Nigel tranquilizara seus medos com tanto cuidado, demonstrando com tanta delicadeza que a paixão podia ser bela. Gisele não se esquecera de todas as coisas feias e cruéis que o marido fizera e provavelmente nunca se esqueceria, mas Nigel ajudara a suavizar suas lembranças mais duras. E, naquele momento, outro DeVeau estava prestes a arruinar tudo. Teria que suportar novos horrores, novas humilhações. Tudo que compartilhara com sir Murray seria estragado, mesmo as lembranças agradáveis seriam afogadas por outras originadas na crueldade e na dor. Gisele achava que essa era a parte mais triste de todas.

A tranca deslizou e a porta se abriu devagar. Gisele resistiu ao desejo de tentar se esconder em algum canto naquele quarto imenso, como uma criança assustada. Permaneceu de pé, altiva, quando Vachel entrou. Uma pequena criada correu em silêncio atrás dele, deixou uma bandeja com alimentos e vinho sobre uma mesa próxima da cama e depois desapareceu. Quando a porta se fechou, Gisele vislumbrou o brutamontes Ansel do lado de fora.

Ficou tensa quando Vachel se aproximou, segurando seus cachos com longos dedos pálidos. Era difícil olhar para aquele belo rosto e acreditar que pertencia a um homem cruel e perverso, mas Gisele não tinha dúvida a respeito da sua verdadeira natureza. Michael também fora um homem belo. Seria uma espécie de justiça, pensou ela, se homens assim tivessem o rosto tão deformado quanto suas almas para que pudessem ser reconhecidos com mais facilidade.

– Chegou a cortar o cabelo – murmurou Vachel. – Foi a vaidade que a fez fazer cachos quando ele começou a crescer?

– Não fiz cachos. – O modo como ele a examinava, como se fosse alguma criatura exótica que acabara de encontrar na floresta, a deixava nervosa. Gisele não achava seguro que um homem como Vachel a achasse interessante. – Ele cresce assim.

– Intrigante. Já imaginou o plano que tenho para você? – Ele colocou as mãos em seus seios, o olhar fitando o dela. – Não precisava ter enfaixado os seios.

Era difícil, mas Gisele se obrigou a agir como se aquele toque não significasse nada para ela, como se não sentisse absolutamente nada, nem mesmo o nojo que revirava seu estômago.

– Torna-se cada vez mais claro que não pretende me lisonjear até a morte – disse ela com a voz arrastada.

– Talvez ainda pronuncie alguns elogios. Estou certo de que meu falecido primo, cuja morte não foi lamentada, não lhe ensinou nada, mas estou curioso em saber o que aquele escocês rude pode ter lhe mostrado.

– Ele me mostrou como escapar da sua família e como lutar. Dê-me uma espada e eu lhe mostrarei.

Vachel deu um passo para trás e começou a se mover devagar, em círculos, antes de dar um sorriso frio.

– *Non*, mas me lembrarei de suas palavras. Se fala a verdade sobre sua habilidade, talvez seja possível criar um jogo interessante.

Gisele nem quis pensar no assunto.

– Será difícil lhe mostrar quando eu estiver morta, e o enforcamento será em breve, não?

– Não haverá enforcamento – murmurou ele. – Tenho outros planos. Minha família anseia por vingança, mas podem ansiar um pouco mais. Não precisam saber que já foi encontrada. Pode descansar comigo aqui, neste quarto. Daremos prazer um ao outro por algum tempo.

– Acha que vou bancar a meretriz apenas para salvar meu pescoço?

– Não disse que isso vai salvar seu pescoço. – Ele envolveu o pescoço de Gisele com os dedos longos e frios de uma das mãos.

– Se não vai me salvar do carrasco, então por que eu deveria sequer permitir que me tocasse?

Ela lutou para respirar enquanto ele apertava sua garganta. Por um momento, Gisele achou que ele a mataria ali mesmo. Suspeitava que seria muito bom ter uma morte rápida quando não havia opção que pudesse aceitar, mas percebeu que desejava a vida mais do que qualquer outra coisa. Segurou-lhe o punho, mas ele continuou a apertar com cada vez mais força, aparentemente ignorando a dor das unhas dela entrando em sua pele. Então, de repente, com a mesma calma com que a segurara, ele a soltou. Ela esfregou o pescoço dolorido e sorveu o ar.

– Fará o que eu quiser, pois não deseja morrer – disse ele.

– Mas acabou de me dizer que o que eu faço ou deixo de fazer não trará um resultado diferente. É apenas uma questão de tempo.

– Torna-se uma questão de quanta dor deseja suportar antes de me dar o que eu quero. E há sempre aquela coisa inútil e doce à qual as pessoas tentam se agarrar quando tudo parece perdido: a esperança. Penso que é muito boa em se agarrar à esperança. Vai querer ficar viva quanto for possível, pois tem a esperança de fugir de mim – ele abriu um leve sorriso – ou de me matar.

Ela o olhou em silêncio quando ele se dirigiu para a porta.

– Começo a achar que farei mais do que ter a esperança de matá-lo – disse ela, rouca, antes que ele saísse do quarto. – Acredito que posso rezar por isso, posso ansiar por isso.

– Bom. Essa paixão traz de volta a cor a seu rosto e sua aparência já não é tão frágil. Descanse. Voltarei a seus doces braços depois da refeição.

A porta se fechou e ela se deixou cair na beirada da cama. Não sabia o que queria mais: vomitar ou chorar. O homem quase a esganara até a morte e, no momento seguinte, ele dizia que descansasse, de modo que pudesse lhe dar prazer adequadamente quando retornasse. Era óbvio que a loucura corria na família DeVeau. Tinha razão em pensar que aquele DeVeau era bem mais perigoso e perverso que o primo.

Olhou para a comida e pensou por um instante na possibilidade de jejuar até a morte. Depois pegou um pouco de pão e começou a comer. Vachel tinha razão. Enquanto permanecesse viva, continuaria a ter esperança. Sofreria todas as humilhações e dores e tentaria manter as forças com a esperança. Só poderia ter a esperança de escapar e de que sua família finalmente provasse sua inocência e a libertasse. E também teria a esperança de que Vachel tivesse uma morte terrível e dolorosa.

Enquanto comia, Gisele bebeu grande parte do vinho. Imaginou se conseguiria ficar bêbada até se entorpecer o bastante para não ver o que Vachel faria ou, melhor ainda, tão bêbada que ele perdesse o interesse nela, mesmo que apenas por uma noite. Enquanto contemplava essa possibilidade, ela tentou se servir de mais um cálice de vinho só para descobrir que o recipiente de couro negro estava vazio. Balançou-o sobre o cálice meio vazio, praguejou e jogou-o do outro lado do quarto.

O homem tinha pensado até naquela possibilidade, concluiu ela, e então foi tomada por uma irresistível vontade de gritar e chorar. Como poderia lutar contra alguém que era não apenas cruel, mas inteligente? Se Vachel pensasse em tudo o que Gisele poderia fazer antes de qualquer plano dela, não havia chance de ser mais esperta do que ele.

Para impedir que seu espírito afundasse ainda mais na infelicidade, Gisele se levantou e começou a fazer uma busca meticulosa pelo quarto. Não melhorou seu humor constatar que não havia nada que pudesse usar como arma. Aquilo lhe pareceu estranho, pois tinha certeza de que era o quarto de Vachel, e um homem como ele devia ter tantos inimigos que nunca ousaria ir para a cama sem uma arma ao alcance.

Voltou a examinar o quarto com cuidado e praguejou. Aquele não era o quarto dele. Na verdade, o aposento tinha sido arrumado para parecer o dele. Gisele ficou perplexa com a astúcia e a natureza dissimulada do homem. Suspeitava que todos que vinham visitá-lo e, provavelmente, todos que moravam e trabalhavam ali achavam que aquele era o quarto do senhor, mas ela duvidava com toda a sinceridade que Vachel passasse uma noite sequer ali. Provavelmente não, mesmo após roubar prazer de alguma infeliz mulher. O lugar onde ele dormia estava escondido para que ninguém pudesse encontrá-lo. A única pessoa que sabia daquilo seria Ansel, e ele iria para a sepultura antes de trair Vachel.

O pequeno esconderijo poderia ser no interior de alguma porta falsa, pensou ela enquanto se deslocava devagar pelo aposento, passando a mão pelas paredes. Gisele não estava bem certa do que procurava, apenas alguma manivela escondida que revelaria um portal quando puxada ou empurrada. Se o quarto verdadeiro não ficava atrás daquelas paredes, devia haver a entrada para um corredor que conduzia até lá, pois ele não podia ser visto entrando e saindo do cômodo.

– O que está fazendo? – perguntou uma voz fria atrás dela.

Gisele soltou uma exclamação de surpresa e se virou para olhar Vachel. Não tinha sequer ouvido a porta se abrir, mas bastou olhar por trás dele, de relance, para ver Ansel terminando de examinar o aposento antes de trancar a porta. Obviamente, Vachel DeVeau tinha aprendido o truque de Nigel. Ela imaginava que não deveria se surpreender. Um homem como ele acharia muito útil ser capaz de se movimentar em silêncio.

– Estava procurando a sua porta de escape – respondeu ela com sinceridade.

– O que quer dizer?

– Isso mesmo que acabei de dizer.

– Por que eu deveria desejar sair do meu próprio quarto?

Ela percebia pela frieza crescente e a voz baixa que ele estava ficando zangado. Não era uma boa ideia dizer a ele que conhecia um de seus segredos. Depois decidiu que não importava. Talvez tivesse sorte e dissesse ou fizesse algo para que ele perdesse o controle e resolvesse matá-la – depressa.

– É tão odiado que tem milhares de inimigos. A última coisa que desejaria é que soubessem onde dorme. O quarto pode ser o lugar onde o homem fica mais vulnerável.

– A inteligência nem sempre é apreciada nas mulheres.

– Era o que seu primo gostava de me dizer, antes e depois de me bater.

– Meu primo obviamente não bateu com frequência ou intensidade suficiente.

– Fez o melhor que pôde – disse ela, afastando-se dele e recolhendo o recipiente de vinho que ela lançara contra a parede.

– Michael não tinha um "melhor".

Ela havia acabado de botar o recipiente na mesa perto da cama quando sentiu o corpo dele se aproximar por trás. Com habilidade, ele a prendera entre a mesa e a cama. Gisele amaldiçoou a própria estupidez. Deveria tê-lo observado com mais atenção.

– Não me mandou vinho suficiente – queixou-se, mas sua voz vacilou ligeiramente enquanto ela se virava para encará-lo, os corpos afastados pela distância de um fio de cabelo.

– Mandei a quantidade que seria suficiente – disse ele, estendendo a mão para acariciar seu cabelo.

O toque era quase delicado, mas ela sabia que ele poderia se transformar a qualquer momento. Já havia demonstrado que aquele toque poderia se tornar duro e brutal num piscar de olhos. E, delicado ou não, habilidoso ou não, ele ainda pretendia tirar dela algo que ela não lhe daria de bom grado. Encostou-se com força na mesa, na vã esperança de evitar seu toque.

Embora gostasse de acertar suas previsões em condições normais, ela não achou reconfortante ter chegado às conclusões corretas em relação ao vinho. Vachel enviara uma quantidade cuidadosamente medida. Suspeitara que ela poderia considerar a hipótese de ficar entorpecida pela bebida. Enquanto ele deslizava dedos quase suaves por suas faces, ela desejou de todo o coração que ele não fosse tão esperto. Seria agradável ser capaz de desmaiar pelo consumo excessivo de vinho naquele momento.

Um pequeno grito de alarme escapou de sua boca quando ele, de repente, agarrou-a e jogou-a na cama. Todo o seu corpo tentava se afundar no colchão de penas macio, onde ele se estendia sobre ela. Havia um ar perturbador de atenção naqueles olhos escuros que a encaravam.

– Então acariciava as paredes na tentativa de achar uma porta secreta – murmurou ele enquanto começava, lentamente, a abrir seu vestido.

– Sabe muito bem o que eu estava fazendo.

Gisele lutou para ficar totalmente imóvel. As ações brutais do marido lhe ensinaram que resistir só aumentava a dor. Não tinha arma para matar Vachel ou feri-lo gravemente, e ele era maior e mais forte. A honra talvez exigisse que ela reagisse, mas a honra não teria que sofrer a dor dos golpes provocados pela resistência.

– Se eu tivesse um pequeno esconderijo, deve imaginar que gostaria de mantê-lo secreto. Se disser que conhece meus segredos, não pode se surpreender se eu decidir silenciá-la.

– Não é inútil me ameaçar com a morte? Já deixou claro que não há nada que eu possa fazer ou dizer para salvar a minha vida.

– Existem muitas formas de silenciar uma pessoa. – Ele deslizou a mão para dentro do corpete e acariciou seus seios. – Não está resistindo.

– Uma das coisas que seu primo me ensinou é que tudo o que eu ganho ao resistir é mais dor.

– Então pretende ficar deitada embaixo de mim como um cadáver.

– Se isso o incomoda, então sugiro buscar prazer em outro lugar.

Ele apenas abriu um sorriso.

– Não disse que isso me incomoda. Mas pensei que fosse mais corajosa.

– A coragem não torna a pessoa burra. Não tenho arma, não sou páreo em força. O crime que está prestes a cometer me trará dor e humilhação. Tentar impedi-lo só me trará mais do mesmo. Pouparei minha coragem para a ocasião em que puder cortar sua garganta.

– Como fez com meu primo?

– Já disse que não matei Michael. Deve se sentir honrado. Será minha primeira vítima.

– E talvez acredite que seu escocês virá correndo para ajudá-la – disse ele.

– *Non*, eu o deixei. Ele não me seguirá.

– Então ele sobreviverá. Nós o vigiamos, sabe.

– Se Nigel quisesse entrar em sua fortaleza, você nunca o veria. Ele é como a fina fumaça de uma chama que se extingue. Poderia entrar aqui e cortar sua garganta antes mesmo que percebesse que a porta estava aberta.

– Elogios vazios de uma mulher apaixonada.

– Lembrará essas palavras quando estiver engasgando no próprio sangue.

– Chega de conversa. Não vim aqui para falar nem para fazer gracejos fúteis.

– *Non*, veio aqui para roubar algo que nunca lhe seria entregue de bom grado.

– Sim. Afinal de contas, quem vai me impedir?

– Bem... Eu gostaria de tentar – disse uma voz grave e arrastada com um forte sotaque escocês.

CAPÍTULO DEZOITO

O entardecer criava cada vez mais sombras à sua volta. Nigel levantou-se para esticar o corpo. Embora tivesse ficado ali por muitas horas, ninguém o vira nem lhe pedira satisfações. Decidiu que estava certo sobre a arrogância e o excesso de confiança que transformava soldados em homens descuidados. Tinha certeza de que conseguiria se esgueirar para o interior da fortaleza sem ser visto, mas, apesar das longas horas de planejamento, ainda não sabia muito bem o que faria quando estivesse lá dentro. Logo fechariam os pesados portões, o que lhe deixava apenas duas opções – entrar antes disso e esperar que o melhor acontecesse ou ficar sentado onde estava pelo resto da noite rezando para que não matassem Gisele antes que ele conseguisse conceber um bom plano de resgate, um plano que tivesse ao menos uma pequena chance de sucesso.

Bem no momento em que ele decidiu entrar e planejar no interior da fortaleza o que fazer a seguir, viu um homem solitário sair pelos portões. Ele cavalgou direto até as árvores e Nigel movimentou-se rápido para interceptá-lo. Havia um ar sombrio e taciturno no rosto estreito do sujeito, e Nigel sabia que algo o perturbava. Melhor ainda, o homem estava tão mergulhado em seus problemas que se mantinha alheio ao que o cercava. Aquela distração permitiria que Nigel se aproximasse sem ser percebido, o capturasse vivo e retirasse dele informações importantes.

Quase nenhum som saiu da boca do homem quando Nigel saltou das sombras, derrubou-o da sela e lançou-o ao chão. Ele sacou a adaga, sentou-se sobre o sujeito e aproximou a lâmina de sua garganta. Nigel franziu o rosto ao observar com mais atenção a face do prisioneiro. O cativo deveria ao menos parecer surpreso, de preferência com medo, mas aquele ali parecia apenas achar alguma graça da situação.

– Sou George – disse o homem. – Deve ser o escocês.

– O escocês? – perguntou Nigel em inglês, rezando para que o homem não apenas compreendesse sua língua como também a falasse.

– *Oui*. – George falou em inglês, com um sotaque pesado, ao dar sua explicação: – É o homem que acompanha lady Gisele DeVeau. Sei tudo sobre você. Fiquei surpreso quando a encontramos sozinha.

– Ou melhor, quando a capturaram e a entregaram aos desgraçados que desejam matá-la – disse ele com frieza, apertando a faca mais perto da jugular de George.

– Disseram que era uma assassina, que havia matado o marido de um modo particularmente brutal.

– E acredita em tudo o que lhe dizem sem questionar? Ou sua pressa em acreditar que aquela mulher minúscula era capaz de tal crime foi ajudada pelas moedas que agora estão na sua bolsa?

– Sou um homem pobre, senhor, com seis filhos chorosos e uma esposa chorosa. *Oui*, estava ávido para obter a recompensa e achei que seria bastante merecida. Como disse, acreditava que caçávamos uma assassina. Não cometi nenhum crime.

Devagar, Nigel soltou o homem, mas manteve a adaga pronta. Observou George com cuidado enquanto ele se sentava. Ele tinha razão. Não era um crime tentar obter a recompensa oferecida por uma assassina. Havia levado algum tempo para acreditar que Gisele não matara o marido e *ele* sabia toda a história sórdida sobre o seu casamento. George não sabia. Tinha sido informado por homens com títulos de nobreza e riqueza que algum dos seus havia sido assassinado por uma mulher. Por que deveria duvidar? No entanto, Nigel começava a ter a sensação de que George mudara de ideia.

– Você a machucou? – perguntou com frieza, sem disposição para confiar no homem depressa demais.

– *Non*. Fui buscá-la com minha espada na bainha. Concordei em capturá-la. Não era meu papel ministrar a punição. No entanto, tivemos um pequeno embate. Acho que eu poderia ter ganhado, mas um dos outros homens chegou e pôs fim na luta.

– Não riu dela, riu? – perguntou ele, capaz de dar um sorriso rápido ao pensar na imagem de Gisele enfrentando aquele homem com a espada na mão, pronta para lutar.

– Admito que achei graça, mas não ri. A graça acabou depressa. Ensinou muito bem a ela.

– E ela vai melhorar. Tem o dom, embora não conte com a força. Então não a machucou. Alguém a feriu?

– Um dos homens bateu na cabeça dela algumas vezes.

– Algumas vezes?

– A primeira foi para acabar com a luta, um golpe leve que a deixou de joelhos, nada mais que isso. Ele também foi levado a bater nela mais uma ou duas vezes porque ela o provocou.

Nigel praguejou baixinho.

– Ela deveria aprender a segurar a língua.

– É um pouco afiada.

– Um pouco? – murmurou Nigel. Então olhou para George com cuidado. – Mudou de ideia em relação a ela.

George assentiu, suspirou e fez uma careta ao olhar para a bolsa de dinheiro amarrada junto à bainha de sua espada.

– Mudei de ideia. Olhei aquela mulher minúscula e não consegui acreditar que ela era aquilo que diziam, nem quando tentou me furar. Mas o que realmente me fez mudar de ideia foi o jeito com que sir Vachel olhou para ela.

– Quem é esse sir Vachel?

– O senhor dessa fortaleza. É o primo do marido da senhora.

– Acha que ele não pensa que ela é culpada?

– Não acredito que se importe se ela é culpada ou não. Com certeza não se importa se alguém matou o primo. Sir Vachel é um homem assustador. Estou feliz por estar livre dele e desse lugar. Ele vai enforcá-la, mas não vai ser já. Tem intenção de se aproveitar dela primeiro.

George apressou-se em se afastar de Nigel quando ele começou a vociferar.

– Tem certeza disso?

Foi difícil para Nigel controlar sua fúria, mas sabia que assustar George não o levaria a lugar nenhum. Não era com George que estava furioso, mas com os DeVeau. Primeiro Michael havia tentado destruir Gisele, estuprando-a e surrando-a repetidas vezes. E o primo desejava seguir seus passos. Nigel conseguira finalmente despertar a paixão dela, livrando-a das correntes do medo e do ódio que o marido usara para aprisioná-la. E, naquele momento, outro DeVeau pretendia desfazer todo o seu trabalho e deixar Gisele ainda mais marcada. Nigel não estava certo de que ela conseguiria sobreviver a mais brutalidade e humilhação. Agora, aquela paixão gloriosa que ele experimentara por tão pouco tempo poderia ser liquidada de uma vez por todas.

– Precisa me ajudar a tirá-la de lá – disse Nigel.

– Mas senhor... – o protesto de George terminou com um guincho quando Nigel agarrou-o pelo colarinho de seu gibão acolchoado e o encarou com ódio.

– Vai me ajudar a tirar a moça de lá. Ouça o que eu digo: a forca seria uma bênção para ela se Vachel pretende abusar dela. É o que o marido fez durante todo o casamento, que por sorte não durou muito. Gisele não matou Michael DeVeau, mas ele merecia morrer dez vezes por cada vez que estuprou e surrou aquela mocinha. Ela está apenas começando a se recuperar das cicatrizes que aquele homem deixou em seu coração e em sua mente. Não vai sobreviver se passar de novo pela mesma situação. Verdade, talvez continue respirando, caminhando, falando, comendo e mijando, mas por dentro vai estar morta.

– Disse que Michael era marido dela. Um marido não pode…

– Estuprar a esposa? Claro que pode. Você não deve ser tão idiota assim. Se uma moça não quer se deitar com um homem, ela não quer, não importa quem esteja pedindo. É, e mesmo que a moça aceite se deitar e cumprir seus deveres de esposa, o sujeito pode ser um desgraçado na cama, não é?

George franziu a testa.

– Era para ser uma forma simples de ganhar o dinheiro que preciso para sobreviver, mas está ficando cada vez mais complicado…

– Achou que era apenas uma questão de prender uma assassina e levá-la até aqueles que ela ofendeu. Mesmo se não acreditasse que é inocente, e ela é inocente, não pode aceitar o que diz que Vachel pretende fazer com ela.

– *Non*, não posso. Fiquei perturbado ao deixá-la, quando descobri o que ele planejava. Parece achar que pode mantê-la em segredo do resto da família, brincar com ela quanto quiser, até se cansar, e então enforcá-la como planejado. Não quero fazer parte dessa perversidade. Só não sei muito bem como posso ajudá-lo. Às vezes marcho com os homens de Vachel, mas não sou seu vassalo e raramente entro naquela fortaleza.

Nigel soltou palavrões e passou os dedos pelo cabelo.

– Preciso saber onde ela foi colocada dentro desse monte de pedra.

– Nos aposentos de Vachel. Ele ordenou que fosse banhada e recebesse um vestido.

Ele recuou um pouco quando Nigel empalideceu de fúria.

– Eu teria preferido que tivesse sido trancada no calabouço. Não vejo como posso entrar na fortaleza e me esgueirar até o quarto do senhor sem que me vejam.

– Na verdade, acho que é possível fazê-lo entrar no quarto sem ser visto, pelo menos no quarto que ele faz com que todos *pensem* que é dele. – George sorriu de leve ao perceber o ar de confusão no rosto de Nigel. – Vachel acha que ninguém sabe, mas age com a mesma arrogância tão frequente em tantos que dispõem de riqueza e de poder. Aqueles que correm para fazer as vontades do seu senhor não são cegos nem estúpidos. Veem e ouvem e descobrem todos os segredos.

Nigel assentiu enquanto pegava o odre de vinho. Em silêncio, ofereceu um gole a George e falou:

– Minha família conheceu a dura verdade anos atrás. Também descobrimos que essas pessoas furtivas podem ser fonte de traições.

– *Oui*, e suspeito que Vachel morrerá em sua caminha secreta, pelas mãos de um deles ou pelas mãos de alguém para quem mostrarão o caminho.

– Estou pouco preocupado com o destino do sujeito se ele escapar de hoje. Aqueles portões logo irão se fechar e preciso tirar a moça dali.

George tomou um longo gole de vinho e secou a boca com a manga.

– Então venha comigo e mostrarei como entrar no quarto do homem, como entrar e sair sem ser visto.

– Se é tão fácil assim, por que não fez isso você mesmo?

– Porque sou um daqueles homens que não têm tanta coragem quanto deveria – respondeu George ao se levantar e limpar a roupa. – Às vezes, alguém precisa botar uma faca no meu pescoço para eu fazer a coisa certa.

Nigel hesitou enquanto se dirigiam aos cavalos e George montava. Parecia fácil demais. Não tinha apenas encontrado um homem que o ajudaria, mas também um jeito de entrar e sair sem ser visto. Podia ser que aquela fosse a resposta a todas as preces que vinha balbuciando durante horas, mas também podia ser uma armadilha. Aquele sir Vachel devia saber que Gisele estava acompanhada, que havia um homem que se juntara a ela em sua luta pela sobrevivência. Podia ter mandado George procurá-lo e capturá-lo.

George olhou para Nigel e sorriu.

– Você realmente tem poucas opções. Sou a sua única esperança. Ninguém mais vai sair dali, muito menos sozinho. E não acredito que encontre entre eles alguém que tenha sequer meu senso relutante do que é certo e justo.

– É que parece fácil demais – disse Nigel, ao montar. – Entramos a cavalo?

– Entramos. Estou tentando encontrar uma explicação para voltar com você. Alguém já o viu de perto?

– Ninguém que tenha sobrevivido.

– Vou ter que deixar esse lugar depois de tudo isso – George suspirou –, porque alguém vai lembrar que eu levei um homem para dentro.

– Então entre. Eu consigo me esgueirar.

– Consegue?

– Consigo, e sua volta vai me ajudar. – Nigel desmontou e tirou um pequeno saco de moedas da bolsa. – Diga a eles que deseja comprar o cavalo da moça. Então diga que precisa fazer alguma coisa, qualquer coisa para voltar para dentro da fortaleza. Eu o seguirei. Então poderá me mostrar o esconderijo.

– Ainda precisamos sair com a moça.

– Consigo sair com ela com a mesma facilidade com que consigo entrar. Só precisa trazer o cavalo até aqui.

– Se consegue entrar e sair com tanta facilidade, por que precisa de mim?

– Não sei onde ela está, não é? Além disso… – ele falou em francês para deixar bem claro o que queria dizer: – Consigo falar sua língua, mas fica claro para todos que eu não sou francês.

George fez uma careta de horror exagerada.

– Raramente vi nossa língua ser tão completamente maltratada.

– Vá. Encontrarei você no interior da fortaleza – ordenou Nigel.

Ele viu George partir. Parecia um sujeito simpático e confiável. Parecia ser exatamente o que dizia ser, alguém de coragem vacilante que achava que não estava fazendo nada de errado e que agora precisava ser empurrado para o certo. Era melhor que entrassem separadamente, porém. Se Nigel descobrisse que tinha cometido um erro ao confiar em George, não seria capaz de simplesmente entregá-lo ao inimigo. Teria que encontrá-lo primeiro. Era uma pequena vantagem, mas era melhor que nada.

Foi muito fácil entrar na fortaleza. Nigel se perguntava como o senhor e seu povo conseguiram sobreviver por tanto tempo. Infiltrou-se na multidão, misturando-se à balbúrdia das pessoas que tentavam terminar o trabalho antes que a luz do sol desaparecesse por completo.

Assim que entrou, escondeu-se num pequeno vão escuro perto da escada e esperou por George. Quando o outro apareceu, Nigel estava tão tenso pela espera, pela iminência de ter que agir ou de ser descoberto, que quase gritou com o homem. O modo como George se comportava aumentava a chance de serem descobertos. Ele tentava não parecer estar à procura de ninguém, mas esforçava-se tanto que qualquer um acharia que agia de maneira suspeita. Nigel assobiou para chamar a atenção de George e depois puxou o sujeito para dentro do pequeno vão escuro.

– Precisa praticar, George – sussurrou ele. – É discreto como uma vaca.

– E você é assustadoramente furtivo, como um fantasma.

– Para onde vamos?

– Deve apenas me seguir. É uma daquelas coisas muito complicadas… Entra por uma porta, sai por outra, atravessa um corredor, sobe escadas, vira numa esquina.

Os olhos dele se arregalaram quando Nigel tapou sua boca.

– Apenas vá. Estarei bem atrás de você.

Os dois desapareceram nas sombras e, assim que deu alguns passos, George olhou para trás. Nigel praguejou.

– Pare de olhar para mim. Vai chamar atenção.

Assim foram se esgueirando pelos corredores da fortaleza. Nigel decidiu que George não havia exagerado. Sir Vachel talvez estivesse enganado em pensar que ninguém sabia do seu quarto secreto, mas era provável que não corresse grande perigo. Se alguém tentasse entrar, corria o risco de se perder ou de ser visto. Por diversas vezes Nigel precisou usar as sombras para se esconder, mas sabia que tinha um autêntico dom para isso. Não seria falta de modéstia pensar que poucos eram tão bons quanto ele.

Quando chegaram àquele que George garantiu ser o último corredor, o lugar estava em completa escuridão.

– Como você descobriu tudo isso? – sussurrou Nigel enquanto deslocavam-se lentamente, orientando-se com a ajuda das mãos na parede úmida.

– Eu disse que não sou abençoado por uma grande coragem – respondeu George, baixinho. – Tenho necessidade de descobrir todos os lugares para me esconder ou para escapar quando entro nessas fortalezas. Uma vez, quando era pouco mais que um garoto imberbe, fui surpreendido durante a invasão de uma fortaleza. Eu me salvei escondendo-me sob os mortos. Daquele dia em diante passei a examinar cuidadosamente todos os fortes onde entro. Esses daí não são meus senhores, nem estas terras são as minhas. Não vejo por que morrer por esses idiotas.

Nigel não tinha uma resposta. Fazia todo o sentido do mundo. George era um homem livre. No fim das contas, sua maior lealdade era consigo mesmo e com sua grande família. Nigel grunhiu baixinho quando esbarrou nas costas de George e então ficou muito quieto ao ouvir o suave murmúrio de vozes.

– Chegamos? – perguntou.

– Estou tentando encontrar a tranca da porta.

– Deixe-me cuidar disso.

George ficou atrás dele e Nigel passou as mãos numa porta pesada até encontrar a tranca. Segurando a respiração, tenso com a necessidade de manter completo silêncio, ele conseguiu abri-la. Tornou-se mais fácil ser furtivo, pois a luz do quarto logo iluminou aquele espaço apertado. Enquanto o escocês entrava no aposento, George começou a segui-lo, mas Nigel pousou a mão em seu peito rapidamente, para indicar que o outro deveria permanecer onde estava. O homem demonstrara ser menos do que habilidoso em se movimentar silenciosamente, mas talvez ainda conseguisse sobreviver àquele resgate sem levantar suspeitas sobre si se não fosse visto.

No momento em que entrou no quarto, Nigel viu o casal sobre a cama. Foi preciso reunir toda sua força de vontade para não soltar um grito de fúria e atacar o homem que tocava Gisele. Enquanto se aproximava, ele praticamente era capaz de sentir a dor e o medo de Gisele. Ela parecia corajosa, mas suas mãos estavam cerradas com tanta força junto ao corpo que as articulações quase reluziam, brancas à luz das velas. Nigel viu um mínimo sinal de sangue e percebeu que ela ferira a palma das mãos ao cravar as próprias unhas. Aproximou-se da cama e sacou a espada em absoluto silêncio.

– Sim. Afinal de contas, quem vai me impedir? – disse sir Vachel.

Nigel colocou a ponta da espada exatamente entre as escápulas de sir Vachel.

– Bem… Eu gostaria de tentar.

O homem que estava sobre Gisele ficou tenso. Nigel percebeu que ele olhou de relance para a porta principal e começava a abrir os lábios. Em menos de um segundo, agarrou-o pelo cabelo, ergueu-o o suficiente para olhar bem seu rosto e deu-lhe um soco no queixo. Depois removeu o corpo desacordado de cima de Gisele, estarrecida, e pousou-o no chão, em silêncio. Quando viu que o vestido dela estava aberto, os seios despidos, Nigel ficou tão furioso que guardou a espada e pegou a adaga, indo na direção de sir Vachel, que jazia inconsciente.

Gisele saiu do estado de choque ao perceber que Nigel estava prestes a cortar a garganta de Vachel. Sentou-se com dificuldade e segurou-lhe o braço. Estremeceu quando ele a olhou, pois nunca o vira tão furioso.

– Não pode matá-lo – sussurrou.

– Não acredito que tenha uma gota de misericórdia pela alma desse desgraçado.

– Nenhuma, mas me preocupo muito com você. Pense, Nigel. Afaste a raiva da mente e pense. Perdi mais de um ano da minha vida fugindo da fúria e da vingança dos DeVeau, me escondendo para não ser punida por assassinato, um assassinato que nem sequer cometi. Agora finalmente vejo alguma possibilidade de escapar. Você sempre teve a chance de partir, dar as costas para tudo isso. No momento em que sua faca cortar a garganta desse homem, você perderá essa liberdade e sofrerá como eu. Seremos perseguidos, oferecerão recompensas pela nossa cabeça. Se matá-lo, eu dividirei a culpa, e dessa vez não haverá como negar.

– Ela tem razão – sussurrou George enquanto passava por eles na ponta dos pés e trancava a porta principal.

– George? – Gisele fitou o homem, surpresa, depois corou e fechou o vestido depressa.

– Mudei de ideia – resmungou George ao se aproximar da cabeceira, observando com atenção Nigel respirar fundo para acalmar sua fúria enquanto amarrava e amordaçava Vachel.

– Entendo – murmurou Gisele ao sair da cama. – É capaz de permitir que eu seja enforcada por assassinato, mas não aceita isso, não é? – Ela quase sorriu quando George deu de ombros e então voltou-se para Nigel. – Estou interessada em saber como entrou aqui, mas no momento estou ainda mais interessada em como podemos *sair* daqui.

Nigel deu-lhe um abraço breve e forte, feliz ao sentir que ela não rejeitava o contato, e depois tomou-a pela mão e a levou para a passagem.

– Também tenho algumas dúvidas. Por exemplo, por que uma moça normalmente tão astuta resolveria abandonar a segurança e se entregar ao inimigo.

Gisele apertava com força a mão de Nigel enquanto os três se deslocavam devagar pelo corredor escuro. Ela sussurrou em protesto.

– Não me entreguei a eles.

– Praticamente se dirigiu até os portões e pediu para entrar.

– Eu me perdi.

Embora estivesse escuro demais para ver qualquer coisa, Gisele sabia que Nigel acabara de olhar para ela. Sabia também que não tinha sido um olhar lisonjeiro. Pareceu-lhe estranho, até um pouco engraçado, que depois de passado o primeiro susto, quando encontrou Nigel na cabeceira da cama, ela tivesse simplesmente aceitado o resgate como algo natural. Não queria que ele tivesse se arriscado para salvá-la. Chegara a pensar que não faria isso depois de ter sido abandonado. A verdade, porém, era que Gisele não ficara completamente surpresa ao vê-lo, sendo arrastada por um corredor escuro até a liberdade. Seus pensamentos foram interrompidos quando Nigel parou e, um momento depois, George esbarrou nos dois.

– Chegamos? – perguntou George.

– Chegamos aonde? – questionou ela.

– Ao final da passagem para o pequeno esconderijo de sir Vachel – respondeu Nigel ao abrir a porta, olhar e garantir que não havia ninguém que pudesse vê-los sair de um lugar que nem deveriam saber que existia.

– Ele dorme neste corredor escuro e úmido?

– Não, deve haver uma ou outras duas passagens saindo dele. A caminha dele deve ficar numa delas. – Nigel olhou para Gisele e fechou a cara. – Seria mais fácil tirá-la daqui se não tivessem levado suas roupas de rapaz.

– Esperem aqui – disse George enquanto escapulia pela porta.

– Tem certeza de que pode confiar nesse homem? – perguntou Gisele quando Nigel fechou a porta o suficiente para escondê-los, mas deixou um pouco de espaço para que a luz entrasse.

– Agora tenho. Fiquei em dúvida no começo. Não estou mais. Pode não ser o mais corajoso nem o mais honrado dos homens, mas não gostou do que ia acontecer com você. Acho que tinha até algumas dúvidas sobre sua culpa, depois de enfrentá-la no combate com espadas.

Ela ficou feliz por haver pouca luz, pois sabia que estava corando.

– Não sei como foi meu desempenho porque fui detida antes de realmente testar a minha habilidade.

– Pareceu achar que era muito boa. Ah, George – Nigel saudou o homem quando ele voltou e entregou a eles uma capa. – Não é apenas esperto, mas também um bom ladrão, pelo que estou vendo.

Gisele viu George franzir a testa e deu um tapinha no braço dele.

– Ele acredita que está fazendo um grande elogio.

Assim que Gisele vestiu a capa, eles saíram da passagem. George os conduziu por um caminho confuso, cheio de curvas, até que Nigel fez um sinal para indicar que os dois podiam seguir sozinhos. Gisele não disse nada enquanto Nigel a conduzia pelo resto do caminho pela fortaleza, andando rente às paredes e escondendo-se nos cantos sempre que ele fazia isso. Seu coração começou a bater tão rápido e tão forte quando chegaram ao pátio que ela teve medo que as pessoas reunidas ali escutassem o barulho.

De repente, estavam do outro lado dos portões. Gisele sentiu-se um pouco atordoada porque tudo tinha acontecido depressa demais. Podia perceber pela tensão no corpo esguio de Nigel que ele compartilhava de sua vontade de sair correndo, mas os dois caminharam até o pequeno bosque como se não tivessem nada a temer. No momento em que se encontraram no abrigo das árvores, ela se sentou no chão, as pernas fracas demais para mantê-la em pé por mais tempo. Seu corpo inteiro tremia e ela percebeu que boa parte de sua calma tinha sido forjada, era apenas uma fachada, até para si mesma.

George chegou logo depois e aceitou avidamente um gole de vinho oferecido por Nigel.

– Acredito que será o último ato honrado que farei por um bom tempo – disse George, secando o suor da testa com a manga da camisa.

– Fez muito bem, George – disse Nigel, tomando as rédeas do cavalo de Gisele. – Fico feliz por você ter conseguido recuperar o animal.

– O senhor ainda não estava ciente de que havia ganhado uma montaria – explicou George, entregando a Nigel o que havia sobrado do dinheiro que ele lhe entregara. – O cavalariço ficou mais do que feliz por me deixar ficar com o animal e embolsar o dinheiro.

– Se, de algum modo, descobrirem o que aconteceu e você sentir necessidade de partir desta terra, será bem-vindo na minha. Os Murray de Donncoill. Em Perth você saberá como nos encontrar. Na maioria dos portos, para falar a verdade, pois fazemos algum comércio.

George assentiu, grato, e depois abriu um pequeno sorriso para Gisele, antes de se afastar depressa em seu cavalo. Ainda fraca, ela permitiu que Nigel a ajudasse a montar. Ansiava por descansar, deitar-se, fechar os olhos e fingir que o terror daquelas últimas horas nunca tinha acontecido, mas era importante que partissem. Vachel não estava morto e, quando acordasse, não estaria de bom humor. Enquanto seguia Nigel na saída do bosque, ela suspeitou que tudo o que conseguira em sua tentativa de liberdade foi fazer com que a caçada se tornasse ainda mais determinada.

CAPÍTULO DEZENOVE

— Vamos acampar aqui esta noite, moça.

As palavras suaves foram suficientes para arrancar Gisele do estupor. Ela olhou em volta, mas assimilou bem pouco do ambiente até encontrar o riacho. Sem dizer uma palavra, desceu do cavalo, desembalou um pano e um pedaço de sabão e caminhou até a beira da água. Ainda em silêncio, tirou a roupa e entrou na água fria e rasa. Devagar, ela se sentou e começou a se lavar.

Ouvia Nigel cuidando dos cavalos e organizando o acampamento, mas mantinha-se de costas para ele. Assim que haviam partido, fugindo do bosque e das terras de Vachel o mais rápido possível, ela fracassara em suas tentativas de parar de pensar no que lhe ocorrera. De tempos em tempos, Nigel se dirigira a ela, e ela se esforçara para responder. Mas a testa franzida do escocês indicava que ela não estava se saindo muito bem. Nem a preocupação de Nigel nem sua força de vontade a impediram de mergulhar num estado de espírito perigosamente sombrio.

Desde o momento em que sir Vachel a tocara, Gisele havia começado a sentir um desejo irresistível de se banhar. Era a mesma sensação doentia de sujeira que o marido lhe causava. Durante o rápido casamento, às vezes ela chegava a esfolar a própria pele de tanto se esfregar, impedida de causar sérios danos a si mesma graças aos olhares atentos das criadas. Elas já viviam sob o teto de Michael por tempo suficiente para compreender o que ela sofria. Naquele riacho, experimentava uma sensação idêntica à de ter sido usada por Michael. Era como se precisasse se desfazer de toda a pele tocada por Vachel. Só parou uma vez a limpeza incessante, para fitar com surpresa os cortes nas palmas das mãos. Enquanto mergulhava as feridas na água fria, perguntou a si mesma como podia ter enterrado as unhas com tanta força na própria carne sem se dar conta. Depois voltou a esfregar a pele.

199

Nigel apoiou-se numa árvore esguia, tomou lentamente um gole de vinho e observou Gisele com atenção. Ela não dissera nada desde que partiram da fortaleza. Durante o trajeto, ele olhava para trás com frequência, com medo de que ela tivesse adormecido e corresse o risco de cair da sela. A cada vez que a olhara, se inquietara com o ar quase destituído de vida em seu rosto, a estranha distância no olhar. Algumas vezes, tentou falar com ela, tentou arrancá-la daquele intenso silêncio, e a resposta viera numa voz que parecia quase tão morta quanto o olhar.

No primeiro momento após o resgate, ela parecera estar bem, apenas um pouco abalada. Agora já não estava tão certo disso. Também não estava tão certo se tinha conseguido salvá-la a tempo de tudo que Vachel havia planejado. Talvez aquela não tivesse sido a primeira vez que o sujeito se deitava naquela cama com ela. Tinha ficado sozinha na fortaleza por muitas horas antes de ele encontrar um jeito de buscá-la. Era tempo mais que suficiente para que aquele homem a tivesse estuprado uma vez, talvez mais.

Ele praguejou baixinho e passou a mão no queixo. Não precisava ser muito inteligente para perceber que algo perturbava Gisele profundamente. O que exigia uma boa dose de inteligência era saber exatamente como ajudá-la. Era o tipo de situação que uma mulher não costuma querer mencionar. Mas como ele saberia a forma de ajudá-la se ela se recusasse a falar sobre o assunto? Havia também uma relutância à espreita dentro dele, um desejo de não saber o que havia acontecido enquanto ela estava presa no interior da fortaleza de Vachel. Se não queria ouvir nada e ela não desejava dizer nada, com certeza não ia ser fácil encontrar uma solução para o problema, pensou ele com amargura.

Havia uma coisa que ele *podia* fazer, decidiu Nigel enquanto jogava o odre num canto e se dirigia ao riacho. Ele podia interromper aquele incessante esfregar. Se continuasse por muito tempo, não sobraria mais do que carne viva. Nigel tinha o sentimento perturbador de que essa era a intenção de Gisele, que ela queria remover a carne profanada por Vachel. Ficou surpreso por ela conseguir ficar sentada naquela água por tanto tempo. Seu belo traseiro devia estar quase congelado no fundo rochoso do riacho. Gisele também o assustava um pouco, pois parecia estar envolvida numa espécie de sonho repetitivo, como se não estivesse completamente ciente do que fazia a si mesma. Era quase como se a insanidade dos DeVeau a tivesse finalmente contagiado.

– Gisele – chamou ele, mas ela não lhe deu ouvidos. Nigel então estendeu o braço e tocou de leve no seu ombro. – Gisele!

– Ouvi você da primeira vez – disse ela em voz baixa, fitando a mão vazia enquanto percebia lentamente que não havia mais sabão. – Meu sabão acabou.

– Já está bem limpa.

– Estou?

Embora ainda sentisse um profundo desejo de continuar a se lavar, Gisele permitiu que Nigel a tirasse da água. Permaneceu em silêncio enquanto ele a enxugava com o pano, com gestos vigorosos, obviamente tentando aquecê-la tanto quanto secar sua pele. Ao buscar as roupas e ver o vestido, ele hesitou, depois franziu a testa. Gisele por fim conseguiu encontrar forças suficientes para falar.

– Não tenho problemas com essas roupas – disse ela.

– Não quero ofendê-la nem provocar uma lembrança desagradável, mas me surpreende que ele tenha encontrado algo com as suas medidas tão rápido.

Ela abriu um vago sorriso para ele.

– O corte das roupas me diz que elas provavelmente pertenciam a uma jovem criada. A camisa vai bastar no momento.

Nigel passou a camisa pela cabeça dela e a amarrou, depois a levou para o leito arrumado perto do fogo. Por um breve momento, pensara em separar as camas, depois decidiu que aquilo não ajudaria. Talvez ela até pensasse que ele estava deixando-a de lado por causa do que Vachel havia feito.

Ele reuniu as coisas que ela havia deixado perto do riacho e guardou-as no alforje. Enquanto separava um pouco de comida e o vinho para a refeição, continuou a vigiá-la com atenção, mas de uma forma sutil. Inquietava-se com o modo com que ela fitava o fogo fixamente. Sentiu o desejo de sacudi-la com força e devolver-lhe alguma vida. Nigel balançou a cabeça quando se sentou ao seu lado e lhe deu comida. A brutalidade havia causado aqueles problemas. Ele não seria melhor do que DeVeau se recorresse à força para arrancá-la daquele estado de espírito sombrio.

– Ele a estuprou, moça? – perguntou, decidindo que a melhor forma de tentar resolver seu problema era ser direto.

– *Non* – respondeu ela enquanto começava a comer lentamente, a fome lhe voltando ao provar a comida.

– Louvado seja – balbuciou ele e apertou rapidamente uma das mãos dela. – Temi que você tivesse sofrido enquanto eu me encontrava na mata tentando planejar seu resgate. Que tivesse suportado muitas dores por eu não ser rápido nem esperto o suficiente.

– Você chegou a tempo. Vachel apenas me tocou um pouco. Eu me deixei abalar bem mais do que deveria. Mesmo se não tivesse sucesso em me poupar das atenções indesejadas daquele desgraçado, você ainda teria me salvado da forca. Não é pouco. Na verdade, não esperava sua ajuda de forma alguma.

– Por quê? Por ter se esgueirado e me abandonado como um ladrão no meio da noite? – Ele a observou com atenção e sentiu alívio quando ela lançou um olhar que parecia uma mistura divertida de constrangimento e irritação. Estava começando a se recuperar.

– Tive minhas razões para partir.

Ela esperava que aquelas palavras encerrassem a discussão, mas bastou um olhar furtivo para o rosto de Nigel para saber que não ia ter permissão para simplesmente descartar o assunto.

– E eu gostaria de ouvir quais foram essas razões.

– De repente, ficou claro para mim que esta caçada havia se tornado bem mais acirrada do que antes, bem mais perigosa. Não me senti capaz de continuar a pôr sua vida em risco, a usá-lo para me proteger de meus inimigos.

– Quer que eu acredite que, depois de passarmos semanas fugindo dos homens dos DeVeau, você acordou de repente, no meio da noite, e resolveu que estava ficando perigoso demais? E resolveu que sair sozinha, sem saber direito aonde ia, deixando-me sozinho em meu estado de fraqueza, seria mais seguro para nós dois?

Parecia incrivelmente idiota ao ser relatado daquela forma, mas Gisele não tinha intenção de deixar que ele soubesse disso. Também não ia permitir que ele provocasse seus sentimentos de culpa ao mencionar seu "estado de fraqueza". Nigel tinha jogado Vachel para lá e para cá como se ele fosse um saco vazio. Estava longe de ser a atitude de um homem doente. Gisele pensou que Nigel estava sendo um pouco brusco ao interrogá-la daquele jeito, esperando respostas sensatas depois de tudo que havia suportado.

– Como você me explicou na noite passada, estávamos próximos ou mesmo dentro das terras dos DeVeau, o que garantia que o porto para onde nos conduzia estaria lotado daqueles idiotas. Achei apenas que tudo havia ficado complicado demais. Sempre houve a possibilidade de chegar a um porto, a um barco e navegar para longe dos meus problemas. De repente, isso não parecia mais possível.

Gisele rogou uma praga em voz baixa e olhou com fúria para Nigel quando ele saudou sua explicação com um som zombeteiro de descrença. Achou que a explicação tinha sido bastante inteligente e que merecia mais do que um escárnio tão evidente.

– Pode ter achado isso, moça, mas temo não acreditar que seja toda a verdade. – Bastou olhar rapidamente para o rosto dela, com um ar zangado e teimoso, para Nigel perceber que Gisele não ia dizer mais nada. – Caiu direto nos braços de seu inimigo, meu amor – acrescentou ele em voz baixa, envolvendo seus ombros com o braço e trazendo-a para junto de si, feliz por ela não ter demonstrado qualquer sinal de medo ou de resistência.

– Eu sei – resmungou ela. Gisele soltou um suspiro e se encostou nele. – Estava viajando para a casa da minha prima Marie. Ou pelo menos achei que estivesse. Agora ficou claro para mim que realmente não sabia como chegar lá. Marie não vive perto de um DeVeau. Sei disso porque pedi sua ajuda no passado.

Nigel pegou o medalhão que repousava sobre o peito de Gisele e examinou-o por um momento.

– Tem sorte de nenhum dos homens ter tomado isto de você – disse ele, ao soltá-lo. – É bem bonito e eles poderiam ter ganhado algumas moedas.

– Não acho que algum deles tenha visto, graças a Deus. Estava escondido por dentro de meu gibão, como fica na maior parte do tempo, desde que você me lembrou de que rapazes não usam bugigangas desse tipo. Aqueles que o viram, Vachel e seu guarda Ansel, não acharam nada de mais. É óbvio que ele tem me trazido sorte.

– É verdade, Gisele. Não estou chamando você de mentirosa, mas tem algo que me intriga.

– E o que é?

– Disse que sir Vachel não a estuprou, apenas a tocou um pouco.

– Certo.

– Então por que você tentou arrancar sua linda pele com aquela esfregação toda? Não faz sentido para mim.

Gisele abriu um sorriso triste e permitiu que ele a fizesse deitar. O peso

203

do corpo dele ao se apoiar sobre o dela era reconfortante e excitante ao mesmo tempo. Estava feliz. A última coisa que queria era que sua estupidez e a arrogância cruel e constante de Vachel destruíssem o que sentia por Nigel. Teria sido fácil para Vachel transformá-la na mulher assustada que ela era quando conheceu Nigel. Seria um preço alto demais a pagar por sua covardia.

E era covardia, pensou ela. Havia fugido do que sentia por Nigel, tinha tentado fugir o mais rápido possível, para o mais longe possível. Era também uma tolice. Não havia como escapar. O amor por Nigel permanecia com ela. Tudo o que fizera foi se privar de vê-lo, de tocá-lo, de saborear a sensação do contato de sua pele. Gisele duvidava que seria possível fugir de tudo isso, pois a lembrança ficaria com ela para sempre.

Seu olhar encontrou o dele e ela suspirou. Ele esperava com paciência que respondesse à sua pergunta. Nigel podia ser irritantemente teimoso. Gisele suspeitava que ele poderia esperar pela resposta por muito mais tempo do que ela conseguiria tolerar aquilo.

– Não sei bem se faz muito sentido para mim – respondeu ela, enfim. – Vachel se parece muito com meu marido, Michael. Tanto que, por um breve momento, eu temi estar vendo um fantasma.

Nigel franziu a testa. Achou a notícia um pouco perturbadora. Embora tivesse visto Vachel apenas por um momento, em meio à nuvem da fúria, ele percebera sua beleza. Depois se amaldiçoou como um idiota e afastou aquele acesso de ciúme. Os homens da família DeVeau podiam ser belos de olhar, mas eram uns desgraçados sem coração que haviam causado apenas dor e humilhação a Gisele. Ninguém sabia disso melhor que ela. Duvidava que a beleza daqueles homens a afetasse de qualquer modo.

– Deve ter tornado tudo ainda mais difícil para você – disse ele, passando a mão pela lateral do corpo de Gisele.

– Tornou – sussurrou ela, respirando fundo para se acalmar. – Foi pior do que imaginei que seria. *Oui*, Vachel é bem parecido com Michael, mas enquanto a crueldade de Michael se revelava em acessos de raiva e de loucura, Vachel é bem mais frio. Ele não ataca aleatoriamente. Ele é calmo. Pensa com cuidado no que está fazendo e acho que aprecia. Ele planejou ficar comigo, me usar até se cansar e depois me enforcar.

Depois de praguejar com ferocidade por um momento, Nigel mais uma vez desejou ter matado aquele homem.

– É o que George contou, mas eu não queria acreditar. Tudo isso já passou, minha bela rosa francesa. Precisa tirar isso da cabeça. O desgraçado não merece sequer uma lembrança ruim.

– Gostaria de esquecer tudo, mas Vachel DeVeau não é um homem que se esqueça com facilidade. É verdadeiramente perverso, Nigel. Acho que talvez seja louco, mas trata-se de uma loucura assustadora, uma loucura que perverte a alma, mas mantém a aparência de sanidade. E ele é um homem muito astuto.

– Então não acha que conseguiu tirá-lo da pele...

Gisele sorriu em resposta àquela percepção, concordando baixinho.

– *Oui*. Eu estava tentando lavar seu toque, tirá-lo de mim. Costumava fazer o mesmo quando meu marido me tocava. Na minha pobre mente confusa, era a mesma coisa. Uma loucura me possui e tenho o desejo de arrancar a pele de todos os lugares onde fui tocada. Quando estava na residência de meu marido, as criadas me interrompiam antes que eu pudesse me machucar. Dessa vez, temo ter imposto a você essa triste tarefa. Humildemente peço desculpas.

– Não há de que se desculpar.

– *Oui*, há, sim. O que me perturba nessas ocasiões não tem relação com nada que você fez. Você não deveria ser obrigado a lidar com o resultado dos crimes perpetrados por outros homens contra mim.

Nigel sabia que não havia mais nada que pudesse dizer para garantir a ela que não se importava, então a beijou, tentando mostrar naquele beijo todo o carinho que sentia por ela. Compreendia que ela não precisava da força dele. Tinha sua própria. Nem era possível curar todas as suas feridas, apenas compreendê-las. Foi essa disposição para a compreensão que ele tentou comunicar com seu toque.

O que ele mais queria naquele momento era fazer amor. Parte de si queria desesperadamente afastar a lembrança do toque de Vachel com suas carícias, retirando assim as marcas que o outro deixara nela. Como algum animal da floresta, queria devolver seu cheiro à pele dela. O que suavizava essa atitude feral era que ele também desejava lembrar a ela, por meio de uma paixão doce, delicada e compartilhada, que nem todos os homens eram como os DeVeau. Ela precisava saber disso para triunfar sobre as lembranças ruins. Nigel só não sabia ao certo se ela estava num estado de espírito propício para ser lembrada.

Com cuidado, deslizou a mão por baixo da camisa de Gisele. Como ela não fez nada para impedi-lo nem ficou tensa com a carícia, ele soltou um silencioso suspiro de alívio. Vachel não a prejudicara o suficiente para liquidar seu desejo ou para fazer com que ela quisesse evitar qualquer contato físico. Ele havia temido perder todas as oportunidades de saborear a paixão ao lado de Gisele. Ao lado daquele grande egoísmo, porém, existia uma profunda gratidão por haver poucas cicatrizes novas acrescentadas às antigas que Gisele já carregava. Ela não merecia essa crueldade.

– Não consigo compreender como seus pais puderam entregá-la a uma família dessas – murmurou ele enquanto tirava sua camisa. – É difícil acreditar que ninguém soubesse que os DeVeau são todos loucos.

– É verdade – concordou ela, sorrindo quando Nigel tirou as próprias roupas. – Meus pais morreram há muito tempo. Que Deus os tenha. Foram meus guardiães, um tio idoso e uma prima distante, que fizeram o acordo de casamento.

Gisele aceitou Nigel prontamente em seus braços.

– Minha *grand-mère* cuidou de mim por muito tempo, mas ela também morreu antes de essa catástrofe acontecer comigo. Acredito que nem meus pais nem minha avó teriam apoiado esse noivado se tivessem sobrevivido. Ou ao menos teriam me ajudado quando a verdadeira natureza de Michael fosse revelada. Na verdade, começo a achar que esse caminho que fui obrigada a seguir foi meu destino desde o dia em que abandonei, chorando, o ventre de minha mãe. – Ela deu de ombros quando Nigel olhou-a com desconfiança. – O jovem para quem fui prometida a princípio morreu ainda muito novo, e meus pais não fizeram outro arranjo antes de morrer. Meus guardiães providenciaram outro noivo, mas o homem foi morto por um marido ciumento. Meus guardiães vinham encontrando alguma dificuldade para me providenciar outro casamento quando Michael me viu na corte do rei e os abordou. Meus guardiães e, na verdade, minha família inteira não podiam acreditar em tamanha sorte. Fui vista, leiloada e vendida antes de sequer perceber o que havia se passado.

– É um mal que não pode ser remediado. Mas agora que seus parentes percebem os erros cometidos e pretendem ajudá-la, talvez sua dor diminua.

– Rezo para que seja verdade. – Ela envolveu o corpo dele. – E agora, meu galante cavaleiro escocês, tem certeza de que deseja continuar a falar sobre minha família e meus problemas?

Gisele se surpreendeu com o intenso desejo de fazer amor com Nigel. Afinal de contas, depois de tudo, talvez fosse melhor evitar o toque de um homem, mesmo que por pouco tempo, apenas o suficiente para que o medo provocado por Vachel desaparecesse. Enquanto esfregava seu corpo no de Nigel, encorajando-o em silêncio, ela percebeu que, dessa vez, o desejo nascia de motivos puramente egoístas. Gisele acreditava piamente que o toque de Nigel seria capaz de afastar a lembrança das mãos frias e delicadas de Vachel sobre sua pele. Ao se deixar envolver pelo cheiro de Nigel, desapareceriam os últimos vestígios do perfume de Vachel, de um modo que tanto ela quanto Nigel poderiam desfrutar. Aquilo também era um grande lembrete de que nem todos os homens eram animais desprovidos de alma e coração como os DeVeau, de que a paixão não precisava ser feita de poder e dor.

Nigel amou-a lenta e completamente. Gisele retribuiu com avidez todos os beijos, todos os toques, ansiosa por envolver-se em sua presença. Com um grito suave de avidez e desespero, ela o aceitou dentro de si. Saboreou o modo como seu corpo tremeu com a intensidade do prazer e a forma como Nigel ficou tenso e gemeu seu nome quando também sentiu aquele profundo prazer. Quando ele desabou em seus braços, ela o apertou com força, envolvendo seu corpo. Resmungou em protesto quando ele, por fim, separou-se dela.

– Isso ajudou? – perguntou ele enquanto cobria os dois com um cobertor.

Ela deu uma risada quando ele voltou a envolvê-la em seus braços e se aninhou naquele calor. Provavelmente, deveria se sentir alarmada por aquele homem conhecê-la tão bem que parecia adivinhar todos os seus pensamentos e humores com facilidade. Mas não. Gisele simplesmente sentia-se mais próxima dele, mais à vontade em sua presença. Sabia que poderia dizer qualquer coisa e que ele a compreenderia mesmo se ela não conseguisse encontrar as palavras corretas para expressar seus sentimentos. A única coisa que lhe deixava preocupada naquela relação tão rica de companheirismo era o medo de que ele conseguisse olhar dentro de seu coração e enxergar mais do que ela desejava mostrar, adivinhar quanto o amava. Rezou para que ele fosse gentil o bastante para esconder, se tivesse conhecimento disso, que o coração dela estava em suas mãos, especialmente se não fosse capaz de retribuir seus sentimentos.

– *Oui*, ajudou. Eu não tinha a intenção de fazer com que se sentisse usado – acrescentou ela em voz baixa, um tanto culpada.

– Se esse for o único jeito de me usar, sinta-se à vontade para me usar quanto quiser. – Ele abriu um breve sorriso quando ela riu e depois ficou sério, passando os dedos pelos cachos densos do cabelo dela. – Devo confessar que, de algum modo, eu a estava usando pelas mesmas razões que você estava me usando. Queria que o desgraçado desaparecesse completamente. Queria arrancar todos os pensamentos, todas as sensações causadas por ele em sua bela pele e, é verdade, todo o cheiro dele. Para ser absolutamente sincero, moça, eu queria tirar a marca dele do seu doce corpo e colocar a minha de volta.

Nigel esperou, um pouco tenso, pela reação dela àquela confissão, sentindo-se aliviado e surpreso quando ela apenas sorriu e lhe deu um beijo no rosto.

Parecia ciúme, e aquilo a agradou muito. Ela sabia que não deveria alimentar esperanças, mas os fortes indícios de ciúme significavam que ele não era destituído de sentimentos por ela. Aquilo estava longe do amor de que ela precisava, mas ela ficava feliz em aceitar esse pequeno bálsamo para sua vaidade e para seu coração machucado.

– Estamos na mesma situação, *mon cher* – murmurou ela. – O que admite com relutância é exatamente o que eu queria que fizesse. Também queria tirar de mim qualquer vestígio do toque de Vachel, queria que o cheiro dele saísse da minha pele. E descobri algo desde que nos tornamos amantes.

– É? O que foi?

Ela piscou para ele.

– Descobri que rolar no chão com você é uma forma muito boa de esvaziar a cabeça e o coração dos problemas e dos medos.

– Fico feliz em poder ser útil, minha dama.

– Pois bem. Então, como insiste em ficar por perto, devo dar alguma utilidade a você.

Gisele deu risos e gritinhos de medo fingido quando ele procurou retribuir com cócegas. Estava quase sem fôlego quando ele decidiu interromper o tormento da brincadeira e sentiu-se, de repente, muito cansada também. Enroscou-se nos braços dele e tentou conter um bocejo. Fracassou ruidosamente.

– Vá dormir, meu amor – insistiu Nigel, acariciando seu cabelo enquanto ela descansava a cabeça em seu ombro. – Teve um dia longo e cheio. E dormiu muito pouco na última noite, pois passou o tempo fugindo de mim e correndo direto para os braços do inimigo. Deve ser exaustivo cometer um erro tão grande desses.

Ele grunhiu, fingindo que sentia dor quando ela bateu de leve em seu peito.

– Não pretende permitir que eu me esqueça disso, não é?

– Não. Pode ser necessário lembrar de tempos em tempos, para mantê-la humilde. – Ele beijou o topo de sua cabeça. – Descanse. Temos muita estrada pela frente.

E ainda fiz com que essa estrada ficasse mais longa, pensou ela ao fechar os olhos. Embora Nigel adorasse provocá-la, ele não pronunciou tais palavras, o que a fez sentir um profundo alívio. Sua estupidez poderia ter custado duas vidas e, embora ainda não soubesse ao certo onde estava, tinha certeza de que havia adicionado pelo menos mais um dia àquela jornada rumo ao porto de onde poderiam partir para a Escócia. Tinha escolhido seguir a direção oposta à que Nigel havia indicado durante uma noite inteira e parte do dia seguinte. Rezou para que pudessem recuperar com facilidade o tempo perdido.

Nigel soltou um xingamento quando um punho pequeno e forte atingiu seu queixo ruidosamente. Pegou Gisele pelo pulso antes que ela conseguisse completar o segundo golpe. Seus olhos ainda estavam fechados e ele percebeu que ela estava dominada por algum sonho. Não era difícil imaginar o que passava por sua cabeça – e concluiu que, com certeza, não era um sonho agradável, se é que ele tinha conseguido entender corretamente uma parte do francês que ela falava com rapidez.

Quando recebeu toda a força do joelho de Gisele contra a parte interna da sua coxa, apenas um movimento rápido para a direita impediu-o de sofrer uma grande dor. Ele xingou e resolveu que não poderia mais esperar que ela acordasse sozinha daquele pesadelo. Virou-se de modo a deixá-la praticamente presa sob seu corpo. No momento em que a impediu de continuar sacudindo os braços e as pernas, ela começou a ficar mais calma.

– Gisele – chamou. – Acorde, moça. Escute – disse ele com calma, suavizando o tom e a força usada para contê-la. – É Nigel que você está tentando esmurrar. Acorde, docinho, para ver quem está aqui e afastar os fantasmas de sua cabeça. Venha cá, olhe para mim e pare de olhar para os temores na sua cabeça.

Gisele sentiu o terror diminuir à medida que foi despertando. Depois praguejou. Achara que era forte o suficiente para afastar a lembrança do que Vachel tinha feito com ela e de tudo o que ameaçara fazer, mas estava claro que não tinha tido muito sucesso. Em sua mente não importava que ele não tivesse conseguido estuprá-la, que Nigel a tivesse salvado daquele horror. O medo permanecia, a memória aterrorizante ainda estava próxima, pronta para assombrar seus sonhos. Pior, a lembrança de Vachel fez voltar à tona todas as lembranças de Michael. Todo o medo e a vergonha que suportara sob seus punhos cruéis retornaram com força renovada. Ao abrir os olhos com cautela, Gisele lembrou-se de que no sonho havia dado um belo soco no queixo de Vachel, como ela tanto desejara fazer durante seu cativeiro. Hesitante, tentou tocar o queixo de Nigel.

– Me desculpe – sussurrou. – Bati em você, não foi?

– É, bateu, sim, e foi um soco muito bom e bem colocado. E... – acrescentou, beijando a ponta do seu nariz – ...não há motivo para pedir desculpa porque estava apenas sonhando. Não estava me batendo de verdade. Eu estava no caminho dos seus fantasmas.

– *Oui*. Acho que aquele desgraçado do Vachel ainda não se foi. Nenhum dos dois se foi – sussurrou, lutando contra a vontade de chorar. Imaginava se algum dia ficaria livre de todo o medo e de todas as lembranças ruins.

Nigel abraçou-a com força e beijou seu rosto.

– Pois bem, ainda insisto em ficar por perto.

Gisele precisou de um momento para se lembrar da conversa que os dois tiveram antes de dormir. Ela riu e acolheu o corpo dele em silêncio.

– É óbvio que seu trabalho ainda não acabou. Tem que se esforçar mais para afastar todos esses demônios de minha pobre e atormentada cabeça.

Enquanto ele se virava, acomodando-a debaixo de si, Nigel falou com a voz arrastada:

– Não sei bem se posso trabalhar duro assim e estar vivo ao amanhecer.

Ela respondeu com risinhos e retribuiu seu beijo com entusiasmo. Podia não ser correto usar a paixão que compartilhava com Nigel para afastar as lembranças sombrias que a assombravam, mas não havia como ignorar que funcionava muito bem. Gisele rezou para que daquela vez o efeito fosse mais duradouro, que ela conseguisse adormecer profundamente, sem ser

210

abalada por sonhos, até o nascer do sol, quando seria a hora de montar em seu cavalo e fugir dos demônios de uma forma mais prática.

CAPÍTULO VINTE

— *D*e onde saíram todas essas pessoas? – perguntou Gisele olhando pela quina de um edifício.

Nigel puxou-a de volta para o abrigo das sombras.

– Acho que é dia de mercado. Infelizmente, também acho que sir Vachel despertou de mau humor e vingativo depois daquele soco que eu lhe dei. Muitos dos homens que estão rondando no meio da multidão estão bem armados. Está claro que buscam algo, e não acredito que queiram tecidos ou bebida.

– Estão atrás de mim – sussurrou ela.

Apesar da breve tentativa que Gisele fez de deixar Nigel e de todos os transtornos que isso causou, eles chegaram ao porto em apenas dois dias. Tinha ficado feliz com o sucesso, quase esperançosa. Conseguiram realizar aquele feito sem ver nem precisar fugir de nenhum DeVeau. Agora Gisele entendia por que não havia nenhum inimigo pelo caminho. Os DeVeau e seus muitos novos aliados estavam todos ali, esperando que ela e Nigel tentassem deixar a França.

– Como podem estar tão convencidos de que tentaremos partir, de que tentaremos navegar para longe de seu alcance? – perguntou, apoiando-se na fria parede de pedra da pequena construção. – Contamos nossos planos apenas a Guy e David, e não quero crer que algum deles tenha nos traído e contado aos DeVeau.

– Pode sossegar, moça. Não contaram a ninguém. Não precisavam. – Nigel apoiou-se na parede ao lado dela. – Assim que os DeVeau souberam que você estava comigo, não precisaram de muita inteligência para concluir para onde eu tentaria levá-la. E você me disse que achava que Vachel era um sujeito inteligente. Se ele for o responsável por esta caçada, eu não ficaria nada surpreso. Na verdade, deveria ter contado com isso. De certo modo, me preparei, mas nunca imaginei que fossem tão numerosos na guarda dos portos – balbuciou enquanto passava a mão pelo cabelo.

– Não acha que conseguimos passar por eles ou evitá-los?

Ele deu um suspiro e balançou a cabeça.

– Não, e não é bom ficar aqui por muito tempo se não conseguirmos descobrir quem vai partir para a Escócia. Essa informação é obtida nas próprias docas ou nas tavernas próximas.

– E os homens dos DeVeau também saberiam disso, não é?

– É. E prestariam atenção nesses lugares com mais cuidado do que em todo o resto.

– Então precisamos sair daqui e encontrar outro porto? – perguntou ela, sentindo a raiva dele e desejando ser capaz de fazer algo para aliviá-la.

– Podemos fazer isso, mas não sei se os outros portos aqui perto oferece-rão mais segurança do que este. Talvez sejamos obrigados a fazer uma longa viagem até alcançarmos um lugar onde os DeVeau não tenham pensado em colocar vigilância ou pelo menos não tantos homens. E temo que nem todos os portos ofereçam chances tão boas de que alguém esteja de partida para a Escócia. Não tanto quanto este aqui.

Ele ficou em silêncio, fazendo uma careta para o chão lamacento do beco escuro e estreito onde se abrigavam. Gisele obrigou-se a ficar quieta. Não adiantava fazer mais perguntas. Ele precisava pensar e planejar como agir em seguida. Gisele rezou para que ele conseguisse resolver aquele grave problema, pois ela não aguentava mais cavalgar pelo interior. Queria aca-bar com a correria e a necessidade de se esconder. Tinha se permitido ter a esperança de que chegar ao porto significaria o fim de tudo aquilo. Não melhorou seu humor saber que Nigel estava tão decepcionado quanto ela. Ele não queria apenas fugir dos DeVeau. Queria voltar para casa e para a família que não via há sete longos anos.

Ela sacudiu a poeira do gibão acolchoado e ficou surpresa ao descobrir que sentia falta do vestido que usava quando Nigel a resgatara. Era estra-nho querer algo que Vachel tinha tocado, mas ela queria. Gisele percebia que estava cansada de se passar por menino, que ao menos uma vez queria que Nigel a visse com roupas femininas. Era pura vaidade, ela sabia, mas não podia descartar aquele desejo com tanta facilidade. Nem mesmo quan-do lembrava a si mesma que Nigel não tinha problemas em pensar nela como mulher, ou melhor, como uma mulher desejável. Chegou a se pegar imaginando se a dona do coração de Nigel havia vestido roupas elegantes para ele.

Esperando afastar todas as bobagens da cabeça, ela voltou a olhar para Nigel e soltou uma exclamação de medo. Dois homens tinham entrado no beco estreito pelo outro lado e avançavam na direção deles sem que Nigel tivesse se dado conta. Os dois já empunhavam a espada e não podia haver dúvida de que traziam problemas. Ela cutucou Nigel com força e sacou a adaga.

Nigel praguejou e desembainhou a espada assim que o primeiro homem partiu para o ataque. A luta foi rápida, pois o adversário demonstrava ter bem pouca habilidade. O homem esperava que a surpresa garantisse a vitória, mas não era habilidoso sequer em surpreender.

O olhar de Nigel se fixou no segundo homem. Ele limpou a espada no gibão rasgado do morto e se endireitou devagar. Aquele homem alto e ruivo tinha ficado para trás, sem fazer nenhum esforço para ajudar o companheiro, o que confundiu Nigel até ele examiná-lo com mais cuidado. Ele segurava a espada com firmeza, mas o que chamou atenção foi a insígnia do clã em seu gibão acolchoado. Nigel sentiu uma pontada de esperança, mas tentou reprimi-la, ficar calmo e ser cauteloso. O desconhecido podia ser escocês, mas ainda estava armado, ainda o confrontava e permanecia num silêncio ameaçador. Se estivesse sozinho, Nigel sabia que iria correr o risco de confiar em seu conterrâneo, mas não precisava sentir o leve tremor de Gisele, atrás dele, para lembrar que havia bem mais em jogo.

– É escocês – disse ele.

– Sou – respondeu o homem.

– Não sei bem de qual clã, embora eu reconheça a insígnia que usa.

– MacGregor.

– Ah, claro. Sou sir Nigel Murray, de Donncoill.

– Sei disso – falou o homem de um jeito arrastado, sorrindo por um segundo. – É bem conhecido por muitos desta terra. Sou Duncan. Ninguém me conhece.

Nigel começou a relaxar lentamente, embora não compreendesse por quê. Não era porque o sujeito parecia simpático e até mostrava um pouco de senso de humor que ele e Gisele estariam em segurança. Nem significava que o outro os ajudaria de alguma maneira. Não eram apenas os franceses que podiam se sentir tentados pela vasta recompensa oferecida pela cabeça de Gisele.

213

– Veio aqui para tentar levar a moça para seus inimigos? – perguntou Nigel.

– Não nego que pensei nisso. Era por isso que estava com esse tolo. – Duncan se aproximou o bastante para cutucar o francês morto com a ponta da bota. – É um bocado de dinheiro, e nós, os MacGregor, temos muito gosto pela moeda.

– Foi o que ouvi. Não o deixarei levá-la.

– Não, não achei que deixaria. O que ela fez com o cabelo?

Gisele ficou boquiaberta enquanto olhava o homem de esguelha. Sentia que ninguém a culparia se começasse a achar que todos os escoceses eram completamente loucos. Os dois se encaravam com as espadas na mão, o porto estava lotado de inimigos, um morto caído a seus pés, no entanto não paravam de conversar. E o homem chamado MacGregor queria saber por que ela havia cortado o cabelo. O mais estranho era que Nigel não parecia surpreso nem ofendido. Tampouco parecia achar graça naquela pergunta esquisita.

– Bem, ela está tentando parecer um rapazinho – respondeu Nigel.

– Não parece. Acho que não ia parecer nem que tivesse raspado todos os cachos.

– Não, também acho que não. Vai tentar ganhar a recompensa? – perguntou de novo.

O homem hesitou por um momento, depois suspirou e guardou a espada.

– Não. Ganhei uma bolsa cheia de moedas por lutar aqui durante três anos. Não preciso acrescentar dinheiro sujo de sangue àquele que ganhei em batalhas honestas. Especialmente quando estão oferecendo dinheiro por uma mocinha dessas e por um de meus conterrâneos. Aqueles ali são os seus cavalos, parados na esquina? – perguntou ele, fazendo um sinal com a cabeça na direção de onde tinha vindo.

– São, sim.

Nigel guardou a espada devagar.

– Aquela eguinha cinzenta é um belo animal.

Nigel quase riu. O homem não queria ganhar o que chamava de dinheiro sujo de sangue, mas era óbvio que tampouco partiria de mãos abanando. Como tinha toda a intenção de tentar que o outro os ajudasse a ir para um barco, ele decidiu que era bom saber que Duncan MacGregor ambicionava algo que ele tinha. O pagamento não seria pedido, mas Nigel correria o risco de ofendê-lo se não lhe oferecesse algo.

214

– É, ela é linda. Acha que é boa o bastante para ajudar dois passageiros a embarcar num navio para a Escócia?

– Pode ser.

– Preciso tirar a moça deste país. Também desejo voltar a sentir o perfume da urze. Faz sete anos para mim.

– É um bocado de tempo, rapaz. Um bocado de tempo.

– Concordo.

Duncan franziu a testa por um momento e depois assentiu.

– Há um barco saindo dentro de algumas horas. Vão nele doze dos nossos. Acho que estarão dispostos a ajudar um membro de clã e uma mocinha.

– Mesmo quando ela vale um monte de moedas?

Nigel não tinha certeza se queria que muita gente soubesse que ele e Gisele estavam ali. Aumentaria as chances de que alguém se deixasse levar pela ganância e, em vez de partir para a Escócia, os dois se vissem capturados por sir Vachel. Dessa vez, o homem não seria derrotado com tanta facilidade e Gisele, sem dúvida, pagaria caro por não permanecer em sua cama.

– Não se preocupe, rapaz. São bons homens. Também não vão querer dinheiro sujo de sangue. Não, sobretudo quando virem que quem está sendo perseguido por esses idiotas franceses são um escocês e uma menininha minúscula, magricela, sem cabelo.

– Eu tenho cabelo – resmungou Gisele, mas nenhum dos dois homens prestou atenção nela.

– Esperem aqui – ordenou Duncan.

– Não estou certo de que este lugar seja seguro para nós – disse Nigel.

– Seguro o bastante, e bem mais seguro que qualquer outro lugar. Eu e esse tolo só vimos vocês porque estávamos de olho nos cavalos. Ele sentiu necessidade de ver quem seriam os donos dos animais, encontrou os dois aqui e ficou muito entusiasmado. Como eu disse, por um breve momento fiquei tentado pelo dinheiro e ele me convenceu a ajudar. – Duncan deu de ombros. – Acho que já havia mudado de ideia quando entramos no beco, mas não tive chance de avisar.

– Então vamos esperar aqui até sentir que o perigo cresce demais.

No momento em que Duncan escapuliu, Nigel se virou para Gisele e não ficou surpreso ao ver que ela o olhava como se tivesse ficado louco. Nem estava totalmente convencido de que ela estava errada em se preocupar. Se tivesse ouvido algumas das histórias que ele conhecia dos MacGregor, ela

215

ficaria ainda mais tensa. Não havia motivos para confiar em Duncan, mas ele confiava. Nigel rezava para não estar agindo daquele jeito apenas pelo fato de o outro ser escocês.

– Não conhece esse homem, não é? – perguntou ela.

– Não. Foi a primeira vez que o vi – respondeu.

– Sei. Houve alguma coisa no jeito dele de segurar a espada junto à sua garganta que lhe disse que era exatamente o homem que buscava para confiar nossas vidas?

Gisele sabia que soava sarcástica, até um tanto agressiva, mas não conseguiu se conter. Pelo pouco que havia visto de Duncan MacGregor, não tinha qualquer razão para confiar nele em nenhum assunto, muito menos numa questão de vida ou morte. Ele apenas compartilhava a língua e o lugar de nascimento com Nigel.

Nigel abriu um meio sorriso por causa da língua afiada de Gisele. Quando ela queria, podia manifestar uma agressividade admirável. Praticamente sentiu vontade de checar se não tinha arrancado sangue com suas palavras.

– Gostaria de ser capaz de lhe dizer por que acho que podemos confiar nele, querida, mas não posso. Não tenho razões que possam ser expressadas em palavras. Apenas confio. – Ele deu de ombros. – Talvez por ele não ter chegado a nos atacar, por ter revelado sua relutância desde o começo.

– Vamos dizer que eu aceite esse raciocínio fraco em relação a Duncan. Pode confiar seguramente em tudo o que ele nos disser? Ele admitiu ter sido tentado pela recompensa oferecida por mim. Talvez haja dinheiro pela sua cabeça também. Não é possível haver outros homens que se sintam tentados? Homens com quem ele pode estar falando de nós dois neste exato momento?

– Pode ser. – Ele a puxou para seus braços e lhe deu um rápido beijo. – Estamos encurralados, moça. Verdade, talvez possamos escapar daqui sem ser vistos, mas a cada porto vamos encontrar a mesma situação. Estamos aqui. Em breve um barco vai partir para a Escócia. Talvez eu tenha encontrado alguém que nos ajudará a chegar àquele barco. Estamos em condições de dar ouvidos ao medo e à desconfiança, fugindo do que poderia ser nossa única possibilidade de partir desta terra?

Gisele praguejou e caminhou de um lado para outro diante dele.

– *Non*, não podemos. Há algum jeito de nos protegermos caso ele volte com alguns amigos gananciosos?

– Podemos correr. – Ele tentou acalmar o olhar furioso dela com um sorriso maroto, depois ficou sério. – Não, não existe um jeito de nos protegermos e de confiar nele ao mesmo tempo.

Ela o fitou por um longo minuto antes de voltar a deixar o corpo se apoiar na parede e praguejar baixinho em francês. Seria maravilhoso acreditar que tinham encontrado alguém disposto a ajudá-los, mas não podia confiar em ninguém. Nigel também tinha razão ao dizer que não havia muitas opções disponíveis para os dois. Havia um barco prestes a partir para a Escócia. Havia um homem que dizia que os ajudaria a embarcar. Tudo o que restava era aguardar e pedir a Deus que ele não estivesse tentando mantê-los num lugar por tempo bastante para voltar com muitos homens prontos para capturá-los. Gisele não gostava daquela situação.

Quando Nigel se apoiou na parede ao seu lado, ela deu um sorriso amarelo. Ele compartilhava as mesmas preocupações, e ela podia ler isso naqueles olhos cor de mel. Não ganharia nada importunando-o. Gisele tomou sua mão. Na verdade, era por ele que sentia mais medo, mas também não queria dizer isso. Se fossem traídos, morreriam juntos. Se fossem levados para Vachel, essa morte seria extremamente desagradável, principalmente para Nigel, que tinha dado um soco no homem. Ela desejava ser capaz de encontrar um modo de protegê-lo enquanto se arriscavam com Duncan MacGregor, mas nada lhe ocorreu. No fundo do coração, Gisele sabia que Nigel não aceitaria, mesmo se ela conseguisse pensar em algo.

– Tenho que enfrentar o fato de que eu e meus problemas podemos causar a sua morte – murmurou ela.

– Não, os DeVeau, com toda a sua loucura, podem causar a minha morte – disse ele, apertando delicadamente sua mão, num gesto de conforto. – Precisa parar de se culpar por nossas dificuldades. Não são culpa sua.

– Pode ser verdade, mas dizer isso não basta para que eu me sinta menos em falta.

– É por ser uma moça teimosa que você não aceita a verdade se isso implicar que você tem que mudar de ideia.

– Sou teimosa? Essa acusação vinda do rei da teimosia me deixa envaidecida.

– Que língua afiada!

– Se vocês dois já tiverem acabado com os galanteios, podemos ir – disse uma voz grave vinda do lado de Nigel.

Junto do medo que tomou conta de Gisele ao ver a súbita aparição de Duncan, ela sentiu também completa surpresa e até uma pontinha de alegria por constatar que alguém era capaz de surpreender Nigel de fininho, como ele sempre fazia com ela. Ele já havia dado meia-volta, com a mão na espada, antes de perceber que era Duncan. Embora não tivesse sacado a espada e nem Duncan nem o homem magro que o acompanhava tivessem dado qualquer sinal de pegarem as suas, Nigel permaneceu tenso. Gisele percebeu que ele não acreditava realmente em tudo o que lhe dissera no esforço para acalmá-la. Não tinha total confiança em Duncan e não gostava da situação mais do que ela.

– Deveria ter cuidado ao se aproximar das pessoas assim – disse Nigel em voz baixa.

– Força do hábito – respondeu Duncan. Em seguida, acenou com a cabeça para um homem magérrimo ao seu lado. – Esse fiapo de homem é Colin, meu primo. Achei que podia precisar de ajuda para fazer com que os dois atravessem a multidão de aves de rapina vasculhando a área à sua procura.

– Acho que muitos deles parecem ser homens dos DeVeau.

– Quase a metade, se meu palpite estiver certo. Será que a mocinha pode ficar mais parecida com uma moça?

– Pode – respondeu Nigel, com cautela. – Isso é mesmo necessário?

– É. Se pudermos passar por um bando de bêbados com uma prostituta enquanto atravessarmos a multidão, talvez cheguemos até o barco sem ter que fazer um massacre de franceses.

– Pode funcionar. – Estava claro em sua voz que Nigel considerava o plano, mas então ele olhou para Gisele e franziu a testa. – Não há lugar para que ela possa se trocar e colocar o vestido e a capa que estão nos nossos alforjes.

– Não há ninguém atrás dessas construções. Está todo mundo nas ruas onde acontece o mercado. Eu não queria que alguém me flagrasse roubando três cavalos mais do que você quer que alguém veja você e a moça.

– Você vai estar aí – disse Gisele baixinho, sabendo que a ideia era boa, mas desconfortável por trocar de roupa tão perto de dois desconhecidos.

– Pois bem, mocinha, me parece que você precisa fazer uma escolha. Preza mais seu pudor ou a vida?

Gisele fitou Duncan por um momento e depois o primo silencioso, um pouco incomodada porque, pelo olhar deles, pareciam estar achando graça da situação. Depois olhou para Nigel, que franzia a testa diante de sua aparente indecisão. Era óbvio que ele também não gostava da ideia de Gisele trocar de roupa diante dos homens, mas via com clareza o mérito no plano de Duncan.

– Tudo bem. Se um de vocês puder segurar um cobertor, acredito que sou pequena o bastante para me abrigar atrás dele.

Duncan soltou uma gargalhada, mas prendeu o riso depressa, assim que viu o olhar furioso de Gisele. Sem dizer mais nada, foram todos para os fundos das edificações, onde Nigel havia prendido os animais. Ela pegou o embrulho com o vestido que Vachel lhe dera, mas Nigel a deteve. Gisele franziu a testa, confusa, quando ele retirou outro vestido de uma das bolsas, parando para guardar algo que estava embrulhado dentro dele. Ela então reconheceu o vestido. Era o mesmo que ela e Guy haviam tentado enterrar perto do rio.

– O que está fazendo com isso?

– Não vi motivo para jogar fora um vestido perfeitamente bom.

Ela sacudiu a roupa, um pouco surpresa por estar em tão boas condições depois de viajar no alforje dele por tanto tempo.

– Está um pouco amassado – murmurou.

– É melhor do que marchar pela cidade lotada de homens dos DeVeau usando um vestido presenteado pelo senhor deles. Ele deve ter dado aos homens uma boa descrição da roupa.

– É, e parece bom o bastante para ser usado por uma prostituta – disse Duncan. O homem deu de ombros quando Nigel e Gisele lhe lançaram um olhar furioso. – Na verdade, parece elegante demais – resmungou.

– Se isso foi uma tentativa de consertar algum insulto que possa ter proferido, foi uma tentativa muito ruim – disse Gisele.

– Sabe? Achei um pouquinho esquisito quando falaram da sua língua afiada ao descrevê-la. Como se pouco importasse a aparência. Começo a entender por que fizeram isso.

– Disseram que eu tinha uma língua afiada?

– É. Descreveram-na como uma mocinha minúscula, de cachos negros, magra e com uma língua afiada. Ah, sim, e vestida com roupas de rapaz que não lhe caíam bem. – Ele olhou para Nigel, ignorando a exclamação indignada de Gisele. – E descreveram você como um escocês corajoso, de cabelos ruivos. Mas não são tão ruivos assim.

– Tem um toque de ruivo – murmurou Gisele. – É mais castanho dourado.

– Isso tudo é muito interessante... – retrucou Nigel, ao segurar o cobertor. – Mas acho que seria melhor sairmos daqui, não é?

Entre o cobertor e o cavalo, Gisele lutou para tirar a roupa e botar o vestido depressa. A forma com que Nigel prestava atenção nos outros dois, para garantir que não a olhavam, garantia-lhe uma privacidade quase completa. Assim que se vestiu, Nigel não lhe deu muito tempo para pensar. Jogou a capa sobre seus ombros e tomou-a pelo braço. Duncan impediu-o de sair caminhando assim na direção do barco. Por um instante, Gisele temeu que aquele fosse o momento em que sofreriam uma traição, mas depois sentiu-se profundamente culpada quando Duncan revelou que estava apenas pensando na melhor forma de protegê-los no perigoso caminho até a embarcação.

– Ela deve ir no meu braço ou no de Colin, se preferir – disse Duncan.

– E por quê? – quis saber Nigel.

– Porque estão farejando os dois juntos. É mais sensato separá-los até entrarem no navio.

– Faz sentido – respondeu Nigel com cautela, e depois empurrou Gisele na direção de Colin. – Seu primo é uma opção melhor, porque tem cabelo escuro. Uma mulher e um escocês ruivo ainda provocariam alguma desconfiança, e não queremos que esses cães se aproximem de nós.

– E os cavalos? – perguntou Gisele quando Colin a tomou pelo braço e começaram a percorrer o beco.

– Vou mandar outros dois homens para cá, para buscá-los – respondeu Duncan. – Mais dois rostos que eles não estão procurando. Vão achar apenas que os homens estão pegando seus cavalos. – Olhou de relance para Colin e Gisele: – Tentem lembrar que encheram a cara de vinho, estão bêbados, amorosos, e cubra o rosto da dama com o capuz, para protegê-la.

Colin fez como o primo mandou. Gisele tentou relaxar quando o homem passou um braço magro em volta de seus ombros e a trouxe para perto. Nigel olhou com fúria até que Duncan botou seu braço em torno dele, apoiando-se nele como se estivesse tonto, e fez com que os dois chegassem à rua.

Quando entraram nas ruas movimentadas, Gisele ficou tensa, com medo de ser descoberta e louca para sair correndo. Colin apertou-a mais e ela se surpreendeu um pouco com a força daquele braço magro. Ele apertou o rosto no alto de sua cabeça e começou a falar numa língua que ela não compreendia. Ela o olhou, obrigando-se a sorrir, e encontrou seus olhos escuros bem fixos no rosto dela.

– Inglês? Francês? – perguntou num sussurro.

– Não. Gaélico. Sorria. É uma prostituta feliz que está prestes a ganhar algumas moedas.

Embora não soubesse ao certo como agiria uma mulher naquela situação, Gisele começou a fingir que estava mais bêbada do que sóbria e ansiosa para agradar o homem que cambaleava ao seu lado. Arriscou um olhar ocasional, muito breve, para Nigel e Duncan, que pareciam estar caindo de bêbados, chegando a começar a cantar alguma canção vulgar uma ou duas vezes. A forma com que Duncan tendia a esbarrar nas pessoas talvez fosse adequada a um bêbado, mas aquilo a deixava tão nervosa que ela precisou parar de olhá-lo.

Apenas uma vez alguém tentou detê-los. Duncan, com esperteza e astúcia, derrubou Nigel com a cara no chão ao abrir os braços para saudar o francês curioso, como se seu apoio vacilante fosse tudo o que mantinha Nigel de pé. Colin apertou-a ainda mais e fingiu estar dando um cheiro no seu pescoço. Ela sentia os longos cílios dele roçando sua pele e sabia que ele estava observando todo o confronto de perto. Quando o francês xingou Duncan de idiota e se afastou, ele ajudou Nigel a se levantar.

No resto do caminho até o barco só tiveram que lidar com algumas palavras de baixo calão e algumas brincadeiras vulgares. Assim que subiu a bordo, Gisele se afastou de Colin. Duncan soltou Nigel e chamou dois homens para pegar os cavalos. Quando eles esbarraram nela na saída, Gisele se encolheu, com os braços em torno de si mesma, e começou a tremer ligeiramente. Quando Nigel pôs a mão no seu ombro, de repente ela deu um salto.

– Você está bem, querida? – perguntou em voz baixa.

Ela assentiu.

– Vou ficar sentada ali um momento até acalmar o medo que essa longa caminhada provocou em mim.

– Não fui descortês – disse Colin –, ou ao menos tentei não ser. Mas ela tinha que parecer uma prostituta.

Ao ver que Gisele se sentava num grosso rolo de corda e se cobria com a capa, Nigel olhou para o agitado Colin.

221

– Não é culpa sua. Ela não era bem-tratada nem pelo marido nem pelo primo. Não aprecia o contato com um homem desconhecido, é só. É também porque estávamos muito próximos daqueles que desejam devolvê-la para aqueles desgraçados. Se os DeVeau a pegarem, ela será morta.

– É – murmurou Duncan enquanto olhava com atenção para um rapaz. – E você também. Os homens que estavam vasculhando aquela aldeiazinha não procuravam apenas a moça. Um certo lorde Vachel anda fazendo um escarcéu, dizendo que quer sua cabeça numa estaca.

Antes que Nigel pudesse dizer qualquer coisa, Duncan praguejou, pegou a adaga e a lançou. Um grito abafado, vindo de trás dele, fez Nigel se virar para ver onde a lâmina de Duncan havia ido parar. Um rapaz cheio de marcas de varíola estava preso à estrutura do barco. Parecia que o fio se aproximara muito da carne do jovem. Ele seguiu Duncan quando o outro foi ter com o rapaz.

– E aonde pensou que ia, garoto? – perguntou Duncan para o jovem pálido e trêmulo, retirando a adaga.

– Ia ajudar Ian e Thomas com os cavalos... – respondeu o rapaz, com a voz vacilante.

– Não, acho que não. Concordamos em não vender um dos nossos para os franceses, não foi? Mas talvez tenha achado que isso queria dizer que podia ficar com toda a recompensa para você.

– Não!

– Mente muito mal, William. Ei, Robert! – Duncan chamou outro dos escoceses a bordo. – Leve esse moleque ganancioso para o porão e não o perca de vista até estarmos distantes, em mar aberto. Então vou decidir se o jogo na água ou não.

– Muitos homens ficaram tentados pela recompensa – disse Nigel.

– É, sei disso. Inclusive eu. Não se preocupe. Não vou machucar o garoto. Mas vai ser bom para ele sentir um pouco de medo.

Nigel sorriu, cheio de compreensão, e dirigiu-se para junto de Gisele. Sentou-se e tomou a mão dela.

– Conseguiu se acalmar, querida?

Ela assentiu devagar.

– Acha que conseguiremos escapar deste vilarejo em segurança?

– É, começo a achar que sim. – Ele observou os homens que trabalhavam no navio por um momento. – Vamos partir em breve. Então poderemos ter uns três dias de descanso, sem ninguém no nosso rastro a todo minuto.

Gisele pensou que aquilo soava maravilhoso e esperou com ansiedade sentir o gosto de estar livre de perseguições.

A alegria acabou bem depressa, quando o barco finalmente zarpou. Ainda podiam ver a costa da França a distância quando Gisele descobriu que nunca seria uma marinheira.

Trêmula, depois de esvaziar o estômago por sobre a amurada, Gisele aceitou um pano úmido que Nigel lhe ofereceu e limpou o rosto. Agarrou-o com força nas mãos, com um calafrio, quando voltou a sentir vontade de se debruçar na amurada. Já ouvira falar do *mal de mer* e sabia que era o que sentia. Só queria saber quanto tempo aquilo ia durar.

– Pobre moça. Não é uma marinheira, não é? – Nigel acariciou suas costas. – Não se preocupe, vai passar assim que voltar a pôr os pés em terra firme.

Gisele pendurou-se de novo na amurada e concluiu que devia amar muito Nigel, pois nem tentara jogá-lo no mar.

CAPÍTULO VINTE E UM

Gisele gemeu e se sentou numa grande rocha úmida. Sabia que provavelmente iria arruinar o vestido, mas não se importava. Sem dúvida, já se encontrava em péssimo estado depois de tudo o que havia passado nos últimos dias. As pernas estavam bambas, tão instáveis quanto seu estômago, e ela não tinha forças para procurar um lugar mais limpo para sentar. Achava que haviam navegado durante três dias, mas não tinha certeza, pois passara a maior parte do tempo mais enjoada do que nunca em toda a sua vida. Pouco depois de saírem da França, a viagem inteira se tornara um terrível pesadelo para ela. Como a única forma de voltar para a França, um dia, seria de navio, ela decidiu que a Escócia lhe serviria muito bem como seu novo lar.

– Moça, vai ficar imunda e molhada se continuar sentada aí – disse Nigel.

Ela olhou para ele e seus dois novos amigos, Duncan e o taciturno Colin. Até onde entendia, nenhum deles havia demonstrado a devida preocupação com seu estado. Limitavam-se a dizer que em breve se sentiria melhor, que a viagem não era tão longa assim e outras banalidades. Sentia também que era um desaforo imperdoável o fato de não terem lhe oferecido de imediato algum tipo de cura milagrosa para seu tormento. Se não estivesse tão enjoada, teria feito com que se arrependessem profundamente disso.

– Preciso ficar parada um pouquinho – disse ela, mesmo aceitando a ajuda de Nigel para se levantar.

– Logo vai recuperar o equilíbrio para andar em terra firme, moça – disse Duncan.

– Que bom. E quando recupero meu estômago? Até onde sei, foi levado pela maré. Acredito que eu o perdi algumas horas depois de partir da França.

Gisele olhou, furiosa, para Duncan e Colin quando os dois riram. Ela voltou-se para Nigel e reparou que ele teve o bom senso de achar graça em silêncio.

Enquanto Nigel agradecia aos homens pela ajuda e entregava a Duncan a égua que ele tanto queria, Gisele tentou se manter de pé sem cambalear. Olhou para as selas dos cavalos e gemeu baixinho. Sabia que era uma decisão sensata deixar o porto o mais depressa possível. Se os DeVeau estivessem atrás deles ou se tivessem aliados na Escócia, seria o primeiro lugar onde iriam procurá-los. Gisele rezava apenas para que Nigel não a fizesse cavalgar para longe. Não estava brincando ao dizer que precisava ficar parada por algum tempo. Não era apenas um desejo de cravar os pés em terra firme. Depois de passar mal por tantos dias, ela se sentia completamente exausta.

A gratidão sincera e a cortesia que lhe fora tão bem ensinada deram forças a Gisele para se mover quando Duncan e o primo começavam a se afastar. Dirigiu-se até os homens e murmurou um agradecimento muito sincero. Abraçou os dois e sorriu quando eles coraram depois de ela dar um beijo na bochecha de cada um. No barco, tinha tido pouco tempo ou inclinação para conhecê-los melhor, mas eles haviam tentado ajudá-la, apesar de toda a inépcia. Nigel gostava deles e ela aceitava aquilo como uma recomendação muito respeitável de seu valor. Eles também os haviam ajudado a atravessar um porto repleto de DeVeau e a sair da França. Mereciam bem mais do que um beijo e um cavalo, mas os dois pareciam extremamente felizes com o que tinham ganhado.

Assim que os dois MacGregor partiram, Nigel colocou Gisele na sela e disse:

– Não vamos cavalgar por muito tempo, minha querida.

– Não precisa se desculpar – disse ela enquanto o via subir graciosamente na sela. – Compreendo que não seja uma boa ideia permanecer aqui. Se os DeVeau conseguiram antecipar que íamos em busca de um porto na França, então também devem ter imaginado que chegaríamos aqui.

– E podem estar vigiando os portos até agora – disse ele enquanto a conduzia pelas ruas movimentadas até os arredores da cidade. – Aqui e em outras cidades como esta ninguém ia reparar em alguns franceses rondando. – Ele olhou para ela e ficou preocupado com sua palidez. – Se não conseguir aguentar por muito tempo, me avise e encontraremos um lugar para acampar.

– Agora que deixei aquele barco, acredito que vou começar a me recuperar.

Nigel manteve um ritmo lento e ela ficou grata por aquela deferência. O ar fresco, frio e úmido e o ritmo contínuo sobre a sela começavam a revivê-la. O movimento do cavalo era algo com que estava acostumada, ao contrário do balanço do barco. Gisele ficava estarrecida ao pensar que alguém escolhesse entrar, de boa vontade, numa daquelas embarcações do inferno. Pior, havia até quem optasse por ganhar a vida no mar, balançando naquelas maldições dia após dia. Se não fosse pela Quaresma e por muitas regras da Igreja que ditavam o que ela devia comer e quando, Gisele duvidava que desejasse comer peixe outra vez em toda a sua vida.

A terra ao redor despertou sua atenção por algum tempo. O vilarejo e sua gente eram uma mistura gritante de riqueza e enorme pobreza, mas ela já vira disparidades como aquela na França. O terreno, porém, era diferente. A França também tinha colinas, rochas, árvores e todo o resto, mas ali tudo parecia bem mais selvagem, até mesmo com certa dureza. Sabia que aquele clima cinzento e enevoado contribuía para dar essa impressão, mas não era a única razão para que tudo lhe parecesse tão estranho. No entanto, pensou ela, também era belo. Gisele respirou fundo e praticamente sentiu o cheiro de algo indomável, o desafio que a terra oferecia a qualquer um que tentasse sobreviver dela. Decidiu que poderia amar aquele lugar quase tanto quanto já amava um de seus filhos.

Fixou o olhar nas costas largas de Nigel enquanto cavalgavam. Ali, em solo escocês, ela conseguia quase sentir quanto Nigel ansiava por voltar para sua família e para suas terras. Gisele desejava ser capaz de compartilhar de sua expectativa feliz. Era acusada de matar o marido e não tinha sequer certeza de que Nigel acreditava em sua inocência. Era difícil crer que a família dele a aceitaria como hóspede honrada. Mesmo se permitissem sua entrada na fortaleza e oferecessem abrigo generosamente, poderia ser a causadora de grandes problemas. Levar tantos dissabores aos portões de uma família que lhe oferecida hospitalidade lhe parecia, no mínimo, extremamente grosseiro. Gisele decidiu que ia discutir o assunto com Nigel quando fizessem uma parada à noite.

– Grosseiro? – Nigel fez uma breve pausa enquanto tirava as selas dos animais para fitar Gisele, espantado. – Está preocupada em ser grosseira?

– Não é tudo o que me preocupa, mas *oui*, é algo que levo em consideração – respondeu. O modo como Nigel a olhava, como se tivesse perdido o juízo com o balanço do barco junto de tudo o que estava na sua barriga, fez com que ela ficasse na defensiva. – Não é coisa pouca pedir à sua família que dê abrigo a alguém que metade da França está perseguindo. Aliás, alguém de cuja inocência você nem está convencido.

– Vou garantir em meu nome e é tudo o que precisarão ouvir.

Praguejando em silêncio, Gisele acendeu o fogo e estendeu a colcha enquanto ele cuidava dos animais. Estava tirando comida dos alforjes quando percebeu as palavras que ele havia acabado de dizer. Ele iria garantir em seu nome. Gisele afastou depressa uma onda de esperança de que Nigel acreditasse em sua inocência. Não era exatamente o que ele dissera. Podia estar dizendo apenas que garantiria à família que ela não mataria nem roubaria seus bens e fugiria no meio da noite. Não tinha como saber o que isso significava e deveria parar de tentar medir tudo o que ele dizia.

Depois de separar a comida, ela escapuliu para fazer suas necessidades e lavar a poeira da viagem. Também precisava se afastar de Nigel por um momento, apenas o suficiente para se recompor. Não ganharia nada se exigisse saber o que aquelas palavras significavam. Se ele não respondesse imediatamente que acreditava que ela não havia matado o marido, ela voltaria a se sentir dolorosamente decepcionada, e dessa vez tinha medo que ele percebesse a mágoa estampada em seu rosto. Agora que sabia que o amava, que tinha aceitado a verdade com relutância, suas emoções eram tão fortes e estavam tão à flor da pele que Gisele não tinha mais certeza de ser capaz de esconder qualquer coisa dele. Cada vez mais virava o rosto ou escapulia para ter um momento de solidão.

Quando se sentiu fortalecida o suficiente para enfrentá-lo, ela voltou ao acampamento e sentou-se ao lado dele. Recebeu pão e queijo e suspirou, resignada, enquanto comia. O alimento era suficiente e bom, mas Gisele estava ficando cansada daquilo. Queria se sentar numa mesa e comer uma refeição de verdade. Percebeu que não conseguia se lembrar da última vez que isso havia acontecido. Mesmo na ocasião em que se hospedara com um dos pouquíssimos parentes dispostos a abrigá-la, ela havia precisado permanecer escondida, impossibilitada de participar de algo tão simples quanto uma refeição familiar. Sabia que deveria estar grata por terem o que comer, mas a gratidão não diminuía o desejo de resgatar alguns dos confortos com que tinha sido criada.

– Um pouco de comida na barriga vai ajudá-la a se recuperar – disse Nigel, entregando-lhe o odre.

Gisele tomou um longo gole antes de devolver o vinho.

– Já ajudou. Sinto-me mais tranquilizada e mais forte.

– Bom, pois parecia um tanto melancólica.

Ela sorriu.

– Estava apenas sentindo pena de mim mesma. Não me interprete mal. Tem cuidado bem de mim, mas percebi que faz muito tempo desde que me sentei à mesa para uma refeição de verdade.

Nigel abriu um sorriso e passou o braço em volta de seus ombros. Depois assentiu.

– Também faz muito tempo para mim. Eu compreendo esse sentimento. É, sinto falta não só de me sentar à mesa, mas de ter diversos alimentos para escolher.

– *Oui*, seria maravilhoso. A caça que conseguiu e cozinhou era deliciosa e foi muito bem-vinda – acrescentou ela depressa.

– Mas foi rara. Sei disso e sei também que não está fazendo uma crítica. As pessoas da casa do meu irmão oferecem uma bela mesa. Vai encontrar tudo o que quiser e em grande quantidade. Se nada diminuir nosso ritmo de viagem, devemos estar sentados naquela mesa em uma semana, talvez menos.

Gisele ficou com água na boca só de pensar, mas então afastou aqueles desejos egoístas. Nigel havia descartado suas preocupações crescentes com sua família, mas o assunto tinha que ser mencionado. Quando ele lhe falou do plano pela primeira vez, parecera muito bom, mas as coisas estavam bem diferentes naquele momento. A perseguição se intensificara e, se Vachel estava tão furioso com sua fuga quanto ela suspeitava, tudo podia piorar. Apenas a proclamação de sua inocência seria capaz de interromper a caçada, e ela não tinha certeza de que isso viesse a acontecer. Havia muita encrenca em seu rastro para que pudesse aparecer à porta de pessoas que nem a conheciam.

– E sentado conosco naquela mesa vai estar um bocado de problemas – disse ela em voz baixa.

– Preocupa-se demais com isso, moça.

– Um de nós deveria se preocupar. Está prestes a pedir muito de sua família. De fato, talvez esteja arrastando os seus para uma briga que não tem qualquer relação com eles e da qual não ganharão nada.

– Sua vida vale todo esse sacrifício – disse ele num tom suave e solene. – Meu amor, eles vão querer participar desta luta e não apenas porque vou pedir a eles ou porque jurei, pela minha honra, protegê-la. Eles a ajudarão porque é a coisa certa a fazer. É errado que você seja perseguida deste jeito pelos DeVeau, exigindo seu sangue pela vida daquele desgraçado com quem foi obrigada a se casar. Qualquer tolo pode ver isso e não há tolos na minha família. Pelo menos, não neste momento.

Ela sorriu de leve, achando graça das suas últimas palavras, mas depois olhou direto nos olhos dele sem fazer qualquer tentativa de ocultar sua profunda preocupação.

– Precisa deixar isso com eles. Deve lhes dizer toda a verdade sobre o motivo da perseguição.

– É o que pretendo fazer. Não fará diferença. Eles vão entender, porque a honra…

– *Non* – interrompeu Gisele bruscamente. – Não fale de seu juramento e não fale de honra, nem da sua nem da deles. Não diga a eles que jurou me proteger. Seria obrigá-los a fazer o que queremos. E, no fundo do coração, talvez prefiram dizer *non*. Sentirão que se você está preso pela honra, eles também estarão, pois não desejarão sujar seu nome.

– Ainda assim, vão dizer que sim e querer cuidar de você.

– Nenhuma palavra sobre o juramento. Aceita?

– Aceito. Mas você verá que eu falo a verdade. Não vão agir por desejar salvar minha pobre honra esfarrapada, mas porque desejarão sinceramente salvá-la.

Gisele deu um gritinho de surpresa quando ele, abruptamente, a jogou sobre a colcha.

– E assim termina nossa conversa?

Nigel riu ao começar a tirar a roupa dela.

– Tem mais alguma coisa para dizer?

– Só mais uma. Se decidirem que sou mais encrenca do que desejam suportar, será que posso ter apenas uma refeição decente uma única vez antes de partir?

Ela riu com ele e retribuiu seu beijo com avidez. Era, sem dúvida, uma tolice, mas se sentia segura. Também estava ávida por Nigel. A viagem a fizera passar mal ao longo de praticamente todos os quilômetros que separavam a França da Escócia, e os únicos toques de Nigel foram um carinho ocasional nas suas costas ou apoiar sua cabeça enquanto ela sofria. Embora estivesse cansada, não queria perder mais uma noite sem saborear a paixão que compartilhavam.

Enquanto retribuía cada carícia, cada beijo, ela revelava em silêncio o amor que nutria por ele. Quando os dois estavam presos pela intensidade do desejo, ela não tinha força nem vontade de esconder seus sentimentos. E como ele parecia tão envolvido quanto ela, Gisele não temia que ele adivinhasse o que ela sentia. Tinha certeza de que um sentimento assim exigia palavras que confirmassem sua existência.

Ao expressar seu amor pela linguagem da paixão, por cada carícia, por cada beijo, ela também ganhava forças para ocultá-lo pelo resto do tempo. Era como se o sentimento se tornasse tão grande em determinados momentos que ameaçasse transbordar. Ela temia acabar balbuciando uma confissão confusa para um Nigel de má vontade. A última coisa que queria era desnudar o coração para o homem, entregá-lo a ele e vê-lo devolvido com elegância, indesejado. Nos confins do ato do amor, ela conseguia se sentir livre para deixar o coração assumir o comando.

Depois de compartilharem o prazer com uma força que sempre a assombrava, Gisele deixou que a exaustão tomasse conta de si. Encolheu-se junto a Nigel, adorando sentir o calor de seu corpo tão próximo ao dela, e fechou os olhos. Se a intensidade do desejo servisse de indicação dos sentimentos de alguém, então Nigel também devia amá-la, mas Gisele sabia que essa era uma esperança vã. A paixão não tomava conta do coração de um homem como acontecia com as mulheres. Na melhor das hipóteses, ela talvez se tornasse a melhor amante da sua vida. Enquanto o sono começava a dominá-la, ela concluiu que isso seria melhor que nada. Pelo menos, permaneceria em sua mente como uma doce lembrança. Seria melhor ter o amor retribuído, mas poderia encontrar consolo se soubesse que não seria esquecida.

Nigel fitou a mulher profundamente adormecida em seus braços. Em breve chegariam aos portões de Donncoill e Gisele ficaria diante de Maldie. Já estava na hora de contar a ela sobre o passado, mas ele era covarde demais. Era uma história constrangedora e ele se sentia encabulado. Ainda achava que havia traído o irmão Balfour de algum modo, embora nunca tivesse sequer tocado em Maldie. E não diminuía seu constrangimento o fato de todos que importavam para ele em Donncoill saberem muito bem por que ele partira, inclusive a própria Maldie.

Por algum tempo, enganara a si mesmo achando que não havia realmente tanta semelhança entre as duas. Porém a mentira confortável se desfizera praticamente no momento em que pusera os pés na costa da Escócia. Gisele e Maldie eram pequenas, as duas tinha cabelos pretos e olhos verdes e compartilhavam de uma personalidade assustadoramente semelhante. Se fosse capaz de continuar defendendo a mentira, ele seria o único que acreditaria nela.

Teria que contar a Gisele alguma coisa nos próximos dias, antes de alcançarem os portões de Donncoill, ou poderia ver sua amante carinhosa se transformar numa estátua de gelo. Seria uma perda que ele não queria enfrentar. Infelizmente, contar tudo a ela poderia provocar o mesmo resultado.

Nigel amaldiçoou sua situação em silêncio e aceitou o fato de que provavelmente dormiria bem pouco até aquele temido confronto ser superado. Tinha o terrível sentimento de que deixaria a covardia prevalecer e que torceria pelo melhor resultado possível. Afinal de contas, contar tudo a Gisele teria as mesmas consequências que deixar que ela chegasse às próprias conclusões. Por que privar-se de mais algumas noites em seus braços?

– O que é isso? – perguntou Gisele ao se sentar e passar de leve a mão sobre um monte de delicadas flores brancas.

– A urze – respondeu Nigel, sentando-se ao seu lado.

– Ah, aquilo cujo aroma você e Duncan queriam tanto sentir.

Ele sorriu e tocou a planta com reverência.

– É. Foi o que dissemos. Acho que queríamos dizer mais do que isso. Acho que é a terra inteira, o cheiro da própria Escócia. A urze, bela como é quando cobre as colinas com suas cores, é apenas uma pequena parte disso.

Ela beijou seu rosto quando ele exibiu uma expressão grave.

– Eu compreendo. Há algo selvagem no ar, um desafio para aqueles que caminham por essas colinas.

Nigel delicadamente fez com que ela se deitasse no chão macio, coberto de musgo, impressionado, feliz porque ela compreendia, porque ela dividia aquele sentimento. Faltavam poucas horas para chegarem a Donncoill, mas ele tinha controlado sua ansiedade para terminar a viagem e fizera uma pausa para o descanso. Sabendo que em breve ela se sentiria compelida a se afastar dele, Nigel admitia pesarosamente que havia parado na esperança de fazer amor com Gisele uma última vez. As palavras revelavam que ela já sentia algum tipo de relação com a terra, ele sabia, e aquilo tornaria ainda mais difícil perdê-la.

Havia algo que ele sabia que poderia fazer, a única coisa que talvez impedisse que ela pensasse o pior dele. Poderia dizer a Gisele que a amava, poderia pedi-la em casamento. Ainda ficaria magoada ao ver Maldie e, sem dúvida, questionaria a sinceridade de seus votos, mas aquelas três palavrinhas talvez fizessem com que ela lhe desse uma chance de se explicar. No entanto, Nigel sabia que não conseguiria. Não tinha certeza de que a amava. A confusão que sentia era intensa e implacável. Nenhuma mulher o havia abalado como Gisele, nenhuma provocara sua paixão com tamanha intensidade, bastando para isso um simples sorriso, e nenhuma tinha conseguido fazer com que sua mente se interessasse tanto quanto seu corpo durante tanto tempo. Nenhuma exceto Maldie. Não queria prometer a Gisele amor e matrimônio, fidelidade e devoção, e depois dar uma olhada em Maldie e descobrir que era tudo mentira. Não podia magoar Gisele oferecendo-lhe um coração que poderia ainda estar preso a outra mulher.

Gisele estendeu o braço e alisou a ruga que se formava na testa dele.

– Para um homem que está a poucos quilômetros de seu lar bem-amado, o lugar que ele não vê há sete longos anos, você não parece tão feliz.

– Acho que fiquei inseguro sobre a acolhida que vou receber – respondeu ele.

– Por causa do motivo de sua partida? – ela ficou tensa, perguntando-se se ele lhe contaria toda a verdade sobre o motivo que o fizera passar tantos anos longe da terra que ele obviamente amava.

– É, é uma parte da preocupação. Também existe o fato de que depois de tanto tempo, muitas coisas terão mudado, assim como as pessoas. Acredito que eu também mudei um pouquinho.

Nigel se amaldiçoou em silêncio por ser o maior covarde do mundo a caminhar sobre dois pés. Aquela havia sido a oportunidade perfeita para contar tudo e ele se esquivara com a mesma rapidez com que escaparia de um golpe de espada. Era um segredo, embora não fosse tão bem guardado assim. Era algo que ele não queria ter que contar, a não ser que fosse obrigado. Nigel rezava para que Gisele lhe desse pelo menos uma oportunidade de dar explicações se o encontro familiar azedasse.

Profundamente decepcionada por ele não lhe falar da mulher de quem havia fugido, Gisele levou um momento para se recompor, beijando o rosto dele várias vezes para que ele não pudesse enxergar a mágoa em seus olhos. Rezou para que ele não permitisse que ela descobrisse sozinha alguma verdade muito dura, através de rumores sussurrados ou mesmo com os próprios olhos. Ainda que não gostasse do que ele tinha para contar, ela preferia ouvir a verdade dos lábios dele. Não havia muito tempo pela frente, porém, e se questionar sobre o segredo poderia roubar a beleza daquele momento. Era a última coisa que ela queria. Gisele respirou fundo para recobrar as forças, obrigou-se a sorrir e concentrou-se em acalmar a insegurança que Nigel parecia sentir.

– Vão ficar feliz ao vê-lo com vida e inteiro – disse ela. – Se houve mudanças em Donncoill ou em seus habitantes, suspeito que não seja nada a que você não possa se adaptar. No fundo, continuarão a ser a mesma família que você conheceu.

– É, você tem razão. Tem sido difícil ter notícias deles ou mandar notícias a eles, e comecei a achar que me encontraria entre desconhecidos. Ou talvez que eu tivesse me tornado um desconhecido. É uma tolice, talvez porque esteja ansioso demais para voltar para casa.

– Então voltamos para os cavalos?

– Não, ainda não. – Ele começou a desamarrar o vestido dela devagar. – Está um dia lindo, de sol quente, e você não está aqui há tempo suficiente para descobrir que grande bênção é esta. Achei que poderia aproveitar um pouquinho.

– Ah, então é o dia que você deseja aproveitar? – murmurou ela jogando a cabeça para trás, para permitir acesso livre a seu pescoço.

Nigel apenas riu e continuou a fazer amor. Tinha um desejo premente de parar ali, construir um abrigo e mantê-la naquele lugar. Estaria perto o suficiente da sua família, para visitá-los sempre que quisesse, e Gisele nunca teria que pôr os olhos em Maldie. Sabia que era uma loucura completa e afastou a ideia. Mesmo se pudesse manter Gisele distante de sua família, aquilo não poderia durar muito tempo. Alguém diria algo ou a própria Maldie apareceria para ver onde ele estava se escondendo. Não seria possível evitar o confronto que ele tanto temia. Só podia rezar para que não fosse tão ruim quanto imaginava.

Gisele franziu a testa ao acolher Nigel em seu corpo. Seu desejo era intenso, selvagem, mas ela não estava cega a ponto de não perceber alguma diferença no comportamento dele. Havia um quê de desespero nas suas carícias, no modo feroz com que os fez atingir o auge do desejo, como se sentisse que seria a última vez que fariam amor. Gisele decidiu que não queria saber por que ele pensava assim, temia até cogitar seus motivos. Envolveu seu corpo e decidiu se perder completamente nas sensações que ele provocava. Se aquela fosse a última vez que estaria em seus braços, ela não queria diminuir o prazer pensando demais.

Nigel falou pouco quando finalmente se afastaram e começaram a se vestir. Ele havia murmurado algumas palavras elogiosas, mas Gisele não se deixara enganar. Em geral, suas palavras bonitas a faziam sentir-se querida, bela e desejada. Dessa vez, parecia que ele estava apenas dizendo palavras repetidas muitas vezes, despidas de sentimento ou pensamento. Sentiu uma pontada de vergonha, como se tivesse sido usada tal qual uma das meretrizes que ele frequentara na França, mas lutou para tirar da cabeça aquele pensamento terrível. Não foi fácil. De repente havia uma distância entre eles, e ela ficou apavorada.

Quando voltaram a montar e retomaram a viagem, ela repetiu a si mesma que deixasse de ser tola, deixasse de ver fantasmas onde não existiam. Nigel estava inseguro do que encontraria em Donncoill, com a mente tomada por medos e preocupações. Não era nada além disso. Suas próprias incertezas sobre o encontro com a família dele a deixaram inquieta e ela tentava atribuir a Nigel a culpa pelo seu desconforto.

Quase se convencera daquilo quando Donncoill finalmente apareceu ao longe. Era uma fortaleza impressionante, embora parecesse inacabada. Gisele sabia que, depois de concluída, rivalizaria com muitas na França. Nigel não voltava para um forte com uma pequena torre, como tantos que ela vira durante a viagem, mas para uma grande propriedade, capaz de orgulhar qualquer homem. Porém, quanto mais se aproximavam, mais devagar pareciam seguir. Gisele ficou com a nítida impressão de que Nigel daria meia-volta e sairia correndo se pudesse encontrar algum bom motivo para isso. Nada daquilo fazia sentido e ela teve uma imensa vontade de parar, arrancá-lo da sela e perguntar a ele o que o perturbava tanto.

A saudação que receberam ao atravessar os grandes portões de ferro foi tão calorosa quanto qualquer um poderia desejar. Nem isso aliviou a expressão sombria de Nigel. Enquanto ele a ajudava a descer da sela, Gisele precisou se conter para não fazer perguntas. Ela não gostava de surpresas e começava a suspeitar cada vez mais que ia ter uma bem grande e extremamente desagradável.

Um homem enorme agarrou Nigel quando ele passou pela porta e o abraçou com força. Aquela saudação amorosa foi repetida depressa por um homem mais velho e depois por um jovem sorridente. Se Nigel temera não ser acolhido ou receber um tratamento distante dos familiares, aquele medo podia muito bem ser esquecido. Quando ele se voltou para tomá-la pela mão, porém, ela olhou bem em seus olhos e sentiu seu sangue gelar. Ele continuava inseguro, quase assustado. De repente, não queria saber o que deixara seus olhos daquele jeito e lutou contra um desejo súbito de sair correndo de Donncoill. Se algo assustava Nigel, ela não sentia vergonha de ficar apavorada também. Queria apenas saber o que era.

Ela retribuiu a saudação educada de todos ao ser apresentada aos irmãos de Nigel, Balfour e Eric, e ao oficial James. O modo com que todos olhavam para ela e então para Nigel a deixou nervosa. Era como se compartilhassem um segredo sombrio.

– Nigel – chamou uma voz suave, e todos os homens se voltaram para olhar a mulher que descia a escada correndo.

Gisele observou a mulher cumprimentar Nigel com um abraço e um beijo no rosto antes de se voltar para ela. Sentia que todos a olhavam fixamente, mas não se importou. Toda a sua atenção estava na mulher que Nigel apresentava como a esposa de seu irmão Balfour, Maldie. Foi difícil não estremecer ao sentir que o sangue gelava em suas veias.

Não havia como ignorar a semelhança entre ela e Maldie. À medida que Gisele percebia as características, sentia-se mais enojada. Seu coração ficou tão apertado dentro do peito que ficou difícil respirar. Sabia que aquela era a mulher de quem Nigel fugira, mas não era por isso que ela sentia uma agonia tão grande em suas entranhas.

Maldie era um pouco mais velha que ela, esperava um filho, mas só isso impedia que parecessem ter saído do mesmo ventre. Tinha o mesmo cabelo preto e espesso, os mesmos grandes olhos verdes e praticamente o mesmo tamanho e altura. Durante todo o tempo em que se apaixonava por aquele homem e se perguntava se ele um dia poderia lhe querer bem, enquanto se amavam com intensidade cruzando toda a França e a Escócia, Nigel nunca a vira de verdade. Ele a usara. Sem saber ao certo se poderia conquistar seu coração, ela descobrira conforto em pensar que a paixão e o companheirismo que foram dela por um tempo seriam, pelo menos, uma doce lembrança. Tinha sido uma completa idiota. Ele não fazia amor com Gisele DeVeau. Ele fazia amor com a esposa de seu irmão.

CAPÍTULO VINTE E DOIS

— *D*everia ter me contado, Nigel – disse Gisele baixinho, querendo extravasar sua fúria, mas ciente de que não era nem o momento nem o lugar para agir assim. – Foi muito cruel de sua parte não mencionar nada.

– Gisele... – começou ele.

Era pior do que imaginara. Nunca a vira tão abalada desde que testemunhara suas tentativas compulsivas de retirar da sua pele as marcas das mãos de Vachel DeVeau. Nigel ansiava por suavizar aquelas rugas em seu rosto, por devolver a vida a seu olhar, mas temia ter acabado de perder qualquer possibilidade de fazer isso. E, infelizmente, sabia que queria uma chance, que ele a queria e a mais ninguém. Bastara dar uma olhada em Maldie para saber, sem a menor sombra de dúvida, que nada sobrevivera dos sentimentos que nutrira por ela no passado. Não amava mais Maldie e provavelmente já não a amava fazia muito tempo. Amava Gisele, a mulher que agora o olhava como se ele fosse o homem mais cruel, mais desprezível que ela conhecera. Deixar de mencionar Maldie talvez tivesse sido o maior e mais caro erro de sua vida.

– *Non*. – Ela se afastou quando ele tentou tocá-la. – É tarde demais.

Sentia-se tão estraçalhada por dentro que chegava a se surpreender por não estar sangrando. Os olhares tensos e constrangidos nos rostos dos parentes de Nigel ajudaram-na a manter a dor sob controle, embora ela soubesse que não conseguiria se conter por muito tempo. A imensidão da sua mágoa não permitiria que ela a ignorasse. A família de Nigel, porém, não merecia testemunhar aquilo, nem Gisele sentia desejo de desnudar sua alma diante deles. Com certeza, não queria desnudá-la diante de Nigel. Se houvesse alguma conversa ou alguma consequência da crueldade de Nigel, ele passaria por aquilo sozinho. Era o que merecia. Gisele precisava ir para algum lugar onde pudesse ficar sozinha para tentar lidar com as emoções que a consumiam por dentro.

– É uma honra conhecê-los – disse ela, feliz porque sua voz parecia tranquila, embora tivesse que fazer força para isso. – No entanto, imploro vossa gentileza. Gostaria muito de ir para um quarto. Preciso lavar a poeira da viagem e repousar um pouco.

– Claro que sim – disse Maldie, dando um passo à frente.

Depois de lançar um olhar incisivo e zangado para Nigel, algo que parecia prometer um castigo severo, ela tomou o braço de Gisele e levou-a até uma mulher idosa e gorducha que se encontrava aos pés da escada.

– Margaret, por favor, leve lady Gisele para um quarto e providencie tudo o que ela precisar.

Nigel enfim superou o choque e a indecisão, mas, quando fez menção de seguir Gisele subindo as escadas, Maldie bloqueou sua passagem com firmeza.

– Preciso falar com Gisele – argumentou ele.

Por um instante, considerou a possibilidade de simplesmente tirar Maldie do caminho, depois olhou para seu ventre protuberante. Balfour não apreciaria que ele se comportasse de tal modo com sua mulher. Nigel também suspeitava que Maldie tinha razão. Gisele não ia querer ouvir uma palavra sequer naquele momento e ele não sabia ao certo o que queria dizer ou o que precisava dizer a ela. Talvez ela gostasse de ouvir um pedido de perdão, mas por certo não seria o suficiente para diminuir a sensação de ter sido traída.

– Deveria ter conversado com ela há muito tempo, pelo que estou imaginando – retrucou Maldie, agarrando-o pelo braço e empurrando-o para o grande salão. – Agora vai conversar conosco.

– Desde quando Maldie se tornou a senhora de Donncoill? – Nigel perguntou, olhando para os irmãos e para James, enquanto Maldie levava os quatro para a grande mesa do salão principal, parando apenas para mandar um pajem trazer comida.

James abriu um pequeno sorriso quando se sentou diante de Nigel.

– Suspeito que não muito depois de ter entrado por esses portões. Demoramos só um pouquinho para perceber que tínhamos perdido o poder. – Ele lhe lançou um olhar severo. – Acho que não se portou bem nessa situação, meu rapaz.

Maldie emitiu um som agudo de desdém ao se sentar à direita de Balfour.

– Acho que ele se comportou como um desgraçado, e, provavelmente, um grande tolo – disse ela, ignorando os murmúrios de protesto vindos dos irmãos de Nigel e de James. – Mas, antes de arrancarmos toda a carne desse osso, talvez você possa nos dizer quem é nossa hóspede e por que fez toda essa viagem.

Depois de considerar por um instante a hipótese de sair correndo da sala, Nigel respirou fundo e contou a história de Gisele. Hesitou apenas por um momento antes de contar também o que sabia sobre o tempo que ela havia passado com o cruel Michael DeVeau. Aquelas pessoas nunca trairiam suas confidências. Quando terminou seu relato, não tinha a menor dúvida de que botariam toda a força de Donncoill entre Gisele e os DeVeau. Nigel queria apenas que ela estivesse ali para ver com os próprios olhos a determinação de sua família.

– E quando foi que concluiu que ela não havia matado o sujeito? – perguntou James, enchendo o prato distraidamente com um pouco da comida que o pajem havia servido.

Nigel fitou o homem, perguntando-se como poderia ter esquecido do dom de James de enxergar direto no coração das pessoas.

– Demorei um pouquinho. Não a culpava por ter matado o desgraçado, pois eu podia entender muito bem como ela teria sido levada a essa situação.

Mas quando insistiu em aprender a usar a espada, houve um momento em que vi com clareza que a moça não era capaz matar um homem. Poderia até fazer isso se houvesse uma ameaça bem concreta à sua vida ou à minha, como demonstrou no dia em que fui ferido. Mas assassinar e mutilar um sujeito quase desmaiado de tão bêbado? Não, ela não faria isso, por mais que o desgraçado merecesse. Acho que foi o parente de alguma moça que ele tomou e em quem bateu até deixar à beira da morte.

– Se a família de Gisele provar sua inocência, pode ser que outras pessoas paguem caro pelo que não passou de justiça – disse Balfour.

– É – concordou Nigel com relutância. – Mas pelo menos são os reais assassinos. Se ninguém aparecer para assumir a responsabilidade, então uma moça inocente vai pagar com a vida. Na verdade, acho que merecem ser punidos por não terem dito nada quando ela foi acusada e por permanecerem sem fazer nada enquanto ela passava um ano de sua vida fugindo e se escondendo.

– Tem isso... – concordou Balfour.

– E agora podemos falar do crime mais recente cometido contra a moça? – perguntou Maldie, olhando para Nigel com fúria.

– Amor, ele salvou a vida dela – disse Balfour com calma, acariciando com delicadeza a mão de Maldie.

– Eu sei, e ele deve ser louvado por isso, embora eu suspeite que ele talvez não tivesse a mais pura das intenções no início. E não importa. Acho difícil dizer, mas todos nós sabemos por que partiu há sete anos. Agora volta trazendo uma moça que parece tanto comigo que poderia se passar por minha irmã. Espero do fundo do coração... Não, eu rezo para que não tenha... – Ela tropeçou nas palavras, incapaz de dizer o que pensava.

Balfour olhou para o irmão.

– Não usou a mocinha desse jeito, usou, Nigel?

Nigel fechou a cara e depois quase sorriu pelo modo como todos se esforçavam tanto para não dizer exatamente o que pensavam.

– Não, não tentei substituir a mulher que eu queria por aquela pobre moça.

Ele notou o desconforto de Maldie e lamentou sinceramente por isso, mas ao menos dessa vez tinham que falar a verdade nua e crua.

– Tem certeza, Nigel? – perguntou Eric, com um ar quase solene no belo rosto. – Se podemos perceber a semelhança, você não pode dizer que não percebeu.

– Ah, sim, eu percebi. Mesmo com o cabelo curto, mesmo usando roupas de rapaz, como fez durante nossa fuga pela França, e mesmo com aquele jeito esquisito de falar nosso idioma. É, eu vi muito bem e isso me perturbou a cada passo do caminho. Cada vez que pensava que sabia o que sentia pela moça, eu duvidava. Como não duvidaria?

– Deveria ter contado a ela. Mesmo se tivesse de confessar a própria confusão, deveria ter dito a ela.

– Rapaz, sempre admiramos sua honestidade e desejamos ser tão rápidos com a verdade quanto você, mas às vezes não é tão simples.

– Vocês são amantes. A moça enfrentou muitas traições no ano que se passou. Ao não dizer nada a ela, você acrescentou mais uma. Ela não recebeu qualquer alerta seu, nenhuma dica de que estava com os sentimentos divididos. No entanto, suspeito que ela soubesse que você havia deixado esta terra por causa de uma mulher. E se isso é verdade, ela vem para cá achando que seu amante a leva para um lugar onde poderia encontrar segurança e paz. E o que ela encontra? Os fantasmas dele. No momento em que ela pousou os olhos na nossa Maldie, ela entendeu quem era a pessoa que você deixou para trás, por que partiu e por que se aproximou dela.

– Eric tem razão – disse Maldie, em voz baixa. – Deixou que ela viesse para cá sem oferecer-lhe uma explicação, nenhuma palavra para lhe dar alguma ideia de que tudo o que compartilharam significava algo para você. Mesmo se estivesse convencida de que você gostava dela de algum modo, ela passou a acreditar que tudo era falso ao me ver. Nigel, pense. A moça deve ter sentimentos por você, pois permitiu que se tornasse seu amante, apesar de toda a mágoa e da traição que enfrentou. Sabe-se lá o que se passava na cabeça dela, mas duvido que tenha pensado que estava sendo apenas usada como uma espécie de substituta para a mulher que você queria. E posso garantir, é isso mesmo que ela está pensando bem agora. Está se sentindo a maior tola do mundo.

– Está claro que descobriu como ela se sentia antes de chegar aqui – disse Balfour. – Então por que não lhe contou tudo? Se tivesse contado tudo, agora só precisaria tranquilizar algumas dúvidas.

– Não sabia ao certo até chegar aqui, até o momento em que vi Maldie e Gisele juntas – respondeu Nigel em voz baixa.

– Jesus! – Maldie blasfemou baixinho. – Esperou até que pudesse nos comparar?

– Não, não foi nada tão baixo assim. Era o único modo de dissipar o resto da minha confusão. Eu não a magoaria dizendo palavras que poderiam acabar sendo mentira. – Ele fez uma careta de desgosto com seu comportamento. – Em vez disso, fiquei em silêncio e provavelmente a magoei ainda mais.

– Quer a moça? – perguntou James.

Nigel deu um sorriso torto.

– Quero, sim. Quero a moça.

– Então vai ter que cortejá-la.

– James, não acho que ela irá permitir que eu chegue perto dela. Vai ser muito difícil cortejá-la a distância.

– Ela precisa ficar aqui. Não tem para onde ir, e as pessoas estão à procura dela para colocar um laço em seu belo pescoço. Talvez não seja fácil fazer com que ela pare e ouça, mas é o que precisa fazer. Tem que dizer toda a verdade e demonstrar que é ela quem você quer. Somente ela. Vamos lá, rapaz, nunca teve problema com as moças antes. Se fizer um esforço, acho que consegue conquistar essa daí. Vai levar tempo. Mas não acha que vai valer a pena?

– Ah, vale. Vale a pena. Só não sei bem se ela ainda acha que eu tenho qualquer valor depois de tudo isso.

Gisele estirou-se na cama e fitou o teto, os punhos fechados ao lado do corpo. Tinha se banhado, comido o alimento trazido até ela – apesar de ter o gosto de cinzas em sua boca – e vestido uma camisola limpíssima de linho colocada ao lado da cama por Margaret. Não havia mais nada a fazer, nada para se distrair. Estava completamente a sós com seus pensamentos e desejava desesperadamente que não tivesse que ser daquele jeito.

Entregou-se às lágrimas depois de decidir que não adiantava combater sua grande vontade de chorar. Deitou de bruços e soluçou nos travesseiros macios até não lhe sobrarem mais lágrimas e seus olhos ficarem vazios e ardidos. Para seu desencanto, aquilo a deixou exausta, mas não o suficiente para cair no sono. Nem mesmo serviu para abrandar a dor.

Ainda achava difícil acreditar na traição de Nigel. Apesar das provas que ela vira com os próprios olhos, uma parte tola dela ainda queria acreditar que estava errada, que havia uma boa explicação. À exceção de seus familiares, Nigel era a primeira pessoa em quem ela confiava em muito tempo. Era dificílimo aceitar que ela havia cometido um enorme erro.

Ele a usara e ela seria mais tola ainda se não aceitasse aquela dura verdade. Ela era quase idêntica à mulher que ele amara e não podia ter. Mesmo se engolisse o orgulho e aceitasse aquilo, seria difícil agir assim quando aquela mulher era uma parte tão importante da vida dele. Não era possível viver uma mentira se a verdade se encontrava bem ao lado para ser vista todos os dias. Ele nunca conseguiria se afastar completamente do objeto de seus sonhos, a não ser que se afastasse completamente da família. E aquilo ela sabia que ele nunca faria.

Uma leve batida à porta chamou sua atenção. Ela se sentou depressa e enxugou os olhos enquanto a porta se abria devagar. Sentiu-se ao mesmo tempo aliviada e decepcionada ao ver Maldie, não Nigel, entrando no quarto com cautela. Havia um lado de Gisele que não queria ver Nigel nem pintado de ouro, mas outro lado ansiava que ele se arrastasse de joelhos, implorando perdão e explicando tudo com clareza. Ela rezou para que ele não tivesse enviado outra pessoa para realizar a tarefa.

– Não fique tão desconfiada, lady Gisele – disse Maldie, sentando-se na beirada da cama. – O irmão idiota do meu marido nem sabe que estou aqui.

– Vou embora pela manhã – disse Gisele, um pouco surpresa com as próprias palavras, mas percebendo que a decisão tinha sido tomada no momento em que vira como havia sido tola.

– Não, não pode partir. Não tem para onde ir e está em perigo. Donncoill talvez não seja o lugar onde gostaria de se encontrar no momento, mas é o mais seguro.

– Eu poderia voltar para a França – disse ela, xingando a relutância que conseguia escutar na própria voz.

– E ser enforcada. Não é a solução para toda esta confusão, embora eu pense que pode estar magoada a ponto de achar que a forca não seria pior que isso. Conheço esse sentimento. Suportei-o antes por Balfour e tive a sensatez de perceber que precisávamos ficar juntos. Pois bem, eu percebi primeiro, mas as mulheres costumam ser bem mais espertas do que os homens nesses assuntos.

– Nigel e eu não podemos ficar juntos.

Maldie estendeu a mão e segurou a de Gisele, delicadamente.

– Não sou uma ameaça para a senhora. Nunca amei ninguém além de Balfour e nunca amarei. – Ela levou a mão de Gisele até seu ventre protuberante. – Estamos esperando nosso terceiro filho, e Deus seja louvado, teremos outros.

– Não temo a senhora, milady, nem coloco qualquer culpa sobre seus ombros. O que não altera o fato de que é a mulher amada por Nigel. Minha semelhança com a senhora é o único motivo que me trouxe até aqui, o único motivo que o levou a sentir as emoções mais baixas por mim.

Gisele respirou fundo para se recompor, pois dizer aquelas palavras era como revirar uma faca numa ferida aberta.

– É, Nigel partiu porque ele me queria e sabia que eu nunca corresponderia seus sentimentos. Temia se transformar num problema para mim e para Balfour, ou criar uma situação que lentamente o afastaria do irmão. Não é mais a realidade. Nem estou certa de que isso fosse a verdade naquele tempo. Não sou a mulher que Nigel ama, não agora, e talvez não seja essa mulher há muito tempo.

– Tem certeza de que não foi ele que a mandou até aqui? – perguntou Gisele, soltando sua mão.

As palavras de Maldie provocaram uma centelha de esperança em seu coração, e ela não queria nada com isso.

– Sim, tenho absoluta certeza. Sou a mulher que a senhora acha que ele quer. Só senti que deveria vir até aqui e falar desse assunto. Posso não ser o problema, e com certeza não sou culpada pela dor que aquele tolo lhe causou, mas tenho um pequeno papel em toda esta confusão.

– Sinto muito – gemeu Gisele, passando os dedos pelo cabelo. – Foi grosseiro sugerir que estivesse mentindo. Muito grosseiro.

– Sei que não está no estado de espírito para ouvir o que tenho a dizer, mas me escute por apenas um momento. Leve minhas palavras até sua mente e seu coração e deixe que repousem ali, depois pense nelas de novo. O que Nigel fez parece ser de uma crueldade indescritível, mas juro à senhora que ele não é um homem cruel. Ele agiu assim por ignorância, confusão e covardia.

– Nigel não é covarde.

Ela ficou atônita com a rapidez com que saltou em sua defesa e ficou sem saber se gostava do sorriso suave e fugaz que passou pelo rosto de Maldie.

– Quando se trata de assuntos do coração, todo homem está sujeito a encontrar uma ponta de covardia na alma. A senhora adivinhou com facilidade quem eu era e o que isso significava, entendeu que podia ser apenas a materialização de um fantasma que ele se recusava a abandonar. Não acha que ele pode ter percebido isso também, que talvez também tenha tido dúvidas? Que talvez questionasse os próprios sentimentos? Que era a última coisa que ele gostaria de confessar?

– Deveria ter me contado, me alertado de algum modo. Deveria pelo menos ter dito a verdade antes de me levar para a cama.

– Ninguém discorda. Ele merece levar umas boas chibatadas por isso. Tudo o que peço é que escute e observe por algum tempo. Você o ama e não acreditarei se tentar negar. Pelo menos, veja se há algum modo de perdoar o sofrimento que ele lhe causou. Se não houver, então é o fim de toda essa história. No entanto, embora a senhora talvez pense que é a maior das tolas, acho que seria mais tola ainda se não ficasse por um tempinho e visse o que ele faz em seguida.

Maldie levantou-se com um leve sorriso e estendeu a mão para brincar com os cachos de Gisele.

– Parece muito o cabelo do meu filho. Descanse, Gisele. Recupere suas forças, chore, amaldiçoe o homem por ser o grande tolo que ele é, e livre-se de toda essa raiva que está em seu coração. Vai precisar de boa cabeça nos próximos dias. E pense nisto – acrescentou ela, ao parar na porta –, às vezes um tolo mantém uma crença por tanto tempo que não consegue mais perceber que aquilo não é mais a verdade. Que não é mais uma crença nem um sonho, apenas um hábito.

Maldie sorriu ao sair para o corredor e fechar a porta. Deu um gritinho de surpresa quando ouviu uma voz grave e familiar.

– Andou interferindo, não é, meu amor?

– Pois bem, só um pouquinho – disse ela enquanto Balfour a afastava da porta.

– Esse problema é de Nigel.

– Sei disso, e também sei que ele é o único que pode realmente resolvê-lo. Porém, tenho uma pequena participação nessa história. Também sou a única mulher com quem ela pode conversar, além das criadas. Apenas senti que precisava dizer alguma coisa. Ela o ama.

– Tem certeza?

– Ah, tenho absoluta certeza. Nigel a magoou profundamente, mas não matou seus sentimentos. Se for sensato e ela conseguir perdoá-lo, acho que vão ficar bem.

Gisele praguejou e desabou na cama de novo. Perdoar, dissera Maldie. Aquilo não ia ser fácil. Nigel mentira para ela, talvez não em palavras, mas em seu coração. Ele a conhecia melhor do que qualquer pessoa no mundo. Ela lhe contara alguns de seus segredos mais sombrios, coisas que não tinha tido coragem de contar nem à própria família. Ele devia ter imaginado como ela seria afetada ao ver Maldie, mas não havia feito nada para suavizar o golpe. Não ia ser fácil perdoá-lo.

Mas Maldie estava certa. Ela o amava, ainda o amava, embora ele a tivesse magoado mais do que qualquer um em muito tempo. Michael feriria seu orgulho e seu corpo, a humilhara, fizera dela uma pessoa com medo. Sua família a traíra e a deixara com o sentimento de estar sozinha e de ser indesejada. Nigel destroçara seu coração. Porém, bem ao lado de toda a dor que ela sentia, o amor permanecia. Gisele não sabia dizer se aquilo era sensato. Quantas vezes teria que ser derrubada antes de concluir que amar Nigel lhe traria mais dor do que felicidade?

Quanto ao orgulho, pensou ela com uma pontada de raiva, esperavam que engolisse seu orgulho em nome do amor? Era ela quem havia sido enganada. E não era ela que estava confusa em relação ao que fazia ou sentia. Sabia muito bem quem fazia seu coração palpitar. Parecia injusto que esperassem que ela demonstrasse a iniciativa para perdoar e ouvir.

Mas ela faria isso, admitiu num suspiro. Pelo menos por algum tempo. Maldie tinha razão. Seria uma tola se não permanecesse em Donncoill por tempo bastante para ouvir. Havia sempre a pequena chance de que ele dissesse tudo o que ela precisava ouvir, de que ele encontrasse as palavras para aliviar a dor que causara. O amor que Gisele sentia por Nigel fazia com que desejasse correr esse risco. Ela rezou para ser capaz de perdoá-lo e deixar de pensar que todas as suas palavras eram uma grande mentira.

Nigel olhava fixamente a porta do quarto de Gisele. Já sentia sua falta, e esse sentimento era acentuado pelo medo de nunca mais tê-la em seus braços. A incerteza o consumia. Estava disposto a desnudar sua alma, mas estaria ela disposta a ouvir?

– Não acho que seria uma boa ideia vê-la hoje à noite – disse Eric, pegando Nigel pelo braço e puxando-o pelo corredor até o quarto que os dois iam dividir.

– Não, provavelmente não é uma boa ideia. No entanto, temo que, se eu esperar, a sua fúria se tornará ainda mais dura.

– Então vai ter que pensar em todas as palavras certas para amolecê-la.

– Sei que todos vocês acreditam que consigo amolecer qualquer mulher apenas com palavras, mas Gisele não é uma mulher qualquer.

– Não, eu pude perceber isso, embora nosso encontro tenha sido breve e não muito agradável.

Assim que chegaram ao quarto que dividiriam, Nigel se estendeu na cama.

– Pois bem, essa mulher talvez nunca me dê uma chance de dizer o que preciso dizer. E se considerar quanto ela foi maltratada por outros no último ano, mesmo se concordar em me ouvir, talvez ela não esteja disposta a acreditar em nenhuma palavra que eu disser.

– Então você terá que insistir até que ela acredite – disse Eric, com a voz abafada enquanto tirava o colete.

– Então basta eu me repetir para ela acreditar em mim, hum?

– Talvez – respondeu Eric, ignorando o sarcasmo de Nigel.

– Espero ansiosamente pelo dia em que você vai descobrir que está apaixonado por uma moça.

Eric abriu um leve sorriso e foi para debaixo das cobertas.

– Com você e Balfour como exemplos, rezo para ter o bom senso de aprender com seus numerosos erros.

Ele soltou uma gargalhada quando Nigel acertou-lhe de leve no braço.

– Pode ser o rapaz mais inteligente que já viveu por trás destas muralhas, mas acredite em mim quando digo, o sujeito pode perder completamente o juízo quando uma moça toca seu coração. – Nigel se levantou e começou a tirar a roupa. – Eu deveria saber, mas não sabia. Apesar de toda minha experiência, fiz tudo o que podia fazer de errado.

– Não deve se preocupar tanto – murmurou Eric quando Nigel entrou na cama. – Ainda não acabou.

245

– Não viu a expressão nos olhos delas, rapaz, não viu do jeito que eu vi. Já tinha acontecido uma vez e me deixou apavorado. Consegui arrancá-la de um estado de espírito sombrio, mas naquela ocasião não era eu o culpado. Dessa vez, sua dor é toda responsabilidade minha. Quem vai ajudá-la a sair desse estado?

– Nós ajudaremos e você ajudará. Você a ama e tenho a sensação de que, se ela não está apaixonada agora, está muito perto de se apaixonar. Apenas abra o seu coração.

Nigel suspirou ao fitar o teto. Eric fazia tudo parecer tão fácil, mas ele não conseguia compartilhar da confiança do garoto. Diria a verdade para Gisele e, com certeza, abriria seu coração, mas não a culparia se ela o desprezasse e fosse embora.

CAPÍTULO VINTE E TRÊS

*F*oi difícil, mas Gisele conseguiu esconder um sorriso ao ver Nigel se aproximar de onde ela estava, sentada perto da horta. Por duas semanas, vinha cortejando-a e ela permitira. Na manhã seguinte, ela estava tão arrasada que ele precisou obrigá-la a ficar parada, se sentar e então contou tudo, desde o modo como achou que tinha se apaixonado por Maldie até os motivos que o levaram a partir de Donncoill apesar dos protestos da família. Confessara prontamente suas dúvidas sobre o que o atraía tanto nela, até mesmo sobre os motivos que o levavam a estar tão determinado a ajudá-la. Também pediu desculpas por não ter lhe contado tudo antes. Ela descobriu que podia realmente compreender como ele devia se sentir inseguro até finalmente rever Maldie pela primeira vez em sete anos.

Gisele, porém, se obrigara a permanecer altiva durante a primeira semana. Não queria permitir que a necessidade que sentia de acreditar nele a dominasse ou a fizesse depositar a confiança nele só para sofrer novas decepções. Ele estava tão determinado ao cortejá-la, tão doce e atencioso, que ela começava a fraquejar. Será que um homem conseguiria se esforçar tanto para conquistá-la se não gostasse dela?

Aquela pontada de insegurança era a única sombra pairando sobre sua felicidade. Nigel a cercava de atenções, dizia como a admirava de muitos modos, mas nunca falava de amor. Alguns beijos doces que ele roubara lhe diziam que a paixão que haviam compartilhado continuava forte, mas não era mais suficiente. A mágoa que sofrera ao pensar que tinha sido simplesmente usada lhe demonstrara que ela não podia ser apenas sua amante e esperar permanecer como uma lembrança doce e agradável na mente dele. Gisele precisava de mais. Precisava de amor, casamento, filhos e todo o resto. Não queria ser apenas uma lembrança. Queria ser a vida dele.

– Vejo que saiu para aproveitar o sol – disse Nigel ao se sentar ao lado dela, num banco de pedra.

– Descobri depressa que você tinha razão. Esta terra não é abençoada com muitos dias ensolarados, e é preciso aproveitar ao máximo quando eles aparecem.

Ele passou o braço em volta dela e beijou seu rosto com delicadeza antes de tocar no tecido que ela segurava nas mãos.

– Está bordando?

– Não precisa parecer tão surpreso. Por acaso todas as damas não são ensinadas a usar a agulha?

– É, não precisa se irritar. Não queria ofendê-la. Acho que me acostumei a vê-la com uma espada na mão.

Ela sorriu e assentiu.

– Confesso que sinto falta de nossas lições.

– Não há motivo para não continuarmos.

– Ainda não – murmurou ela. – Acredito que eu devo ficar aqui por mais algum tempo antes de chocar completamente sua família.

Nigel sorriu, mas não disse nada. Estava louco para falar de casamento, mas sabia que ainda era cedo. Ela havia apenas começado a amolecer. Era difícil se conter, no entanto. Nigel queria mais do que alguns beijos castos. Queria Gisele de volta à sua cama. Queria também garantir que ela jamais a deixaria.

Havia outra razão para Nigel hesitar. Um dia após a chegada, ele havia enviado uma mensagem para a família dela por meio de um de seus homens mais velozes. Nigel tinha certeza de que Gisele ficaria mais receptiva à ideia de casar se soubesse que já não havia uma sentença de morte sobre sua cabeça. Tinha pedido notícias sobre as investigações e indagara se estavam próximos de provar a inocência dela, mas também pedira permissão para tomá-la como esposa. O primeiro pedido o interessava muito.

O segundo não tanto, a não ser porque talvez isso fosse do agrado de Gisele. De qualquer forma, se ela aceitasse se casar com ele, eles se casariam com ou sem a aprovação da família dela.

Enquanto suportou, Nigel permaneceu sentado com Gisele, segurando sua mão e roubando, ocasionalmente, um beijo delicado, antes de pedir licença alegando que tinha trabalho a fazer. Todo o seu corpo doía, consumido pelo desejo, mas ele não ousava revelar aquela fome. Gisele precisava ver que ele a queria por muitos motivos além da paixão que compartilhavam. Nigel praguejou, caminhando na direção do poço, puxou um balde cheio de água fria e jogou sobre a cabeça. Não imaginara que cortejar Gisele seria tão difícil. Ao sacudir a água do cabelo, ele ouviu uma risada. Virou-se e encontrou Balfour atrás dele.

– Descobriu que fazer a corte é um pouco difícil de aguentar, não é? – perguntou Balfour com um enorme sorriso.

– Não estou fazendo nada disso para sua diversão – disse Nigel, arrastando as palavras, apoiando-se na amurada do poço.

– Sei disso, mas serve muito bem ao objetivo. Sua corte parece estar indo muito bem.

– É, parece que vai bem. Gisele não me olha mais como se desejasse me ver no fundo de um fosso muito profundo, de preferência um que me levasse direto para o inferno. Só não estou muito seguro de quanto caminhamos nessa última quinzena.

– Quanto desejaria ter caminhado?

– O suficiente para não ter necessidade de estar aqui jogando água na cabeça para esfriar a febre no meu sangue.

Balfour soltou uma gargalhada e passou o braço em volta dos ombros de Nigel, conduzindo-o para a fortaleza.

– Talvez esteja na hora de falar de outras coisas além do tempo e de como ela está bonita.

Nigel assentiu.

– Pode ser, mas estava esperando um pouquinho mais de suavidade da parte dela, algum sinal claro de que minhas palavras de amor seriam bem--vindas. – Ele levantou a mão quando Balfour abriu a boca. – Sei muito bem o que vai dizer. Devo ser o primeiro a falar e esperar o melhor. Sei disso. Mas sou um covarde. Vou deixar a covardia me comandar por mais um… por não mais que dois dias. Depois disso, que a covardia vá para o inferno. Eu falarei.

Gisele sorriu com doçura para o jovem Eric, mas, assim que ele a deixou sozinha no jardim, sentiu o corpo desabar de cansaço. O fingimento era exaustivo, pensou. Estava se esforçando muito para ser agradável e parecer despreocupada, quando sua mente estava tão repleta de perguntas sem respostas e de dúvidas que a cabeça começava a latejar.

Nigel de repente se tornara mais intenso ao cortejá-la, os beijos ficaram menos castos, e as palavras, mais imbuídas de significado. Era como se tivesse decidido abruptamente que já a paparicara demais e já lhe havia dado tempo suficiente para que ela o perdoasse por completo. Era, porém, uma mudança muito grande, em comparação com o dia anterior, dos elogios gentis e da corte delicada, a ponto de deixá-la se sentindo um tanto perturbada. O fato de que todos da família dele tinham parado para conversar com ela, emitindo sinais de fácil leitura, demonstrava que não era apenas a sua vaidade que lhe dizia que Nigel estava prestes a se declarar, a falar de casamento. Não tinha certeza se falaria também de amor, e essa incerteza doía, mas ela não conseguia afastar o forte sentimento de que lhe pediriam que tomasse uma importante decisão em breve.

Ela escondeu o rosto entre as mãos e praguejou. Tudo parecia se encaminhar bem. Depois de observar Nigel e Maldie, tinha certeza de que ele não amava mais aquela mulher, não mais do que um irmão amava uma irmã. Ele havia lhe feito a corte muito bem durante quinze dias, chegara a explicar tudo o que acontecera. Mesmo sem ter expressado amor, Gisele sabia que se casaria com ele se ele fizesse o pedido. Por mais tolo que parecesse, ela o amava o suficiente para se casar com ele e ter esperanças de conquistar seu coração com o tempo. Sabia que seria incapaz de resistir e que correria esse risco.

Havia, porém, uma única coisa que ela se permitira esquecer – os DeVeau. Decorrido tanto tempo, não recebera nenhuma notícia de sua família. A perseguição, obviamente, continuava. Depois de ter conhecido os Murray, de ter desfrutado de sua gentileza, ela sabia que não poderia ser responsável por trazer problemas para dentro de seus portões. Se algum deles se ferisse ou morresse por ela ter permitido que seus inimigos se aproximassem, por ter se escondido atrás deles, Gisele nunca se perdoaria.

Tinha sido egoísta, concluiu ela, desfrutando do conforto, da boa comida e da gentileza sem pensar nas consequências para aqueles que lhe ofereciam isso. Gisele se perguntou se também teria sido reconfortada pela crença dos Murray em sua inocência. Suspeitava que até Nigel acreditava nela, embora não tivesse dito nada, para sua completa irritação. Isso não queria dizer que o resto do mundo tivesse a mesma convicção, porém, e era preciso enfrentar esse fato. Havia pouca chance de que a fé dos Murray na sua inocência fosse o bastante para deter os DeVeau.

Não havia dúvida em sua mente do que precisava fazer. Tinha que partir, tinha que ir embora e levar consigo todos os seus problemas. Era responsabilidade sua provar a própria inocência. Tinha deixado aquilo nas mãos de outros por muito tempo. Gisele suspirou e balançou a cabeça. Tinha deixado tudo nas mãos de outros, desde a sua segurança até o alimento que comia. Estava na hora de mostrar um pouco de fibra e parar de esperar que o restante do mundo a ajudasse. No mínimo, pensou ela com um sorriso triste, teria a vantagem de contar com o fator surpresa. Ninguém esperava que ela voltasse para a França para um confronto com seus acusadores.

A facilidade com que ela conseguiu escapulir de Donncoill ao anoitecer deixou Gisele assombrada. Também fez com que se sentisse um pouco culpada, pois sabia que estava se aproveitando da confiança e da amizade dos Murray. Seu único consolo era saber que estava fazendo o melhor para a segurança da família. Conduziu seu cavalo pela trilha que ela e Nigel tinham seguido para chegar a Donncoill duas semanas antes, e obrigou-se a não olhar para trás, temendo que sua disposição pudesse ser abalada.

A noite já estava escura quando ela alcançou um pequeno vilarejo. Suspeitava que seria mais seguro acampar nos arredores, mas era uma covarde. Tinha passado uma ou duas noites no bosque, enquanto viajava sozinha pela França, mas apenas quando não havia opção – e ela tinha odiado cada minuto. *E agora ainda sou uma ladra*, pensou ela com uma pontada de vergonha ao entregar o pagamento por um quarto ao desconfiado estalajadeiro. Esperava que Nigel a perdoasse por ter tirado dinheiro de sua bolsa quando ela devolvesse tudo, como tinha toda a intenção de fazer. Mesmo se não sobrevivesse à jornada de volta para casa, ela ia garantir que sua família recebesse instruções claras para saldar todas as suas dívidas.

Assim que ficou sozinha no quarto, tirou toda a roupa, mantendo apenas a camisola de baixo, e estirou-se sobre a minúscula cama. Sentia-se encurralada, assustada e infeliz, embora soubesse que estava fazendo a única coisa que podia. Os Murray consideravam uma questão de honra mantê-la em segurança e ajudá-la, mas isso não fazia com que fosse correto ou justo que ela usasse esse argumento em proveito próprio. Sentia-se envergonhada por ter se aproveitado tanto e por tanto tempo.

Gisele fechou os olhos. Sabia que o sono demoraria a chegar, mas pretendia se esforçar ao máximo para clarear a mente e repousar tanto quanto possível. O descanso seria necessário para enfrentar os dias por vir, necessário para manter a força exigida para que ela seguisse seu caminho. Com certeza seria preciso se obrigar a tomar o navio de volta para a França. Havia tanta coisa capaz de fazer com que desse meia-volta, como seu profundo medo da solidão, de enfrentar os DeVeau, de se perder completamente. Havia também Nigel. Ele estivera perto de lhe dar uma parte daquilo que ela tanto ansiava, uma vida juntos, e ao menos a esperança de conquistar seu amor. Rezava para que não viesse atrás dela, pois sabia que ele conseguiria facilmente convencê-la a voltar para ele, para Donncoill, e isso seria um erro.

– Onde está Gisele? – perguntou Nigel a Maldie ao entrar no grande salão e parar diante dela e de Balfour na mesa principal.

– Não a vejo faz horas – respondeu Maldie olhando para Balfour, que deu de ombros e balançou a cabeça. – Na verdade, fiquei um pouquinho surpresa por ela não se juntar a nós para essa refeição. Tinha pensado em mandar Margaret a seus aposentos, para ver se ela está se sentindo mal.

– Gisele também não se encontra em seus aposentos – respondeu Nigel fazendo um sinal para um pajem.

Ele enviou o menino ao estábulo. Depois sentou-se à mesa e pegou sem vontade um pouco da comida servida.

– Acha que ela fugiu de Donncoill? – perguntou Balfour depois de um longo e desconfortável silêncio.

– Não sei – respondeu Nigel. – É a única possibilidade que ainda não considerei. Ela não se encontra em nenhum lugar desta fortaleza que eu possa ver. E por que ela se esconderia de mim? De qualquer um de nós?

Quando o pajem retornou, ofegante, e relatou que o cavalo de Gisele não havia sido encontrado, Nigel bateu com o punho na mesa e praguejou.

– Ela fugiu.

– Mas por quê?

– Como vou saber? – retrucou Nigel. Em seguida ele respirou fundo, devagar, para se acalmar. – Está claro que ela não falou de seus planos para ninguém, senão eu já teria conhecimento deles a esta altura. Só posso imaginar os motivos de sua partida. Tenho alguns bons palpites.

– Não acha que os inimigos dela a alcançaram aqui de algum modo, não é?

– Não – respondeu Nigel sem hesitação. – Gisele nunca teria ido com eles pacificamente e eu não vi nenhum sinal de algum tipo de luta dentro da fortaleza. E alguém teria visto alguma coisa, presumindo que um desconhecido sequer pudesse ter penetrado essas muralhas sem ser visto, o que duvido muito.

Balfour assentiu.

– Nem poderiam ter partido daqui levando uma moça contrariada. Vai atrás dela?

– Vou, sim, mas preciso esperar até o amanhecer. Não posso seguir seu rastro na escuridão.

– Nigel, isso não faz sentido para mim – disse Maldie. – Ela estava em segurança. Por que partiria sozinha? Com certeza não se esqueceu de que tem inimigos que desejam matá-la.

– Não. – Nigel balançou a cabeça. – Na verdade, eu apostaria que esses inimigos são exatamente a razão de sua partida. A moça sempre hesitou em aceitar ajuda e sentiu que era errado ou covardia arrastar outras pessoas para os perigos que a cercavam.

– Ah, sim, eu compreendo. – Quando os dois homens a fitaram como se tivesse acabado de perder o juízo, Maldie apenas deu de ombros. – No lugar dela, acredito que minha mente teria percorrido o mesmo caminho. O problema é dela, não é nosso. Se põe em risco aqueles que você ama, então você parte e leva o perigo para o mais longe possível.

– Talvez – concordou Nigel, relutante. – Mas se a tola tivesse esperado mais um dia ou falado de seus medos para mim, eu poderia ter impedido

252

isso. – Ele levantou um pedaço de papel que segurava nas mãos. – Não há mais perigo. Ela foi inocentada. Os verdadeiros assassinos de seu marido foram encontrados e, infelizmente, foram punidos. Está tudo acabado.

– Então é melhor correr e encontrá-la. Pode estar a salvo dos DeVeau agora, mas não é seguro para uma moça viajar sozinha por aí.

– Sei disso. Vou encontrá-la e talvez tenha que acorrentá-la num dos muros até conseguir enfiar um pouco de bom senso naquela linda cabecinha.

As horas até o amanhecer se arrastaram para Nigel. Ele tentou dormir, mas foi impossível permanecer deitado. Passou o tempo andando de um lado para outro, amaldiçoando o sol por demorar tanto a se levantar. Apesar de todos os esforços, pensava em cada perigo que Gisele corria, sozinha num país desconhecido. Chegou a se lembrar de sua tendência a se perder e temeu levar um bocado de tempo atrás de sua pista pelo campo.

A luz do alvorecer mal havia começado a despontar no céu quando Nigel caminhou depressa para o estábulo, com um sonolento Eric atrás dele perguntando:

– Tem certeza de que não quer que eu vá junto?

– Tenho, rapaz – respondeu Nigel ao colocar a sela no cavalo. – Volte para cama.

– Pode ser útil contar com mais dois pares de olhos em busca da pista da moça.

– Não, o cavalo dela deixa uma marca inconfundível no chão. Tive a intenção de trocar a ferradura, com medo de que outros reconhecessem seu rastro com tanta facilidade quanto eu, mas nunca houve oportunidade. Estou profundamente feliz por isso.

– E deseja estar sozinho com ela quando encontrá-la – disse Eric com cuidado, observando o irmão enquanto levava o animal para fora do estábulo.

– É. – Nigel montou e sorriu para Eric. – Tenho muito que dizer para aquela moça tola e acho que prefiro fazer isso sozinho.

– Vai ao porto por onde chegaram, aguardá-la lá?

– Faria isso se confiasse no senso de orientação dela, mas Gisele tem tendência a se perder. Não se preocupe comigo, rapaz. Eu a encontrarei e a trarei de volta, se não esganá-la antes por me deixar morto de preocupação.

Ele acenou, despedindo-se do irmão sorridente, e saiu pelos portões de Donncoill, mas sua confiança logo oscilou. Gisele tinha partido horas antes, desafiando o perigo. Mesmo se a encontrasse sã e salva, talvez descobrisse que estava errado em relação às razões que a fizeram deixar Donncoill. Ela podia ter fugido dele. Não era um pensamento que ele considerava muito reconfortante ao começar a seguir os rastros nítidos da mulher.

Gisele fez uma careta ao desmontar e olhou o casco do cavalo. Fazia menos de uma hora que havia deixado o vilarejo onde passara uma noite agitada quando o animal começou a mancar. Para seu alívio, não passava de um pedregulho na ferradura, mas ela resolveu caminhar por um tempo para ver se ele havia sofrido algum ferimento ou um problema mais sério. Estava claro, porém, que ela não percorreria muitos quilômetros naquele dia, e isso a deixava decepcionada e preocupada.

Depois de ter decidido o que tinha que fazer, estava ansiosa para resolver tudo, apesar do medo. Queria permanecer na Escócia apenas pelo tempo necessário para chegar a um porto. Se demorasse, Nigel teria mais chance de encontrá-la e tentar impedi-la. Tinha que se libertar dos DeVeau antes de considerar uma vida em comum com um homem, mas não sabia bem se ele compreenderia seu ponto de vista.

Um ruído suave atrás dela interrompeu seus pensamentos. Olhou em volta. Embora não visse nada, sentiu seu estômago embrulhar de medo. Havia alguma coisa ali, à espreita, nas sombras das árvores. Olhou para o cavalo e viu que ele ainda mancava ligeiramente. Ela praguejou. Mesmo se montasse depressa e fizesse o animal galopar, ela não chegaria muito longe antes de ser obrigada a parar. Poderia também machucar o animal de um jeito irreversível.

O som de um graveto se partindo lhe provocou um calafrio na espinha. Pôs a mão na espada, agradecendo a Deus ter tido a boa ideia de trazer a arma, apesar de toda sua agitação e confusão ao deixar Donncoill. Como não havia esperança de fugir do perigo que a seguia, Gisele amarrou o cavalo depressa. Se sobrevivesse ao que estava em seu caminho, não queria olhar em volta depois e descobrir que o cavalo tinha se apavorado e desaparecido.

Das sombras emergiram dois homens imundos, esfarrapados. Gisele rapidamente sacou a espada. Eles abriram um grande sorriso e ela sentiu a raiva se sobrepor ao medo. Os homens eram tão arrogantes. Podia não ser grande como eles nem ter a mesma força, mas de repente ficou ansiosa para mostrar que desdenhar de sua habilidade seria um grande equívoco.

– Se me seguiram desde o vilarejo pensando em enriquecer suas figuras raquíticas, devem dar a volta agora – disse ela, feliz com o tom frio e severo de sua voz. – Não tenho nada de valor.

– Não é escocesa – balbuciou o mais baixo dos dois.

– Um ladrão esperto – disse ela, com a voz arrastada. – Estou tremendo.

O modo como os dois homens franziram os olhos semiocultos sob fios imundos de cabelo disse a Gisele que insultá-los talvez não fosse uma atitude sensata, mas ela deu de ombros e ignorou a ideia. Tinham se aproximado dela para roubá-la, talvez para estuprá-la e matá-la. Não achava que a doçura e a lisonja fariam com que mudassem de ideia. Desdenhá-los ajudava Gisele a permanecer calma e lhe dava certa satisfação.

– Talvez não tenha o dinheiro que buscamos, embora eu ache que sua bolsa não está vazia, mas há uma ou duas coisinhas que podem nos servir – disse o homem mais baixo.

– É – concordou seu companheiro mais alto e mais magro. – Como seu cavalo e esse belo enfeite no seu pescoço. Além da sua bela pessoa, não é, Malcolm?

– Entendeu tudo, Andrew – concordou Malcolm e se aproximou de Gisele.

– Aproximem-se, seus desgraçados imundos, e vou garantir que não lhes sobre nada com que abusar de mim – ameaçou ela, feliz por um momento ao ver que os dois davam um passo para trás.

– Deveria ser mais gentil, moça – disse Malcolm. – Deixaria as coisas mais fáceis para você. É, podemos até deixá-la viva.

– Não sei como lidar com tanta gentileza.

Gisele assumiu posição de luta e olhou para os dois homens com o rosto fechado.

– Estão preparados para pagar esses pequenos ganhos com uma ou duas de suas vidas miseráveis?

Os homens voltaram a hesitar, e Gisele sabia que era porque sua postura mostrava que ela talvez não fosse tão inábil quanto haviam pensado a princípio. Rezou para que os dois fossem covardes. Se fossem, talvez bastasse ferir ligeiramente um deles para decidirem que ela não era a presa fácil que haviam imaginado e fugirem.

Malcolm atacou primeiro, e Gisele defendeu o golpe grosseiro de sua espada com facilidade. Ele não era bom de luta, brandindo a arma como se fosse um machado ou um pedaço de pau, mas ela disse a si mesma para não ficar confiante demais. Andrew ficou de boca aberta, surpreso e inseguro. Ela rezou para que ele continuasse assim, pois não conseguiria lutar sozinha contra dois. Depois de um momento, Malcolm recuou, suando e praguejando em voz baixa.

– Acredito que compreende agora que não vai ser fácil – disse ela, usando a pausa para recuperar a força que empregara.

– É, Malcolm – resmungou Andrew. – Não acho que ela tenha nada por que valha a pena morrer.

– A moça não consegue aguentar o bastante para me matar, seu idiota – retrucou Malcom, que lançou em seguida um olhar furioso para o companheiro. – Seria mais rápido se você viesse me dar uma ajuda.

Andrew franziu a testa e coçou o queixo com a mão suja.

– Pois bem, não sei se tenho estômago para brigar com uma mocinha.

Gisele permitiu-se soltar um breve e silencioso suspiro de alívio. Aquela era uma fraqueza que poderia se transformar em vantagem. Embora Andrew não passasse de um ladrão de segunda classe, obviamente tinha algum vago senso do que era certo, algum limite que não seria capaz de transgredir. Só esperava que Malcolm, obviamente o líder da dupla, não conseguisse convencer o homem a passar daquele limite.

– Prefere ficar aí parado e olhar enquanto ela me mata? – berrou Malcolm.

– Não, mas você acabou de dizer que ela não conseguiria matá-lo. – Andrew deu um passo cauteloso para trás quando Malcolm o encarou com a espada na mão. – Não acho que vai ajudar muito você começar a me atacar.

– Podemos conseguir um bom dinheiro por aquele cavalo – disse Malcolm numa voz mais suave, persuasiva.

– Acho que está manco.

– Não. Vimos quando ela tirou aquela pedrinha. É só um pequeno desconforto que vai passar. Aquele enfeite que ela usa também vai render umas boas moedas. E, meu amigo, faz quanto tempo desde que você teve uma moça tão bonita quanto essa?

– É, também tem isso.

A situação não estava indo bem, decidiu Gisele, vendo sua breve centelha de esperança apagando-se depressa. Andrew permitia lentamente que a avareza triunfasse sobre qualquer vestígio de moral que ainda lhe restava. Ela lutou para não permitir que o medo cada vez maior nublasse seu raciocínio. Se os dois a confrontassem, não teria chance. Mas não desistiria de sua vida com tanta facilidade. Eles seriam obrigados a pagar caro. Seriam também obrigados a matá-la, decidiu ela com uma resignação que lhe deixava estranhamente calma. Faria tudo em seu poder para não ser estuprada por eles, e se para isso tivesse que morrer pela lâmina de uma daquelas espadas, então assim seria.

– Venha, rapaz, ajude aqui. Juntos podemos tirar a espada das suas mãos e tudo será nosso... o cavalo, o colar e a garota. Podemos nos divertir bastante.

– Sinto muito, moça – disse Andrew, assumindo posição ao lado de Malcolm, com a espada na mão. – Um homem tem que comer, você sabe.

– Não sabia que o estupro ajuda a botar comida na mesa – respondeu ela.

– Não, não bota – disse Malcolm. – Mas pode fazer com que um homem aprecie mais a refeição. Agora, se eu fosse uma moça esperta, baixaria essa espadinha aí e nos deixaria resolver logo nossos negócios. Vai sofrer menos assim.

– E eu acho que a moça é esperta o bastante para saber que você é o maior dos mentirosos – disse uma voz fria e grave, arrastando as palavras, atrás dos dois.

CAPÍTULO VINTE E QUATRO

Gisele fitou Nigel com o mesmo ar de completa surpresa que contorcia o rosto dos dois ladrões. Como era possível que ele a tivesse encontrado? Embora sua chegada fosse extremamente bem-vinda naquele exato momento, ela sabia que seu sentimento de alívio não ia durar muito. Ele faria muitas perguntas, e Gisele tinha certeza de que ele não gostaria das respostas. Resistir com firmeza a Nigel poderia ser mais difícil do que lutar contra Malcolm e Andrew.

Ela superou o choque e observou os dois ladrões. Por um momento, posicionaram-se contra Nigel, então Malcolm começou a recuar, beirando as árvores. No minuto seguinte, Andrew percebeu que seu companheiro tinha toda a intenção de abandoná-lo e seguiu-o depressa. Nigel deu um salto veloz na direção dos dois, que imediatamente fugiram e desapareceram por trás das árvores próximas. Gisele ficou irritada por Nigel ser capaz de inspirar tanto medo enquanto tudo que ela parecia causar era divertimento e irritação.

Assim que os homens desapareceram, Gisele embainhou a espada e percebeu que Nigel fazia o mesmo. Respirou fundo para se recompor e olhou para ele. Estremeceu. Ele não parecia estar feliz com ela.

– Acho que vamos voltar para o vilarejo agora – disse Nigel, segurando as rédeas do cavalo dela antes que Gisele pudesse fazê-lo e observando que o animal dava alguns passos hesitantes. – Você se saiu muito bem, não é? Apenas uma noite sozinha e já conseguiu quase ser estuprada e morta, e ainda deixou esse pobre animal aleijado.

– Ele não está aleijado – retrucou ela, seguindo atrás de Nigel enquanto eles caminhavam para o lugar onde ele deixara sua montaria presa. – Uma pedrinha entrou no casco e o deixou um pouco dolorido. Vai ficar bem.

Nigel lançou um olhar que fez Gisele concluir que era melhor mesmo permanecer em silêncio por algum tempo. Ele a colocou na sela do cavalo dele, prendeu as rédeas do dela e depois montou. Ela estava morrendo de vontade de dizer que ele estava sendo arrogante e que não tinha nenhum direito de lhe dar ordens, mas o confronto com os ladrões fez com que ela duvidasse de sua capacidade de julgamento. Por mais perversas e desdenhosas que fossem as palavras de Nigel, havia alguma verdade nelas. Ela ficara sozinha por pouquíssimo tempo e já se vira em sérias dificuldades. Talvez estivesse louca ao pensar que conseguiria voltar para a França por conta própria.

Durante todo o caminho de volta para o vilarejo, Gisele lutou para pensar em modos de defender sua decisão de partir. Porém sua confiança tinha sofrido um sério golpe e ela não estava mais certa de que os motivos para partir eram bem fundamentados. Estaria mesmo correndo para a França para limpar seu nome ou fugindo de Nigel e dos sentimentos que alimentava por ele? Silenciosamente, Gisele praguejou quando descobriu que não tinha resposta para aquela pergunta.

O estalajadeiro olhou-a de um jeito estranho quando Nigel pediu o mesmo quarto que ela ocupara poucas horas antes. O sujeito devia pensar que ela era a esposa errante de Nigel. Gisele ainda abriu a boca para tentar dar uma explicação, mas a fechou depressa. Era complicado demais de explicar, e ela apenas faria o homem pensar que era maluca.

No momento em que os dois entraram no quarto, ela soltou o braço da mão de Nigel e se sentou na beirada da cama. Ele se apoiou no dossel e a fitou. Gisele precisou de toda a sua força de vontade para não se remexer sob seu olhar, cheia de culpa, como uma criança levando bronca. Não tinha motivo para se sentir culpada, disse a si mesma com firmeza.

– E para onde pensava que estava indo? – perguntou ele, por fim, lutando para controlar a raiva.

Quando a encontrou no bosque, ele quase a atacara, com a espada na mão. Estava realmente furioso e preocupado. Não demorou muito para que ele percebesse que ela enfrentava dois covardes que podiam até estar dispostos a testar sua força com uma mulher, mas que nunca teriam coragem de lutar contra um cavaleiro armado até os dentes. Embora o medo que ele sentira pela segurança dela tivesse passado, a raiva que havia emergido ainda consumia suas entranhas. Gisele não merecia aquilo tudo, e ele sabia que despejar aquele sentimento nela atrapalharia seriamente qualquer conversa sensata.

– Estava voltando para a França – respondeu ela, ligeiramente fascinada pelo modo com que a raiva ia abandonando o rosto dele, devagar.

– Ah, está cansada da vida, não é? Como o suicídio é um pecado muito grande, suponho que faça algum sentido simplesmente voltar para perto daqueles que você sabe que a matariam com um sorriso no rosto.

Ele até podia estar superando a raiva, pensou ela, mas com certeza não tinha intenção de suavizar suas palavras.

– Pretendia voltar para casa e limpar meu nome. Resolvi que tinha deixado esse dever nas mãos de terceiros por muito tempo. Esconder-me atrás de outras pessoas não estava funcionando, então senti que já era hora de tentar um confronto.

– Convenceu-se realmente de que poderia falar com os DeVeau, como se fossem pessoas razoáveis?

Ela fechou a cara. Aquele homem tinha um autêntico talento para descobrir a única fraqueza verdadeira num plano.

– Não são os únicos a quem poderia recorrer para minha defesa.

– Pois bem, não há mais necessidade de fazer sua defesa para ninguém – disse ele, e jogou um pedaço de papel para ela.

Gisele teve que ler a carta três vezes antes de conseguir acreditar nas palavras que estavam escritas nela.

– Estou livre?

– Totalmente livre, e os DeVeau foram avisados de que devem deixar você e sua família em paz, senão sofrerão consequências indizíveis. A ameaça veio do próprio rei. A partir do momento em que decidiram acreditar em você e ajudá-la a provar sua inocência, ficou claro que seus parentes dispunham de quase tanto poder quanto os DeVeau.

– Mas pareciam ter tanto medo daquela família e de sua riqueza e poder...

– A indignação pelo tratamento recebido por você deve ter contribuído para que superassem o medo.

– Sinto-me tão grata, tão aliviada, porém esta liberdade custou muito a outras pessoas. Dois homens foram enforcados.

– Eram os verdadeiros assassinos, moça – disse ele com delicadeza. – Seu marido merecia a morte, mas isso não significa que a forma com que foi morto foi correta ou legítima. E aqueles dois homens ficaram satisfeitos em permanecer em silêncio e deixar que uma mocinha fosse apontada como a culpada. De certo modo, estavam dispostos a matá-la também. Foi honroso vingar o estupro e a violência cometida contra alguém da família, mas a honra deles foi manchada quando permitiram que uma inocente fosse culpada.

– Sei disso. É uma pena que tivessem que morrer, que aparentemente não houvesse outro recurso além do assassinato para fazer a justiça merecida por aquela família.

– Então agora não há mais necessidade de voltar para a França e servir de mártir. Pode voltar para Donncoill comigo.

Ele a fitou com atenção enquanto falava, observando com cuidado sua súbita agitação. Ela evitava olhá-lo nos olhos e, distraída, puxava fios do velho e gasto cobertor que cobria a cama. Fazer com que voltasse para Donncoill não ia ser tão fácil quanto ele esperava.

– Como estou livre, sua proteção não é mais necessária. Cumpriu seu juramento. Sua honra permanece imaculada.

Gisele não queria que Nigel se agarrasse a ela por algum tipo de senso de dever.

Nigel foi sentar ao lado dela, ignorando o jeito como Gisele ficou ligeiramente tensa quando a abraçou.

– A honra não tem nenhuma relação com os motivos que me levam a querê-la de volta comigo em Donncoill.

– Não preciso de um lugar para viver. Não sou desprovida de fundos e tenho uma pequena propriedade onde posso residir.

– Nem peço a você que volte comigo por algum senso de dever.

Ela praguejou baixinho, mas não resistiu quando foi levada para a cama e puxada até ficar exatamente embaixo dele. Nigel também havia adivinhado depressa todas as dúvidas e preocupações dela e, no entanto, de algum modo conseguiu não dizer o que ela queria, o que precisava ouvir. A sensação do corpo comprido dele em cima do dela, porém, dificultava muito o ato de pensar. Fazia muito tempo desde que ela havia provado da paixão que podiam partilhar. Era fácil deixar de lado todo o interesse em conversas.

– Não vou me tornar sua amante – disse ela enquanto jogava a cabeça para trás para que ele pudesse dar beijos quentes e excitantes em seu pescoço.

– Não estava pedindo isso.

Antes que ela pudesse reunir o mínimo de juízo para lhe perguntar exatamente o que pretendia, Nigel a beijou. A fome daquele beijo fez com que seu desejo despontasse com toda a força, sem disposição para ser ignorado ou descartado. Ela o envolveu em seus braços e retribuiu o beijo. Gisele sabia que estava consentindo de forma silenciosa, mas clara, em deixar toda a conversa para um pouco mais tarde e desfrutar mais uma vez do calor daquela paixão. Mas ela não se importava. Ao se afastar de Donncoill, carregava consigo um grande arrependimento: não havia feito amor com Nigel uma última vez. Se ainda precisasse se afastar dele depois, pelo menos não sofreria aquele arrependimento.

Tinham ficado separados por muito tempo para que aquele reencontro dos corpos pudesse ser um prazer prolongado ou delicado. Gisele arrancou as roupas dele tão rápido quanto ele se desfez das dela. Os dois estremeceram quando seus corpos finalmente se encontraram, carne na carne. Ela descobriu que não conseguia se fartar da sensação de estar com ele, do gosto dele, do desejo de tocar e beijar cada centímetro de seu corpo forte. Nigel retribuiu cada beijo e carícia com a mesma urgência até que os dois tremeram, tomados pela intensidade daquele desejo.

Ela gritou, ávida, quando Nigel por fim uniu seus corpos. Envolvendo seus braços em torno do corpo dele, ela recebeu com entusiasmo cada estocada. A forma como as vozes se combinaram quando os dois alcançaram o ápice ao mesmo tempo apenas acentuou a sensação de prazer que percorreu seu corpo. Gisele apertou-o com força depois que ele desabou em seus braços e lutou para se prender àquela delícia atordoante que tinham acabado de experimentar. Não queria pensar, mas à medida que sua respiração voltava ao ritmo normal, ela sabia que não poderia permanecer para sempre inebriada de paixão, simplesmente ignorando o mundo.

Com relutância, Nigel afastou-se. Olhou para a mãozinha de Gisele, que passeava por seu peito, e depois para o rosto dela. Gisele fitava o movimento da mão, com uma firmeza teimosa. Embora fosse tentador apenas fazer amor até que os dois adormecessem, exaustos, Nigel sabia que não era hora. Nenhum dos dois parecia querer conversar, mas era preciso. Ele segurou o queixo dela e levantou o rosto para junto do seu. Mais um momento se passou antes que ela permitisse que os olhares se encontrassem.

– Talvez eu tenha lhe cortejado de um modo delicado demais – disse ele –, e isso só criou confusão.

Gisele ficou tensa, com medo do que ele poderia dizer, mas respondeu com calma.

– Demonstrou verdadeira habilidade na arte de fazer a corte.

– Obrigada, mas certamente não fui habilidoso o bastante para fazê-la ficar comigo, não é?

– Estava indo para a França para limpar meu nome, nada mais. Como disse, ocorreu-me que eu vinha pedindo a outros que enfrentassem um perigo que eu era covarde demais para encarar sozinha.

– E com toda a certeza não estava fugindo do caminho natural de nossa corte?

– Não sabia ao certo onde isso ia terminar – disse ela em voz baixa, desviando o olhar por um segundo dos olhos atentos de Nigel.

Ele não precisava indagar todas as dúvidas que a consumiam.

– Ia terminar onde toda corte termina... em casamento. Partiu antes que eu pudesse lhe pedir que se tornasse minha esposa.

O coração dela bateu com tanta força que chegou a doer, mas Gisele se esforçou para não deixar que uma falsa esperança e a lembrança doce e duradoura da paixão que acabavam de compartilhar turvassem seus pensamentos.

– Por quê?

– Por quê? – Ele franziu a testa, confuso. – Por que o quê?

– Por que ia me pedir que seja sua esposa?

– Moça, a resposta esperada é "sim" ou "não". Não "por quê?".

– Preciso saber o porquê antes de dizer "sim" ou "não". Nigel, até receber a mensagem da França sobre a minha inocência, ainda achava que eu era capaz de mutilar e matar um homem?

– Não. – Ele fechou a cara quando ela o olhou com uma ponta de desconfiança. – Lembra quando eu estava ensinando você a usar a espada, da primeira vez que me desarmou e eu disse que deveria dar um golpe fatal?

Gisele assentiu devagar.

– A cara que você fez deixou bem claro para mim que não tinha matado seu marido. Sim, se precisasse lutar por sua vida ou pela minha, você até poderia matar, como demonstrou no dia em que fui ferido. Mas não, não seria capaz de matar com brutalidade, com frieza, como fizeram com seu marido.

– Podia ter me contado quando teve essa revelação.

– Lamento, moça. Pretendia contar, mas havia algumas coisas em que eu precisava pensar na ocasião.

Gisele sorriu e acariciou o rosto dele de leve.

– Sei disso. Aliviar meus sentimentos feridos era de pouca importância, e percebo que deveria ter ficado satisfeita por me achar digna de sua proteção e ajuda. – Ela ergueu uma sobrancelha e falou numa voz arrastada: – Mas ainda não respondeu à minha pergunta.

– O que acabamos de compartilhar não é uma boa resposta? – Quando ela apenas franziu a testa, ele acrescentou: – Pedi a bênção à sua família e recebi seu consentimento. Deve saber a esta altura que minha família está ansiosa para acolhê-la no clã.

Nigel não sabia muito bem por que relutava tanto em dizer as palavras que sabia que ela queria ouvir. Ele era, como percebia, um completo covarde. Depois da mágoa que lhe causara ao não contar sobre Maldie, sabia que lhe devia a verdade por completo. Ninguém merecia tanto quanto ela que ele desnudasse a alma, mas Nigel parecia não ter forças para obrigar que as palavras deixassem seus lábios. Precisava que ela lhe desse algum sinal de que as palavras de amor seriam acolhidas e retribuídas.

Gisele ficou se perguntando se adiantaria sacudir Nigel com força para fazer com que saíssem de sua boca as palavras que ela tanto esperava. Estava começando a achar que ele estava apaixonado por ela ou bem perto disso.

Sua relutância e seu quase constrangimento em falar qualquer coisa além da aprovação de sua família e da paixão eram os sinais mais evidentes. Nigel tinha uma verdadeira habilidade com as palavras e conseguiria facilmente convencê-la de que seria uma tola se recusasse seu pedido, mas nunca falava de amor. Ele parecia incapaz de invocar aquela habilidade no momento.

Isso dava a Gisele duas opções. Podia aceitar a proposta, permitindo que ele achasse que para ela bastava falar da paixão e da aprovação familiar, ou podia resistir até que ele fosse obrigado a dizer mais. Não tinha paciência para a segunda opção, e a primeira, pensou ela, poderia facilmente levar à insatisfação e à infelicidade. Havia apenas um modo de arrancar as palavras dele: fazendo a confissão primeiro. Era uma aposta. Podia estar errada ao pensar que os sentimentos que ele nutria eram mais profundos do que a paixão e doeria falar de amor e não receber nada em retorno. Gisele deu de ombros. Era todo o resto da sua vida que estava em jogo. Valia o risco.

– Nigel, estou honrada por ter me pedido que seja sua esposa. Sem dúvida é agradável saber que tanto minha família quanto a sua aprovarão o enlace. Não acredito que preciso dizer como aprecio os momentos de paixão que vivemos, e estaria mais do que disposta a continuar desfrutando desse prazer. Mas temo que tudo isso não seja suficiente.

– Não amo mais a Maldie. Sabe disso, não é?

– Percebi esse fato dias depois de nossa chegada a Donncoill, e isso com certeza contribuiria para tornar nosso casamento mais harmonioso – disse ela, arrastando as palavras e dando um leve sorriso. Gisele tocou nos lábios dele com a ponta dos dedos quando Nigel começou a falar. – Preciso terminar antes de perder a coragem de fazer o que preciso fazer. Preciso de mais do que você me ofereceu. Preciso de seu coração, Nigel, porque o meu coração é todo seu.

Ela o observou com cuidado, quase com medo de respirar. Ele parecia estarrecido, mas ela não sabia se aquilo era bom ou ruim. Quando ele a puxou para seus braços e a apertou de um modo quase insuportável, ela começou a se sentir um pouco mais segura. Certamente havia um bocado de emoção naquele toque.

– Quando foi que você concluiu que me amava? – indagou ele, começando a contornar o rosto dela com beijinhos.

Gisele teve que sorrir. A reação dele era tudo o que ela podia ter desejado, a não ser pela recusa teimosa em dizer o que ela precisava ouvir.

Obrigando-se a ser paciente, ela passou os dedos pelo cabelo dele e deu-lhe um breve beijo nos lábios.

– Acho que deve ter sido quando você foi ferido. Sinto como se o amor estivesse aqui há muito tempo. Lembra-se de quando eu fugi e fui capturada por Vachel? – Ele assentiu. – Fugi de você e do que de repente percebi que sentia por você. Precisava lidar com muitos problemas. Fui uma tola, mas achei que podia escapar de mais um, achei que podia fugir do que estava no meu coração.

– Não, isso é algo difícil de fazer. Também não se pode enganar o coração. Ele sabe da verdade sem se importar com o que sua mente acha. Pensei estar apaixonado por Maldie por tanto tempo que desconfiava de todos os sentimentos que tinha por você.

Gisele se obrigou a não ficar tensa, tamanha a expectativa que sentia. Também engoliu a vontade de exigir que ele dissesse o que sentia. Nigel precisava de um pouquinho mais de tempo. Ela decidiu, porém, que não lhe daria muito mais. A forma com que ele dizia tanto, mas nunca o bastante, poderia, facilmente, levá-la à loucura.

– Compreendo, Nigel. Fiquei magoada, mas acabei percebendo que você não tinha mesmo intenção de me magoar. Estava apenas confuso. Maldie era um sonho que você levou consigo durante sete longos anos. Esse tipo de coisa não é fácil de descartar.

– Por vezes, parecia mais um pesadelo. Ninguém gosta de acreditar que entregou o coração à toa. Mas eu deveria ter dito alguma coisa para você. Agi errado. Se tivesse confessado minha confusão, eu poderia ter resolvido tudo mais depressa. Soube no momento em que olhei Maldie que ela não era mais a mulher a quem pertencia meu coração. Mais importante, eu também soube que não estava mais tentando me prender a seu fantasma. É verdade, vocês são parecidas, mas você não é ela. Não está ocupando o lugar dela no meu coração. Você conquistou seu próprio espaço. Fui um tolo em não perceber.

– Tenho um lugar no seu coração? – perguntou ela, baixinho.

– Você ocupa meu coração inteiro, moça. Todos os cantos dele.

Ele riu baixinho quando ela o abraçou com força. Tudo ia ficar bem. Os dois tinham encontrado o que precisavam. Nigel mal conseguia acreditar em sua sorte.

– Fui um tolo e um covarde, moça – murmurou ele, junto ao pescoço dela. – E me surpreende que tenha tido paciência para me manter dentro do seu coração.

– Às vezes você parecia valer a pena – disse Gisele, soltando uma gargalhada ao receber um pequeno cutucão.

Ele se apoiou nos cotovelos e envolveu o rosto dela nas mãos.

– Pois bem, agora você realmente vai ter que ficar comigo, minha linda rosa francesa. Eu amo você e não consigo encontrar as palavras para lhe dizer como é maravilhoso saber que você também me ama.

Ela retribuiu o beijo carinhoso com intensidade, depois abraçou-o, deslizando o pé pela perna forte dele.

– Temos muitos anos pela frente para você aprender as palavras. – Gisele deu um sorriso maroto ao sentir que ele ria, colado aos seios dela, depois franziu a testa ligeiramente quando ele ergueu seu amuleto e o beijou. – Por que fez isso?

– Pois bem, você me disse que pertencia à sua avó, que ela dizia que lhe traria boa sorte.

Gisele sorriu e tocou no medalhão distraidamente.

– E ele me trouxe. Sou livre e, mais importante ainda, sou amada.

– Ah, é, sim. E acho que vai levar uma vida inteira para que eu lhe mostre *quanto* é amada. Também tenho que agradecer muito à sua avó, pois acredito que fui beneficiado pelo amuleto.

– Talvez, mas não tanto quanto eu.

Ele prendeu-a entre as pernas delicadamente e abriu um sorriso.

– Pretende entrar numa discussão sobre o assunto?

– Acredito que sim.

– Então prepare-se para discutir com o maior vigor, moça. Se temos a intenção de determinar qual de nós foi o mais afortunado ou qual de nós ama mais o outro, pode ser que a discussão leve muito tempo.

– Com muita persuasão, eu espero.

– Um bocado de persuasão doce e exaustiva – concordou ele, ao beijar seus lábios de leve. – E eu não tenho a menor intenção de parar de persuadi-la até que nós dois não sejamos mais que cinzas.

No momento em que começava a retribuir o beijo, Gisele tocou de leve no medalhão pousado sobre seus seios. *Obrigada, vovó*, pensou ela. E então se entregou à paixão que ela sabia que seria sua para sempre.

CONHEÇA O PRÓXIMO LIVRO DA SÉRIE

A promessa das Terras Altas

CAPÍTULO UM

Escócia,1444

Abraçada com força ao pequeno sobrinho, Bethia Drummond apenas olhava enquanto dois homens suados cobriam de terra pedregosa o corpo de sua irmã. O menino James, que tinha acabado de ficar órfão antes mesmo de seu primeiro aniversário como consequência da ganância de seus próprios conterrâneos, ia precisar de muito amor e, acima de tudo, muita proteção. Bethia engoliu as lágrimas e atirou alguns ramos de urze branca dentro da cova. Seu coração se recusava a crer que sua irmã gêmea, Sorcha, tinha partido para sempre, mas sua mente sabia muito bem que ela estava no seio da terra, unida para sempre ao marido, Robert. Enterrados, pensou ela com uma fúria crescente, pela avareza da família de Robert.

Por cima da cova que ia se enchendo aos poucos, ela encarou o tio de Robert, William, que estava com seus dois filhos, Iain e Angus. Eram Drummonds só de nome, não de sangue, pois William adotara para si o nome da família ao casar com Mary, tia de Robert. Estéril, Mary aceitara criar os dois filhos pequenos de William como se fossem seus, mas a couraça dos perversos meninos não se deixara permear por todo o amor e bondade que Mary tinha dedicado a eles. Logo ficou claro que ela tinha se metido num ninho de cobras, e acabou pagando um preço caríssimo por sua caridade. Ela sofreu uma morte lenta e agonizante – e muito, muito suspeita – coisa de um ano antes. Depois disso, William já tinha conseguido eliminar mais dois obstáculos que o impediam de tomar para si todas as terras e a riqueza de Dunncraig – e Bethia segurava o último obstáculo nos braços. William e seus filhos malditos nunca colocariam as mãos em James. Bethia jurou diante do túmulo da irmã que ia fazer com que os três homens pagassem por seus crimes e que mataria um a um antes de deixar que levassem James.

Quando William e seus filhos se aproximaram, Bethia se retesou. Resistiu ao impulso de sair correndo e levar o sobrinho risonho para longe dos três homens perversos. Seria perigoso e tolo mostrar que suspeitava deles.

– Não precisa se preocupar com o menino – falou William, com sua voz rouca, fazendo um cafuné meio brusco nos cachos de um ruivo intenso do menino. – Vamos cuidar dele.

Bethia quis arrancar a mão do sujeito da cabeça do sobrinho, mas forçou um sorriso e disse:

– Minha irmã me pediu para cuidar do filho dela. Foi por isso que eu vim.

– A senhorita é uma mocinha ainda muito jovem, com certeza não vai querer jogar a sua vida fora para cuidar do filho de outra mulher. Deveria estar pensando é em ter os seus próprios rebentos.

– Criar o filho da minha irmã gêmea não é jogar a minha vida fora, senhor.

– Talvez agora não seja um bom momento para ter esta conversa. – William tentou fingir empatia forçando um sorriso em seus lábios finos e tocou o ombro dela. – A senhorita ainda está muito envolvida na dor de perder a sua pobre irmã. Vamos conversar melhor depois.

– Como queira.

Foi difícil não se retrair sob o toque gélido de William, mas Bethia deu outro sorriso amarelo. Então se virou e começou a caminhar de volta à bastilha com uma calma conquistada a duras penas. Queria gritar suas suspeitas para todo o mundo ouvir, queria sacar a adaga e cravá-la bem fundo no coração maligno de William, mas sabia muito bem que isso só lhe traria o gosto doce porém efêmero da vingança. Os filhos do sujeito logo vingariam a morte do pai, matando tanto ela quanto James. Na verdade, ela provavelmente não conseguiria bem mesmo matar William, e sua tentativa só faria com que eles tivessem um motivo concreto para matar o menino.

Para derrotar William e seus filhos, para fazê-los pagar por seus crimes, ela sabia que teria que planejar tudo com muito cuidado. Teria que engolir as emoções fortes que se reviravam dentro dela. Sabia também que precisaria de ajuda e que não podia contar com os moradores subjugados de Dunncraig. William regia com punho de ferro todos os que viviam na bastilha e nas terras da família, e Robert não fizera nada para contê-lo – talvez por nem ter se dado conta, talvez por viver ocupado demais na corte ou lutando na França. A distração ou negligência de Robert custara-lhe a própria vida e também a de Sorcha. Bethia não tinha a menor intenção de permitir que James fosse parar na mesma cova gelada dos pais.

Ao entrar no pequeno quarto que vinha dividindo com o bebê, Bethia disse a ele:

– Seu pai foi um homem corajoso e muito honrado, mas deveria ter sido mais zeloso com o que estava acontecendo no próprio quintal.

Ela deixou o bebê sonolento no berço e, sentando-se na ponta de sua cama pequena e dura, ficou olhando o sobrinho. Seu rostinho doce fora abençoado com os olhos verdes intensos de Sorcha e seus cabelos eram só um pouquinho mais claros que os da mãe. A inveja que Bethia às vezes sentia da aclamada beleza da irmã agora parecia deprimente e mesquinha. Podia ter cabelos em um tom castanho mais sem graça e os olhos de cores desparelhadas, além de uma silhueta muito menos feminina que a da irmã, mas ainda estava viva. A beleza e a graça de Sorcha, sempre louvadas por todos como uma bênção, não tinham sido capazes de salvar a sua vida.

Além do mais, de vigília ao lado do sobrinho adormecido, Bethia decidiu que era mais forte. Sorcha fora como uma vela, admirada por sua luz e seu calor, pela beleza de sua chama de cores intensas, porém apagada com a maior facilidade. Bethia sempre fora mais ressabiada que Sorcha, sempre enxergara o mal nas pessoas. Tinha ficado surpresa ao receber o pedido da irmã para que fosse ajudá-la com James, pois em Dunncraig não faltavam mulheres dispostas e capazes de cuidar do filho do chefe e herdeiro das terras, mas agora estava começando a se perguntar se aquilo não tinha sido um indício de que a suspeita vinha crescendo no coração ingênuo e generoso da irmã.

Suspirando, secou uma lágrima com vontade. Se fosse o caso, a suspeita tinha vindo tarde demais, mas isso explicaria a escolha de palavras curiosa na carta de Sorcha. Ela tinha pedido a Bethia que fosse cuidar de James. Não visitá-lo, brincar com ele ou ajudar Sorcha, mas cuidar dele. E era exatamente isso que Bethia pretendia fazer.

A cada respiração, cada farfalhar das próprias saias no chão, Bethia sentia um aperto no coração enquanto se esgueirava pelos corredores escuros de Dunncraig. Sabia ser silenciosa, mas parecia que sua habilidade a estava deixando na mão. Contudo, não houve nenhum grito de alerta enquanto ela atravessava a bastilha e chegava ao pátio interno. Ela levara três tortuosos dias para encontrar uma maneira de sair de Dunncraig sem ser vista, e parecia que estava levando os três mesmos dias para chegar até ela. A cada passo do caminho, morria de medo de que James, alheio ao perigo que corria, fizesse algum barulhinho que os denunciasse.

A cada minuto daqueles três dias ela oscilara entre duvidar das próprias suspeitas e procurar um jeito de fugir sem ser vista. Suas dúvidas tiveram um fim brutal com a morte do cachorrinho de James. No dia seguinte ao funeral, ela comera e bebera de bom grado tudo o que fora levado para ela e para James, mas, sabe-se lá por quê, no segundo dia sentiu uma necessidade de testar a comida. Quando o filhotinho morreu depois de comer, ela chorou de culpa, por ter usado o pobre animalzinho incauto, e de uma mistura estranha de medo e fúria por suas suspeitas mais sinistras terem sido confirmadas de forma tão cruel. Sua raiva só se agravou por não ter podido dar ao bichinho um enterro digno de seu sacrifício. Agora ela sabia que a morte lenta e dolorosa de Sorcha e Robert fora causada por veneno, e não por alguma temível doença, como fora alegado.

Bethia finalmente chegou ao lugar que estava procurando: uma pequena fresta na muralha atrás dos fedidos estábulos. Pelo visto, além de viver alheio aos inimigos que habitavam suas terras, Robert também ignorava o mau estado em que a fortaleza era mantida. Se tivesse percebido a petição de miséria em que o lugar se encontrava, jamais teria deixado William continuar controlando as contas. Bethia não sabia em que William e os filhos vinham gastando o dinheiro advindo dos arrendatários e das terras, mas certamente não era na manutenção da fortaleza que eles tanto desejavam a ponto de cometer assassinatos.

Segurando James, Bethia passou pela fresta na muralha. Pedacinhos de alvenaria se soltaram e caíram no chão, fazendo barulho. Ela ficou imóvel no meio da fresta, prendendo a respiração, só esperando o alerta que decerto viria. Contudo, ficou surpresa ao ver que nada aconteceu. Um barulho como aquele faria com que os soldados pelo menos olhassem na direção dela. Ganhando a noite e correndo com muito cuidado na direção da floresta que ficava para além dos campos que cercavam a fortaleza, Bethia foi sentindo, a cada passo mais esperanças de conseguir fugir. Estava claro que a guarda de Dunncraig andava tão relapsa quanto a manutenção.

Bethia só se permitiu um suspiro aliviado quando finalmente adentrou as sombras assustadoras porém muito bem-vindas da floresta. Sabia que William não tardaria a persegui-la, mas tinha dado o primeiro passo em direção à liberdade e à segurança, de modo que deixou um leve traço de esperança brotar em seu coração. Um cavalo seria de grande valia, mas ela não se atrevera a roubar um animal – nem mesmo tentara reaver a égua mansinha em que chegara a Dunncraig. Jamais teria conseguido fazê-la passar pela frestinha na muralha. Prometeu a si mesma que tiraria a égua daquele estábulo apodrecido na primeira oportunidade. Contudo, sem cavalo, ela teria que caminhar muito se quisesse pôr alguma distância entre ela (e James) e seus inimigos.

No carregador de pano, James se remexeu contra o peito de Bethia. Ela acariciou as costas dele distraidamente e se pôs a caminhar.

– Quietinho, meu bebezinho lindo. – Deu uma última olhada em Dunncraig, lamentando não ter podido se despedir de Sorcha, mas prometendo que logo voltaria. – Eu prometo que logo, logo os porcos que engordam às custas do cocho do seu pai vão estar sufocando na própria lavagem. E que a fúria de Deus castigue todos os homens que tentarem encher os bolsos com a riqueza alheia – murmurou ela, marchando floresta adentro.

CONHEÇA OS LIVROS DE HANNAH HOWELL

O destino das Terras Altas

A honra das Terras Altas

Para saber mais sobre os títulos e autores da Editora Arqueiro, visite o nosso site. Além de informações sobre os próximos lançamentos, você terá acesso a conteúdos exclusivos e poderá participar de promoções e sorteios.

editoraarqueiro.com.br